DuMont's Kriminal-Bibliothek

Charlotte Matilde MacLeod wurde 1922 in Kanada geboren und wuchs in Massachusetts, USA auf. Sie studierte am Boston Art Institute und arbeitete danach kurze Zeit als Bibliothekarin und Werbetexterin. 1964 begann sie, Detektivromane für Jugendliche zu veröffentlichen, 1978 erschien der erste »Balaclava«-Band, 1979 der erste aus der »Boston«-Serie, die begeisterte Zustimmung fanden und ihren Ruf als zeitgenössische große Dame des Kriminalromans festigten.

Von Charlotte MacLeod sind in dieser Reihe bereits erschienen: »Schlaf in himmlischer Ruh'« (Band 1001) und ». freu dich des Lebens« (Band 1007).

Herausgegeben von Volker Neuhaus

Charlotte MacLeod

Die Familiengruft

DuMont Buchverlag Köln

CIP-Titelaufnahme der Deutschen Bibliothek

MacLeod, Charlotte:

Die Familiengruft / Charlotte MacLeod.
[Aus d. Amerikan. von Daniela Hermes u. Achim Schückes].
– Köln: DuMont, 1988
(DuMont's Kriminal-Bibliothek; 1012)
Einheitssacht.: The family vault ‹dt.›
ISBN 3-7701-1886-3

NE: GT

Umschlagmotiv von Pellegrino Ritter
Aus dem Amerikanischen von Daniela Hermes und Achim Schückes

Die Originalausgabe erschien unter dem Titel »The Family Vault« bei Avon Books, Hearst Corporation, New York, N.Y.
Satz: Froitzheim Satzbetriebe, Bonn
Druck: Rasch, Bramsche
Buchbinderische Verarbeitung: Bramscher Buchbinder Betriebe

Printed in Germany ISBN 3-7701-1886-3

Folgt man Moses Kings Abriß der Historie Bostons (*King's Handbook of Boston,* erste Auflage, 1878), so passierte im Athen Amerikas wenig Bemerkenswertes, obwohl Mr. King über einige Bürger Bostons berichtet, die ermordet, erhängt, ins Gefängnis gesteckt, in den Stock gelegt, mit Geldbußen bestraft, ausgepeitscht oder aus dem einen oder anderen Grund in Käfige gesteckt wurden. Mit der Zeit entwickelte sich Boston aber zu einer lebendigen Stadt, und Beacon Hill wurde zu einer Gegend, die besonders reich an Geschichten und Legenden ist.

Die Autorin möchte ausdrücklich betonen, daß die vorliegende Chronik von Beacon Hill ohne Einschränkung in den Bereich der Legende gehört. Es gibt auf dem Hill keine Tulip Street. Und es gibt ihres Wissens keine Kirche, auf deren Friedhof in einer der Grüfte jemals eine rubinübersäte Leiche zum Vorschein gekommen wäre, die dort nicht hingehörte. Keine der Figuren besitzt mehr als zufällige Ähnlichkeit mit realen Personen, seien sie tot oder lebendig, und alle Ereignisse sind frei erfunden. Nachdem sich die Autorin nun einmal die Mühe gemacht hat, sich die gesamte Geschichte auszudenken, würde sie sich freuen, wenn die Leser sie als das genießen, was sie ist – ein Roman.

Für Nate in Dankbarkeit

Kapitel 1

»Wen, sagten Sie, wollen Sie ausgraben?«

Sarah versuchte, aus seinem Windschatten zu rücken. Er schien ein netter alter Mann zu sein, und sie wollte seine Gefühle nicht verletzen. Aber an Leute, deren Frühstück aus Schlitz-Bier besteht, war sie nicht gewöhnt.

»Wir haben nicht vor, jemanden auszugraben«, erklärte sie zum dritten Mal. »Ich hoffe zumindest, daß wir es nicht tun. Wir wollen bloß diejenigen bitten, die für den Friedhof verantwortlich sind, eine der Grabstätten zu öffnen. Wir möchten sicher sein, daß die Gruft in einem Zustand ist, daß wir meinen Großonkel darin begraben können.«

»Warum dort?«

»Er wollte es so.«

Sie konnte schlecht einem völlig Fremden erklären, daß Großonkel Frederick geschworen hatte, er wolle weder tot noch lebend mit Großtante Matilda erwischt werden, die bereits den für sie bestimmten Platz in der neueren Familiengrabstätte der Kellings auf dem Mount-Auburn-Friedhof in Cambridge eingenommen hatte. Sie wußte gar nicht recht, wie sie überhaupt mit diesem abgerissen aussehenden alten Mann ins Gespräch gekommen war. Aber der Friedhof wirkte so trübe an diesem trostlosen Novembertag, und es war niemand da, mit dem sie sich die Zeit vertreiben konnte. Cousin Dolph hätte schon vor einer Stunde eintreffen müssen, aber er war noch immer nicht in Sicht.

Ihr neuer Bekannter wollte es genau wissen. »Heißt das, daß hier jeder begraben werden kann, der will?«

»Nun, das nicht«, mußte Sarah zugeben. »All die alten Friedhöfe um den Common herum sind unter Denkmalschutz gestellt worden, so daß nichts verändert werden darf. Doch diese Gruft dort drüben an der Mauer gehört meiner Familie, und wenn wir sie benutzen wollen, kann uns das niemand verbieten.«

Kein Kelling hatte das in den letzten einhundertsechsundvierzig Jahren gewollt, aber bei Großonkel Frederick konnte man völlig sicher sein, daß er bis zum allerletzten Moment Ärger machen würde. Andererseits hatte diese Änderung der Pläne auch positive Seiten. Es würde keinen langsamen Leichenzug geben, der den Verkehr den ganzen Weg von Boston über die Brücke nach Cambridge blockierte, sondern die Sargträger konnten den Sarg nun einfach durch die Seitentür der Kirche direkt zur alten Begräbnisstätte tragen.

Sarah hoffte nur, daß jemand intelligent genug war, die kunstvollen alten Eisengittertore zu schließen. Auch ohne Touristen, die Großonkel Fredericks Beerdigung für eine weitere Attraktion auf der Route mit historischen Sehenswürdigkeiten hielten, würde es genug Gedränge geben. Cousin Dolph hing wahrscheinlich noch am Telefon und führte leichtsinnig ein Ferngespräch nach dem anderen zum Höchsttarif, um den Familienclan zusammenzutrommeln. Es war hoffnungslos, darauf zu setzen, daß irgend jemand wegbleiben würde. Außer ihr selbst gab es keinen Kelling, der nicht ein Familienbegräbnis über alles liebte.

Die ganze Horde würde anschließend zum Haus zurückströmen und erwarten, daß sie ein Essen vorgesetzt bekäme. Wie um Himmels willen sollte sie ein Festmahl für so viele Leute zustandebekommen, wenn das Haushaltsgeld für diese Woche bereits ausgegeben war? Sie mußte Alexander darum bitten, das Budget einmal überziehen zu dürfen, obwohl das einige Anstrengung kosten würde. So umgänglich er war, was Geld anging, konnte er bemerkenswert stur sein. Es war seltsam, mit einem reichen Ehemann verheiratet, selbst recht wohlhabend zu sein und dennoch immer nur abgezähltes Geld im Portemonnaie zu haben.

Der alte Mann redete noch immer. Sarah hatte ein schlechtes Gewissen, weil sie nicht zugehört hatte, griff in die Tasche ihres abgetragenen braunen Tweedmantels und holte zwei kleine Milky Ways hervor. Sie waren diese Woche im Supermarkt im Sonderangebot. Weil Alexander wußte, wie sehr sie sie mochte, hatte er eine Tüte gekauft und eine Handvoll in ihre Tasche gesteckt, um sie zu überraschen. Er war so viele Jahre älter als sie, daß er sie manchmal wie seine Tochter und nicht wie seine Frau behandelte.

Ihr neuer Bekannter schüttelte den Kopf. »Danke, Miss, aber ich soll nix Süßes essen. Ich bin zuckerkrank, deshalb. Ich muß aufpassen, was ich esse. Und trinke.«

Er kicherte, als sei irgend etwas komisch an seiner Krankheit, und blies eine weitere Bierwolke in Sarahs Richtung. Sie rückte noch mehr zur Seite und steckte die Süßigkeiten zurück in ihre Tasche. Er bemerkte das.

»He, lassen Sie sich von mir nicht abhalten. Ich habe mir nie viel aus Milky Ways gemacht. Selbst als Kind waren meine Zähne so schlecht, daß ich nix außer vielleicht Suppe und Kartoffelbrei kauen konnte. Doch, Hershey-Riegel, die konnt' ich essen. Die rutschten gut runter. Ich glaub', ich hab' eine Million Hershey-Riegel gegessen, eh mir der Doktor riet, ich solle mit dem süßen Zeug aufhören. Während der Weltwirtschaftskrise, ich glaub' nicht, daß Sie damals schon geboren waren, gab's drei Stück für zehn Cent, so groß wie eine Holzschindel. Ich liebte Hershey-Riegel, das können Sie mir glauben. Essen Sie Ihr Milky Way ruhig. Nur zu, es macht mir nix aus.«

Nun konnte Sarah keinen Rückzieher machen, packte einen der kleinen Riegel aus, den sie gar nicht mehr mochte, und stopfte ihn ganz in den Mund, um die Sache möglichst schnell hinter sich zu bringen. Natürlich traf Dolph ein, während sie mit der weichen Masse kämpfte, und selbstverständlich trat er mit Gefolge auf: einem angesehenen Mitglied des Geschichtsvereins, einem Angestellten des Bostoner Gartenamts und einem Vorarbeiter der Friedhofsverwaltung. Dolph beschwerte sich in Richtung ihrer prallgefüllten Backe.

»Ich sehe nicht ein, warum Alex nicht kommen konnte.«

Sarah schluckte die lästige Süßigkeit hinunter. »Als du anriefst, habe ich dir erklärt, daß er bereits mit Tante Caroline zum Augen- und Ohrenarzt zur Untersuchung aufgebrochen war. Ich hatte keine Möglichkeit, ihn zu erreichen.«

Natürlich hätte sie ihren Mann sehr leicht finden können. Die weltbekannte Augen- und Ohrenabteilung des Massachusetts General Hospital war von ihrem Haus zu Fuß erreichbar, und das Klinikpersonal kannte Mrs. Kelling. Sarah hatte es nicht versucht, weil sie es herzlich leid war, daß der ganze Kelling-Clan Alexander als Mädchen für alles ausnutzte.

»Außerdem«, fuhr sie fort, »bin ich enger mit Großonkel Frederick verwandt als er. Tante Caroline war noch nicht einmal eine Kelling.«

Bis vor ungefähr einer Generation hatten die Kellings ihre Ehepartner oftmals unter ihren Cousins und Cousinen dritten, zweiten oder sogar ersten Grades gesucht. Einerseits waren sie eine eng verbundene Gruppe, andererseits blieb das Geld in der Familie. Niemand hatte es bemerkenswert gefunden, daß Sarahs Eltern verschiedenen Zweigen derselben Familie entstammten. Ebensowenig hielt es irgendein Verwandter für unpassend, daß das einzige Kind dieser Verbindung in rechtmäßiger Ehe mit einem Cousin fünften Grades ihres Vaters vereint wurde. Und das zu einem Zeitpunkt, als er fast dreiundvierzig Jahre alt und sie eine frischgebackene Waise von noch nicht neunzehn Jahren war.

Nach der Heirat hatte Sarah ihre Schwiegermutter weiterhin Tante Caroline genannt, wie sie es immer getan hatte. Jüngere Kellings redeten grundsätzlich alle älteren Verwandten als Onkel beziehungsweise Tante an, andere Verwandtschaftsbezeichnungen konnten nur verwirren. Seit langer Zeit schon war es gleichgültig, wie man Caroline Kelling ansprach, worauf Dolph in seiner üblichen taktvollen Weise hinwies.

»Ich kann mir nicht vorstellen, warum Alex immer noch Geld für Arztrechnungen hinauswirft. Caroline ist stockblind und stocktaub, und es gibt verdammt nochmal nichts, was die Ärzte daran ändern können.«

Sarah verzichtete auf eine Antwort. Dolphs Begleiter wurden unruhig. Sie übernahm es selbst, die Gruppe zur Gruft hinüberzuführen, und registrierte amüsiert, daß der Liebhaber von Hershey-Riegeln ihnen dichtauf folgte.

»Wirklich schade, daß Sie uns nicht im voraus benachrichtigt haben«, murrte der Vorarbeiter der Friedhofsverwaltung. »Die Angeln sind wahrscheinlich durchgerostet.«

Nach umständlichem Hantieren mit einer langschnabligen Ölkanne zog er einen Bund gewaltiger alter Eisenschlüssel hervor und suchte den mit ›Kelling‹ etikettierten aus. »Das müßte er sein. Vorausgesetzt, daß das Schloß noch funktioniert.«

Offensichtlich zu seiner eigenen Überraschung gelang es ihm ziemlich schnell, den Schlüssel ins Schloß zu stecken, nachdem er das schützende kleine Abdeckplättchen aus Messing von Moos und Rost befreit und endlich zur Seite geschoben hatte. Der Schlüssel drehte sich. Der Vertreter des Geschichtsvereins hielt den Atem an.

»Nach all diesen Jahren«, murmelte er, »sehen wir –«

»Gar nichts«, schnaubte der Vorarbeiter.

Die geöffnete Tür gab den Blick auf eine massive Ziegelmauer frei, die den Eingang vollständig blockierte. Cousin Dolph war außer sich.

»Diese verdammten Bürokraten! Wer zur Hölle hat jemals die Erlaubnis erteilt, das Ding aufzumauern? Was soll ich nun tun? Alles umorganisiert, Tante Emma schon auf ihrem weiten Weg von Longmeadow, und wir kommen nicht in die Gruft hinein. Ich wünschte bei Gott, daß Alex hier wäre!«

»Er wüßte zumindest, wie man die Mauer niederreißt«, meinte Sarah und versuchte, nicht zu lachen.

»Die Mauer niederreißen, das ist es! Sie hätte erst gar nicht dort gebaut werden dürfen. Sie«, Adolphus Kelling rückte mit seinem Yankee-Zinken der gewöhnlicheren Nase des Vorarbeiters gefährlich nahe. »Holen Sie eine Spitzhacke oder was Ähnliches!«

»Einen Moment, Mr. Kelling«, unterbrach der Mann vom Gartenamt. »Ralph hier und ich sind im Hinblick auf die hervorragenden militärischen und staatsbürgerlichen Verdienste Ihres Onkels erfreut, Ihnen helfen zu können.«

Großonkel Frederick hatte erfolgreich unter Black Jack Pershing gekämpft und war dann für viele Jahre mit ebensolchem Erfolg ein politischer Querulant gewesen. Familienintern war man der Ansicht, daß die Bewohner von Massachusetts ihren leicht erregbaren Mitbürger einfach deshalb mit immer neuen Aufgaben nach Washington geschickt hatten, um ihn so von Boston fernzuhalten. Jetzt sah es sogar so aus, als würde der tapfere Sohn der Stadt nicht ohne einen letzten Kampf in Frieden ruhen können.

»Jedoch«, fuhr der junge Beamte fort, »können Ralph und ich nicht selbst die Verantwortung für einen Abbruch übernehmen. Ich fürchte, wir werden den Dienstweg einhalten müssen.«

»Wie lang wird das dauern?«

»In so einer ungewöhnlichen Situation kann ich das wirklich nicht sagen. Ich denke, wir müssen in den Archiven forschen –«

»Den Teufel tun Sie! Schauen Sie, junger Mann, jeder Dummkopf sieht, daß das Ziegelwerk kein Bestandteil der ursprünglichen Gruft ist. Der verdammte Mörtel ist noch nicht einmal angeschmutzt. Wahrscheinlich hat irgendein Trottel die Mauer während der Zweihundertjahrfeier hochgezogen, aus Angst, Touristen könnten unsere Knochen als Souvenir mitgehen lassen.

Hören Sie mir jetzt mal zu, und hören Sie genau hin! Ich habe gearbeitet wie ein Wahnsinniger, um die Beerdigung so zu arrangieren, wie Onkel Fred sie haben wollte. Alles ist planmäßig für morgen früh um exakt zehn Uhr angesetzt. Und wenn Sie meinen, daß ich alles wieder rückgängig mache und mich statt dessen die nächsten fünf Jahre neben einen stinkenden Sarg hocke, während ein Haufen Bürokraten das Geld der Steuerzahler vergeudet, um festzustellen, ob ein Mann das Recht hat, in der eigenen Familiengruft begraben zu werden, dann irren Sie sich gewaltig.«

Sarah wußte, daß Dolph wütend würde, wenn sie ihm nicht den Rücken stärkte. Sie war froh, daß er ausnahmsweise die Vernunft auf seiner Seite hatte.

»Ich bin sicher, daß mein Cousin mit dieser Mauer recht hat. Mein Vater war selbst an der Vereinbarung beteiligt, als dieser Friedhof unter Denkmalschutz gestellt wurde, und er hat ausdrücklich sichergestellt, daß wir unsere Gruft immer dann benutzen können, wenn wir wollen. Und mit dieser Mauer geht das selbstverständlich nicht.«

»Verdammt richtig. Gut überlegt, Sarah. Also laßt uns loslegen!«

»Entschuldigen Sie«, sagte der nun tief beunruhigte junge Mann. »Ich glaube, ich rufe besser im Büro an.«

Er verschwand in Richtung Telefonzelle und wirkte erleichtert, als er zurückkam. »Wenn Sie bereit sind, eine Erklärung zu unterschreiben, daß Sie die Verantwortung übernehmen, ist wohl alles in Ordnung. Hast du eine Spitzhacke beschafft, Ralph?«

Ralph hatte nicht, und es verdroß ihn sehr, etwas nicht mitgebracht zu haben, von dem er nicht hatte erwarten können, daß es benötigt wurde. Nach kurzer Diskussion gingen sein Kollege und er los, um bei einigen Arbeitern drüben in der Nähe des Parkman-Musikpavillons eine zu leihen. Dolph brüllte nun den Mann vom Geschichtsverein an, der Ritling hieß.

Sarah wünschte, ihr Cousin würde den Mund halten. Die städtischen Beamten waren sehr viel freundlicher in dieser ganzen Angelegenheit, als die Familie eigentlich erwarten durfte, besonders, wenn man die Planung in letzter Minute und die störende Mauer als neueste Komplikation in Betracht zog. Sie lehnte sich gegen einen der alten Grabsteine, um ihre müden Beine zu entlasten, und starrte das Anstoß erregende Mauerwerk an. Sie hätte schwören können, daß sie alles über diese Gruft wußte, was es zu wissen gab. Als damals das Problem mit dem Denkmalschutz erstmals aufkam, hatte es ihr Vater während der Mahlzeiten so oft durchgekaut, daß er ihr das Essen verleidet hatte. Aber er hatte niemals erwähnt, daß der Eingang der Gruft zugemauert worden war. Hatte er möglicherweise gar nichts davon gewußt?

Es gab eigentlich keinen Grund, den Eingang zuzumauern, es sei denn, daß es zu der Zeit, als die alte Gruft zugunsten der weiträumigeren auf Mount Auburn aufgegeben wurde, noch nicht völlig ungewöhnlich war, Leichen für studentische Sezierübungen zu stehlen. Aber mit Sicherheit wäre die Errichtung eines Hindernisses, um Grabräuber fernzuhalten, in den Familienannalen festgehalten worden, die Walter Kelling vorwärts und rückwärts kannte. Jedenfalls hatte Dolph recht, das Mauerwerk sah gar nicht so alt aus.

Wer immer es hochgezogen hatte, verstand auf jeden Fall sein Handwerk. Die Ziegel waren ungewöhnlich klein und besaßen das richtige Verhältnis zur Größe der Öffnung, die nur ungefähr ein Meter zwanzig im Quadrat maß. Sie waren in einem komplizierten Muster von ineinandergreifenden Rauten gemauert, das Sarah schon irgendwo gesehen hatte, aber nicht auf Anhieb einordnen konnte. Um sich die Wartezeit zu vertreiben, zog sie ein Notizbuch hervor und skizzierte die Öffnung, wobei sie jeden einzelnen Ziegel sorgfältig im Detail einzeichnete.

Alexander würde sich dafür interessieren. Maurerarbeit war eines seiner Talente, die man nicht bei ihm vermutet hätte. Er hatte Kurse in verschiedenen praktischen Tätigkeiten besucht, meistens im Zentrum für Erwachsenenbildung drüben an der Commonwealth Avenue. Das Erlernen von Fertigkeiten, die man im eigenen Haus nützlich einsetzen konnte, war seine einzige Entschuldigung, ab und zu einmal Tante Caroline zu entkommen. Man könnte denken, daß die Möglichkeit, etwas Zeit mit seiner Frau allein zu sein, ein noch besserer Grund gewesen wäre, doch Alexander schien diese Idee nicht zu teilen. Sie kniff die Lippen zusammen und fuhr mit der Zeichnung fort. Als die Männer mit einer Spitzhacke zurückkamen, fügte sie der Zeichnung gerade ein nicht sehr schmeichelhaftes Porträt von Dolph hinzu.

»Mr. Kelling«, sagte der Vorarbeiter, »wollen Sie sich die Ehre geben?«

»Mit Vergnügen.«

Cousin Dolph nahm die Hacke, betrachtete sie neugierig, hob sie ein oder zwei Mal hoch und schlug dann mit aller Kraft zu. Die ganze Mauer gab nach. Er stolperte nach vorn in ein Durcheinander von Ziegeln und Mörtel.

»Ist Ihnen etwas passiert, Mr. Kelling?«

Zufrieden mit seiner Leistung, wehrte Dolph die Männer ab, die ihm zur Hilfe eilten. »Mir geht's gut. Ich war mir nur meiner eigenen Kraft nicht bewußt. Verdammt schludrige Konstruktion, ich muß schon sagen. Guter Gott, was ist das?«

Ritling drängte sich neben ihn. »Aber, das ist –« Er stürzte hinaus zwischen die Grabsteine und begann zu würgen.

Der Vorarbeiter der Friedhofsverwaltung war sichtlich angewidert von dieser Schwäche. »Was ist los? Gräber sind für Leichen bestimmt, oder? Augenblick, gleich können wir besser sehen.«

Er holte ein Feuerzeug aus seiner Tasche, und die kleine Flamme erleuchtete den Hohlraum. Sarah, die sich über die ganze Aufregung wunderte, starrte über seine Schulter. Eine Bierfahne sagte ihr, daß ihr neuer Freund unmittelbar hinter ihr stand.

Sie war auf etwas Schreckliches gefaßt gewesen, aber nicht auf das, was sie jetzt sah: Auf dem Steinfußboden lag ein Körper, so, als wäre er ohne jede Achtung vor dem Tod hier hineingeworfen worden. Es handelte sich offensichtlich um den Körper einer Frau. Das Fleisch war verwest, doch das Skelett war noch übrig, umgeben von den vermoderten Überbleibseln eines engtaillierten Korsetts und eines scharlachroten Rocks. Hohe schwarze Stiefel mit modischen roten Absätzen hielten Bein- und Fußknochen zusammen.

Aber was Mr. Ritling den Magen umgedreht hatte und was alle Anwesenden zeit ihres Lebens in ihren Alpträumen heimsuchen würde, waren die winzigen Splitter blutroter Rubine, die in glühendem Purpurrot zwischen den grinsenden Zähnen hervorblitzten.

Kapitel 2

Gott steh mir bei!« Der alte Mann schnappte nach Luft. »Es ist Ruby Redd!«

»Sie kennen sie?« Dolph ging auf ihn los wie ein angreifender Stier. »Was macht sie in unserer Gruft?«

»Dolph, mach dich nicht lächerlich«, protestierte Sarah. »Er hat sie nicht dorthin gelegt.«

»Das stimmt, Miss. Ich würd' nicht sagen, daß Ruby und ich jemals dick befreundet waren, aber so was hab' ich noch nie jemandem angetan. Dahin ist sie also verschwunden.«

Der alte Mann wurde sich plötzlich bewußt, daß er im Zentrum der Aufmerksamkeit stand, trat einen Schritt zurück und murmelte: »Ich wollte mich nicht einmischen.«

»Wir sind ungeheuer dankbar, daß Sie hier sind«, drängte Sarah. »Bitte bleiben Sie. Können Sie uns nicht mehr über diese – Ruby Redd erzählen?«

»Sie war – nun, sie bezeichnete sich als exotische Tänzerin.«

In Cousin Dolphs hervortretende Augen trat ein wissendes Funkeln. »Mein Gott, ich erinnere mich an Ruby Redd! Jem und ich pflegten früher häufig im Old Howard vorbeizuschauen, wo sie in ihrem Zeug herumstolzierte. Sie hatte eine Art Goldrauschvergangenheit, angeblich als Tanzdielenkönigin in einer wilden Gegend am Mississippidelta oder so ähnlich. Trug immer dieses schwarze Korsett, und der Vorbau, der oben herausquoll, hatte die Größe von Wassermelonen. Entschuldigung, Sarah, aber verdammt, du bist schließlich eine verheiratete Frau.«

»Schon gut, Dolph. Deshalb hatte sie also diese Rubine in den Zähnen? Gab es nicht mal eine Revuetänzerin, die Diamanten auf dieselbe Weise trug?«

»Logisch, daß sie die Idee irgendwo geklaut hat«, brummte der Alte.

»Wieso? War sie eine Diebin?«

»Ruby war alles Mögliche, aber vor allem bösartig. Die bösartigste Frau, der ich mein Lebtag begegnet bin, und das heißt 'ne Menge, obwohl man ja eigentlich nicht schlecht über Tote reden soll. Komisch, irgendwie kann ich's nicht begreifen, daß Ruby hier liegt. Muß aber so sein. Ich hab' mein ganzes Leben in Boston verbracht und bin nie jemand Ähnlichem begegnet. Wenn sie die Washington Street entlangstolzierte, erinnerte ihr Lächeln an eine Reihe Rücklichter in einer Regennacht.«

»Wie lange ist sie schon verschwunden?« fragte Sarah ihn.

»Solche Kunstlederstiefel waren vor ein paar Jahren bei jungen Leuten groß in Mode.«

»Die Stiefel – über die weiß ich nix, aber Ruby ist schon lange Zeit weg. Es mag fünfzig oder einundfünfzig gewesen sein. Ich weiß, daß ich damals schon eine ganze Reihe von Jahren bei Danny's hinter dem Tresen stand. Danny Rates Pub war das, direkt neben dem Old Howard. Sehen Sie, ich kannte die Mädchen, weil viele nach der Show vorbeizuschauen pflegten. Die Kleinen waren nett, die meisten zumindest. Und alle flott angezogen, bis auf diese Ruby. Egal, ob auf oder hinter der Bühne, sie trug ausschließlich diese Zusammenstellung, im Winter mit einem schäbigen alten Seehundcape darüber. Keine Ahnung, wo sie die Stiefel her hatte, wahrscheinlich aus 'nem Kostümverleih. Man sieht, daß sie kein echtes Leder sind, sonst wären sie wohl verrottet. Egal, ich hätt' sie nicht gefragt, und sie hätt's mir nicht erzählt. Ruby hat noch nicht mal guten Tag gesagt, wenn kein Dollar für sie drin war. Außerdem hatt' ich selten viel Zeit zum Herumstehen und Schwatzen, nach der Show war immer viel zu tun. Ich wette, euch Jungs hab' ich ein paarmal bedient. Wahrscheinlich habt ihr mich auch mit gefälschten Ausweisen hereingelegt.«

»Es würde mich nicht wundern«, brummte Dolph Kelling und war keineswegs verärgert, die Rolle des ungestümen jungen Mannes zu besetzen. »Wo wir nun wissen, wer sie ist, was tun wir mit ihr? Die Gruft muß geräumt werden, aber dalli.«

»Wir müssen die Polizei alarmieren«, sagte Sarah.

»Wozu, verdammt?« Er wandte sich an den Mann von der Friedhofsverwaltung. »Können Sie nicht einfach eine andere Gruft öffnen und sie hineinstecken?«

»Ich bin doch nicht verrückt, Mr. Kelling. Niemand kann mir einreden, daß diese Ruby Redd sich hier höchstpersönlich eingemauert und dann Selbstmord begangen hat. Mord verjährt nicht, und ich riskiere nicht meinen Kopf. Wie Sie sagten, es ist Ihre Familiengruft, also sind Sie verantwortlich.«

Zufrieden mit seiner Rede zog sich der Mann zurück und fischte in seiner Tasche nach Zigaretten. Dolph bedrängte den anderen Beamten. »Also, Sie sind hier verantwortlich. Tun Sie, was Sie müssen, und zwar ein bißchen flott.«

»Tut mir leid, Mr. Kelling. Wie Ralph richtig gesagt hat, gehört der Inhalt der Gruft Ihnen. Ich meine, daß es das Klügste wäre, die Polizei zu holen, wie die junge Dame vorgeschlagen hat.«

»Zum Teufel noch mal! Sarah, wo du so entschlossen bist, diesen unglückseligen Vorfall zu einem öffentlichen Skandal zu machen, geh und ruf die Polizei. Und sage nicht, ich hätte dich nicht gewarnt.«

Unerwartet zog Mr. Ritling Sarahs Aufmerksamkeit auf sich und zwinkerte. »Soll ich gehen, Mrs. Kelling?«

»Nein«, antwortete sie zurückhaltend, »warum bleiben Sie nicht und machen sich Notizen? Immerhin schreiben wir ein neues Kapitel der Familiengeschichte. Betrachte es mal unter diesem Aspekt, Dolph. Oh, ich fürchte, jemand muß mir einen Zehner fürs Telefon leihen. Ich bin ohne jedes Geld unterwegs.«

»Ich hab' einen Zehner.«

Der alte Mann, der für Ruby Redd Drinks gemischt hatte, kam wieder nach vorne, nahm Sarahs Arm und lotste sie zwischen den Grabsteinen durch. Seine Galanterie rührte sie. Das war wahrscheinlich sein aufregendstes Erlebnis, seit Danny Rates Pub der Stadtsanierung zum Opfer gefallen war.

Hinter ihnen warf der Vorarbeiter die hohen Eisentore zu. Sarah hörte, wie Cousin Dolph dem Mann sagte, daß er daran auch früher hätte denken können. Ihr war nie zuvor bewußt geworden, was für ein aufgeblasener Dummkopf Dolph war.

Wie sich herausstellte, brauchte sie das Geld des alten Barkeepers nicht. Als sie auf die Telefonzellen in der Nähe des U-Bahn-Eingangs zustrebten, stoppte ein Polizeiwagen bei Rot. Sein Fahrer hielt den Verkehr auf, um ihre Geschichte zu hören, wendete völlig gesetzwidrig und parkte auf dem Bürgersteig nahe bei dem kunstvollen Eisenzaun. Sarah führte den Polizisten hinüber zur Gruft. Erst als der Beamte versuchte, die Einzelheiten des grausigen Fundes aufzunehmen, wobei alle, Dolph Kelling, der Vorarbeiter, Mr. Ritling und der Angestellte des Gartenamtes, durcheinandersprachen, fiel ihr auf, daß ihr selbsternannter Beschützer sich still und heimlich in Luft aufgelöst hatte.

Sie konnte sein Verschwinden gut verstehen. Wenn sie klug gewesen wäre, hätte sie sich ihm angeschlossen. Es war unhöflich, unklug und ganz typisch für Adolphus Kelling, ihr die Schmutzarbeit zu überlassen. Ohne Zweifel würde er auf der Beerdigung allen ausführlich erzählen, wie er die Dinge um der Familie willen vertuschen wollte, aber die junge Sarah unbedacht aus irgendeinem Grund darauf bestanden habe, daß mit ihnen ein Affenzirkus veranstaltet wurde.

Sarah wurde sich bewußt, daß es ihr wirklich gleichgültig war, was die Familie von ihr dachte, und das schon seit einer ganzen Weile. Dieses neue Gefühl der Distanz kam gerade zur rechten Zeit, weil es ihr half, diesen, wie sich herausstellte, höchst unangenehmen Tag zu überstehen.

Adolphus Kelling hatte offensichtlich angenommen, daß sie nur das Vorgefallene berichten müßten, damit das geschmacklos herausgeputzte Skelett schnellstens an einen verschwiegenen, versteckten Ort gebracht würde und die Gruft bereit wäre für ihre Rolle in den geplanten Trauerfeierlichkeiten. Er hätte sich nicht mehr getäuscht haben können.

Nach einer Untersuchung des rubinverzierten Skeletts, die der junge Beamte offensichtlich genoß, meldete er dem Polizeipräsidium über Funk diese faszinierende Unterbrechung in der eintönigen Abfolge von Straßenraub, Verkehrsunfällen, bewaffneten Raubüberfällen und Schlägereien zwischen Betrunkenen. Von da an war die Hölle los. Menschenmassen drängten sich hinter dem schmiedeeisernen Zaun. Kameraleute vom Fernsehen kämpften um Nahaufnahmen des funkelnden Schädels und wurden weggescheucht von Lieutenants der Mordkommission, die zu ermitteln versuchten, wie aus der roten Ruby die tote Ruby geworden war. Reporter in der Hoffnung auf Stellungnahmen ließen ihnen keine Ruhe. Sarah, die zur Höflichkeit erzogen war, beantwortete freundlich Fragen, als sie bemerkte, daß ihr Mikrofone vors Gesicht gehalten wurden.

»Warum wollte Ihr Großonkel Frederick hier begraben werden, Mrs. Kelling?«

»Ich glaube, daß Ihnen mein Cousin da besser antworten kann als ich«, wich sie aus. »Vielleicht könnte man sagen, daß er einen ausgeprägten Sinn für Geschichte hatte. Nicht wahr, Dolph?«

»Genau. Sehr gut, Sarah. Einen ausgeprägten Sinn für Geschichte. Die Kellings hatten schon immer einen ausgeprägten Sinn für Geschichte.«

Und Dolph legte los. Sarah schaffte es, den Reportern zu entkommen und nachzusehen, was bei der Gruft vor sich ging. Jemand hatte gefragt, warum ihrer Meinung nach die Gruft der Kellings als Versteck gewählt worden war, und sie hatte geantwortet, daß sie keine Ahnung hätte. Die Gruft war weder die größte noch von der Straße aus am schlechtesten zu sehen. In Nähe der Kirche und weitab vom Eingang war sie schwer zu erreichen. Sarah vermutete, daß es einfach diejenige war, die jemand hatte öffnen können. Nein, der Friedhofswärter hatte keine besonderen Schwierigkeiten gehabt, die Tür aufzuschließen. Ja, diese einfachen alten Schlösser waren wahrscheinlich für jemanden, der wußte, wie, sehr leicht aufzubrechen. Sie selbst hatte von so etwas nicht die leiseste Ahnung. Man müßte – sie hatte sich gerade rechtzeitig bremsen können zu ergänzen »meinen Mann fragen«. Das war weder die rechte Zeit noch der rechte Ort, publik zu machen, daß Alexander auch einen Schlosserkursus besucht hatte.

Die Leute der Mordkommission arbeiteten so exakt wie Archäologen, fotografierten das Skelett aus verschiedenen Winkeln und packten soviel des vermodernden Kostüms zusammen, wie sie retten konnten. Sie achteten besonders darauf, keine Rubinsplitter zu übersehen, die vielleicht aus den Zähnen gefallen waren. Es dauerte lange, bis sie ihre Arbeit beendet hatten. Als die Polizei endlich geneigt schien, die Kellings ihren Privatangelegenheiten nachgehen zu lassen, war Sarah die Kälte bis in die Knochen gedrungen, sie war halbverhungert und mußte dringend auf die Toilette.

»Dieser alte Mann, der behauptete, die Frau zu kennen«, fragte jemand sie zum wohl sechsten Mal, »wo, sagten Sie, ging er hin?«

»Ich sagte nichts, weil ich es nicht weiß«, antwortete sie etwas giftig. »Er begleitete mich, als ich Hilfe holen ging, und war verschwunden, als ich zurückkam. Ich kann mich nicht erinnern, daß ich ihn weggehen sah, weil ich mit dem Polizisten sprach.«

»Wie lang war er hier?«

»Das kann ich nicht sagen. Er war auf dem Friedhof, als ich hier ankam, das ist alles, was ich weiß.«

»Sagte er, warum er auf dem Friedhof war?«
»Oh, ich bezweifle, daß er einen besonderen Grund hatte ...«
»Wie kamen Sie mit ihm ins Gespräch?«
»Soweit ich mich entsinne, machte er eine Bemerkung über das Wetter und fragte mich, ob ich Tourist sei. Ich dachte, er hoffe vielleicht auf ein Trinkgeld für eine Führung, und so erklärte ich ihm, daß ich auf meinen Cousin wartete. Dann plauderten wir ein bißchen, um die Zeit totzuschlagen. Mein Cousin hatte den Eindruck erweckt, daß er mich sofort treffen wolle, aber wie sich herausstellte, mußte ich ziemlich lang warten, weil er erst noch eine andere Sache erledigte.«
Dolph hatte es als ganz selbstverständlich betrachtet, daß Alex' Frau nichts Besseres zu tun hatte, als sich auf einem kalten Friedhof herumzutreiben, so lange, wie es ihm paßte.
»Wußte der Alte, daß die Gruft geöffnet werden würde?«
»Erst als ich es ihm sagte, wenn Sie das meinen. Ich bin nicht sicher, ob er dann begriff, worum es ging. Er fragte immer wieder, wen wir denn ausgraben wollten. Ich wußte selbst nicht, was geschehen sollte, bis mein Cousin mich heute morgen anrief, und ich glaube, auch er erfuhr es erst kurz vor diesem Telefongespräch.«
Der Mann von der Mordkommission wandte sich an Dolph. »Ist das richtig, Mr. Kelling?«
»Es stimmt«, antwortete Dolph verdrießlich. »Ob es richtig war, können Sie entscheiden. Ich hatte natürlich angenommen, daß Onkel Fred wie wir alle auf Mount Auburn beerdigt werden wollte. Ich organisierte alles, setzte die Todesanzeige in die Zeitungen, sagte den Verwandten Bescheid, ging heute morgen als erstes hinüber, um Onkel Freds Rechtsanwalt zu treffen, und dieser unerhörte Testamentszusatz traf mich wie ein Hammer. Ich hatte ungefähr vierundzwanzig Stunden Zeit, alles, was ich arrangiert hatte, rückgängig zu machen und wieder von vorne anzufangen, und nun hat sich diese verdammte Schlampe in unsere Gruft schmuggeln lassen! Es schickt sich wohl kaum, jetzt einfach so weiterzumachen, als sei nichts gewesen.«
Dolph ereiferte sich noch eine Weile und seufzte dann. »Nun, Onkel Fred wollte es so, also werden wir wohl weitermachen müssen, und wenn die Sintflut kommt. Sie sammeln die Ziegel ein und kehren die Rubine zusammen, was? Bei Gott, was für eine Situation! Sarah, meinst du, daß Alex schon zurück ist?«

»Nein, ich glaube nicht«, antwortete sie, »und wenn, könnte er auch nichts tun. Lieutenant, wenn Sie uns nicht länger brauchen, können wir dann bitte das erledigen, wozu wir eigentlich hergekommen sind?«

»Ich schätze, ja.«

Der Polizeibeamte lächelte Sarah so menschlich an, daß sie aus irgendeinem Grund fast in Tränen ausgebrochen wäre. »Sie können sich weiter um Ihre Beerdigung kümmern. Wir sehen zu, daß alles für morgen in Ordnung ist. Okay, Ralph?«

»Okay«, seufzte der Vorarbeiter. »Stört es Sie, wenn ich erst einen Bissen esse?«

Adolphus Kelling wurde heiter. »Das ist eine ausgezeichnete Idee. Komm, Sarah, ich lade dich zu einem Drink ein.«

Obwohl ein Langweiler und Tyrann, ließ sich Dolph als Gastgeber nicht lumpen. Gestärkt von zwei Cocktails und hervorragendem, reichlichem Essen, entschied Sarah, daß es ihr nicht sonderlich viel ausmachte, ihn zum Friedhof zurückzubegleiten.

Immer noch drängten sich Zuschauer am Zaun, aber es war kaum etwas zu sehen. Die Tür zur Gruft war geschlossen, und einer von Ralphs Helfern schaffte in einer Schubkarre die letzten Ziegel weg. Am Tor sagte der Wache stehende Polizist Sarah und ihrem Cousin, daß sie nicht hineinkonnten.

»Aber ich bin Adolphus Kelling, verdammt noch mal! Das ist meine Gruft.«

»Tut mir leid, Mr. Kelling.«

»Komm schon, Dolph«, redete ihm Sarah gut zu. »Wir müssen sowieso den Pfarrer aufsuchen, und wahrscheinlich läßt er uns durch die Kirche hinein. Jedenfalls scheinen sie zu tun, was sie versprochen haben.«

»Das glaube ich erst, wenn ich es sehe«, schnaubte Dolph. Aber er war vernünftig genug, nicht den Kampf mit dem Gesetz zu suchen. Er konnte immer noch den Pfarrer und den Organisten tyrannisieren.

Während ihr Cousin mehr als eine Stunde damit verbrachte, einen Gottesdienst zu diskutieren, der insgesamt vielleicht zwölf Minuten dauern würde, ruhte sich Sarah in der Kirchenbank der Familie aus, versuchte angesichts des herrlichen alten Altarraums Kraft zu sammeln und fragte sich, wie sie mit der Schar morgen nachmittag fertig werden sollte. Eigentlich sollte sie einkaufen oder putzen oder wenigstens ihre eigene Familie von dem absonderlichen Fund in der Gruft informieren. Trotzdem blieb sie, bis Dolph alles zu seiner und vermutlich Onkel Freds Zufriedenheit geregelt hatte. Als sie hinausgingen, war es fast dunkel.

»Dolph«, sagte sie, »ich lass' dich jetzt allein. Alexander muß schon vor einer Ewigkeit nach Hause zurückgekehrt sein. Er wird sich fragen, wo ich stecke.«

»Alex? Den habe ich ganz vergessen. Ich bin ganz gut allein zurechtgekommen, oder? Vielleicht werfen wir besser noch einen letzten Blick auf die Gruft. Eine weitere Revuetänzerin, die sich unbemerkt einschleicht, können wir nicht gebrauchen. Komm mit zurück, wir bitten den Pastor, uns die Seitentür zu öffnen.«

Zögernd gehorchte Sarah. Der Pfarrer, der zwar freundlich wie immer war, aber inzwischen ohne Zweifel wünschte, er könne den ganzen Kelling-Clan beerdigen, führte sie durch die Sakristei und hinaus auf den alten Friedhof.

»Sicherlich werden Sie feststellen, daß alles in Ordnung ist«, sagte er hoffnungsvoll.

Das war es auch, abgesehen von einem Ziegelstein, der irgendwie vergessen worden war. Dolph hob ihn auf und begann zu schäumen.

»Oh, reg dich nicht auf, und gib ihn mir«, sagte Sarah. »Ich werfe ihn auf dem Heimweg in einen Abfallkorb.«

Es war ein hübscher schmaler Ziegelstein, klein genug, daß er in ihre lederne Umhängetasche paßte. Sie steckte ihn ein, dankte dem Pfarrer, nahm erleichtert Abschied von Cousin Dolph und machte sich über den Hill auf den Weg zur Tulip Street.

Kapitel 3

Alexander hatte die Tür geöffnet, ehe sie nur halb die Treppe hinauf war. »Sarah, ich habe am Fenster nach dir Ausschau gehalten. Wo warst du?«

»Bei Cousin Dolph. Er rief an, kurz nachdem ihr zum Krankenhaus aufgebrochen wart.«

»In heller Aufregung wegen Onkel Freds Beerdigung vermutlich. Pech, daß er dir den ganzen Tag gestohlen hat. Harry ist zurück, und sie haben uns zum Dinner eingeladen.«

»Auch das noch!« Wenn es irgend etwas gab, was Sarah in diesem Moment nicht brauchen konnte, so war das eine spontane Dinnerparty der Lackridges. »Alexander, es ist etwas ganz und gar Unglaubliches geschehen!«

»Das kannst du später erzählen. Du hast gerade fünf Minuten Zeit, dich umzuziehen.«

Wütend rannte sie in den zweiten Stock hinauf, wobei der Ziegelstein, den sie in ihrer Umhängetasche vergessen hatte, bei jedem Schritt gegen ihre Hüfte schlug. Typisch, für ihn war Harry Lackridge natürlich wichtiger als alles andere. Alexander trug seine Smokingjacke, nicht, weil das Ereignis es forderte, sondern weil er sie sich vor Urzeiten für irgendeine Feier hatte anschaffen müssen und es für seine Pflicht hielt, daß diese Investition sich bezahlt machte.

Es wäre unpassend, wenn die Frau an seiner Seite in einem graukarierten Rock und einem ausgeleierten hellbeigen Pullover erschien.

Zum Glück hatte sie diesmal wenigstens schon gegessen. Und warm angezogen war sie auch. Da sie Leila Lackridges Verachtung für leibliche Bedürfnisse kannte, hatte sich Sarah extra für diese Anlässe ein Kleid geschneidert: langärmelig, mit langem Rock, einfach geschnitten wie die Ausschneidekleidchen für Anziehpuppen, aus einem dicken, weichen Frotteestoff in exakt dem Farbton von Alexanders blauen Augen. Um es aufzuputzen, brauchte es etwas Aufregenderes als die Amethystbrosche ihrer Großmutter und die kleine Perlenkette, die Alexander ihr zur Hochzeit geschenkt hatte, aber das war alles, was sie hatte, und so legte sie sie an.

Eines Tages würde sie mehr Schmuck besitzen, als eine Frau überhaupt tragen konnte. Es war lächerlich, daß sie sich nicht schon jetzt an einigen Stücken erfreuen durfte. Was für ein gräßliches Leben, hier herumzusitzen und auf Tante Carolines Tod zu warten!

Taten sie das? Dieser Gedanke, den sie nie zuvor hatte aufkommen lassen, erschreckte Sarah, und sie starrte in das ihr fremd erscheinende Gesicht im grünlichen, mit Flecken übersäten Spiegel. Sie sah das Gesicht irgendeiner Frau mit hellbraunen Haaren und graubraunen Augen, von denen eins ein klein bißchen höher stand als das andere, in einem blassen viereckigen Gesicht. Sie trug etwas Lippenstift auf, griff die Ohrclips, die zur Amethystbrosche gehörten, und steckte sie an, während sie die Treppe hinunterlief.

Alexander wartete auf sie. Er hielt das glänzende, schütter werdende Cape aus Bisampelz bereit, das einst ihrer Mutter gehört hatte.

»Du darfst nicht so schnell laufen in dem langen Rock«, wies er sie sanft zurecht. »Du könntest stolpern und fallen.«

»Aber du hast gesagt, ich soll mich beeilen«, gab sie schnippisch zurück. »Wo ist Tante Caroline?«

»Draußen auf der Treppe. Du weißt, daß sich Mutter gern beim Hinuntergehen Zeit läßt.«

Natürlich wußte Sarah das. Es gab keine Marotte oder Laune ihrer Schwiegermutter, auf die sie in den letzten sieben Jahren nicht Rücksicht genommen hatte. Es war immer noch Caroline Kellings Haus, und immer noch drehte sich alles um Caroline. Wer konnte Anstoß nehmen, wenn der gesunde Menschenverstand vorschrieb, daß alles an seinem angestammten Platz blieb, damit eine blinde Frau sich ohne Führung in den Räumen zurechtfand, und wenn der Anstand forderte, daß auf eine doppelt Behinderte jegliche Rücksicht genommen wurde? Konnte eine Frau ihrem Gatten vorwerfen, daß er fast seine ganze Zeit von früh bis spät mit seiner Mutter verbrachte, wenn Caroline nur dank Alexander überhaupt fähig war, so etwas wie ein normales Leben zu führen?

Selbst wenn dieses völlige Eingehen auf Carolines Wünsche bedeutete, daß Sarah und Alexander gar kein eigenes Leben kannten? Sie sprachen sogar kaum noch miteinander. Damals, als Sarah sechs Jahre alt war und Cousin Alexander als junger Mann in Flanellhosen von Brooks Brothers aussah wie ein junger Gott, war ihre Beziehung weitaus befriedigender gewesen. Er hatte mit ihr Spaziergänge im Stadtpark gemacht, während seine Mutter mit Sarahs Vater Schach spielte. Damals liebte sie ihn über alles. Sie nahm an, daß sie das heute noch tat. Jedenfalls gab es im Moment wohl nichts, was sie unternehmen konnte.

Sarah zog ihr unzulängliches Cape enger um ihre Schultern und trottete hinter ihrem Mann und der weißhaarigen Frau her, die fast so groß war wie er. Caroline Kelling hatte eine Hand auf den Arm ihres Sohnes gelegt, weil der Bürgersteig recht steil abfiel, aber sie ging so gerade, als hätte sie ihren Blindenstock verschluckt, und stolperte kein einziges Mal auf dem unebenen Backsteinpflaster.

Die Lackridges lebten auf der dem Fluß zugewandten Seite von Beacon Hill in einem gepflegten Wohnhaus, das vor dem Umbau Leilas Großeltern als Kutscherhaus gedient hatte. Im ursprünglichen Herrenhaus befand sich nun ein renommierter, aber nicht immer einträglicher Verlag, den Leilas Familie gegründet und in den Harry Lackridge eingeheiratet hatte.

Nach der Hochzeit hatten Leila und Harry die Dachböden und Abstellkammern ihrer jeweiligen Familien nach jedem überflüssigen Möbelstück abgesucht, das sie bekommen konnten. Leila hatte dann eine Innenarchitektin zu Rate gezogen und sie gezwungen, aus diesem Mischmasch etwas Ansehnliches zu machen. Jetzt kam einmal die Woche ein Reinigungsdienst, und alle sechs oder acht Jahre ließ Leila das Haus in fast den gleichen Mustern und Farben wie zuvor neu tapezieren und streichen. Über die Jahre hinweg hatten die Räume einen eigenartigen Charakter angenommen – sie wirkten wie einbalsamiert. Leila nahm das nie zur Kenntnis. Sie hatte anderes zu tun.

Es war zum guten Teil Leila Lackridge zuzuschreiben, daß in Caroline Kellings Leben so viel los war. Die beiden gehörten zu denen, die ständig in den städtischen Angelegenheiten Bostons mitmischten, das heißt, Leila mischte mit, während Mrs. Kelling allein durch ihre Anwesenheit auf dem Podium Mitgefühl auslöste, ihre toten Augen hinter einer getönten Brille versteckt, ihr schönes Gesicht voll Aufmerksamkeit für die Mitteilungen, die ihre Freundin oder ihr Sohn in ihren Handteller buchstabierten.

Nicht allen Menschen, die als Erwachsene blind und taub werden, gelingt es, alternative Methoden der Verständigung zu erlernen. Caroline beherrschte Braille und zudem ein stenographisches System von Handsignalen, das nur Leila und Alexander in einem Tempo meisterten, das mit Carolines schnellem Verstand und ihrer gelegentlich scharfen Zunge mithalten konnte. Sarah hatte es mit den Handsignalen probiert, aber das ungeduldige Zucken von Tante Carolines Fingern entmutigte sie, und sie plagte sich nicht weiter ab. Nun stach sie mit Schablone und Griffel Nachrichten in Braille oder ließ Alexander übersetzen, wenn sie ihrer Schwiegermutter etwas Besonderes mitzuteilen hatte. Seit sie die meiste Hausarbeit übernommen und keine Anleitung mehr nötig hatte, war das nur selten der Fall.

Diese Abendesseneinladungen zu den Lackridges kamen immer in letzter Minute, da Harry wie Leila soviel unterwegs waren, daß es schwierig war, im voraus zu planen. In der Regel konnte Sarah gut auf sie verzichten. Die Cocktailstunde zog sich endlos hin, während Leila und Tante Caroline sich über ihr neuestes Anliegen ausließen und die beiden Männer sich in Erinnerungen an ihre Schul- und Collegezeit ergingen, Jahre vor Sarahs Geburt. Das Haus war immer kalt, selbst im Sommer, und das Essen war ungenießbar.

Vielleicht wurde es heute abend gar nicht so schlecht. Vielleicht ließen sie sie ihre erstaunliche Geschichte erzählen. Und wenn nicht, konnte sie sich in ihrem wollenen Kokon einigeln und heimlich ein Nickerchen halten. Sie war schläfrig vom Herumstehen in der kalten Luft und gesättigt von dem späten schweren Mittagessen. Wenigstens war es besser, den Abend mit Leila und Harry zu verbringen, als wenn sie in einem Bestattungsinstitut den Belehrungen von Cousin Dolph zuhören müßte. Es würde keine Aufbahrung mit Abschiedsbesuchen geben. Der Testamentszusatz von Großonkel Frederick über Verwandte, die sich an seinen sterblichen Überresten weiden wollten, war eindeutig.

Sarah hatte immer den Eindruck gehabt, daß Leila und Harry ihr die Heirat mit Alexander übelnahmen. Die Lackridges hatten mit ihm und Caroline über so viele Jahre ein trautes Quartett gebildet, daß sie die junge Braut so oft wie möglich in den Hintergrund schoben. Heute abend allerdings war sie der Ehrengast. Zu ihrer Überraschung zog Harry sie mit Schwung in seine Arme, sogar ehe er Caroline ihren zeremoniellen Kuß gab.

»Hier ist sie höchstpersönlich! Wie geht's unserer kleinen Berühmtheit? Spricht sie noch mit gewöhnlichen Leuten?«

Sarah war zu durcheinander, um irgend etwas zu sagen. Alexander fragte ruhig:

»Berühmtheit?«

»Hast du keine Nachrichten gesehen?« frohlockte Harry. »Ach, ich vergesse immer, daß ihr intellektuellen Snobs nicht fernseht.« Sein Grinsen, das auf Fotografien, die Alexander seit ihrer Schulzeit hütete, so charmant wirkte, ließ seine gelb verfärbten Zähne sichtbar werden. Die Jahre hatten Harry nicht schöner gemacht.

»Sarah!« Seine Frau trat zu ihnen, in einen orientalischen Kaftan gehüllt, der zu ihrer eckigen Gestalt einfach nicht paßte. Im Gegensatz zu ihrem Mann war Leila nie auch nur leidlich gutaussehend gewesen. Im Alter von siebenundvierzig war sie so häßlich wie die Drachen, die auf ihr Gewand gedruckt waren, doch machte sie einen angenehmeren Eindruck als Harry, weil in ihrem Gesicht stets Begeisterung für etwas Neues leuchtete. Zum allerersten Mal zeigte sie starkes Interesse an Sarah.

Caroline, ausnahmsweise einmal nicht im Mittelpunkt, begann zu sprechen. Niemand beachtete sie, nicht einmal Alexander.

»Sarah«, wollte er wissen, »hast du die leiseste Ahnung, wovon sie reden?«

»Ich glaube schon. Ich habe versucht, es dir zu erzählen, aber du wolltest nicht zuhören.«

»Du meinst, er weiß es noch gar nicht?« rief Leila.

»Es heißt, der Ehemann erfährt es immer als letzter«, schaltete sich Harry ein, »aber das ist doch absurd!«

»Es ist seine eigene Schuld«, sagte Sarah. »Ich kam erst vor ganz kurzer Zeit nach Hause. Ich versuchte sofort, ihm davon zu erzählen, aber er wollte nicht zuhören. Dann ging er in einem solchen Tempo hierher, daß ich kaum atmen, geschweige denn reden konnte. Ihr wißt, wie sehr er jede Unpünktlichkeit haßt.«

»Aber, Sarah«, begann Alexander.

»Aber, aber. Kein Aber mehr, alter Junge«, unterbrach ihn Lackridge. »Komm und trink was. Wenn es je einen Menschen gab, der sofort einen Drink braucht: Du bist der Mann.«

Caroline Kelling war inzwischen recht aufgebracht. Schließlich konnten sie sie beruhigen und nach einigem Hin und Her ins Wohnzimmer geleiten. Sarah steuerte auf ihre übliche Ecke am Kamin zu, als sie bemerkte, daß dieses Ende des Sofas bereits besetzt war. Ein junger Mann stand da und wartete reichlich verlegen darauf, vorgestellt zu werden. Da beide Lackridges damit beschäftigt waren, die ältere Mrs. Kelling zu besänftigen, ging Sarah zu ihm hin und reichte ihm die Hand.

»Guten Abend! Ich bin Sarah Kelling.«

»Ich weiß«, erwiderte er mit einem zaghaften Lächeln. »Ich bin Bob Dee, einer der hilfreichen Geister aus Harrys Büro. Waren Sie zum ersten Mal im Fernsehen? Sie haben das wie ein Profi hingekriegt.«

Sarah lächelte zurück. »Wirklich? Ich muß gestehen, ich hatte keinen blassen Schimmer, daß sie mich filmten, bis es passiert war. Sonst hätte ich Todesängste ausgestanden.«

Es wäre angenehm gewesen, sich hinzusetzen und in Ruhe mit diesem sympathischen Jungen zu plaudern, der ihr altersmäßig so viel näher stand als jeder andere im Raum, aber es sollte nicht sein. Sobald Harry sie alle mit Drinks versorgt hatte, befahl er ihr, ihre Geschichte zu erzählen. Sarah begann zu reden, schilderte auf Leilas Drängen auch die grausigen Einzelheiten und war fast bis ans Ende ihrer Geschichte gelangt, als sie bemerkte, daß Alexanders Hände völlig ruhig waren. Tante Caroline bekam kein Wort mit.

Sie war so verblüfft, daß sie mitten im Satz abbrach. »Alexander, erzählst du denn deiner Mutter nichts?«

Er sah sie verständnislos an, so, als hätte er vergessen, wer sie war. Dann schüttelte er den Kopf.

»Nein, ich möchte lieber nicht. Es würde sie – schrecklich aufregen.«

Es fiel ihm sichtlich schwer, die Worte herauszubekommen.

»Ich – sie – würde niemals –«

»Glauben, daß eine waschechte Leiche im Familienkeller steckt, wie man so schön sagt?« Harry klopfte ihm auf die Schulter.

»Entspann dich, alter Knabe. Sonne dich in Sarahs Rampenlicht. Brauchst du einen Muntermacher?«

Alexander Kelling schüttelte seinen schönen Kopf. »Nein, nicht jetzt, danke. Ich – ich kann einfach nicht –«

»Komm schon, Alexander, du übertreibst. Gott erbarme sich unser, wenn der alte Fred jemals erfahren hätte, in welche Gesellschaft er geraten würde! Das gibt einen Spaß in der nächsten Halloween-Nacht! Meiner Meinung bist du ein Spielverderber hoch zwei, Caro nichts davon zu erzählen. Los, Leila, erzähl du es ihr.«

»Bitte nicht«, sagte Alexander erneut. »Sie ist schon beunruhigt, weil sie morgen zu Onkel Freds Beerdigung muß. Du weißt, wie sie auf Veränderungen reagiert. Das – das würde –«

Die Aufregung ihres Mannes ging Sarah zu Herzen. Sie hätte ihn noch zu Hause zum Zuhören zwingen sollen. Es war grausam, in Gesellschaft jemanden mit einer solchen Schauergeschichte zu überraschen, nur weil er sie zu etwas gedrängt hatte, was sie nicht wollte. Zumindest konnte sie ihn jetzt unterstützen.

»Alexander hat recht, Harry. Ihr macht euch nicht klar, wie sprunghaft Tante Caroline reagieren kann. Sie schließt sich dann in ihrem Boudoir ein und bestickt die Vorhänge. Es bricht einem das Herz, weil die Stiche auf dem Vorhangmuster noch nicht einmal zu erkennen sind. Wir wissen nie, was sie aufregt, und manchmal ist sie tagelang depressiv. Tu's nicht, Leila, bitte!«

Mrs. Lackridge zuckte mit den Achseln, mit dem Erfolg, daß die auf ihren Kaftan gedruckten Drachen auf sehr beunruhigende Weise in Bewegung gerieten. »Wenn Alex sich derart darüber aufregt. So oder so – ich finde die Sache nicht besonders wichtig. Harry, sagtest du nicht, daß noch jemand kommt?«

»Ja, oh Perle des Morgenlandes. Ein Typ namens Bittersohn, der eine Art Experte für seltene Juwelen ist. Er schreibt ein Buch für uns. Ich dachte, es könnte ein Gewinn für ihn sein, Caro zu treffen.«

Alexander blickte den Verleger scharf an. »Ich hoffe, du hast ihm nichts versprochen. Du kennst Mutter doch.«

»Natürlich, und versprochen habe ich nichts. Wenn ich so drüber nachdenke, weiß ich eigentlich gar nicht, warum ich ihn eingeladen habe; sieht man davon ab, daß er von irgendeinem Juweliersverein einen Riesenzuschuß für die Druckkosten bekommt, was ihn automatisch zu unserem blondgelockten Liebling des Monats macht, obwohl er ein bißchen wie ein dunkelhäutiger Jude aussieht. Stimmt's, Bob?«

»Stimmt, Chef«, antwortete der hilfreiche Geist schnell und nahm sich eine große Handvoll Erdnüsse.

»Ein Jude weiß natürlich, wo was zu holen ist.«

Es gab eine ganze Reihe Punkte, die Sarah an Harry Lackridge nicht mochte. Dazu gehörte seine Einstellung gegenüber allen, die nicht der Gruppe der weißen protestantischen Angelsachsen angehörten.

»Ich dachte, Antisemitismus wäre passé«, sagte sie scharf.

Ihr Gastgeber zog eine farblose Augenbraue hoch. »Wer ist anti? So wie die Geschäfte heute gehen, könnten wir kaum mehr pro sein. Stimmt's, Bob?«

»Stimmt, Chef.«

Der junge Dee nahm sich nochmals Erdnüsse. Wahrscheinlich wußte er ziemlich genau, wie seine Chancen auf ein genießbares Abendessen standen. Meistens aß Sarah die Erdnüsse. Sie spürte einen Anflug von Zusammengehörigkeitsgefühl, auch wenn sie wünschte, er wäre nicht so eilfertig mit seinem »Ja, Chef.« Aber es war unfair, Harrys Angestelltem vorzuwerfen, daß er einem Boß zustimmte, der nach Sarahs Vermutung ein ziemlicher Tyrann sein konnte.

Offensichtlich hatte es der Juwelenexperte nicht eilig, zu ihrer Gruppe zu stoßen. Er tauchte erst auf, als die Cocktailstunde recht weit fortgeschritten war, und er schien keine besondere Anstrengung unternommen zu haben, sie zu beeindrucken. Bittersohns dunkelgrauer Kammgarnanzug, sein schlichtes weißes Hemd und seine unauffällige Krawatte bildeten einen Kontrast zu Alexanders trübsinniger Pracht, zu Harrys Smokingjacke aus lila Samt, deren Schnitt aus der Jahrhundertwende stammte, und zu Bob Dees Rollkragenpullover und flottem Karoblazer. Sein Haar war braun, seine Augen blau oder grau und sein Teint eher hell als dunkel.

Doch er hatte etwas an sich, was die anderen Männer neben ihm verblassen ließ.

»Ich hoffe, Sie haben nicht auf mich gewartet, Mrs. Lackridge«, entschuldigte er sich. »Ich habe mir die Nachrichten angesehen und darüber die Zeit vergessen. Haben Sie zufällig um sechs Uhr Kanal Sieben eingeschaltet? Die brachten was über eine Familie, die irgendeinen alten Onkel in einer von diesen historischen Grabstätten beisetzen will. Als sie die Gruft öffneten, fanden sie das Skelett einer Revuetänzerin, die seit fast dreißig Jahren vermißt war.«

»Ja, haben wir.«

»Das war vielleicht was! Ein Typ wie Colonel Blimp, mit vorstehenden Augen und stockkonservativ, der sich über diese schändliche Entweihung ausließ, und ein dünnes kleines Ding mit roter Nase, das versuchte, ihn zum Schweigen zu bringen und die Familienehre zu wahren. Kelling war wohl der Name. Kennen Sie sie vielleicht?«

»In der Tat«, sagte Lackridge. »Leute, der Gentleman mit der Vorliebe für Fettnäpfchen ist Max Bittersohn. Und dort haben wir von links nach rechts Caroline Kelling, Alexander Kelling und in Lebensgröße bis hin zur roten Nase Sarah Kelling.«

»Oh Gott«, sagte Bittersohn.

Er ging zu dem älteren Paar hinüber, stutzte für eine Sekunde, wie jeder, der zum ersten Mal von Alexanders unglaublicher Schönheit beeindruckt wurde, und schüttelte die steife Hand, die ihm mechanisch entgegengestreckt wurde.

»Guten Abend, Sir.«

Da Caroline überhaupt nicht auf die Vorstellung reagierte, nahm er wohl an, daß sie seine Taktlosigkeit ärgerte, und fügte hinzu: »Mrs. Kelling, ich hoffe, ich habe Sie oder Ihre Tochter nicht gekränkt.«

»Meine Mutter kann weder sehen noch hören«, antwortete Alexander mit tonloser Stimme. »Sarah ist meine Frau.«

»Noch ein Fauxpas, Max«, sagte sein Gastgeber ungerührt. »Was trinken Sie?«

»Haben Sie Strychnin?«

»Nicht, bevor Sie Ihr Manuskript liefern. Zufrieden mit einem Scotch?«

»Einverstanden.«

Der Autor nahm seinen Drink und schaute sich um, vermutlich nach einem Loch, um sich zu verkriechen.

»Setzen Sie sich hierher, Mr. Bittersohn. Sie können meine rote Nase bewundern und mir von Ihrem Buch erzählen. Sind Sie selbst Juwelier?«

»Nein, aber ein Onkel von mir führte ein Pfandhaus.«

Bittersohn nahm neben ihr Platz und zwang Bob Dee ans andere Ende des Sofas, worauf Sarah ihren Anflug von Großzügigkeit bedauerte. Sie hätte Verstand genug haben sollen, in die Mitte zu rücken und so zwischen den beiden zu sitzen. Aber nachdem sie für Alexanders Tochter gehalten worden war, mochte es klüger sein, Abstand von dem jüngeren Mann zu halten. Ohnehin schickte Leila Dee bald neues Eis holen, und Sarah blieb allein mit dem Autor, was wahrscheinlich besser so war.

Bittersohn mußte gut zehn Jahre jünger sein als Alexander, also schon etwa vierzig. Seine Gesichtszüge waren markant, aber keineswegs grob, und er hatte wunderschönes volles Haar. Er hatte es glattgebürstet, aber es stellte sich in immer neuen Wellen auf, während er an einem Glas nippte, das höchstwahrscheinlich billigen Scotch pur enthielt. Sarah hatte oft geäußert, daß Harrys Drinks so stark waren, daß sich einem die Haare kräuselten, aber sie hatte nie dabei zugesehen, wie es tatsächlich geschah.

Sie begann zu kichern und merkte dann, welche Wirkung ihr eigener Drink nach den zwei Old-Fashioned hatte, die Dolph ihr spendiert hatte. Sie fühlte sich, als würde das Sofa dahintreiben, und nur ihr eiserner Wille hielt ihre Augenlider offen. Alexander zuliebe mußte sie unbedingt wach bleiben.

Ausnahmsweise war Sarah dankbar, daß Leila eine unmögliche Gastgeberin war. Bei den Lackridges gab es die Hausregel, daß Harry zwar seine Geschäftsfreunde einladen konnte, wann immer er wollte, aber Leila sich deshalb keine Umstände zu machen brauchte. Die Frau des Verlegers hatte sich kaum die Mühe gemacht, Bittersohn zu begrüßen, nun ignorierte sie ihn, ließ sich bei Caroline und Alexander über eine Anhörung im Parlament von Massachusetts aus und redete mit Mund und Händen. Ihre dünnen Finger tanzten und zuckten im Handteller der tauben Frau, um mit dem Schnellfeuer ihrer Worte Schritt halten zu können.

Alexander schien sehr aufmerksam zu folgen. Sarah dachte zunächst, er benutze Leila als Vorwand, um eine Unterhaltung mit dem Mann zu vermeiden, der ihn verletzt hatte. Er haßte es immer, wenn Fremde ihn für Sarahs Vater hielten. Dann aber merkte sie, daß er gar nichts tat als einfach nur dasitzen. In ihm war nicht mehr Leben als in dem in verrottete Pracht gehüllten Haufen Knochen, der in der städtischen Leichenhalle darauf wartete, daß jemand die Überreste von Ruby Redd beanspruchte und sie in einem eigenen Grab bestattete. Was für ein gräßlicher Vergleich!

Bittersohn beobachtete Leilas unglaublich schnelle Finger, die jeden faszinierten. Nach einer Weile fragte er Sarah: »War Ihre – Mrs. Kelling immer schon so?«

»Oh nein«, erzählte ihm Sarah. »Es passierte erst vor gut dreißig Jahren, als sie Mitte vierzig war. Sie war in ein Bootsunglück verwickelt. Sie war sofort taub, aber sie erblindete erst nach und nach. Ich erinnere mich, wie Tante Caroline noch sehen konnte.«

»Wie lange kennen Sie sie?«

»Solange ich denken kann. Ihr Gatte war entfernt mit meinen Eltern verwandt, und früher lebten wir praktisch gleich um die Ecke. Alexander war damals häufig mein Babysitter. Nicht wahr, Liebling?« rief sie quer durch den Raum in dem plötzlichen panischen Verlangen, ihm irgendeine Reaktion zu entlocken.

Vielleicht hatte er gar nichts gehört, zumindest antwortete er nicht. Bittersohn mochte bemerkt haben, wie Sarah ihre Hände zu Fäusten ballte, und fragte schnell: »Wie ist der Unfall passiert?«

»Bei Nebel lagen sie ungefähr eine Meile vor der Küste mit ihrer Schaluppe *Caroline* in einer Flaute. Eigentlich war das Boot überhaupt nicht in Gefahr, aber Onkel Gilbert, Alexanders Vater, stellte fest, daß er seine Herztropfen vergessen hatte, die er ganz dringend brauchte. Kurz zuvor war ihr Dingi beschädigt worden, so daß Tante Caroline sich entschied, an den Strand zu schwimmen, um Hilfe zu holen. Sie war immer eine hervorragende Langstreckenschwimmerin gewesen – sie hatte als Mädchen sogar für das Kanalschwimmen trainiert, aber ihre Eltern verboten ihr die Teilnahme. Jedenfalls kam ein Sturm auf, und sie verlor die Orientierung. Schließlich schaffte sie es zum Strand, aber die Wellen hatten ihr schrecklich zugesetzt. Beide Trommelfelle waren geplatzt, und sie bekam eine Infektion, die sie völlig taub werden ließ. Ihre Augen waren ebenfalls verletzt. Die Ärzte haben jede Art von Behandlung versucht, aber nichts half. Das Schlimmste war, daß Onkel Gilbert starb, während sie im Wasser war. Alexander war bei ihm, und ich glaube nicht, daß er jemals darüber hinweggekommen ist.«

»Warum ließ er seine Mutter schwimmen, anstatt es selbst zu tun?«

»Weil sie besser schwimmen konnte, vom Umgang mit einem Segelboot aber keine Ahnung hatte. Sie trafen eine vernünftige Entscheidung, auch wenn dann alles falsch lief.«

»Das ist das Problem mit der Vernunft«, sagte Bittersohn. »Wie alt war Ihr Gatte, als es passierte?«

»Siebzehn. Er war gerade mit der Privatschule fertig und wollte sein Collegestudium beginnen. Er und Harry waren Zimmergenossen, wie Sie vielleicht wissen.«

Er schüttelte den Kopf. »Ich kenne Lackridge überhaupt nicht, nur als meinen sogenannten Verleger.«

»Wieso sogenannt? Ich dachte, mit Ihrem Buch wäre alles geregelt.«

»Das kann man eigentlich nicht sagen. Ich muß noch den größten Teil schreiben.«

»Haben Sie schon als Autor gearbeitet?«

»Ein paar Artikel für Fachzeitschriften. Nichts, was gelesen wird.«

»Lassen Sie den Kopf nicht hängen«, meinte Bob Dee, der mit einer frischen Portion Erdnüssen zurückgekommen war. »Nächstes Jahr um diese Zeit werden Sie bereits ein Begriff geworden sein.«

»Für wie viele? Meinen Sie, wir essen bald?«

»Das kann man nie wissen«, sagte Sarah. »Wenn Sie noch einen Drink möchten, nehmen Sie ruhig noch einen.«

»Lieber nicht.«

Da Leila keine Anstalten machte, sich zu erheben, hielt Bittersohn dann aber doch sein Glas hin, und Bob Dee flitzte davon, um es zu füllen.

»Was macht Ihr Mann, Mrs. Kelling?«

»Was er macht?«

Die Frage überraschte Sarah. Bittersohn nahm wohl an, daß ihr Mann ein normales Leben führte. Sie suchte nach einer Antwort.

»Nun, er lektoriert ein paar Sachen für Harry«, läppische Aufgaben, die er mit einer Gewissenhaftigkeit erledigte, die ihre Bedeutung bei weitem überstieg, und die er nie bezahlt bekam, »und – und verwaltet unseren Besitz und so weiter. Und natürlich beansprucht seine Mutter einen Großteil seiner Zeit. Alexander ist der einzige außer Leila, der die Handsignale zu ihrer Zufriedenheit beherrscht.«

»Aber sie bilden doch nur die Buchstaben des Alphabets nach, oder?«

»Im Prinzip ja, aber es gibt eine Art Abkürzungssystem. Es existiert auch eine internationale Zeichensprache, aber die beherrscht sie nicht.«

»Was ist mit Braille?«

»Oh ja, das hat sie zu lernen begonnen, sobald sie wußte, daß sie erblinden würde. Tante Caroline ist eine sehr entschlossene Dame.«

Sarah probierte ein leichtes Lachen, um zu zeigen, daß sie ihre Schwiegermutter nicht im geringsten für furchterregend hielt, aber Bittersohn ließ sich wahrscheinlich nichts vormachen. Die Stimme von Mrs. Kelling, zu hoch und scharf vor Ärger über etwas, was im Parlament nicht nach ihrem Wunsch gelaufen war, erzählte ihre eigene Geschichte.

Kapitel 4

Mit dem Abendessen begannen sie um halb zehn, und es war Bissen für Bissen so schrecklich, wie Sarah erwartet hatte. Der Anblick von Max Bittersohns Gesicht, als er Leilas Küche zum ersten und sicherlich letzten Mal kostete, war es fast wert, diese Strapaze auf sich zu nehmen, aber nur fast. Bob Dee aß als einziger viel, vielleicht gehörte es zu seinen Pflichten. Leila und Caroline, in Pläne für einen politischen Coup vertieft, schienen nicht zu merken, was sie sich in den Mund schoben. Harry, der inzwischen ziemlich hinüber war, tränkte alles mit Ketchup aus einer verschmierten Flasche, die auf sein Drängen immer an seinem Platz stand. Alexander versuchte kaum, so zu tun, als ob er sein Essen anrühren würde. Sarah fing langsam an, sich um ihn Sorgen zu machen. Sie wollte fragen, ob er sich krank fühlte, ließ es dann aber. Vor allen Anwesenden Wirbel zu veranstalten, würde ihn womöglich nur noch mehr aufregen. Zuletzt merkte sogar Harry Lackridge etwas.

»Was fehlt dir heute abend, alter Junge? Trauerst du um deine verflossene Liebe?«

Leila unterbrach ihre Schmährede gegen den Vorsitzenden der Senatsmehrheit und wandte sich ihrem Mann zu. »Welche verflossene Liebe? Wovon redest du?«

»Die, sagen wir, bedauernswerte Verstorbene. Das Mädchen mit dem glitzernden Lächeln. Dessen juwelenverzierte Eckzähne seine unschuldigen Jugendtage aufhellten. Und zwar – Ruby Redd.«

»Du bist ja sternhagelvoll. Alex, kanntest du diese Frau?«

»Oh ja«, erwiderte er mit der tonlosen Stimme von vorhin. »Ich kannte sie. Wir alle kannten sie. Samstag nachts gingen wir damals ins Old Howard, um sie tanzen zu sehen, und spendierten ihr dann Drinks in einer schmutzigen kleinen Bar auf der anderen Straßenseite.«

»Danny Rates Pub«, sagte Sarah.

Alle starrten sie an.

»Der alte Mann auf dem Friedhof«, erklärte sie aufgeregt. »Der uns erzählte, sie sei Ruby Redd. Er war dort früher Barkeeper.«

»Erstaunlich«, rief Harry. »Ich dachte gerade über eine tiefsinnige philosophische Bemerkung nach. Ich habe die Formulierung noch nicht ganz ausgearbeitet, aber es geht in die Richtung, wie klein die Welt doch ist. Trefflich, nicht wahr? Wie hieß er?«

»Ich habe vergessen zu fragen.«

»Typisch Sarah«, meinte Leila.

Alexander schreckte aus seiner Lethargie hoch. »Warum hackt jeder auf Sarah herum?« fragte er aufgebracht. »Merkt ihr nicht, daß sie einen – einen höllischen –«

Er verlor die Kontrolle über seine Stimme und nahm einen Schluck von dem ekelhaften Weißwein in seinem Glas. »Entschuldige, Leila. Ich wünschte nur, ich hätte dir diese Erfahrung ersparen können, Sadiebelle.«

Daß er ihren alten Kosenamen benutzte, füllte ihre Augen plötzlich mit Tränen. Sie lächelte ihm über den Tisch hinweg zu und schluckte, bis der Kloß ihre Kehle heruntergerutscht war.

»Ich weiß, Liebling. Du würdest mich am liebsten in eine samtene Schatulle legen, zusammen mit den restlichen Familienschätzen.«

»Wo wir gerade von Familienschätzen sprechen«, unterbrach Bob Dee, offensichtlich in der irrigen Annahme, daß er zu einem genehmen Thema wechselte, »soviel ich weiß, besitzen die Kellings eine ziemlich atemberaubende Schmucksammlung mit Familienerbstücken. Besteht die Möglichkeit, daß Mr. Bittersohn einen Blick auf ein paar Stücke werfen kann? Als Aufhänger für die Buchwerbung wäre das –«

Er stockte, als er Alexanders Gesichtsausdruck bemerkte.

»Ich fürchte, das kommt überhaupt nicht in Frage, Mr. Dee. Diese Juwelen gehören meiner Mutter, solange sie lebt, und sie will nicht, daß sie gezeigt werden.«

»Wovon sprecht ihr?« unterbrach Caroline. »Ich habe in den letzten zehn Minuten kein Wort mitbekommen.«

Das war stark übertrieben, aber für jemanden, der in lautlosem Dunkel sitzt, muß sich die Zeit manchmal endlos dehnen. Harry, der gegenüber Caroline Gefühle deutlicher zur Schau trug als gegenüber sonst jemandem, legte beruhigend einen Arm um ihre Schulter. Leila sah kurz zu Alexander hinüber.

»Soll ich sie fragen?«

Er zuckte mit den Achseln. »Wenn du willst.«

Leilas Finger begannen zu fliegen, als sie erklärte, wer Bittersohn war und was er vermutlich wollte, obwohl er selbst kein Interesse an der Kollektion zum Ausdruck gebracht hatte. Mrs. Kelling reagierte wie erwartet.

»Völlig unmöglich. So lange ich lebe, bleibt der Schmuck, wo ich ihn deponiert habe. Nach meinem Tod kann Sarah tun, was sie will.«

»Was werden Sie damit tun, Sarah?« fragte Bob Dee.

»Ich glaube, das werde ich besser wissen, wenn ich ihn gesehen habe«, erwiderte sie.

»Wissen Sie nicht einmal, wie er aussieht?«

»Nur von einigen Familienfotos und -porträts. Ich weiß noch nicht mal, was zur Kollektion gehört. Das Bestandsverzeichnis befindet sich zusammen mit dem Schmuck im Tresor der High-Street-Bank. Zumindest glaube ich, daß es die High-Street-Bank ist. Wie auch immer, jedenfalls ist er dort, wo Tante Caroline sagt, und dort bleibt er. Ich fürchte, daß Mr. Bittersohn uns aus seinem Buch herauslassen muß.«

»Aber warum läßt sie Sie die Juwelen nicht sehen«, insistierte Dee, »wenn Sie sie sowieso erben?«

»Ich weiß es nicht«, sagte Sarah, die sehr müde wurde. »Vielleicht fragen Sie sie einfach selbst.«

Leilas schmale Lippen verzogen sich zu einem Lächeln, als sie Dees Frage übermittelte. Wieder gab Mrs. Kelling die vorhersehbare Antwort.

»Ich ziehe es vor, die Angelegenheit nicht weiter zu diskutieren.«

»Ich persönlich finde Mutters Verhalten etwas unfair gegenüber Sarah«, meinte Alexander halb entschuldigend, »aber seit sie blind ist, glaubt sie, sie würde sich ihrer Pflicht als Hüterin des Schmucks entziehen, wenn sie ihn in irgendeiner Weise der Gefahr eines Diebstahls oder einer Vertauschung aussetzt. Selbst ich darf ihn nicht anschauen«, ergänzte er trocken, »obwohl ich vermute, daß ich ihn als Kind gesehen haben muß. Für meine Frau tut es mir leid, daß ich mich an praktisch nichts von der Kollektion erinnere, aber Jungen sind nicht sonderlich interessiert an solchen Dingen. Ich kenne aber natürlich die Gemälde, die einige der Schmuckstücke zeigen.«

»Das Rubincollier«, fügte Dee eifrig ein, »auf dem Porträt Hermina Kellings von Sargent, das im Museum hängt. Jedesmal, wenn ich dort bin, stehe ich davor und bin zutiefst beeindruckt.«

»Ich erinnere mich an das Collier«, sagte Alexander. »Mutter trug es in der Oper, nicht lang vor – ihrem Unfall.«

Bittersohn legte die Gabel beiseite. »Heißt das, daß Mrs. Kelling noch das gesamte Collier besitzt?«

»Strenggenommen«, sagte Alexander, »gehört es mir. Der Familientradition folgend werden die Juwelen von Vater zu Sohn weitergegeben. Die Ehefrauen dürfen sie tragen, oder wenn sie möchten, erlauben sie es ihren Töchtern, aber wie erwähnt befindet sich der Schmuck lediglich in ihrer Obhut. Es wäre angebracht gewesen, wenn Mutter ihn bei unserer Heirat Sarah übergeben hätte, weil mein Vater nicht mehr am Leben war, aber sie unterließ es, und in Anbetracht der Umstände war Sarah so liebenswürdig, nicht darauf zu beharren. Sicherlich langweilt Sie das alles.«

»Ganz und gar nicht«, meinte Bittersohn. »Also hat Ihre Mutter seit damals kein einziges Schmuckstück mehr getragen?«

»Ich glaube nicht. Der Schmuck, den sie im Moment trägt, gehört ihr selbst, ihr Verlobungsring und eine indische Perlenkette, die mein Vater ihr zur Hochzeit geschenkt hat. Einer der Kellings, der um 1850 im Teehandel tätig war, hat sie mitgebracht.«

»Trägt sie die Perlen ständig?«

»Wo Sie davon sprechen«, sagte Sarah, die merkte, daß die beharrliche Fragerei Alexanders Geduld strapazierte, »ich kann mich nicht erinnern, sie jemals ohne sie gesehen zu haben. Du vielleicht, Leila?«

»Ich wette, sie trägt sie selbst zum Nachthemd«, meinte Harry. »Los, Leila, frag sie, ob sie sie im Bett trägt. Erzähl ihr, daß Bittersohn es wissen will.«

Zur Überraschung aller lächelte Caroline über die Frage.

»Ich kann mir nicht vorstellen, was Mr. Bittersohn mit dieser Information anfangen will. Alex, ich glaube, wir sollten aufbrechen. Morgen ist Fredericks Beerdigung, falls du das vergessen haben solltest. Leila, entschuldige bitte, wenn wir nicht zum Kaffee bleiben.«

Wortlos stand ihr Sohn auf und half ihr vom Stuhl auf. Sarah erhob sich ebenfalls – mit gemischten Gefühlen. Sie war immer erleichtert, von den Lackridges wegzukommen, und sie war hundemüde nach diesem aufreibenden Tag. Andererseits hätte sie noch gerne ein paar Minuten mehr mit Bob Dee geplaudert, so selten, wie sie Leuten ihres eigenen Alters begegnete. Auch wäre es interessant gewesen, Bittersohn besser kennenzulernen, obwohl er etwas seltsam Beunruhigendes an sich hatte.

»Wirst du an diesem Schmuckbuch mitarbeiten?« fragte sie ihren Mann, als sie begannen, den Hill hinaufzugehen.

»Ich weiß nicht.«

Seine Stimme war so ohne jedes Leben und jede Hoffnung, daß sie abrupt stehenblieb. »Alexander, bist du krank?«

»Mir geht's gut.«

»So hört es sich aber gar nicht an, und beim Abendessen hast du nicht einen einzigen Bissen zu dir genommen.«

»Ich verabscheue Leilas Abendessen.«

»Warum sagen wir dann immer zu, wenn sie uns einladen?«

»Ich vermute, weil wir es immer getan haben.«

»Ich glaube, es ist Zeit, daß wir damit aufhören.«

»Das können wir nicht.«

»Oh doch, wir können, Alexander. Ich habe langsam die Nase endgültig voll von unserer Art zu leben.«

»Meinst du, ich weiß das nicht?«

Zumindest konnte seine Stimme noch Schmerz zeigen. »Sarah, was kann ich tun? Sie wird nicht ewig leben.«

»Sie ist dreiundsiebzig und stark wie ein Pferd. So wie die Sache läuft, wird sie uns wahrscheinlich beide überleben. Merkst du nicht, daß sie dich bei lebendigem Leibe auffrißt?«

»Ich weiß.«

»Warum tun wir dann nichts? Besorgen eine Gesellschaftsdame für sie?«

»Wir finden niemanden, der entsprechend qualifiziert ist.«

»Woher willst du das wissen? Wir haben es nie versucht.«

»Außerdem können wir uns das finanziell nicht leisten.«

»Alexander, das ist einfach Unsinn. Wir leben doch von meinem Geld, oder? Warum darf ich dann nicht mitreden bei dem, was wir uns leisten können oder nicht?«

»Sarah, das haben wir doch schon öfter durchgekaut. Meine Treuhänderschaft endet an deinem siebenundzwanzigsten Geburtstag. Bis zu diesem Moment werde ich keinen Cent ausgeben, den ich nicht wirklich ausgeben muß.«

»Dann verkauf etwas von diesem blöden Schmuck. Was soll er denn als Staubfänger im Bankschließfach?«

»Er gehört der Familie.«

»Du hast gesagt, er gehört dir.«

»Mein Liebling, müssen wir unsere Probleme auf der Straße diskutieren?«

»Es wird Zeit, daß wir sie überhaupt einmal diskutieren.«

Er erwiderte nichts. Nach einer Weile bekam Sarah ein schlechtes Gewissen, weil sie ihren Mann in einem Moment angegriffen hatte, in dem es ihm so schlecht ging. Im Dunkeln tastete sie nach seiner Hand.

»Entschuldige bitte, Alexander.«

»Du hast das Recht, deine Meinung zu sagen.«

»Ja, aber ich hätte einen angemesseneren Ort und Zeitpunkt wählen können.«

Was er sagte, hatte nur entfernt Ähnlichkeit mit einem normal gesprochenen Satz, und sie versuchte nicht, etwas zu erwidern. Vielleicht war es besser, es zu lassen. Sie hatte Alexander niemals zuvor in einem solchen Zustand gesehen, und sie hoffte, daß es auch nie mehr der Fall sein würde. Sie würde ihm eine Tasse Suppe oder ein paar arme Ritter machen, sobald sie zu Hause waren, und ihn zwingen, jeden Bissen davon zu essen.

Merkwürdig, daß die Geschichte von der verirrten Leiche in der Familiengruft ihn so völlig aus der Fassung gebracht hatte. Aber vielleicht war es gar nicht das, was ihn bewegte. Möglicherweise ging es ihm gar nicht um die Familiengruft, sondern darum, daß es das Skelett einer Tänzerin war, die er gekannt hatte, als der junge gutaussehende Alex Kelling der Clique vom Lowell House angehörte, sich Samstag nachts am Scollay Square herumtrieb und einem Mädchen mit Rubinen in den Zähnen Drinks spendierte.

Der Junge vom Lowell House war schon vor langer Zeit gestorben. Seitdem hatte das Leben wenig Freuden für Alexander bereitgehalten. Wieviel hatte sie selbst getan, um ihn glücklich zu machen? Als sie heirateten, war sie noch wie betäubt von ihrer eigenen Tragödie, dem plötzlichen Verlust des Vaters, der seit Sarahs zehntem Lebensjahr Witwer war und eine eigenwillige Vorstellung von der Erziehung seines einzigen Kindes hatte.

Sie erhielt Privatunterricht zu Hause, Bekanntschaften und Besuche beschränkten sich ausschließlich auf den Kelling-Clan. Das Verhältnis zu ihrem Vater war nicht besonders herzlich, aber sie war daran gewöhnt, sich in allem von ihm leiten zu lassen, fühlte sich verloren, als er starb, und war äußerst erleichtert, als kurz darauf der Mann, den sie über alles in der Welt liebte, sich als Vaterersatz anbot. Eigentlich nicht als Ehemann. So weit, wie ihre ehelichen Beziehungen gingen, hätte sie noch immer die junge Cousine sein können, die er zu einer Fahrt im Schwanenboot mitnahm.

Sarah ließ die Hand los, die sie hielt, und Alexander schien es nicht zu bemerken.

Sie war froh, als sie ins Haus kamen. Caroline Kelling ließ ihr Cape und ihre Handtasche fallen, damit jemand anderes sie wegräumte, und sagte: »Edith, ich gehe direkt ins Bett.«

Edith war nicht da. Wenn sie zur üblichen Zeit zurückgekommen wären, hätte das einzige im Haus lebende Dienstmädchen der Kellings in der Diele seinen üblichen Auftritt als Faktotum gehabt. Da sie fünfzehn Minuten zu früh waren, saß Edith wahrscheinlich noch gebannt vor dem Fernseher in ihrem Zimmer im Souterrain.

»Ich hole sie.«

Sarah hängte ihr eigenes Cape auf und drängte sich durch die Schwingtür, die zu einem langen dunklen Korridor und zur Treppe zum Souterrain führte. Tatsächlich klangen von unten Schreie und Schüsse in einer Lautstärke herauf, daß fast der Staub aus den Ritzen der hundert Jahre alten Täfelung geblasen wurde. Edith war noch nicht so taub wie ihre Herrin, würde es aber bald sein, wenn sie weiterhin ihre Trommelfelle dieser Lautstärke aussetzte.

Sarah wußte, daß sie sich in diesem Tollhaus niemals verständlich machen konnte, und versuchte gar nicht erst zu schreien, sondern knipste das Licht an und aus in der Hoffnung, damit die Aufmerksamkeit des Hausmädchens zu erregen. Auch das funktionierte nicht. Seufzend ging Sarah die Treppe, die mit einem abgetretenen Läufer ausgelegt war, hinab. Edith lag ausgestreckt in einem weich gepolsterten Sessel, ihre Füße auf ein Kissen gestützt, mit offenem Mund und geschlossenen Augen.

Sarah stellte den plärrenden Fernseher ab. »Edith! Edith, wir sind zurück. Mrs. Kelling braucht Sie jetzt gleich.«

Das Hausmädchen sprang auf, strich ihren zerknitterten Rock glatt, und ihre Augen blitzten wütend, als ob es Sarahs Schuld sei, sie in einer so würdelosen Haltung ertappt zu haben.

»Sie sind früh dran.«

»Ich weiß. Sie gehen besser sofort in Mrs. Kellings Zimmer.«

Die ältere Frau murmelte etwas, was wahrscheinlich unhöflich war, und strebte der Treppe zu. Sarah ließ ihr einen Vorsprung. Sie fand Edith unverschämt, faul, unfähig und falsch, wie sie aus ihrer angeblichen Ergebenheit gegenüber Caroline Kelling Kapital schlug und gleichzeitig der ganzen Hausarbeit, wo nur eben möglich, aus dem Wege ging. Was Edith von Sarah hielt, fand hauptsächlich in Naserümpfen und höhnischen Bemerkungen hinter Alexanders Rücken Ausdruck. Da sie seit undenklichen Zeiten bei den Kellings war, war es unmöglich, sie loszuwerden, es sei denn, man vertraute auf Gottes Fügung. Und Gott war weit weg, wie Sarahs Vater zu sagen pflegte.

Edith war zudem noch ungeschickt. Als sie den hinteren Korridor entlangtrampelte, hatte sie mit einem Stoß eines der gerahmten Fotos aus dem Gleichgewicht gebracht, die an der Wand hingen. Es schwang noch an seinem Draht hin und her, und Sarah blieb stehen, um es gerade hinzuhängen. Sie mochte diese einfühlsamen Aufnahmen, die Alexander vom Landsitz der Familie in Ireson's Landing an der nördlichen Küste gemacht hatte.

Alexander war weit mehr als ein Amateur mit der Kamera, entwickelte seine Fotos selbst und hatte zu Harrys verschiedenen Verlagsprojekten viele Aufnahmen beigesteuert, gegen geringes Entgelt oder ganz ohne Bezahlung. Sarah hatte Alexanders Bestände geplündert und die Aufnahmen als Überraschung gerahmt. Die Geste hatte ihn gerührt, auch wenn er die Kosten mißbilligte. Sie hatte die Bilder eigentlich im Eßzimmer aufhängen wollen als Ersatz für einige Aquarelle, die, immer schon nichtssagend, inzwischen zu einer fahlen hellbraunen Sauce verschwommen waren. Aber Tante Caroline erklärte, daß sie jene Aquarelle immer gemocht hätte, und so landeten die exzellenten Aufnahmen hier, wo Mrs. Kelling selten hinkam.

Vor allem dieses spezielle Foto gehörte zu Sarahs Lieblingsaufnahmen. Es zeigte den einzelnen Ast eines knorrigen Birnbaums, der gerade zu blühen begann, vor der Mauer des Secret Garden. Alexander und seine Mutter hatten die Ziegelsteine in ein selbstentworfenes kompliziertes Muster zusammengefügt, zu einer

Zeit, als Tante Caroline für solche Vorhaben noch gut genug sehen konnte. Die Arbeit war ihnen hervorragend gelungen. Sie hatten ziemlich kleine, wunderschöne Ziegel in einem ungewöhnlichen Orangerot verwendet, die sie in einer verlassenen Ziegelei die Küste hinauf in Maine aufgestöbert und in dem holzgetäfelten Ford Kombi, den sie damals fuhren, zurück nach Massachusetts transportiert hatten. Tante Caroline hatte die Geschichte oft erzählt. Es konnte nirgendwo eine zweite Mauer geben, die genauso wie diese aussah.

Aber trotzdem hatte Sarah eine solche Mauer gesehen, heute morgen. Sarah versuchte sich einzureden, daß sie träume, aber ein Irrtum war kaum möglich. Sie hatte jene Mauer lang genug angestarrt. Und der eine Ziegelstein, der übriggeblieben war, lag immer noch oben in ihrer großen Umhängetasche, zusammen mit der Skizze, die sie angefertigt hatte, während sie auf den Mann mit der Spitzhacke warteten, um die Mauer niederzureißen. Sorgfältig hatte sie jeden einzelnen Ziegel maßstabgetreu eingezeichnet. Was sollte sie nun tun?

Die armen Ritter für Alexander machen und den Mund halten. Niemand außer ihr würde es jemals erfahren. Es war unwahrscheinlich, daß Cousin Dolph es bemerkte. Er war zu erbost gewesen über die Wand, zu bestrebt, sie niederzureißen, um überhaupt auf die Bauart der Mauer zu achten. Gott sei Dank waren nur noch Trümmer vorhanden, als die Fotografen eintrafen.

Aber was, wenn Dolph sich durch einen dummen Zufall doch erinnerte? Er würde morgen hier sein; was, wenn er umherschlenderte und die Ähnlichkeit bemerkte? Dolph war beschränkt genug, seine Entdeckung lautstark im Wohnzimmer zu verkünden, ohne über die Konsequenzen nachzudenken.

Dann mußte Sarah einfach lügen und sagen, daß er sich irrte. Wenn es hart auf hart käme, konnte sie eine Kopie der Skizze mit geänderten Details erstellen. Sie würde behaupten, daß sie den besagten Ziegelstein in irgendeinen Abfalleimer am Weg geworfen hätte. Sie wünschte bei Gott, sie hätte es getan.

Sie könnte die Aufnahme herunternehmen und verstecken, aber Edith würde die Lücke entdecken und Zeter und Mordio schreien. Das Sicherste war, die Finger davon zu lassen und zu beten. Schweren Herzens ging sie los, um die armen Ritter zu machen.

Kapitel 5

Alexander, ich gehe nicht zur Beerdigung.«

So wie sie sich heute morgen fühlte, hätte es ihre eigene Beerdigung sein können, von der Sarah sprach. Die kurze Zeit, die sie geschlafen hatte, hatte sie Alpträume gehabt: tanzende Gebeine in Kleidern aus verrottetem Satin, Schädel, die grinsten und glitzerten, und Alexander, der Dinge tat, an die sie sich lieber nicht erinnern wollte. In diesem Augenblick wirkte er mehr tot als lebendig. Sie fühlte Skrupel, ihn allein loszuschicken, aber sie hatte noch so viel zu tun, so daß ihr nichts anderes übrigblieb.

Ihr Mann sah von dem weichgekochten Ei auf, das er gerade mit der Geschicklichkeit, die alle seine Handbewegungen auszeichnete, für seine Mutter köpfte. »Bist du sicher, daß du nicht willst? Onkel Fred hat dich immer gemocht.«

»Ich glaube, wir alle waren ihm völlig gleichgültig, vielleicht mit Ausnahme von dir und Dolph, aber damit hat es nichts zu tun. Es geht um folgendes«, sie rührte mit einem der alten Löffel aus echtem Silber ihren Kaffee um und suchte nach den richtigen Worten, »Dolph sagt, daß alle nach dem Gottesdienst hierher kommen wollen. Das heißt, daß wir saubermachen und Essen und Trinken bereitstellen müssen, und bisher ist noch nichts geschehen.«

»Dolph lädt sich eine ganz schöne Menge auf, nicht wahr?«

»Du meinst, er gibt uns eine ganz schöne Menge zu tun. Ich weiß, aber sie wären sowieso gekommen. Abgesehen von Onkel Jem wohnen wir am nächsten, und du kannst dir vorstellen, was für einen Empfang der ihnen bereiten würde. Es ist ja nur wegen der Änderung in letzter Minute. Wäre es bei Mount Auburn geblieben, hätte es wahrscheinlich wie üblich Tante Appie erwischt. Gestern abend war ich so durcheinander, daß ich überhaupt nicht an die Beerdigung gedacht habe, und natürlich mußten wir uns beeilen, zu den Lackridges zu kommen.«

Jetzt war eingetreten, was sie vermeiden wollte. Er dachte, sie wäre böse mit ihm.

»Ich weiß, Sarah. Es war meine Schuld, und ich entschuldige mich.«

»Worüber redet ihr beiden?« wollte seine Mutter wissen.

Alexander mußte den bevorstehenden Empfang erläutern, und das führte zu einer längeren sinnlosen Diskussion.

»Ich sehe nicht ein, warum Edith das nicht erledigen kann«, war Tante Carolines Beitrag.

»Ich auch nicht«, erwiderte Sarah verärgert, »aber du weißt ganz genau, daß sie keinen Finger rührt, wenn man nicht ständig mit der Peitsche in der Hand hinter ihr steht.«

»Sarah, das ist unfair, findest du nicht?« sagte ihr Ehemann.

»Unfair mir gegenüber.«

Sie schob ihren Stuhl zurück und begann, das Frühstücksgeschirr zusammenzuräumen. »Warum sie euch all die Jahre Sand in die Augen streuen konnte, versteh' ich nicht. Und fangt nicht von Treue an, ich will davon nichts hören. Wenn jemand in der Kirche nach mir fragt, entschuldigt mich und sagt, daß ich sie hier um halb drei erwarte. Ich brauche etwas Geld zum Einkaufen.«

Alexander sah verstört zu ihr auf. »Wieviel?«

»Zwanzig Dollar sollten reichen. Ein Fünfliterkrug Sherry wird genügen, oder?«

»Ich glaube schon.«

Er zog mühsam seine Brieftasche hervor, als wäre diese Anstrengung fast zuviel für ihn, und gab ihr zwei Zehner. »Bist du sicher, daß du zurechtkommst?«

»Ich komme immer zurecht, oder?«

Er sah so kläglich aus, daß sie sich schämte, ihren Gefühlen freien Lauf gelassen zu haben. Sie ging um den Tisch herum und drückte einen Kuß auf sein Haar, das langsam und unmerklich grau wurde.

»Danke, mein Liebling. Wenn das vorbei ist, werden wir uns beide besser fühlen.«

»Oh, Sarah!«

Völlig entgegen seiner Art drehte sich ihr Mann auf seinem Stuhl um, zog Sarah an sich und vergrub sein Gesicht in ihrer Strickjacke. Mit dem gewohnten Gefühl für den richtigen Moment streckte Edith ihren Kopf durch die Schwingtür herein und sagte weinerlich: »Soll ich jetzt abräumen?«

»Ja«, schnauzte Sarah. »Dann suchen Sie sämtliche Sherrygläser im Haus zusammen und spülen sie aus. Wenn Sie im Wohnzimmer geputzt und Staub gewischt haben, bringen Sie sie dorthin. Und machen Sie mal ausnahmsweise mehr als nur das Allergröbste.«

Alexander, nun kerzengerade und mit leicht gerötetem Gesicht, hielt es für notwendig zu ergänzen: »Der Plan hat sich in letzter Minute geändert. Die Familie kommt nach der Beerdigung hierher zum Tee.«

»Oh?« schniefte das alte Hausmädchen. »Ich hatte gehofft, selbst hinzugehen. Ich habe ihn so lange gekannt.«

»Es tut mir leid, Edith, aber ich fürchte, daß das unmöglich ist. Miss Sarah braucht Ihre Hilfe, um alles herzurichten, also tun Sie bitte, was sie sagt.«

Er stand auf und schob seiner Mutter den Stuhl zurück. »Erwartet Dolph immer noch, daß Mutter und ich nach Chestnut Hill herauskommen und den Morgen mit der Familie verbringen?«

»Ja, und je eher ihr aufbrecht, desto besser«, erwiderte Sarah. »Cousine Mabel wird dort sein, und der Himmel weiß, wer noch alles. Falls du nicht da bist und sie davon abhältst, sich gegenseitig an die Kehle zu gehen, sprechen sie nicht mehr miteinander, wenn sie hier eintreffen, und es wird die reine Hölle werden. Du kennst Dolphs Fähigkeiten, wenn es um Taktgefühl geht.«

»Oh ja«, seufzte ihr Mann. »Vielleicht ist es klug von dir, dich herauszuhalten. Ich werde es mir niemals verzeihen, daß ich dich gestern den ganzen Tag in seinen Klauen ließ.«

»Liebling, was ist da zu verzeihen? Du konntest nicht wissen, was passieren würde, und Dolph, der mich zum Friedhof geschleppt hatte, entschädigte mich, indem er mir anschließend ein phantastisches Mittagessen im Copley spendierte. Ich habe ganz vergessen, dir davon zu erzählen. Nun mach zu, ehe deine Mutter einen hysterischen Anfall bekommt. Siehst du nicht, daß sie in Erwartung eines schönen Familienkrachs vor Ungeduld fiebert? Viel Spaß wünsche ich euch.«

»Die Situation eignet sich wohl kaum für ein Fest.«

»Ach Unsinn. Du liebst deine Rolle als Oberhaupt des Clans.«

Sie gab ihm noch einen Kuß und schob ihn sanft in Richtung Tür. Lieber Alexander! Selig sind die Friedfertigen, denn sie werden, so Gott will, noch diesseits des Grabes Frieden bekom men. Sie wollte, sie müßte endlich nicht mehr an Gräber denken und an diese Mauer, die verdammt so aussah wie eine, die nur Alexander bauen konnte. Sie wünschte verzweifelt, daß das Verhalten und die Miene ihres Mannes seit dem Moment, wo er von Ruby Redd gehört hatte, nicht ständig so schuldbewußt gewirkt hätte. War es möglich, war es überhaupt vorstellbar, daß ein so sanftmütiger Mann, ein Mann, der so hingebungsvoll die Ehre der Kellings verteidigte, einer Stripteasetänzerin den Schädel einschlug und ihre Leiche in der familieneigenen Gruft einmauerte?

Woher sollte sie wissen, was in dieser Welt möglich war? Hatte sie jemals die Chance bekommen, das herauszufinden? Der Ärger, den sie doch unterdrücken wollte, kam in voller Stärke wieder hoch. Sarah schnappte sich ihren Mantel, rief Edith zu, daß sie zur Charles Street ginge, und knallte die Tür zu.

Ein Lebensmitteleinkauf mit Alexander bestand aus Beraten, Vergleichen und intensivem Überlegen, ob die Marke X wirklich eine weisere Wahl war als die Marke Y. Für Sarah ging es darum, das zusammenzusuchen, was sie brauchte, und den Laden zu verlassen. Sie entschied sich, jede Menge warme Käsetoasts zu machen. Sie waren billig, sättigten und sahen eindrucksvoll aus. Zudem mußten sie ofenfrisch serviert werden, was ihr eine Entschuldigung gab, der Verwandtschaft auszuweichen und die meiste Zeit in der Küche zu verbringen.

Sie kaufte ein großes Toastbrot von der Sorte, die am wenigsten weich war, ein Pfund Käse – etwas Schweizer und Cheddar –, einen Liter Milch und ein Dutzend Eier, zusammen mit frischem Gemüse und ein paar Kleinigkeiten. Inzwischen hatte Sarah genug Komiteesitzungen und politische Teeparties für Tante Caroline und Leila mit Essen und Trinken versorgt, um zu wissen, was nach viel aussah und wenig kostete. Als sie die Lebensmittel bezahlte, blieben ihr noch fast zehn Dollar. Sie brauchte also nicht den billigsten Sherry zu kaufen. Fünf Liter mußten genügen, mehr konnte sie auf keinen Fall tragen.

Mit ihren Einkäufen beladen stieg sie den Hügel wieder hinauf und betrat durch die Hintertür das Haus. Von oben klang das Heulen eines dreißig Jahre alten Hoover-Staubsaugers herab. Edith tat zumindest der Form halber etwas.

Die riesige alte Küche im Souterrain wurde nicht mehr benutzt. Ungefähr zu der Zeit, als es unmöglich wurde, neu eingewanderte Hausmädchen für Kost und Logis und fünf Dollar im Monat zu engagieren, war ein kleiner Raum im hinteren Teil des Erdgeschosses mit einem Gasherd, einem Spülbecken und ein paar Schränken ausgestattet worden. Sarah brachte ihre Tüten dorthin, stellte den Krug Sherry auf den Tisch, die leicht verderbliche Ware in den riesigen altertümlichen Kühlschrank und stand dann unschlüssig da.

Was war als Nächstes dran? Es war wirklich nicht besonders viel zu tun, abgesehen vom Abwasch vom Frühstück, damit das Spülbecken frei war, um darin das Gemüse zu putzen. Sie lud alles Geschirr in das Becken, spritzte Spülmittel drüber und füllte Wasser ein. Fünf Minuten später war das Becken leer und der Abtropfständer voll. Edith hätte dazu mehr als eine Stunde gebraucht und die ganze Zeit gestöhnt, sie sei überarbeitet.

Sarah putzte und zerteilte mit derselben Geschwindigkeit einen Blumenkohl, bereitete Möhren und Stangensellerie vor und legte sie in kaltes Salzwasser, um sie frisch und knackig zu halten. Dann riß sie ein Blatt von dem Notizblock ab, auf dem sie immer Nachrichten hinterließ, damit Edith nicht behaupten konnte, daß das, was sie nicht erledigte, ihr nicht gesagt worden wäre, und schrieb in großer, klarer Blockschrift: »Mache Besorgungen. Bin rechtzeitig zurück, um das Essen fertig zu machen. Edith, bereiten Sie das Teetablett vor, und stellen Sie alle Tassen und Weingläser zurecht.«

Sie mußte nicht hinzufügen: »Sehen Sie zu, daß das Silber geputzt ist.« Man konnte damit rechnen, daß das alte Hausmädchen die Dinge tun würde, die den Besuch am meisten beeindruckten. »Wie schaffen Sie es nur, daß alles so blitzblank ist, neben all Ihrer Arbeit für unsere liebe Callie?« – als wenn Sarah und Alexander den ganzen Tag tatenlos herumsitzen würden und nicht eine nette Frau engagiert hätten, die einmal die Woche kam und all die Hausarbeit erledigte, die Edith tun sollte, aber nicht tat. Gott sei Dank war morgen der Tag, an dem Mariposa kam. Das Saubermachen würden sie ihr überlassen. Sarah hatte dringendere Dinge zu erledigen. Das Problem war, daß sie nicht wußte, wo sie anfangen sollte, obwohl sie etwas tun mußte. Es schien verwerflich, hinter dem Rücken ihres Mannes herumzuschnüffeln, aber sie konnte schlecht zu ihm hinmarschieren und ihn rundheraus fragen: »Hast du Ruby Redd ermordet?«

Was sie tun würde, wenn sie etwas herausgefunden hatte, war eine andere Frage, eine, die später geklärt werden konnte. Im

Ungewissen zu bleiben, wäre schlimmer als alles andere. Wenn auch das Leben, das sie mit Alexander führte, eine einzige lange Kette von Enttäuschungen war, so liebte und vertraute sie ihm zumindest, wie sie es immer getan hatte. Wie konnte sie ihm in Zukunft vertrauen, wenn diese ungeklärte Frage zwischen ihnen stand, und was würde sie tun, wenn sie jemals den Glauben an Alexander Kelling verlor?

Harry mochte etwas wissen, aber man konnte nicht erwarten, daß er seinen besten Freund an dessen junge Frau verriet, die er sowieso nie gemocht hatte. Ihre beste Chance und vielleicht einzige Hoffnung war der ausgesprochen nette alte Mann, der den Studenten Drinks ausgeschenkt hatte und Ruby Redd für eine bösartige Frau hielt.

Wie konnte sie ihn finden? Das Wetter war heute noch unfreundlicher als gestern, deshalb war es unwahrscheinlich, daß er wieder auf dem Friedhof herumlungerte. Trotzdem ging sie hin. Er war nicht dort, aber ein Polizist war am verschlossenen Eingangstor postiert, um Zuschauer fernzuhalten. Die kamen immer noch und begafften den Ort, wo der absonderliche Fund gemacht worden war. Die Beerdigung von Großonkel Frederick kam vielleicht heute abend in die Nachrichten – ein gefundenes Fressen für den Kelling-Clan!

Einer der Touristen erkannte offensichtlich Sarah nach der Nachrichtensendung vom Vortag wieder und wollte sie ansprechen. Sie schlug ihren Kragen hoch und ging wütend weg. Wenn dieser Störenfried nicht dazwischengefunkt hätte, hätte sie ihren alten Mann dem Polizisten beschreiben können und herausgefunden, ob er wieder dagewesen war.

Nun, das war eine Idee. Vielleicht konnten sich ein paar der älteren Polizisten, die im Gebiet des Scollay Square stationiert gewesen waren, als es ihn noch gab, erinnern, wer bei Danny Rate Barkeeper gewesen war. Fragen konnte nicht schaden. Noch besser war, es bei Onkel Jem zu versuchen. Jeremy hatte die einschlägigen Etablissements Bostons mehr als siebzig Jahre lang heimgesucht, oder behauptete das zumindest. Wenn sie gleich jetzt zur Pinckney Street hinüberging, würde sie den pensionierten Schwerenöter beim Frühstück erwischen, während sein Vorkriegsmodell eines Grammophons, das man noch aufziehen mußte, ohne Zweifel obszöne Songs aus den Zwanzigern plärrte. Richtig. Jeremy Kelling aß gerade Würstchen und brüllte sein leidgeprüftes Faktotum Egbert an. Egbert war erleichtert, Miss Sarah zu sehen, der ältere Junggeselle weniger.

»Hör mal zu, junge Frau, wenn du kommst, um mich zu Freds Beerdigung zu schleppen –«

»Das würde mir nicht im Traum einfallen, Onkel Jem. Ihr habt euch immer auf den Tod gehaßt.«

»Ha. Ich glaube nicht, daß junge Damen so reden sollten.«

Sarah setzte sich unaufgefordert an den Tisch und nahm sich eine Scheibe Toast. Ihr Vater war einer der wenigen Kellings, die nie aufgehört hatten, mit Jeremy zu sprechen, und ihr ganzes Leben war sie in dieser Wohnung ein und aus gegangen.

»Zumindest gerät er in unterhaltsame Gesellschaft«, bemerkte sie. »Was denkst du über diese Sache mit Ruby Redd?«

Jeremy Kelling erzählte ihr in leuchtenden Farben, was er davon hielt. Sarah schlürfte Egberts Kaffee, der im Vergleich zu dem von Edith purer Nektar war, und wartete, bis ihm die Flüche ausgegangen waren. Dann sagte sie: »Wirklich? Ich dachte selbstverständlich, daß du sie eigenhändig dorthin gebracht hast, obwohl ich das natürlich nicht der Polizei gesagt habe.«

Ihr Onkel nahm den Witz als Kompliment, wie sie erwartet hatte, und unterhielt sie mit mehreren Anekdoten, die sie nur zu gut kannte. Endlich gelang es ihr, die Frage einzuwerfen, wegen der sie gekommen war.

»Übrigens, hier ist eine interessante Neuigkeit, die die Reporter nicht mitbekommen haben. Als ich auf dem Friedhof auf Dolph wartete, stand ich mit einem alten Mann zusammen. Wir kamen ins Gespräch – die schlechte Gewohnheit, merkwürdige Typen aufzugabeln, habe ich von dir, weißt du –, und wie es der Zufall so will, stellte sich heraus, daß er der Barkeeper von Danny Rates Pub war, einem Ort, den Ruby Redd häufig besucht hatte. Kennst du ihn vielleicht?«

»Oh, süße Erinnerung! Wie viele Trinkopfer habe ich den drallen Schönheiten des Varietés über diesem biergetränkten Eichenholz dargebracht. Bei Gott, all die Nächte, die ich in Danny Rates Pub verbracht habe! Ich kann dir Geschichten erzählen –«

Sarah hatte keineswegs vor, ihm eine Chance zum Erzählen zu lassen.

»Alles, was ich von dir will, ist der Name des Barkeepers«, fiel sie ihm entschlossen ins Wort. »Er war eigentlich derjenige, der als erster die Leiche identifiziert hat, obwohl Dolph das als sein Verdienst ausgibt, und er war so lieb zu mir, lieh mir Geld fürs Telefon, das ich zurückzugeben vergaß. Er verschwand einfach von der Bildfläche, bevor ich auch nur die Chance hatte, ihm zu danken. Ich glaube, ich würde ihm gern sein Geld zurückgeben und ein schriftliches Dankeschön schicken. Er war so – nun, alt und sah abgerissen aus und lebt wahrscheinlich in irgendeiner kleinen Kammer –«

»Auf Kosten des Steuerzahlers«, schnaubte Onkel Jem, der in seinem ganzen Leben noch keiner ordentlichen Arbeit nachgegangen war. »Wie sah er aus?«

»Klein und mager, und vermutlich war er einmal blond. Ich weiß noch, daß er ungewöhnlich blaßblaue Augen hatte, die irgendwie merkwürdig wirkten.«

»Ein Augenlid hing herunter und das andere nicht?«

»Ja genau, so war es!«

»Mit einem komischen Kieksen in der Stimme?«

»Ja, ich dachte, das läge an seinem Alter.«

»Nein, so sprach er schon immer. Also so was! Sich vorzustellen, daß er so wieder auftaucht. Ich erinnere mich noch –«

»Schon gut«, unterbrach Sarah erbarmungslos. Sie konnte nicht den ganzen Morgen hier verbringen. »Wie heißt er? Du weißt das sicherlich, du vergißt doch nie etwas.«

»Warte, dräng mich nicht. Laß mich nachdenken. Es war ein komischer Name. Nicht außergewöhnlich, sondern lustig. Er war in der Bar schon zum Witz geworden. ›Oh, hurtig, hurtig, Tim O'Ghee‹ sagten wir. Das war er, Tim O'Ghee. Eine Verballhornung von Magee, könnte ich mir denken, wenn seine Mutter den Namen nicht erfunden hat, was durchaus im Bereich des Möglichen liegt. Wo wir von Namen sprechen –«

»Edith wird mich mit diversen Namen belegen«, sagte seine Nichte, »wenn ich nicht zurückkomme und ihre Arbeit für sie erledige. Die Horden überfallen uns nach der Beerdigung. Schade, daß du nicht dabeisein wirst. Aber wenn ich nicht müßte, würde ich auch fehlen. Es gibt sowieso nur Käse und Sherry. Danke für den wunderbaren Kaffee und die Hilfe. In ein oder zwei Tagen schau' ich vorbei und erzähl' dir all die garstigen Dinge, die Cousine Mabel über dich sagt.«

Sie gab ihm einen Abschiedskuß. Ihr hatte es nie etwas ausgemacht, Onkel Jem zu küssen, weil er rundlich war statt kantig wie ihre übrigen Onkel, keinen Schnurrbart hatte und angenehm nach seinem altertümlichen Rasierwasser roch. Abgesehen davon hatte er ihr die Auskunft gegeben, die sie gebraucht hatte.

Da sie nun Timothy O'Ghees Namen wußte, konnte sie den ehemaligen Barkeeper mit Sicherheit aufspüren. Sarah eilte zu einer Telefonzelle, fand ein Telefonbuch, das noch nicht in die Hände von Wandalen gefallen war, und suchte unter O. Ein O'Ghee war nicht aufgeführt, was sie nicht wunderte. Das wäre zu einfach gewesen.

In den Wählerlisten war er wahrscheinlich eher zu finden. Sarah wußte alles über Wählerlisten; sie hatte genug von ihnen durchgeackert, wenn sie für Tante Caroline in irgendeiner Angelegenheit Postkarten adressierte. Innerhalb von fünf Minuten hatte sie das Rathaus erreicht.

Hinter der ultramodernen Fassade hatte das neue Rathaus viel von der gemütlichen Atmosphäre behalten, die das alte geprägt hatte. Eine freundliche Angestellte, die die Lieblingstante von irgend jemandem sein mußte, verließ entzückt ihre Schreibmaschine und half bei der Suche. Sie fanden einen einzigen O'Ghee auf der Liste, mit einer Adresse, die mehr oder weniger dem entsprach, was Sarah erwartet hatte. Sie schrieb sie ab, dankte der Angestellten überschwenglich und machte sich schnurstracks auf den Weg zur U-Bahn.

Kapitel 6

Obwohl Sarah in Boston geboren und aufgewachsen war, hätte die Gegend hinter Andrew Square auch in Timbuktu sein können, so wenig kannte sie sich dort aus. Sie und die Dame im Rathaus hatten O'Ghees Adresse auf einem Stadtplan gefunden; dennoch mußte sie nach der Straße suchen, und als sie sie schließlich fand, konnte sie kaum glauben, daß es die richtige war. Hier war nicht einmal eine Straße, bloß eine Art Sackgasse inmitten eines geschlossenen Blocks von offensichtlich leerstehenden Lagerhäusern.

Schließlich bemerkte sie einen wenige Meter langen Zaun aus schwerem Maschendraht, der etwas versperrte, was sie zuerst für eine Einfahrt gehalten hatte. Dahinter stand, eingepfercht zwischen den riesigen Lagerhäusern, ein ganz schmales Haus, drei Stockwerke hoch, aber nicht mehr als fünf Meter breit und mit grüner Dachpappe gedeckt, die sich bereits wellte und Risse aufwies. Der Vorgarten war ungefähr eineinhalb Meter groß, überwuchert von Fingergras und Kreuzkraut, die Tür brauchte dringend einen Anstrich. Spitzengardinen an dem einzigen Fenster der Vorderseite umrahmten jedoch ein Schild, auf dem stand: ›Zimmer zu vermieten‹; und ein Einkaufswagen lehnte am Geländer der winzigen Veranda. Das mußte die richtige Adresse sein.

Das Haus sah so aus, als ob es das einzige Übriggebliebene einer ganzen Reihe von hölzernen Wohnhäusern sei – und das war es wahrscheinlich auch. Irgendein zäher Hausbesitzer mußte bis zum letzten gegen die expandierenden Industrieanlagen gekämpft haben und hatte einen offensichtlich wertlosen Sieg errungen. Der Maschendrahtzaun ließ einen Wachhund vermuten, und Sarah näherte sich nur vorsichtig. Jedoch passierte nichts, als sie das Tor öffnete. Sie wagte sich die beiden Stufen hinauf und klopfte an der Tür.

Die Frau, die auf das Klopfen antwortete, war eine weitere Überraschung. Die verlotterte Umgebung hatte Sarah auf eine Frisur wie ein Handfeger und eine verdreckte Schürze gefaßt gemacht, aber Tim O'Ghees Wirtin, wenn sie es war, gab sich offensichtlich mit sich selbst sehr viel mehr Mühe als mit ihrem Haus.

Ihre Frisur war ein architektonisches Wunder, ihr Gesicht ein Kunstwerk. Ihre in ein enges Korsett gezwängte Figur war mit einem knapp sitzenden jerseyartigen Nylonkleid von hinreißendem Schnitt bekleidet, und ihre unteren Extremitäten steckten in Stiefeln aus Schlangenlederimitat mit hohen Absätzen und zentimeterdicken Sohlen.

»Ja?« sagte sie zweifelnd und musterte Sarahs ehemals guten Tweedmantel und solide Schuhe.

»Ich suche Mr. Timothy O'Ghee«, stotterte Sarah. »Bin ich hier richtig?«

»Was wollen Sie von ihm?«

»Also, ich – ich habe mir gestern etwas Geld von ihm geliehen und möchte es zurückzahlen.«

»Eine gute Geschichte. Ich wußte gar nicht, daß er etwas zu verleihen hat.«

»Es handelt sich nur um eine sehr kleine Summe, eigentlich nur Kleingeld zum Telefonieren, aber er war so nett, es mir anzubieten, und hat sich weggeschlichen, bevor ich ihm überhaupt richtig danken konnte. Später beschrieb ich ihn meinem Onkel, und er meinte, es müsse Mr. O'Ghee gewesen sein. So dachte ich, ich komme einfach herüber und besuche ihn. Ich wohne gar nicht weit entfernt.«

»Oh, ja? Wo denn?«

»In Richtung West End«, wich Sarah aus. »Ist Mr. O'Ghee nun da?«

»Weiß nicht. Ich war rüber zur Avenue, Lebensmittel kaufen. Tim kommt im allgemeinen erst spät herunter. Essen gibt's bei mir nicht, aber er kriegt Kaffee und vielleicht eine Scheibe Toast oder so. Teufel, er ist ein alter Mann. Es ist nicht richtig, ihn den ganzen Weg rüber zur Avenue machen zu lassen, nur wegen einer Tasse Kaffee.«

Sie wandte ihren Kopf nach hinten und schrie: »Tim! Tim, bist du schon auf? Hier ist jemand, der dich sehen will.«

Sie erhielt keine Antwort.

»Er hört nicht mehr sonderlich gut. Liegt wahrscheinlich im Bett und studiert Rennzeitungen. Warum gehen Sie nicht hinauf? Ihn wird das nicht stören.«

Sarah zögerte. »Könnten Sie nicht gehen?«

»Ich gehe nicht mehr Treppen als unbedingt nötig. Anweisung vom Arzt.«

Sarah glaubte das keine Sekunde. Eine Frau, die in solch mörderischen Dingern in Läden herumstiefeln konnte, konnte alles aushalten. Sie war jedoch nicht hier, um Streit zu beginnen.

»Wie finde ich zu ihm?«

»Direkt nach oben und dann rechts. Sagen Sie ihm, daß Kaffee für ihn auf dem Herd steht.«

Die Frau trat zurück und verschwand in den düsteren Tiefen des Hauses. Die Treppe befand sich unmittelbar hinter der Eingangstür, steil und dunkel und mit einem Läufer belegt, der schon vor Urzeiten hätte ausgewechselt werden müssen. Mit einem Gebet auf den Lippen, daß sie nicht mit ihrer Fußspitze in einer ausgetretenen Stelle hängenbleiben und sich den Hals brechen möge, suchte sich Sarah ihren Weg nach oben.

Die Tür des alten Mannes war geschlossen. Sie klopfte und rief »Mr. O'Ghee«, aber er antwortete nicht. Vielleicht war er aufgestanden und hatte das Haus verlassen, während seine Wirtin ihren Einkauf machte. Da sie bis hierher vorgedrungen war, konnte sie sich zumindest vergewissern.

Sarah war nicht dazu erzogen worden, nonchalant in fremder Leute Schlafzimmer hineinzuplatzen. Sie mußte sich dazu überwinden, die Klinke niederzudrücken und die Tür zu öffnen.

Tim O'Ghee war zu Hause. Ausgestreckt lag er in dem schmalen Eisenbett, Augen und Mund halb offen, das Gesicht eingefallen und reglos. Er würde keinen Kaffee mehr trinken – weder jetzt noch in Zukunft. Sarah war nicht erschrocken, nur traurig. Sie hatte schon viele tote alte Männer gesehen: Großväter, Großonkel, Cousins zweiten und dritten Grades. Die meisten waren in ihren eigenen bequemen Betten oder in Krankenhäusern gestorben, betreut von ausgebildeten Krankenschwestern und umgeben von Verwandten, die sich darum kümmerten, daß sie anständig beerdigt wurden. Von Mitleid bewegt streckte sie ihre Hand aus und berührte eine der starren gelben Hände. Sie fühlte sich wie Wachs an, das im Kühlschrank gelegen hatte. Die Kälte trieb sie zurück bis zum oberen Ende der Treppe.

»Mrs. – oh, wie heißen Sie? Bitte kommen Sie hoch! Mr. O'Ghee ist etwas zugestoßen.«

»Was ist los?« Die blonde Perücke glänzte unten im Dunkeln. »Was ist passiert?«

»Ich fürchte, er ist tot.«

»Was soll das heißen, Sie fürchten?« Die schrille Stimme wurde schärfer. »Entweder ist er tot oder nicht. Sind Sie sicher, daß er nicht im Koma ist? Tim ist Diabetiker. Sie bleiben besser bei ihm, während ich den Arzt hole.«

Sarah wußte, daß der alte Mann ihre Gesellschaft auf dieser Welt nicht mehr brauchte, aber die Menschlichkeit forderte, daß sie in einem solchen Moment nicht einfach wegrannte. Sie wollte die Decke über ihn ziehen, aber entschied dann, besser nichts anzurühren, bis jemand kam.

Zumindest mußte sie nicht direkt neben ihm stehen bleiben. Sie ging zu dem einen schmalen Fenster hinüber, stand dort und schaute hinaus, aber es gab nichts zu sehen als Backsteinmauern, und diese erinnerten sie äußerst unangenehm an die andere Mauer, die sie und Tim O'Ghee gemeinsam gesehen hatten.

In ihrem Nacken begann ein Prickeln, das langsam ihr Rückgrat hinabkroch. Es konnte doch sicherlich nicht mehr als ein tragischer Zufall sein, daß dieser kleine Mann, der kaum vierundzwanzig Stunden zuvor so lebhaft gewirkt hatte, dieser Mann, der Ruby Redd und die Männer, die ihr Drinks spendierten, gekannt hatte, so plötzlich hier tot lag?

Sarah hatte überraschend wenig Zeit, sich zu wundern. Kaum fünf Minuten später hörte sie Stimmen auf der Treppe.

»Ich bin über Funk verständigt worden«, erklärte der Arzt gerade. »Ich war mit dem Wagen unterwegs zum Krankenhaus. Ich habe dann zurückgerufen, und in meiner Praxis sagte man mir, ich solle hierherkommen. Sie haben Glück gehabt, mich so schnell zu erwischen. Wo ist er?«

»Gleich hier.«

Die Wirtin geleitete einen Mann mit einer Ledertasche in das Zimmer, warf einen schnellen Blick auf Sarah und dann zur Tür. »Okay, Miss. Danke fürs Warten.«

Das war eine klare Aufforderung zu verschwinden, aber Sarah rührte sich nicht. Der Arzt, der es offensichtlich eilig hatte, zu tun, was er mußte, um dann gehen zu können, schien ihre Anwesenheit kaum zu bemerken, obwohl der Raum so klein war, daß sie sich fast auf den Füßen standen. Er beugte sich über die Leiche, versuchte einen Arm anzuheben und stellte fest, daß die Totenstarre schon eingesetzt hatte; dann warf er der Form halber einen Blick unter die Augenlider und richtete sich auf.

»Das wär's, Mrs. Wandelowski. Pech, aber die Uhr des armen alten Kerls war abgelaufen, wie Sie wissen. Zumindest ging es schnell und friedlich. Sie können ruhig schon dem Leichenbestatter Bescheid geben. Egal, wer es ist, bestellen Sie ihm, daß er in meiner Praxis anrufen soll. Ich informiere die Sprechstundenhilfe, damit sie den Totenschein zuschickt.«

»Was werden Sie angeben?« fragte Sarah.

»Herzversagen, was sonst?«

Der Arzt drehte sich herum und starrte sie an, als wäre er sich tatsächlich nicht bewußt gewesen, daß jemand hinter ihm stand. »Wer sind Sie?«

»Eine Freundin«, sagte sie scharf, »und ich muß sagen, daß ich nicht viel von Ihrer Untersuchung halte. Gestern nachmittag war Mr. O'Ghee ganz gesund und munter.«

»Wenn Sie so gut mit ihm befreundet waren, Miss, sollten Sie es besser wissen. Tim war in schlechter Verfassung, und das seit Jahren. Mrs. Wandelowski, hat er sein Insulin regelmäßig genommen?«

»Wie soll ich das wissen? Ich habe ihm regelmäßig die Ampullen aus dem Eisfach gegeben, wie Sie mir gesagt haben. Ich habe nicht zugeschaut, wie er sich die Spritzen gesetzt hat. Wofür halten Sie mich? Bei den Nadeln dreht sich mir der Magen um.«

»Hm.«

Der Arzt sah sich in dem winzigen leeren Raum um. Neben der Frisierkommode stand ein Papierkorb. Er schaute hinein, fand aber nichts außer dem ersten Teil der Zeitung des Vorabends. Sarah registrierte bestürzt, daß ihr eigenes Gesicht auf der Titelseite in einem Gruppenfoto mit Dolph und einigen Polizisten zu sehen war. Die Überschrift lautete: ›Leiche von Stripperin in historischem Grab gefunden.‹

Er hielt die Zeitung hoch. »Stand hier vielleicht irgendwas drin, was ihn aufgeregt hat?«

»Oh, Gott, ja«, weinte Mrs. Wandelowski. »Daran hätte ich gleich denken sollen. Tim hat unmittelbar mitbekommen, wie sie sie ausgegraben haben, können Sie sich das vorstellen? Kam weiß wie die Wand nach Hause und zitterte so stark, daß er kaum seinen Mantel ausziehen konnte. Ich hab' ihn in die Küche gesetzt und ihm heißen Kaffee mit einem Schuß Whiskey gegeben, nur einen winzigen Schuß natürlich. Ich weiß, was er vertragen kann und was nicht. Konnte, meine ich. Armer alter Tim, ich werde ihn vermissen.«

Sie schluchzte auf; wie Sarah fand, nicht sehr überzeugend. »Er sagte, er hätte sie auf den ersten Blick erkannt. Unter uns gesagt glaube ich, sie hatten für eine Weile was miteinander, damals. Tim war kein schlechtaussehender Typ, als er jung war. Ich habe Fotos gesehen. Sie wissen, wie alte Leute sind; ziehen immer Schnappschüsse hervor, die man sich ansehen soll. Immer wieder die gleichen alten Lügen, wie gut es ihnen damals ging.«

Sie fuhr sich sehr sorgfältig mit einem Taschentuch über die Augen. »Gestern abend saß er also da am Küchentisch und redete mir die Ohren voll über diese Frau mit ihren Rubinen in den Zähnen, bis ich es nicht mehr ertragen konnte. Der Gedanke, daß sie die ganze Zeit da lag, machte mich krank. Jedenfalls hatte ich eine Verabredung mit meiner Freundin auf der anderen Seite der Avenue, und so machte ich ihm eine Tasse Suppe und sagte ihm, er solle besser ins Bett gehen.«

»Danach haben Sie ihn nicht mehr gesehen?«

»Nee. Ich kam ziemlich spät zurück und nahm an, er würde schlafen. Seine Tür war zu.«

»Sonst noch jemand im Haus?«

»Nicht letzte Nacht. Mein Mann ist nicht zu Hause. Geschäftlich unterwegs«, ergänzte sie mit einem schnellen Blick auf Sarah.

»Aha.«

Der Arzt legte die Zeitung weg und kniete nieder, um unter das Bett zu sehen. »Da hätten wir was.«

Er langte unters Bett und fischte eine Handvoll Staubflocken und einen einsamen Socken hervor. Mit dem Abfall kamen zwei kleine Plastikampullen und einige Fetzen Papier ans Licht.

»Hier ist das Insulin, daß er nicht genommen hat, und hier, würde ich sagen, ist, was ihm den Rest gegeben hat.« Er breitete die Fetzen aus, so daß man die Beschriftung lesen konnte. Sie lautete immer gleich.

»Er war an meinen Süßigkeiten! Tim sollte es doch besser wissen. Das kann ihn umbringen.« Mrs. Wandelowski begann hysterisch zu lachen. »Was für ein Ende.«

»Aber das ist ja Einwickelpapier von Milky Way«, sagte Sarah.

»Ja und? Sie waren im Angebot.«

»Ich weiß, wir haben auch welche gekauft. Gestern habe ich eins Mr. O'Ghee angeboten, und er hat abgelehnt. Er sagte, er dürfe sie nicht essen.«

»Schauen Sie, Miss Wie-zum-Teufel-auch-immer«, sagte der Arzt, der Sache überdrüssig, »wenn ein verzweifelter alter Mann sich zum Selbstmord entscheidet, kommt ihm jedes Mittel gelegen. Sie sollten sich genausogut wie ich ausrechnen können, was passiert ist. Es muß ein fürchterlicher Schock für ihn gewesen sein, als sie die Mauer niederrissen und er seine ehemalige Freundin erblickte, die dalag, als wäre sie aus einem Horrorfilm übriggeblieben. Vielleicht hat er all die Jahre davon geträumt, daß sie eines Tages zu ihm zurückkommt. Vielleicht war das für ihn Anlaß, über die Vergangenheit nachzudenken und was ihn auf dieser Welt noch erwartete; und er entschied, daß es keinen Sinn hatte, noch länger zu leben?«

»Aber sie war nicht seine alte Liebe«, protestierte Sarah. »Er mochte sie noch nicht einmal. Er sagte, Ruby Redd wäre die bösartigste Frau gewesen, die er je gekannt hätte. Er war nicht erschüttert, er war aufgeregt.«

»Sieh mal, Kindchen, was jemand sagt, kann sehr verschieden von dem sein, was er fühlt. Wer zum Teufel weiß, warum sich Leute umbringen? Das passiert viel häufiger, als Sie vielleicht meinen. Netter alter Kerl, der er war, ließ er es wie einen natürlichen Tod aussehen, anstatt sich vor eine U-Bahn zu werfen und die Gleise dreckig zu machen. Und zu Ihrer Information: Ich werde immer noch Herzversagen auf den Totenschein schreiben. Wenn Sie mich der Ärztekammer melden wollen, nur zu. Sagen Sie, kenne ich Sie nicht von irgendwo her?«

Wie sie befürchtet hatte, fiel sein Blick auf die Zeitung. »Das steckt also dahinter? Sie sind das Kelling-Mädchen.«

Mrs. Wandelowski schnappte sich die Zeitung. »Sie meinen, daß ist sie, die auf dem Foto? Tatsächlich, sie trägt sogar dieselben Sachen. So eine Frechheit! Schleicht sich hier heimtückisch ein mit der Behauptung, sie sei eine Freundin von Tim. Hinter was ist sie überhaupt her?«

»Eine gute Frage.«

Der Arzt trat einen Schritt auf Sarah zu, so daß sie sich Auge in Auge gegenüberstanden. »Welche Rosinen haben Sie im Kopf, Kindchen? Sie haben wohl gedacht, O'Ghee würde Ihnen erzählen, welcher von Ihren reichen Onkeln mit der Stripperin befreundet war, so daß Sie ihn zum Kauf eines Nerzmantels oder einer Europareise erpressen können?«

»Das ist lächerlich«, schrie Sarah. »Ich –«

»Glauben Sie ihr kein Wort«, unterbrach Mrs. Wandelowski. »So wie sie mich belogen hat, kann man ihr nicht von hier bis da trauen. Nun hören Sie mal zu, Schätzchen. Mir ist egal, wer Sie sind und woher Sie kommen, Sie sind nichts als eine kleine Schlampe, und ich dulde Sie nicht in meinem Haus. Verschwinden Sie, und lassen Sie sich nie wieder hier blicken, oder Sie werden es verdammt schnell bereuen.«

»Immer mit der Ruhe, Mrs. Wandelowski«, sagte der Arzt. »Denken Sie an Ihren Blutdruck. Kommen Sie, Miss Kelling, was Sie auch suchten, Sie sind zu spät gekommen. Es tut mir leid, daß ich Sie nicht zur Familienvilla zurückfahren kann, aber Sie haben schon zuviel von meiner Zeit vergeudet.«

Er scheuchte Sarah die Treppe hinunter und hinaus auf die Veranda, während er sprach. Mrs. Wandelowski knallte die Tür hinter ihnen zu. Sarah konnte nichts anderes tun, als zur U-Bahn-Station zurückzugehen und einen Zug zur Park Street zu nehmen.

Sie kam viel später nach Hause, als sie geplant hatte. Edith war in schrecklicher Aufregung, verwandelte die Küche in ein Chaos und tat ihr Bestes, die Erfrischungen zu ruinieren.

»Lassen Sie das, und ziehen Sie sich für den Nachmittag um«, befahl Sarah. »Ich habe Ihnen gesagt, daß ich rechtzeitig zurück bin, um das Essen zu machen.«

»Ich wüßte nicht wie«, erwiderte das Hausmädchen scharf. »In einer halben Stunde sind sie hier.«

Sarah sparte sich eine Antwort. Es blieb ihr etwas mehr Zeit, aber sie würde auch jede Minute davon brauchen. Die Hetze war ihr willkommen, sie hielt sie davon ab, über den Selbstmord von Tim O'Ghee nachzugrübeln, der zeitlich so passend kam. Als sie dann ihre Tabletts mit pikanten Häppchen und Rohkostplatten angerichtet hatte und im Kühlschrank Bleche voll Kästetoasts darauf warteten, beim ersten Türklingeln in den heißen Ofen gesteckt zu werden, hatte sie sich schon wieder einigermaßen beruhigt. Sie schaffte es sogar, noch ihr Kleid zu wechseln und unten zu sein, um Sherry einzuschenken, als Edith – elegant in schwarzem Baumwollsatin, weißer Organdyschürze und der vielleicht letzten rüschenbesetzten Spitzenhaube, die auf dem Hill noch existierte – der ersten Gruppe von Freunden und Verwandten die Tür öffnete.

Glücklicherweise kamen Alexander und Tante Caroline gleichzeitig. Sarah überließ es ihnen, die Honneurs zu machen, brachte Edith dazu, Getränke und Essen zu reichen, und sauste in die Küche. Von da an war es ein ständiges Hin und Her; Tabletts waren zu schleppen, Wasser zu kochen, gebrauchtes Geschirr einzusammeln und sauberes zu holen, da Edith nur die Hälfte der erforderlichen Menge bereitgestellt hatte.

Das alte Hausmädchen hätte wissen können, daß es einen Massenansturm geben würde. Ohne Ausnahme liebten alle Kellings Beerdigungen, und angesichts der unangenehmen Publicity, die dieses Begräbnis hervorgerufen hatte, versammelten sie sich in hellen Scharen, um zu beweisen, daß sie nichts zu verbergen hatten. Sie bekam mit, daß sich hier und dort jemand darüber ereiferte, daß man mit Reportern eben nicht sprechen sollte, aber sie blieb nicht stehen, um zuzuhören.

Gott sei Dank waren die Lackridges gekommen. Harry machte es sich bequem, und Leila dolmetschte für Tante Caroline. Das war ein Segen, weil Alexander dem kaum gewachsen gewesen wäre. Er sah um den Mund herum noch müder aus als am Abend zuvor. Einige der Verwandten bemerkten es.

»Alexander verkraftet es nur schwer. Mir war nicht bewußt, daß er den alten Fred so gern hatte. Edith, diese Käsetoasts sind wunderbar. Ich weiß gar nicht, wie Sie das immer alles schaffen.«

Zuletzt war nichts mehr vom Tee, dem Sherry und dem Essen übrig, und die Familie war gegangen. Nur Harry und Leila blieben noch. Sie redete noch immer, und er trank noch immer, obwohl er inzwischen zu Scotch aus den Privatvorräten seines Freundes übergegangen war. Sarah zündete das Feuer in der Bibliothek an und scheuchte sie dorthin.

»Geht und wärmt euch, während ich das Wohnzimmer aufräume.«

Alexander raffte sich auf und sagte: »Du hast schon den ganzen Nachmittag gearbeitet, Sarah. Kann Edith das nicht tun?«

»Sie spült das Geschirr«, sagte Leila.

»Von wegen«, gab Sarah scharf zurück. »Sie hockt unten, weicht ihre Hühneraugen ein und sieht fern. Sie ist wütend auf mich, weil ich sie nicht auf die Beerdigung gelassen habe.«

»Die Leute wunderten sich, warum ihr beide nicht da wart.«

»Schade, daß ihnen nie die naheliegende Antwort einfällt. Harry, bevor du die Flasche ganz leer hast, könntest du meinem Mann einen Drink von seinem eigenen Whiskey anbieten. Vielleicht wollen Leila und Tante Caroline auch einen.«

»Und was ist mit dir?«

»Nicht, wenn ihr ein Abendessen erwartet. Viel gibt es sowieso nicht, ich warne euch.«

Tatsächlich hatte Sarah nicht die leiseste Idee, was sie anbieten könnte, aber das schien niemanden zu kümmern. Sie ging wieder Tassen und Gläser einsammeln. In der Regel half Alexander ihr dabei, aber an diesem Abend saß er zusammengesunken in dem gewaltigen Ledersessel, der einst Onkel Gilberts Lieblingsplatz gewesen war, schlürfte seinen Drink und ließ die anderen reden. Sarah schaute ein- oder zweimal vorbei, brachte ihnen Eis oder ein paar übriggebliebene Canapés, und es schien jedesmal so, als habe er in der Zwischenzeit keinen Muskel gerührt.

Sie öffnete eine Dose Pastete, die sie in einem Weihnachtskorb bekommen und für ein besonderes Ereignis aufbewahrt hatten, und gab sich große Mühe, appetitliche Sandwiches herzurichten. Alexander hatte für einen Mann einen wählerischen Geschmack. Zusammen mit dem, was schon früher am Tag serviert worden war, sollten die Sandwiches und eine Tasse Suppe genügen. Keiner von ihnen war ein großer Esser.

Als das Essen fertig war, ging sie hinunter und sagte Edith: »Ich habe uns ein Tablett zurechtgemacht, also brauchen Sie sich um das Abendessen nicht zu kümmern. Auf dem Herd steht eine Suppe. Wenn das nicht reicht, können Sie sich ein paar Eier kochen.«

»Die Beerdigung kam in den Nachrichten«, sagte das Hausmädchen, ohne ihren Blick von der flimmernden Mattscheibe zu lösen. »Sie wurden nicht gezeigt. Es hieß, Sie seien zu Hause, mit einem Schock zusammengebrochen.«

»Ich werde schon noch zusammenbrechen, bevor dieser Tag zu Ende ist.«

Beim Hochgehen machte Sarah nach jeder einzelnen Stufe eine Pause und nahm sich oben dann das letzte schwere Tablett.

Kapitel 7

»Alex! Alex, wo bist du? Es ist fast acht Uhr.«

Caroline Kellings scharfer Ruf weckte Sarah aus dem tiefsten Schlaf, den sie seit undenklichen Zeiten gehabt hatte. Acht Uhr? Sie schliefen nie so lange. Sollte ihr Ehemann – sie fröstelte, als sie sich erinnerte, wie der alte Tim O'Ghee ausgestreckt in dem schäbigen Pensionsbett gelegen hatte.

Aber nein, Alexander war dabei, aufzustehen. Sie konnte ein gedämpftes Ächzen und das Quietschen von Bettfedern hören, dann rauschte der Wasserhahn im Bad zwischen ihren Schlafzimmern. Sarah sprang aus dem Bett, rief die Treppe hinunter: »Edith, sagen Sie ihr, daß wir in einer Minute unten sein werden«, und angelte sich ihre älteste Hose und eine schmuddelige Strickjacke aus dem Wandschrank.

Mariposa würde um Punkt neun Uhr hier sein. Drei Minuten später würde die Putzfrau ein leuchtendes Tuch über ihre kunstvolle Frisur gebunden haben, die Straßenkleidung gegen einen Baumwollkittel gewechselt, ein Paar löchrige Turnschuhe anstatt der schicken hochhackigen Pumps angezogen haben und den Staub nur so wegwirbeln. Sie konnten sich dieses Muster an Vollkommenheit nur einmal pro Woche leisten, und niemand, nicht einmal Mariposa, schaffte das ganze Haus an einem Tag, so daß Sarah und Edith helfen mußten.

Im allgemeinen war es ein Vergnügen für Sarah, hinter diesem menschlichen Wirbelwind herzutrotten, Staub zu wischen, zu polieren und dem stetig fließenden pikanten Klatsch über das Leben, wie es am anderen Ende der Stadt gelebt wurde, zu lauschen. Edith würde die gesamte Zeit damit verbringen, in Tante Carolines Schlafzimmer und Bad und dem angrenzenden Raum, den Mrs. Kelling ihr Boudoir nannte, herumzutrödeln. Zugegebenermaßen war ihre Aufgabe nicht einfach, weil alles in einer peinlich genauen Ordnung belassen werden mußte; selbst das Seidengarn für die Stickereiarbeit der blinden Frau hatte Strang neben Strang zu liegen. Sie mußte Edith zugute halten, daß sie ihre Pflichten auf diesem Gebiet nie vernachlässigte.

Als sie sich schließlich am Frühstückstisch niedergelassen hatten, war Tante Caroline ausgesprochen schlechter Laune.

»Gerade heute morgen wollte ich früh aufbrechen. Du weißt, daß es zwei Stunden Fahrt zu Marguerite sind und daß sie uns wesentlich früher als die anderen erwartet, damit du genug Zeit hast, mir ihr neuestes Kapitel vorzulesen. Sie möchte unbedingt meine Meinung hören, bevor sie weiterschreibt.«

»Das ist mir völlig egal«, legte Sarah los. »Alexander, warum sagst du deiner Mutter nicht, daß ihr nicht fahrt? Jeder weiß, daß du diese Damenkränzchen haßt, und Marguerites Buch ist eine einzige Farce. Warum solltest du fünfundsiebzig Meilen hin- und zurückfahren – nur um den Klatsch zu hören, den Tante Marguerite verbreitet?«

»Warum nicht?« sagte er erschöpft.

»Zum Beispiel, weil du aussiehst wie der Tod auf Urlaub. Willst du nicht bitte wieder zurück ins Bett gehen und dort bleiben, bis du das losgeworden bist, was dich quält – was immer es auch ist?«

Seine feingeschnittenen Lippen verzogen sich zu einem gequälten Lächeln. » Das könnte ein ziemlich langer Aufenthalt im Bett werden. Mach dir keine Sorgen um mich, Sadiebelle. Eigentlich bin ich froh, für ein paar Stunden aus Boston herauszukommen. Ich wünschte nur, du würdest ebenfalls mitkommen.«

»Ich wünsche mir«, seufzte sie, »daß wir beide einmal in unserem Leben allein wegfahren könnten. Kann deine Mutter nicht verstehen, daß du ein Mensch bist und kein Blindenhund?«

»Nein, ich glaube nicht.«

Alexander schob seinen Stuhl zurück und beugte sich vor, um seine Frau zu küssen. »Arbeite nicht zu viel. Du siehst mitgenommen aus. Ich fürchte, daß du dich gestern übernommen hast.«

Sarah ergriff seine Krawatte und zog ihn näher heran. »Unsinn, Edith hat das alles doch mit links geschafft. Hast du nicht die schickliche Bescheidenheit bemerkt, mit der sie all die Komplimente entgegennahm?«

»Du bist ein boshaftes kleines Mädchen, Sadiebelle.«

Er wollte sie nochmals küssen, aber seine Mutter meinte fordernd: »Machen wir uns denn überhaupt nicht auf den Weg?«, und Edith kam herein mit der Ankündigung, daß Mariposa mit dem Abwasch beginne, und der Frage, ob sie denn noch nicht fertig wären.

»In einer Minute«, sagte Sarah. »Alexander, laß nicht zu, daß sie dich völlig mit Beschlag belegen. Erzähl Tante Marguerite, daß sich deine Frau in eine Xanthippe verwandelt hat und unter die Decke geht, wenn du nicht früh genug zurück bist, um vor dem Dinner noch etwas auszuruhen. Und denk nicht, daß ich scherze, ich mein' es ernst. Edith, helfen Sie Mrs. Kelling, ihre Sachen zusammenzusuchen, auch alles, von dem sie behauptet, daß sie es nicht mitnehmen will. Sie wissen, daß sie ihre Meinung in letzter Minute ändert und es dann doch haben will. Ich räume den Tisch ab, Alexander; es sei denn, du möchtest, daß ich den Wagen hole.«

»Nein, meine Liebe. So weit ist es noch nicht mit mir gekommen.«

Es war unmöglich, auf dem Hill zu parken. Sie waren gezwungen, ihren Studebaker Baujahr neunzehnhundertfünfzig in einer Garage an der Charles Street einzustellen. So hoch wie die Mieten in dieser Gegend waren, hätten sie für diese Summe alle paar Jahre ein neues Auto kaufen können. Das beste für sie wäre, wenn sie überhaupt auf den Wagen verzichten und bei Bedarf jeweils einen mieten würden; aber das Fahrzeug aufzugeben, das sie einmal selbst hatte fahren können – davon wollte Tante Caroline nichts wissen.

Dank Alexanders Geschicklichkeit als Mechaniker lief der Studebaker weiterhin hervorragend und war inzwischen zweifellos eine recht wertvolle Antiquität. Eines Tages würden sie ihn vielleicht zu dem Milburn im Schuppen von Ireson's Landing stellen und ein Fahrzeug erwerben, das kein Sammlerstück war.

Eines Tages würde Sarah Alexander möglicherweise bewegen können, sich von diesem ruinös teuren Stadthaus, das nur schwer instand zu halten war, zu trennen, um in ein eigenes Haus zu ziehen. Sie war Beacon Hill leid, sie war es leid, nie über ein wenig Taschengeld verfügen zu können, und sie war es gründlich leid, mit Tante Caroline verheiratet zu sein. An diesem Tag wurden die Sofakissen ausgeklopft wie noch nie zuvor.

Arbeit war, wie immer, Therapie. Erst als Mariposa gegangen war, die Wischlappen und Besen für eine weitere Woche weggeräumt waren und Sarah in einem heißen Bad den Staub abspülte, hatte sie erneut Zeit, sich Sorgen zu machen. Alexander und seine Mutter mußten nun jede Minute zurückkommen, wenn er nicht wieder in einen reglosen Trancezustand gefallen war und dabei den Studebaker zu Bruch gefahren hatte. Sie hätte Mariposa allein putzen lassen und ihn begleiten sollen. Er war noch nie gern lange Strecken gefahren, und in seinem augenblicklichen Zustand mußte der Ausflug mörderisch gewesen sein.

Sie wünschte, sie hätte nicht an dieses Wort gedacht. Ruby Redd war mit größter Sicherheit ermordet worden – laut einem Bericht in der Morgenzeitung, die Sarah gerettet hatte, bevor Mariposa sie benutzte, um den frisch geschrubbten Linoleumboden in der Küche zu schützen. Der Schädel wies am Hinterkopf ein Loch auf, das sehr wahrscheinlich nicht von einem Unfall herrührte, besonders, wenn man die makabre Art der Beisetzung in Betracht zog. Eine Untersuchung würde zwar stattfinden, aber es bestand wenig Hoffnung auf Klärung des Falles.

Das bedeutete zweifellos einige oberflächliche Nachforschungen und dann eine weitere Akte, auf der sich Staub sammeln konnte. In Boston wurden zu viele neue Leichen auf unbebautem Gelände und in Seitenstraßen gefunden, als daß die Polizei viel Zeit auf ein Verbrechen verwenden konnte, das vor etwa dreißig Jahren geschehen war oder auch nur ein Unfall gewesen war.

Sarah war fest davon überzeugt, daß auch Tim O'Ghee ermordet worden war, aber es gab nicht einmal eine entfernte Chance, daß die Polizei diesen Todesfall jemals untersuchen würde, wenn nicht der Leichenbestatter eine Kugel im Herzen des Barkeepers fand. Das würde nicht der Fall sein. Wahrscheinlich wurde überhaupt kein Leichenbestatter hinzugezogen. Dank der modernen Technologie waren Leichen heute wesentlich leichter zu beseitigen als früher. Auf jeden Fall hatte es keinen Grund gegeben, ihn zu erschießen, wenn es so einfach war, das Gift mit einer Spritze zu verabreichen. Selbst wenn die Leiche untersucht würde, würde ein Einstich unter die Haut mehr oder weniger bei jemandem, der sich regelmäßig Insulin spritzt, niemals auffallen.

Abermals verspürte sie den Drang, sich zu fragen, ob Alexander so etwas getan haben könnte. Die Gegebenheiten waren günstig. Es gab noch eine alte Subkutanspritze von Onkel Gilbert und jede Menge Gifte im Haus: Sachen wie Bleichmittel und Laugen in der Küche, Atropin in Tante Carolines Augentropfen, ein Kroton wuchs in dem Erkerfenster im Wohnzimmer, und weiß der Himmel, was sonst noch alles; außerdem stand die Tüte mit den Süßigkeiten, die er selbst gekauft hatte, griffbereit da, um alles entsprechend zu inszenieren.

Alexander hatte seine Mutter gestern am frühen Morgen hinaus zu Dolph gefahren – einige Zeit, bevor Sarah das Haus verließ. Tante Caroline würde nichts bemerken, wenn er einen Umweg über Südboston machte und sie im Wagen sitzen ließ, während er vorgab, ein paar Kleinigkeiten zu erledigen. Daß Mrs. Wandelowski in diesem Moment einkaufen war, mochte ein glücklicher Zufall gewesen sein, oder er hatte zuerst telefoniert und behauptet, vom Kundendienst der Gaswerke zu sein oder etwas Ähnliches, und hatte so erfahren, daß sie im Begriff war, das Haus zu verlassen. Das Schloß der baufälligen alten Tür würde seinen talentierten Fingern keine Probleme bereiten. Er konnte hineingelangt und wieder herausgekommen sein, bevor irgend jemand in dieser praktisch verlassenen Gegend ihn überhaupt bemerkt hatte.

Die ganze Idee war natürlich absurd. Alexander hätte wissen müssen, wo der ehemalige Barkeeper lebte, daß Tim Diabetiker war und daß seine Wirtin morgens drüben an der Avenue einkaufen ging.

Vielleicht wußte er all das. Tim hätte schon die ganzen Jahre sein Zimmer in dem Haus haben können, schon seit Alexanders Studienzeit. Er konnte von seiner aufgetakelten Wirtin gesprochen haben, konnte spendierte Drinks zurückgewiesen haben, indem er den Jungen von seiner Krankheit erzählte. Alexander hatte ein gutes Gedächtnis für derartige Details.

Onkel Jem würde einfach sagen: Quatsch. Alexander würde noch nicht einmal Mausefallen aufstellen. Das heiße Wasser beruhigte ihre Nerven ein bißchen, obwohl die kleine Wanne mit den Löwenfüßen zu kurz war, um sich in ihr gemütlich zu räkeln. Die im ersten Stock war doppelt so groß, durfte aber nur von Tante Caroline benutzt werden.

Vor ihrer Heirat hatte Alexander in dem Bemühen, alles so zu gestalten, daß es seiner jungen Braut gefiel, die Suite im zweiten Stock tapeziert und gestrichen. Er hatte allerdings nicht viel gegen den bröckelnden und Beulen bildenden Putz unternehmen können, so daß die Farbe bald abzublättern begann und die Tapete sich von den Wänden löste. Während sie sich einweichte, fiel ein Stück von der Decke herab und plumpste ins Badewasser.

Alles verfiel hier. Sarah kroch aus der hohen Badewanne heraus und frottierte ihren Körper heftig mit einem Handtuch, das, wie alles in diesem Haus, schon bessere Tage gesehen hatte. Sie zog ihren blauen Kokon an, weil sie fror, und ging gerade die Vordertreppe hinunter, als ihr Mann und seine Mutter hereinkamen.

»Gehen wir aus?«

Alexanders Frage klang wie ein Aufstöhnen. Sarah stellte sich auf die Zehenspitzen, um ihm einen Kuß zu geben.

»Was für eine Begrüßung ist das? Kann ich mich nicht für meinen Mann feinmachen, wenn ich Lust dazu habe? War es schön bei Tante Marguerite?«

»Mutter hat sich gut amüsiert.«

Ganz gegen seine Gewohnheiten ließ er seinen Mantel auf einen Stuhl fallen, anstatt ihn selbst aufzuhängen. »Habe ich noch Zeit, vor dem Abendessen ein Glas zu trinken?«

»Natürlich, es ist erst halb sieben.«

»Ich fühle mich, als wäre es bereits Mitternacht.«

»Setz dich in die Bibliothek. Ich werde die Drinks machen. Edith kann sich um deine Mutter kümmern.«

Mrs. Kelling erwartete nach einem solchen Tagesausflug immer ziemlich viel Beachtung, aber ihre Schwiegertochter war diesmal nicht bereit, sie ihr zu schenken. Tante Caroline war durchaus fähig, weit mehr für sich selbst zu sorgen, als sie es tat, und es war höchste Zeit, sie nicht länger so zu verwöhnen. Sarah hängte den Mantel weg, sagte dem Hausmädchen Bescheid und eilte zu ihrem Mann zurück.

Alexander war nicht in der Stimmung, sich zu unterhalten. Er bedankte sich noch nicht einmal für den starken Whiskey, den sie ihm brachte, oder daß sie das Feuer schürte, worum er sich normalerweise kümmerte. Sarah stand da, betrachtete ihn einen Moment und entschied, daß er am nötigsten eine heiße Mahlzeit und Ruhe brauchte.

Kochen galt als eine von Ediths Pflichten, aber die Hausangestellte hatte vor einigen Jahren gemerkt, daß sie durch die Produktion von durch und durch ungenießbaren Mahlzeiten die jüngere Mrs. Kelling dazu bewegen konnte, ihr meist die Kocherei abzunehmen. Tante Caroline brauchte Speisen, die mit so wenig Umstand und tastendem Suchen wie möglich gegessen werden konnten, was bedeutete, daß viel kleingehackt und püriert werden mußte. Es dauerte eine ganze Weile, bis Sarah zurück in die Bibliothek kam. Tante Caroline ließ sich lang und breit über das Buch ihrer Schwester aus. Ihr Sohn gab noch nicht einmal vor, sie zu beachten. Schließlich bemerkte die blinde Frau seine Teilnahmslosigkeit.

»Alexander, bist du da?«

Sarah griff nach der Hand ihrer Schwiegermutter. »Abendessen in zehn Minuten«, buchstabierte sie. »Vorher noch einen Sherry?«

»Nein«, sagte die ältere Frau scharf und versuchte, ihre Hand wegzuziehen, wie sie es immer tat, wenn Sarah per Handzeichen mit ihr kommunizierte. »Warum antwortet Alexander mir nicht?«

»Müde«, buchstabierte Sarah.

»Na und? Ich bin auch müde. Diese Mittagessen bei Marguerite sind immer anstrengend, aber wenn ich sie verkraften kann, warum nicht auch Alexander?«

Sarah suchte den Blick ihres Mannes. »Ich glaube, es wäre nicht nett, wenn ich ihr erkläre, daß du gleichzeitig sie verkraften mußt. Alexander, wir müssen einfach eine Betreuerin für deine Mutter finden, ob wir es uns leisten können oder nicht.«

»Bitte, Sarah, nicht heute abend.«

Alexander Kelling nahm die Hand seiner Mutter und fing an, Signale in den Handteller zu zeichnen. Seine langen blassen Finger schienen mechanisch zu arbeiten, ohne daß er nachdachte.

Kapitel 8

Die Mühe, die sich Sarah mit dem Abendessen gegeben hatte, hätte sie sich genausogut sparen können. Mrs. Kelling erklärte, daß Marguerite wie üblich zu viel und zu schweres Essen serviert habe, und wollte nur eine Schale Corn-flakes. Alexander schien nicht zu merken, daß Essen vor ihm stand. Sarah räumte seinen unberührten Teller weg und holte ihren Brailleschreibblock.

»Ich schicke Alexander ins Bett«, schrieb sie und setzte die Punkte mit heftigen Stichen des Griffels. »Ihm geht es nicht gut.«

Mrs. Kelling bewegte ihre Finger über die winzigen Erhöhungen und reichte die Notiz ihrem Sohn weiter. »Was fehlt dir? Ich dachte, wir spielen noch eine Weile Backgammon. Nach der langen Fahrt muß ich erst einmal abschalten.«

»Sarah«, seufzte Alexander, »kannst du nicht mit ihr spielen?«

»Nein, kann ich nicht. Du weißt, daß ich Backgammon hasse. Am vorletzten Abend war deine Mutter bei den Lackridges zu Besuch. Gestern war sie bei Dolph und dann bei der Beerdigung und hatte anschließend die komplette Familie hier. Heute war sie den ganzen Tag unterwegs. Sie hat noch nicht einmal Zeit gehabt, den Stapel mit Büchern in Blindenschrift, die du aus der Bibliothek für sie nach Hause geschleppt hast, durchzusehen. Du gehst ins Bett, und sie beschäftigt sich zur Abwechslung einmal selbst.«

Sie schnappte sich nochmals den Schreibblock und stanzte heftig: »Ich schlage vor, du liest ... A. geht jetzt ins Bett.«

Caroline strich mit ihren Fingern über die Nachricht, knallte den Zettel auf den Tisch, langte nach ihrem Stock und stolzierte aus dem Zimmer. Alexander wollte sich erheben, aber Sarah packte ihn am Arm.

»Untersteh dich! Sie kann viel besser für sich selbst sorgen als du für dich. Laß ihr eine Minute Zeit, zur Ruhe zu kommen, dann marschierst du nach oben.«

Ihr Mann schenkte ihr den armseligen Versuch eines Lächelns und tat, was sie sagte. Sie deckte ihn mit einer zusätzlichen Decke zu, versorgte ihn mit einer Wärmflasche, gab ihm ein Aspirin und verabschiedete sich mit einem Gutenachtkuß.

»Du bleibst morgen im Bett, wenn es dir nicht wirklich besser geht.«

Ihr war bewußt, daß sie nur die Energische spielte. Sie waren zum Tee bei den Protheroes eingeladen, und die temperamentvolle alte Anora war fähig, sie eigenhändig und gewaltsam zu holen, wenn sie nicht rechtzeitig eintrafen. Doch sollte es ihn eigentlich nicht zu sehr anstrengen. Sarah konnte selbst fahren, und wahrscheinlich würde Leila dort sein, um Tante Caroline zu übernehmen.

Nachdem sie ihren Mann versorgt hatte, vertrieb sich Sarah unten ein bißchen die Zeit, räumte das unberührte Essen weg, spülte das Geschirr, während Edith im Untergeschoß vor ihrem ständig laufenden Fernseher faulenzte, und räumte die bereits ordentliche Küche auf. Sie ging ins Wohnzimmer zurück und spielte leise eine Weile auf dem Bechsteinflügel aus Rosenholz, aber der alte Flügel war verstimmt und sie auch. Sie hatte keine Lust zum Malen oder Lesen oder Kreuzworträtsellösen. Sie hatte überhaupt zu nichts so recht Lust. Schließlich ging Sarah auf Suche nach einem besseren Einfall nach oben in ihr Zimmer, obwohl es bis zu ihrer normalen Schlafenszeit noch lange hin war.

Aspirin und Erschöpfung hatten bei Alexander ganze Arbeit geleistet. Er schlief fest, sein Atem ging tief und regelmäßig. In dem exquisiten Boudoir unter seinem Zimmer bedeckte seine Mutter die Vorhänge wahrscheinlich mit Knötchenstichen. Scheinbar eine seltsame Art, Frustrationen auszuleben, aber vielleicht freute sich Tante Caroline an der körnigen Struktur, die die schweren Vorhänge durch ihre jahrelange Arbeit angenommen hatten. Auf jeden Fall beschäftigte sie sich auch weiterhin mit ihrer Knötchenstickerei, zweifellos so lange, bis die Vorhänge zerfielen. Was machte es schon, solange diese merkwürdige Beschäftigung sie davon abhielt, Alexander auf die Nerven zu fallen?

Sarah überlegte, ob sie sich die Haare waschen sollte, fürchtete aber, daß das Geräusch des laufenden Wassers ihren Gatten wecken könnte. Sie kümmerte sich ausführlich um ihre Nägel, räumte die Schubladen ihrer Frisierkommode auf und fing zuletzt an, im Wandschrank herumzukramen, was sich als Fehler herausstellte. In einem Schrankfach lag der Ziegel, den sie vom Friedhof nach Hause geschleppt und in ein Schrankfach gelegt hatte, als sie sich in aller Eile für das Abendessen bei den Lackridges umziehen mußte. Dolph nahm an, daß sie ihn weggeworfen hätte. Warum um Himmels willen hatte sie das nicht getan?

Sie drehte den kleinen schweren Stein in ihren Händen hin und her. War er tatsächlich identisch mit den Ziegeln von der Mauer in Ireson's Landing? Wie konnte sie, gestützt auf ihr Gedächtnis und eine Schwarzweißfotografie, so absolut sicher sein? Vielleicht beruhten ihre Alpträume auf einem Hirngespinst? Oder vielleicht doch nicht?

Die kleine Skizze befand sich immer noch in ihrer Tasche. Sie nahm sie heraus und studierte sie. Eigentlich sollte sie hinuntergehen und ihre Zeichnung mit dem Foto im Flur vergleichen, aber irgendwie traute sie sich nicht recht. Was war, wenn Edith sie dabei erwischte?

Und wenn die Muster identisch waren? Konnte nicht jemand durch Zufall auf dasselbe Muster gestoßen sein, das Tante Caroline und Alexander entworfen hatten? Es konnte nicht gar so viele verschiedene Methoden geben, Ziegel zu legen. Oder doch?

Was hatte es für einen Zweck, hier herumzustehen und Selbstgespräche zu führen? Es gab einen Weg, es herauszufinden, und eine bessere Gelegenheit als heute abend, wo ihr Mann schlief, Tante Caroline schmollte und Edith davon ausging, daß der Haushalt sich zur Nachtruhe begeben hatte, würde sich niemals ergeben. Sarah steckte den Ziegelstein und die Skizze zurück in ihre Umhängetasche, ging auf Zehenspitzen in Alexanders Zimmer, nahm die Autoschlüssel, die auf seiner Kommode lagen, und schlich die Hintertreppe hinab. Ein Wettermantel mit Kapuze, den sie als Fünfzehnjährige bekommen hatte, hing auf einem Haken im Eingang. In ihren Mantel eingemummelt, trat sie auf die Seitenstraße hinaus.

Das war kein Abend, an dem man irgendwohin fahren sollte. Aus dem Nieselregen, der eingesetzt hatte, als Alexander und seine Mutter nach Hause kamen, war ein anhaltender Platzregen geworden. Die Reifen des Studebakers hatten kaum die staatliche Inspektion im Oktober passiert, der Tank war womöglich fast leer, und in ihrer Brieftasche befanden sich drei Dollar und siebenundzwanzig Cent. Aber was bedeutete das schon? Die

Sache mußte erledigt werden. Sie zog die Kapuze in ihre Stirn und stapfte den Hügel hinab. Der Garagenwächter, der die Kellings kannte, war überrascht, sie zu sehen. »Sie fahren mit dem alten Mädchen doch nicht bei diesem Wetter hinaus, oder? Sind Sie sicher, daß der Wagen das schafft?«

»Um das junge Mädchen mache ich mir mehr Sorgen«, versuchte Sarah zurückzuscherzen. »Wir haben ein kleines familiäres Problem, und Mr. Kelling fühlt sich nicht wohl.«

»Ich fand, er sah ein bißchen niedergeschlagen aus, als er kurz nach meinem Dienstantritt den Wagen hereinbrachte. Es ist doch keine Grippe?«

»Ich hoffe nicht. Ich habe ihn ins Bett gescheucht, und wehe, Sie sagen ihm, daß ich heute abend den Wagen genommen habe. Er würde Zustände kriegen, wenn er es wüßte, aber jemand muß fahren. Brauchen Sie ein zweites Parkmärkchen?«

»Ach, lassen Sie nur. Werden Sie lange weg sein?«

»Schwer zu sagen. Wahrscheinlich zwei oder drei Stunden.«

»Nun, gute Fahrt.«

Der Wächter begann erneut, sein Mickey-Spillane-Taschenbuch zu lesen. Sarah lenkte den Studebaker behutsam zum Cambridge Street Circle und steuerte dann die Brücke über den Mystic River an. Erleichtert stellte sie fest, daß die Tankanzeige fast auf voll stand. Alexander mußte auf dem Rückweg nachgetankt haben. Er war gut in solchen Dingen.

Er war in jeder Beziehung gut, zu gut. Sarah stellte fest, daß ihre Augen feucht wurden, und blinzelte ärgerlich, bis sie wieder trocken waren. Jetzt war nicht der rechte Zeitpunkt, rührselig zu werden. Der Verkehr war ohne besonderen Grund chaotisch, wenn man davon absah, daß Bostons Autofahrer beim kleinsten Anzeichen von Regen aus dem Takt gerieten.

Sarah störte das nicht, sie war schon in schlimmerem Gewühl gefahren. Ja, dieses reine Chaos munterte sie sogar auf. Als sie aus ihm heraus und auf der Schnellstraße 1 war, bereitete es ihr fast wieder das übliche Vergnügen, den wendigen kleinen Wagen zu steuern, dessen Front und Heck beinah gleich aussahen.

Dennoch war es nach Ireson's Landing ein weiter Weg auf der Schnellstraße, und als sie die vertraute Ausfahrt erreichte, war ihr das Herz in ihre triefnassen Stiefel gerutscht. Sie hatte vergessen, die Hausschlüssel mitzunehmen, was bedeutete, daß sie nicht an den Hauptschalter für die Außenbeleuchtung herankonnte. Das war nicht allzu schlimm. Dank Alexanders Umsicht befand sich eine gute Taschenlampe im Handschuhfach. Mit dem einen kleinen Licht würde es zwar ein bißchen unheimlich sein, aber sie war ja schon ein großes Mädchen.

Inzwischen befand sie sich kurz vor der Einfahrt, es war Zeit, den Blinker zu setzen. Sie hoffte bei Gott, daß der Idiot, der ihr seit der Ausfahrt an der hinteren Stoßstange klebte, es rechtzeitig bemerkte und nicht auffuhr, sobald sie abbremste. Wahrscheinlich war es irgendein Bursche, der noch nie einen Studebaker gesehen hatte und herauszufinden versuchte, warum der Wagen im Rückwärtsgang fuhr.

Wer es auch war, verstand und kurvte an ihr vorbei, als sie in den ersten Gang schaltete und die lange tückische Anhöhe zum Haus hochfuhr. Zu Lebzeiten von Onkel Gilbert war die Auffahrt regelmäßig asphaltiert worden. Alexander und sie wollten sie schon immer neu teeren lassen, aber es war nie genug Geld da. Inzwischen war der Weg ein Minenfeld aus Schlaglöchern und Gesteinsbrocken, die die Winterfröste lossprengten. Sie verbrachten immer einen guten Teil des Sommers damit, die Auffahrt zu ebnen, aber jeder Frühling enthüllte neue Katastrophengebiete.

Sarah spürte, wie der Wagen rutschte und drehte, sobald sie auf glitschigen Schlamm oder losen Schotter geriet. Wieder hinunterzufahren würde eine interessante Erfahrung werden, vorausgesetzt, sie schaffte es jemals hochzukommen. Es wäre klüger gewesen, den Wagen unten stehen zu lassen und den Aufstieg zu Fuß zu bewältigen; aber allein die Illusion von Sicherheit, die der Wagen vermittelte, war dem einsamen Marsch in Regen und Dunkelheit vorzuziehen.

Da sie das Gelände und den Wagen kannte, meisterte sie die Auffahrt trotz mehrerer Schrecksituationen ohne ernsthaften Zwischenfall und stellte den Studebaker vor einer der Eisenbahnschwellen ab, die den Rand der Parkfläche markierten. Der Augenblick der Wahrheit war gekommen.

Sie spürte das Gewicht des Ziegelsteins in ihrer Umhängetasche, trotzdem langte sie hinein und berührte ihn, um ganz sicher zu gehen, daß er dort war. Seine kantige Härte war zumindest etwas Greifbares in diesem Alptraum, der nicht enden wollte.

Weil Alexander das Handschuhfach vollgestopft hatte mit Karten, Erste-Hilfe-Ausrüstung, Signalraketen und anderen Dingen, die sie irgendwann einmal vielleicht brauchen könnten, war die Taschenlampe nicht leicht zu entdecken. Sarah hätte sie leicht finden können, wenn sie die Innenbeleuchtung angeschaltet hätte, anstatt im Dunklen herumzutasten; aber die Vorstellung, in einem erleuchteten Wagen den Blicken ausgesetzt zu sein, lähmte sie, was natürlich Unsinn war. Es war unmöglich, die Stelle von der Straße aus einzusehen, und jedes Tier, das in der Nähe dem Sturm ausgesetzt war, würde einfach davonlaufen.

Dennoch tastete sie weiter herum, bis sich der gerillte Bakelitzylinder in ihre Hand schmiegte. Nun gab es keine Entschuldigung mehr, noch länger zu zögern. Sarah zog den Reißverschluß ihres Wettermantels so hoch wie nur möglich und ging zum Secret Garden.

Sie scheute sich noch immer, Licht einzuschalten, bis nasses Laub und wildwuchernde Wurzeln den Pfad so gefährlich machten, daß sie dazu gezwungen war. Es war weder der rechte Ort noch die rechte Zeit, sich den Knöchel zu verstauchen.

Alexander versuchte schon seit Jahren, seine Mutter zu überreden, daß sie ihn einen Teil des Landes verkaufen ließ, um ihre finanzielle Lage zu erleichtern, aber die Besitzurkunden befanden sich noch immer in Tante Carolines Obhut. Das Landgut der Kellings war weiterhin eines der größten in dieser Gegend, und der Secret Garden war mehr als vierhundert Meter vom Haus entfernt. Sarah hatte das nie als nennenswerte Entfernung empfunden, aber heute schien der Pfad endlos zu sein.

Im Sommer hätten sie alle möglichen vertrauten Nachtgeräusche begleitet. Nun war ihr Kopf in eine dick gefütterte Kapuze eingemummelt, und alles, was sie hören konnte, war das Trommeln des Regens auf Popeline, der eigentlich wasserabstoßend sein sollte, sich aber eher wie Löschpapier verhielt. Sie fühlte, wie die Nässe durchsickerte und sich über ihre Schultern und ihren Rücken ausbreitete. Ihre Füße rutschten weg. Sie schlug hart auf, stand auf und schleppte sich weiter.

Nach einer Weile begann Sarah zu kichern. Es war so völlig hirnrissig, was sie gerade tat; die Art von Schlamassel, in die sie und ihre Cousine Beth als Kinder immer gerieten. Beth war nun drüben irgendwo in Kalifornien und betätigte Schalter in irgendeinem Fernsehstudio, zumindest war das das letzte, was man von ihr gehört hatte. Als sie die Anzeige von Sarahs Hochzeit mit Alexander erhielt, hatte sie »Mit den besten Wünschen für eine schnelle Annullierung« drübergekritzelt und sie zurückgeschickt. Seitdem hatten sie nur selten miteinander korrespondiert.

Mit den Gedanken bei Beth und lange zurückliegenden Sommern merkte Sarah zuerst gar nicht, daß sie die Mauer entlangging, wegen der sie gekommen war. Unwillkürlich schaltete sie die Taschenlampe aus, schimpfte sich dann selbst einen Feigling, schaltete sie wieder an und zog den Ziegelstein und ihre Skizze hervor. Sie entsprachen sich bis in die kleinste Kleinigkeit.

Nun blieb kein Raum mehr für Hoffnung. Sarah ließ den Ziegel zwischen das tote Laub fallen, das an der Mauer zusammengeweht worden war, zerriß die Skizze und übergab die Fetzen dem Wind und dem Regen. Jetzt konnte sie wieder nach Hause gehen.

In diesem Moment merkte sie, daß sie nicht allein war. Sie hätte nicht sagen können, wer oder was außer ihr im Wald war, sie war sich nicht sicher, irgend etwas gesehen oder gehört zu haben, sie wußte es einfach. Es mochte ein Landstreicher oder ein Hirsch oder der Hund eines Nachbarn oder ein altes Waschbärmännchen sein, aber es war groß und nicht weit entfernt, und sie wollte keinen Moment länger stehen bleiben.

Behindert durch den schlechten Weg, mangelnde Sicht und die nasse Kleidung, die ihr am Körper klebte, rannte Sarah los. Sie hätte es besser wissen sollen. Nach noch nicht vierzig Metern stolperte sie und schürfte sich ihr Knie an einem Felsbrocken auf. Schlimmer war, daß die Taschenlampe zerbrach.

Sie konnte nichts anderes tun, als sich aufzurappeln und weiterzulaufen, sich auf ihren Instinkt und ihre Erinnerung an den Weg zu verlassen und zu beten, daß sie den Wagen erreichte, bevor irgend jemand oder irgend etwas sie erreichte. Das Knie schmerzte ziemlich stark, und sie spürte, wie es warm und klebrig in ihren Stiefel sickerte, aber darum konnte sie sich jetzt nicht kümmern. Einmal schnappte etwas nach ihr, und sie dachte, ihr Herz würde stehenbleiben, aber es war nur ein schwankender Dornzweig. Sie riß sich los und kämpfte sich weiter.

Nach einer Ewigkeit konnte sie den großen Klotz von Haus gegen den grauschwarzen Himmel ausmachen. Das Auto war dann nicht allzu schwer zu finden. Sie stieg ein, verschloß die Tür und begann zu zittern. Dann fing sie an, mit sich selbst zu schimpfen. Eine erwachsene verheiratete Frau geriet in blinde Panik, dachte, der Schwarze Mann wäre hinter ihr her, und einfach nur aus Aufregung darüber, daß sie bewiesen hatte, was sie bereits wußte. Der Ziegelstein hatte nicht mehr Bedeutung als vor ihrem Ausflug.

Und nicht weniger. Sarah ließ den Wagen mit einem Ruck an. Mit dem aufgeschlagenen Knie fiel es ihr schwer, Bremse und Gas zu benutzen. Eigentlich sollte sie das Knie erst mit Alexanders Erste-Hilfe-Ausrüstung versorgen, ehe sie versuchte zu fahren.

Später. Weiter unten an der Straße, wo Licht und Leute waren. Hysterisch oder nicht, hier würde sie keine Sekunde länger bleiben. Sie schwenkte schon aus dem Parkplatz heraus, als sie registrierte, daß die Scheinwerfer nicht eingeschaltet waren. Ein einfacher Weg, Selbstmord zu begehen. Sarah betätigte den Schalter. Licht fiel auf den Pfad, aus dem sie gerade herausgekommen war, und spiegelte sich in etwas Metallischem, sehr Kleinem und Quadratischem, das zu einer großen dunklen Gestalt gehörte.

Es sah aus wie die Gürtelschnalle auf dem Regenmantel eines Mannes. Vielleicht war sie doch nicht völlig hysterisch.

Kapitel 9

Sarah war in der Regel ziemlich mutig, und sie war schon früher mit Leuten fertiggeworden, die auf ihrem Grundstück nichts verloren hatten. Eigentlich hätte sie wenden und versuchen sollen, einen näheren Blick auf den Mann zu werfen, aber sie konnte einfach nicht. Ihr einziger Gedanke war, den steilen Weg hinunterzukommen, ohne den Studebaker zu Bruch zu fahren.

Wahrscheinlich gab es keinen Grund, beunruhigt zu sein. Der Mann machte vielleicht nur einen Spaziergang, um Eulen zu beobachten. Alexander und sie marschierten oft im Regen herum, und diese großen Landsitze wurden immer als öffentliches Gelände betrachtet, sobald die Sommergäste verschwunden waren. Aber man mußte schon ein sehr fanatischer Naturbursche sein, um einen Spaziergang bei diesem Wetter zu genießen, und der Spaziergänger mußte ein ganz schönes Stück gegangen sein.

Um so weit zu gelangen, mußte er über die Auffahrt gekommen sein. Seit fast einem Jahrhundert hatten die Kellings das Unterholz entlang der Grenze ihrer riesigen Besitzung wachsen lassen, um Schaulustige und Ausflügler ausdrücklich zu entmutigen. Inzwischen brauchte man eine Machete, um sich dort einen Weg zu bahnen. Die einzige Alternative war die lange hölzerne Leiter, die senkrecht die Steilwand hinaufführte, zehn Meter über dem felsigen Strand, und wer würde das in einem normalen Regenmantel in einer solchen Nacht versuchen?

Sarah machte sich nun Gedanken über den Wagen, der ihr so hartnäckig gefolgt war. Konnte er nicht an der Straße abgestellt worden sein? Wenn der Fahrer wußte, wo sie abzubiegen hatte, konnte er leicht die paar Meter zurückgegangen und ihr zu Fuß den miserablen Weg hinauf, wo sie nur langsam vorankam, gefolgt sein. Das Licht ihrer Taschenlampe hatte ihn dann zum Secret Garden geführt, wenn es auch ein Rätsel war, warum er das getan haben sollte.

Er mochte zu den Verrückten gehören, die Frauen nachschleichen. In diesem Fall konnte sie sich glücklich schätzen, mit nichts Schlimmerem als einem aufgeschürften Knie davongekommen zu sein. Vielleicht war er ein Landstreicher auf der Suche nach einem Schlafplatz oder ein Einbrecher. Wenn das alles war, dann Weidmanns Heil. Es gab nichts im Haus, was sich zu stehlen lohnte. Wenn sie Glück hatten, steckte er es in Brand, und sie konnten die Versicherung kassieren.

Gleichgültig, was er vorhatte, sie würde es nicht der Polizei mitteilen, daß sich ein Mann auf dem Gelände herumtrieb. Die würden wissen, wer sie war, und vielleicht informierten sie Alexander in Boston über die Anzeige, die seine Frau erstattet hatte, und das war das letzte, was sie wollte. Einfach weiterzufahren war das klügste, was sie tun konnte.

Doch das war fast mehr, als sie schaffen konnte. Mit jeder Bewegung des Beins schmerzte ihr Knie mehr. Ihre Haut schien förmlich vor der triefnassen Kleidung zurückweichen zu wollen. Wenn nur die Heizung nicht so lange brauchte, bis sie in Schwung kam! Ein nasses Eichenblatt geriet unter den Scheibenwischer und nahm ihr bei jedem Ausschlag die Sicht. Sie mußte unbedingt anhalten und sich etwas frischmachen, aber wo? Nicht auf dieser einsamen Straße und nicht im Ort, wo sie und der lächerlich altmodische Wagen der Kellings zu gut bekannt waren und nun auch – außerhalb der Saison – zu sehr auffielen. Sie mußte durchhalten, bis sie zurück auf der Schnellstraße war.

Der Haß auf die schmierigen Schnellrestaurants, die sich entlang der geschichtsträchtigen Schnellstraße nach Newburyport immer mehr ausgebreitet hatten, gehörte zum Credo der Kellings, aber heute abend hätte sie für eine Leuchtreklame, die eine heiße Tasse Kaffee versprach, ihr letztes Hemd geopfert. Der schwere Regen verdeckte die markanten Punkte der Gegend und verwandelte die vertraute Strecke in Niemandsland. Die Autofahrt wirkte inzwischen ebenso unheimlich und endlos wie vorhin der Pfad. Als das langersehnte Schild auftauchte, war sie so verwirrt, daß sie vor dem Einbiegen das Bremsen vergaß. Glücklicherweise war der Parkplatz fast leer. Den Wagen bekam sie nur unter Kontrolle, indem sie um das Restaurant herum auf dessen Rückseite zufuhr, ansonsten wäre sie in seine Glasfront hineingefahren. Schwitzend und nach Atem ringend schaltete Sarah die Innenbeleuchtung des Wagens an, zog ihr Kleid hoch und untersuchte die Schäden. Ihr Knie war angeschwollen, bereits violett angelaufen und kreuz und quer von tiefen Kratzern durchzogen, aus denen immer noch Blut sickerte. Spuren dunkelroter Rinnsale waren auf ihrer Haut eingetrocknet. Ihre Strumpfhose hing in Fetzen herab, und sie entschied, daß nackte Beine weniger auffielen. Sie schaltete das Licht aus und wand sich aus den hartnäckig klebenden Resten der Nylons heraus. Selbst ihre Unterhose war feucht. Sie zog sie ebenfalls aus und hielt sie in den Regen hinaus, damit sie richtig naß wurde. Dann benutzte sie sie als Waschlappen, um das Blut abzutupfen.

Die Erste-Hilfe-Ausrüstung war genau das richtige. Sobald sie den Schmutz und das Blut abgewischt hatte, tupfte sie ihre Wunden mit Mercurochrom aus, legte ein großes Mullpolster auf, um die Blutung zu stillen, und fixierte es mit Heftpflaster. Alexander hatte sogar für eine kleine stumpfnasige Schere gesorgt, mit der sie das Pflaster zurechtschnitt. Sie würde ihn nie wieder damit aufziehen, daß er immer und ewig den Pfadfinder spielen mußte.

Ohne Strümpfe in nasse Stiefel hineinzuschlüpfen war so, als würde man in einen Eimer voller Muscheln ohne Schalen treten, aber das war das kleinste Problem. Sie kämmte ihr kurzgeschnittenes Haar, schaute in den Rückspiegel, um etwas Lippenstift aufzutragen, bemerkte, daß ihr Gesicht schmutzig war, fand ein paar saubere Stellen der Unterhose und säuberte es, so gut sie konnte. Sie hatte nicht vor, sich schön zu machen, sondern wollte nur vermeiden, daß sie aussah, als ob sie einen Ringkampf mit einem Gorilla hinter sich habe. Als sie soweit hergerichtet war, daß sie wahrscheinlich nicht mehr besonders auffallen würde, nahm Sarah die Tasche, die sich nun, seit sie den Ziegelstein weggeworfen hatte, eigenartig leicht anfühlte, und betrat das Restaurant.

Sie hatte Glück, eine leere Nische zu finden, die ein gutes Stück von den Fenstern entfernt war, denn der Laden war ziemlich voll. Eine müde Bedienung in ungepflegter Berufskleidung schlurfte zu ihrem Tisch herüber.

»Was darf es sein?«

»Eine Tasse schwarzen Kaffee, bitte, und ein Hühnersandwich.«

»Huhn ist aus. Thunfisch.«

Sarah und Alexander boykottierten Thunfisch wegen der Delphine, aber sie war zu müde, um auf Prinzipien herumzureiten.

»Schön.«

»Weißbrot?«

»Das ist mir gleich.«

Es war ihr keineswegs egal. Sarah verabscheute diese matschige, bleiche Karikatur eines ordentlichen Essens. Sie hatte nur einfach nicht die Kraft, das zu sagen. Sie faltete ihre Hände auf dem sauberen Papierset, das die Kellnerin vor ihr auf den Tisch legte, starrte auf ihre Finger herab und fragte sich, warum sie so schmutzig waren und ob sie sie vor dem Essen waschen gehen sollte. Sie beachtete den Mann, der hereinkam, nicht, bis er sich auf die Bank ihr gegenüber schob.

»Hallo, Mrs. Kelling. Darf ich mich zu Ihnen setzen?«

Er hätte ihr genauso gut einen Schlag auf den Kopf versetzen können. Sarah war zu verblüfft, um reagieren zu können. Er bemerkte es.

»Ich bin Max Bittersohn. Wir haben uns bei den Lackridges kennengelernt.«

»Ja, ich – ich weiß. Ich war nur so überrascht –«

»Genau wie ich. Was machen Sie in einer so lausigen Nacht so weit von zu Hause weg?«

Sie versuchte ein gezwungenes Lachen, ein kläglicher Fehlschlag. »Oh, ich bin gar nicht so weit von zu Hause entfernt. Wir haben ein Haus in Ireson's Landing, und wir pendeln immer hin und her. Ich mußte mich gerade – um etwas kümmern.«

»Wo ist Ihr Mann?«

Warum klang er so – ärgerlich? Verächtlich? Fragte er sich, was sie vorgehabt hatte? Wußte er es bereits? Konnte Bittersohn möglicherweise der Mann auf dem Pfad gewesen sein?

Er trug heute abend einen anderen schlichten dunklen Anzug. Da dieser vollkommen trocken war, mußte er einen besseren Regenmantel als sie haben. Neben dem Eingang stand ein Garderobenständer, an dem eine ganze Reihe nasser Mäntel hingen, die sich alle ähnelten. Einige hatten Gürtel, andere nicht. Warum hatte sie nicht aufgepaßt, als er hereinkam?

»Haben Sie keine Angst, daß jemand Ihren Regenmantel stiehlt, wenn Sie ihn dort drüben lassen?« wagte sie zu fragen.

Der Mann zuckte mit den Schultern. »So komme ich zu all meinen Regenmänteln.«

Er hatte ein Lächeln, das in seinem markanten Gesicht überraschend sanft und gewinnend wirkte; aber selbst während er lächelte, blieben seine Augen mit einem traurigen, gedankenverlorenen Blick auf ihr Gesicht gerichtet, als wenn sie ihm irgendwie leid täte. Sie mußte ein klägliches Schauspiel bieten.

Die Kellnerin kam mit Sarahs Bestellung zurück und schien überhaupt nicht überrascht, in der Nische einen Mann vorzufinden. »Wünschen Sie etwas, Mister?«

»Einen Tee mit Zitrone, wenn Sie welchen haben.«

»Getränke ohne Verzehr kosten vierzig Cents.«

»Verdammt teuer. Gut, bringen Sie ein Brötchen oder was Ähnliches.«

»Wir haben nur getoastete englische.«

»Großartig. Trinken Sie Ihren Kaffee, solange er heiß ist, Mrs. Kelling. Sie sehen aus, als wenn Sie ihn nötig hätten.«

»Können Sie nicht so tun, als wenn Sie das nicht merkten?«

Sie trank einen Schluck, um sich zu beruhigen. »Heute war Hausputztag, und ich bin ein bißchen erschöpft. Wie kommt Ihr Buch voran? Sie haben mir nie erzählt, auf welche Art Sie mit Juwelen zu tun bekamen.«

»Oh, das ist eine lange Geschichte«, erwiderte er vage. »Die Sache, um die Sie sich zu kümmern hatten, muß sehr dringend gewesen sein.«

»Nicht besonders.« Sarah mußte ihre Tasse absetzen, weil ihre Hände zitterten. »Mein Mann hat es geschafft, sich irgendeinen Bazillus einzufangen, deshalb habe ich ihn früh ins Bett gesteckt. Allein herumzuhängen, machte mich zappelig, und so beschloß ich, daß ich genauso gut herkommen und etwas erledigen könnte. Alexander weiß nicht einmal, daß ich unterwegs bin.«

Sie nahm einen Bissen von ihrem Sandwich, um nicht noch etwas sagen zu müssen. Es fiel ausgesprochen schwer, sich ungezwungen zu benehmen, während diese merkwürdig mitfühlenden Augen auf sie gerichtet waren. Waren sie blau oder grau?

Vielleicht tat es Bittersohn leid, daß er sie erschreckt und zu Fall gebracht hatte. Wenn er es tatsächlich gewesen war, dann sollte es ihm allerdings leid tun. Mit etwas Essen und einem heißen Getränk im Bauch kehrte Sarahs Mut langsam zurück.

»Und was machen Sie hier, wenn ich fragen darf? Ist es nicht ein unglaublicher Zufall, daß wir uns über den Weg laufen?«

»Eigentlich nicht.«

Die Kellnerin kam mit Brötchen und Tee zurück, und er beschäftigte sich damit, den Teebeutel aus dem nicht ganz sauberen Becher zu fischen. »Wenn man jemanden mal kennengelernt hat, scheint man immer wieder auf ihn zu stoßen, sobald man sich umdreht. Lackridge erzählte mir, daß Sie einige Zeichnungen für mein Buch anfertigen werden.«

»Erzählt er das? Mir hat er noch nichts davon gesagt. Was soll ich zeichnen?«

»Details von Fassungen und so was.«

»Das hört sich ziemlich langweilig an.«

Sarah wischte sich Mund und Hände mit einer Papierserviette ab und begann, sich wieder in ihren nassen Mantel hineinzuquälen. »Harry schafft es immer wieder, die Kellings zu unbezahlter Arbeit zu überreden.«

Sie freute sich, ihn erröten zu sehen.

»Ich beabsichtige nicht, irgendwelche Arbeit, die Sie für mich leisten, unbezahlt zu lassen. Sehen Sie, Mrs. Kelling, ich bin auf dem Rückweg nach Boston, und ich nehme an, Sie auch. Wenn Sie mir sagen, wo Sie Ihren Wagen immer parken, treffe ich Sie dort und begleite Sie nach Hause.«

»Das ist nicht nötig, danke schön«, sagte sie so leichthin, wie sie konnte. »Mein Mann wird mich abholen.«

»Sie haben mir gerade erzählt, daß er mit einer Grippe im Bett liegt und gar nicht weiß, daß Sie unterwegs sind.«

»Sagte ich das? Nein, bitte.«

Sie griff nach der Rechnung, die er versuchte, an sich zu nehmen. »Ich werde Sie dann ohne Zweifel an einem – unerwarteten Ort wiedersehen. Gute Nacht, Mr. Bittersohn.«

Das war kein schlechter Abgang, aber sie erkannte sofort, daß es dumm von ihr gewesen war, so bald zu gehen. Sie hätte warten sollen, um zu sehen, welche Art Regenmantel der Mann trug. Und auf jeden Fall hätte sie die Toilette aufsuchen sollen, ehe sie sich auf eine weitere halbe Stunde Fahrt einließ. Es war nichts damit erreicht, daß sie vor ihm nach Boston zurückkam.

Wenn dieses Treffen mit Bittersohn nichts als ein verrückter Zufall war, dann würde er die Tatsache wahrscheinlich gegenüber Harry Lackridge erwähnen, der es Leila erzählte, die es an Caroline und Alexander weitergab, der darauf bestehen würde zu erfahren, was sie dort vorgehabt hatte, und warum. Gott allein wußte, was dann passieren mochte. Wenn Bittersohn nichts sagte, würde sie sich für immer fragen, ob er bestimmte Gründe für sein Schweigen hatte. Angesichts der Tatsache, daß es absolut keine

Chance gab, der Arbeit mit ihm aus dem Weg zu gehen, waren das herrliche Aussichten. Jetzt, wo Harry verkündet hatte, daß Sarah diese Zeichnungen anfertigen würde, mußte Sarah sie liefern, sonst würde sie das ewig zu hören kriegen.

Konnte die Begegnung überhaupt Zufall gewesen sein? Die vernünftigste Erklärung war, daß Bittersohn sie auf ihrem Weg zur Garage gesehen hatte, die nicht weit vom Verlag entfernt lag, und beschlossen hatte, herauszufinden, wohin sie bei einem solchen Platzregen allein unterwegs war – aber warum? Sie war einer Reihe von Männern begegnet, die annahmen, daß die junge Ehefrau eines älteren Mannes auf der Suche nach etwas sein muß, was sie vermißt, aber wenn er so dachte, warum folgte er ihr dann den ganzen Weg nach Ireson's Landing und wieder zurück? Warum hielt er sie nicht einfach an und fragte, ob sie auf einen Drink oder in ein Café mitkäme, gleich dort in der Charles Street? Er konnte einfach sagen, daß er mit ihr das Bildmaterial zu seinem Buch besprechen wolle.

Aus irgendeinem Grund schoß Sarah der Gedanke an Mrs. Wandelowski durch den Kopf. Was hatte der Arzt der Vermieterin ihr unterstellt? Sie wolle Material gegen irgendeinen männlichen Verwandten in die Hand bekommen, damit sie ihn zum Kauf eines Nerzmantels erpressen konnte – was das letzte auf Erden war, was sie jemals haben wollte? War der Gedanke, verfolgt zu werden, nach all dem so lächerlich?

Angenommen zum Beispiel, Max Bittersohn hatte gesehen, daß Alexander Kellings Frau alleine den Hügel hinunterschlich. Lag da für ihn nicht der Gedanke nahe, daß sie unterwegs war, einen Liebhaber zu treffen? Würde er sich nicht fragen, wer der Mann war, und glauben, daß er es zu seinem Vorteil ausnutzen könnte, wenn er es herausfand? Aber nochmals – warum? Sicherlich nicht, damit Sarah seine lächerlichen Zeichnungen umsonst anfertigte, die Sache war ihm wirklich peinlich gewesen. Es mußte etwas Bedeutendes sein.

Der Kelling-Schmuck war bedeutend. Wenn Bittersohn der Fachmann war, der er zu sein vorgab, mußte er eine weit genauere Vorstellung als die Familie haben, was eine derartige Sammlung auf dem heutigen Markt bringen konnte. Allein das Rubincollier mußte ein kleines Vermögen wert sein. Was würde sie wohl mit ihm machen, wenn sie es bekäme? Bei dem bloßen Gedanken an Rubine lief es ihr kalt den Rücken hinab.

Vielleicht war es das, was Bittersohn wollte. Wenn er die Absicht hatte, Caroline Kelling zu zwingen, ihn an das Bankschließfach zu lassen, hatte er einen Abend verschwendet. Selbst wenn er Sarah mitten in einer Orgie erwischt hätte, würde Tante Caroline ihm nur ins Gesicht lachen und ihm sagen, er solle seine Erkenntnisse feilbieten, wo immer er wolle. Was kümmerte sie es, daß die Leute tratschten, wenn sie sie weder sehen noch hören konnte? Sollte der Skandal eine Scheidung nach sich ziehen, gewann sie die ungeteilte Aufmerksamkeit ihres Sohnes zurück, und das würde ihr nicht das Herz brechen.

Der einzige Weg, Caroline Kelling zu bedrohen, ging über Alexander. Wenn Bittersohn derjenige gewesen war, der Sarah heute abend den Pfad entlang gefolgt war, dann war er jetzt in der Lage, das zu tun. Aus dem Gespräch bei Lackridges wußte er, daß Alexander Ruby Redd gekannt hatte. Er wußte, daß die Gruft zugemauert gewesen war. Wenn er gesehen hatte, wie sie den Ziegelstein aus ihrer Umhängetasche nahm und mit den Ziegeln der Mauer verglich, hätte er ein absoluter Dummkopf sein müssen, um nicht das Naheliegende zu erraten, und er sah alles andere als einfältig aus. Nachdem sie weg war, konnte er zur Mauer gegangen sein, den Ziegelstein gefunden haben, wo sie ihn hatte fallenlassen, und selbst den Vergleich angestellt haben. Vielleicht hatte er den Ziegel behalten.

Was, wenn er es getan hatte? Wie konnte er beweisen, daß sie ihn von der Gruft mitgebracht hatte? Daß er Teil einer Mauer gewesen war, von der – abgesehen von ihrer eigenen Skizze – kein Bild existierte? Und die Skizze hatte sie vernichtet.

Nein, das hatte sie nicht. Sie hatte sie zerrissen und die Fetzen weggeworfen, was eben nicht dasselbe war. Was, wenn er sie aufgehoben und zusammengesetzt hatte? Oh, warum in Gottes Namen hatte sie sie nicht vergraben oder sie im Schlamm zertreten?

Ein Auto hupte verzweifelt. Sarah schreckte zurück und brachte den Wagen wieder auf ihre Spur. Sie sollte Max Bittersohn besser für den Moment vergessen und sich darauf konzentrieren, lebend nach Hause zu kommen.

Kapitel 10

Sie verdankte es mehr ihrem Glück als ihrer Geschicklichkeit, daß sie den Weg zurück zur Charles Street heil überstand. Zu ihrer Überraschung zeigte die Uhr in der Garage erst kurz nach zehn. In dieser Gegend hatte der Abend um diese Zeit gerade erst begonnen. Die Chance, jemandem zu begegnen, der sie kannte, war ziemlich groß. Sarah verschwand in den Lebensmittelladen an der Ecke, der niemals zu schließen schien, und gab ihren letzten Dollar für einen Liter Milch und ein Brot aus.

Das war ein kluger Schachzug. Kaum war sie mit ihrem Einkauf aus der Tür heraus, als sie hörte, wie jemand ihren Namen rief.

»Mrs. Kelling? Hallo, Sarah, ich dachte mir doch, daß Sie es sind. Ich bin Bob Dee aus Harrys Büro, wenn Sie sich nicht an mich erinnern.«

»Natürlich erinnere ich mich«, sagte Sarah so freundlich wie möglich. »Ist das nicht ein erbärmliches Wetter?«

»Das kann man wohl sagen. Was treibt Sie nach draußen?«

»Mir fiel ein, daß uns ein paar Dinge, die wir zum Frühstück brauchen, ausgegangen sind, und mein Mann hat sich einen Bazillus gefangen. Sonst wäre er hier und würde an meiner Stelle naß. Sie wohnen auch auf dem Hill?«

»Wer tut das nicht? Ich teile mir eine schäbige Bude an der Anderson Street mit ein paar anderen Jungs. Kann ich Sie eventuell zu einem Drink überreden?«

»Heute abend leider nicht. Ich muß nach Hause für den Fall, daß mein Mann aufwacht. Er kriegt einen Anfall, wenn er erfährt, daß ich um diese Zeit alleine unterwegs bin.«

»Ich bringe Sie nach Hause.«

Dee nahm ihr die nasse Papiertüte ab und fiel in Gleichschritt mit ihr. »Das erspart mir einen Anruf. Wir haben überlegt, ob Sie wohl einige Zeichnungen für uns anfertigen würden. Harry meint, daß Sie wirklich eine Künstlerin sind.«

»Wie nett von ihm«, erwiderte Sarah vorsichtig. »Um welches Projekt geht es?«

»Erinnern Sie sich an den Autor, der Montagabend mit uns zusammen war, den Typ, der Sie für die Tochter Ihres Mannes gehalten hat – was jeder tun würde?«

»Den kurzsichtigen Mr. Bittersohn.« Dachte Dee, daß er ihr damit ein Kompliment machte? »Was ist mit ihm?«

»Sein Buch bereitet uns ein paar Probleme. Er besitzt einen ganzen Haufen Fotografien von Verschlüssen, Fassungen und ähnlichen Dingen in Nahaufnahme, die er verwenden möchte. Wir meinen allerdings, daß ein paar von Ihren netten kleinen Skizzen reizvoller wären.«

»Und billiger zu reproduzieren«, erwiderte Sarah. »Harry möchte Bittersohn für das zusätzliche Bildmaterial bezahlen lassen, während eure eigenen Produktionskosten gesenkt werden, nicht wahr?«

Dee hielt das für ziemlich komisch. »Genau! Warum nicht? Bittersohn hat's, und wir weiß Gott nicht. Wir meinen aber ernsthaft, daß Zeichnungen das Ganze optisch aufwerten würden, und es gibt Ihnen die Chance, ein bißchen dazuzuverdienen. Ich weiß nicht, ob das für Sie eine Rolle spielt, wo Sie nicht wie wir Fußvolk im schlechten Viertel vom Hill wohnen.«

»Ich versichere Ihnen, daß jeder, der hier wohnt, jeden einzelnen Dollar braucht, den er kriegen kann.«

Es widerstrebte ihr keineswegs, Geld zu verdienen, aber sie fragte sich, wie wertvoll ihr Beitrag im Vergleich zu dem Ertrag sein würde, den Bittersohn von diesem Buch vielleicht erhoffte. Ein solches Buch schaffte es nur selten in die Bestsellerliste, es endete viel eher auf den Ramschtischen der Buchhandlungen.

Auf wessen Seite stand sie eigentlich? Vor kurzer Zeit noch hatte sie darüber nachgedacht, ob Bittersohn ein Erpresser war, und nun sah sie ihn als unschuldiges Opfer in einem für Harry typischen Yankee-Kuhhandel. Sie hatte nicht vor, den Job rundweg abzulehnen. Er würde sie den Winter über auf willkommene Weise beschäftigen, während Alexander seine Mutter zu Tees und Komiteesitzungen begleitete. Aber sie mochte nicht, wenn man sie ausnutzte, und es war höchste Zeit, daß Harry das merkte.

»Ich glaube, es ist besser«, sagte sie, »wenn wir uns mit Mr. Bittersohn zusammensetzen und eine Liste der Zeichnungen aufstellen, die ich anfertigen soll – und was es kostet. Dann kann er sich entscheiden, ob er soviel Geld zusätzlich ausgeben möchte oder nicht.«

»Harry zieht es normalerweise vor, so etwas selbst zu organisieren«, wandte der junge Mitarbeiter ein.

»Oh ja, das weiß ich.«

Sarah hatte den Verdacht, daß Harry dem Autor dreimal soviel berechnete, wie er dem Künstler zahlte. »Ich möchte es dennoch so machen. Wenn Sie auf dieser Grundlage mit mir arbeiten möchten, lassen Sie es mich wissen, und ich treffe mich mit Ihnen und Mr. Bittersohn, wann immer es paßt. Danke für die Begleitung. Ich werde Sie jetzt nicht hineinbitten, aber vielleicht möchten Sie ein anderes Mal vorbeikommen?«

»Das wäre prima.« Dee klang nicht so, als ob er sich da ganz sicher wäre. »Ich erzählte Harry, was Sie gesagt haben, und melde mich dann bei Ihnen.«

»Tun Sie das. Gute Nacht.«

Sarah nahm ihre durchweichte Einkaufstüte wieder an sich und ging ins Haus. Sie schleuderte ihre Stiefel von sich, schlich auf nackten Füßen in die Küche, zog ihren nassen Mantel aus und stellte die Lebensmittel weg. Dann ging sie leise die Hintertreppe hinauf und legte die Schlüssel wieder auf Alexanders Kommode. Glücklicherweise schlief er noch.

Nun konnte sie sich endlich im Badezimmer einschließen und eine Schadensbilanz aufstellen. Es war nur gut, daß sie nicht so wahnsinnig gewesen war, Bob Dees Bude zu besuchen. Was hätte er sich gedacht, wenn er sie bei heller Beleuchtung gesehen hätte, mit nackten Beinen, übel zugerichtet, wie eine Leiche, die die Flut angespült hat? Vielleicht verdankte sie Bittersohns Angebot, sie nach Hause zu begleiten, nur der offenkundigen Tatsache, daß man sie nicht alleine draußen herumlaufen lassen konnte.

Sie fragte sich, was der Autor bei ihrem nächsten Treffen sagen würde, vorausgesetzt, daß es jemals dazu kam. Harry gab ihr möglicherweise gar nicht die Chance, für Bittersohn zu zeichnen, wenn er herausfand, daß sie eine Regelung der Angelegenheit nach seinem Gutdünken nicht akzeptierte. Harry war manchmal schrecklich kleinlich. Egal, ihr gingen ernstere Dinge im Kopf herum.

Für heute jedenfalls hatte sie sich genug gesorgt. Sarah wusch sich und kroch ins Bett, las zwei Seiten von dem niemals versagenden Schlafmittel *Die Philosophie des William James* und erwachte erst wieder, als sie ihren Mann am nächsten Morgen um sieben Uhr im Badezimmer hörte.

»Alexander, wie geht es dir?« rief sie.

Als eine Antwort ausblieb, sprang sie aus dem Bett und stürzte ins Bad. Er stand vor dem offenen Medizinschränkchen und starrte ausdruckslos auf die überfüllten Fächer.

»Was suchst du?« fragte sie schärfer, als sie eigentlich beabsichtigt hatte.

Er drehte seinen Kopf in ihre Richtung, aber sie war sich nicht sicher, ob er sie überhaupt sah.

»Was fehlt dir, Alexander? Kann ich dir etwas holen?«

Er schüttelte nur den Kopf. Sie nahm ihn am Arm.

»Du gehst sofort zurück ins Bett und bleibst dort.«

Er wurde etwas lebhafter. »Aber Mutter wird –«

»Nein, wird sie nicht. Heute ist der Morgen, an dem sie immer zum Friseur geht, und Edith wird sie wie üblich begleiten.«

»Ach ja, das habe ich vergessen.« Er brachte so etwas wie ein Lächeln zustande. »Du wirst ganz schön herrisch, Sadiebelle.«

»Das war noch gar nichts. Los, leg die Beine hoch.«

Sie steckte ihn zurück ins Bett und rückte ihm die Kissen zurecht. »Nun lieg still, und sei artig. Ich werde dir einen Eierflip machen.«

Als sie mit dem Getränk zurückkam, schlief er wieder. Sarah ließ das Glas auf seinem Nachttisch zurück, ging hinunter und gab Tante Caroline eine Notiz, daß Alexander oben bliebe.

Mrs. Kelling führte ihre Fingerspitzen flüchtig über die Braillenachricht, sagte »Hm« und frühstückte, ohne ein Wort mit ihrer Schwiegertochter zu wechseln. Anschließend brachen Edith und sie zu dem Kosmetikstudio auf, das sie besuchte, seit sie als Braut auf den Hill gekommen war. Glücklicherweise war eine Dauerwelle bei ihr fällig, so daß sie für mehrere Stunden unterwegs waren. Edith nahm ein Braillebuch für ihre Herrin mit und freute sich selbst ohne Zweifel darauf, die neuesten Filmzeitschriften zu lesen. Die Inhaberin, die Mrs. Kelling wundervoll fand, würde Kaffee und Sandwiches holen, und alle würden sich blendend amüsieren.

Nach dem völlig verregneten gestrigen Abend mußte sich Sarah ganz dringend um ihr eigenes Haar kümmern. Das Haushaltsgeld reichte nicht für zwei Friseurtermine, so wusch sie sich die Haare selbst. Während sie trockneten, beschäftigte sich Sarah damit, ein dünnes Seidenkleid, das sie zum Tee tragen wollte, geringfügig abzuändern. Bei Anora arbeitete der Kamin mit Sicherheit auf Hochtouren, und der Thermostat war auf dreißig Grad gestellt.

Sarah konnte sich undeutlich entsinnen, daß ihre Mutter dieses Kleid getragen hatte, als sie selbst noch ein kleines Kind gewesen war. Einige der anderen Gäste würden sich ohne Zweifel auch daran erinnern, aber das kümmerte sie nicht. Keiner von ihnen käme auf die Idee, einer Frau vorzuwerfen, daß sie das trug, was sie besaß, anstatt Geld mit der armseligen Entschuldigung zu vergeuden, man wolle mit der Mode gehen. Dennoch, sobald sie etwas Bargeld in die Finger bekam, wanderten das Kleid und alle anderen Erbstücke direkt in einen Secondhandshop und sie ging zu Hurwich Brothers wegen einer luxuriösen Garderobe, die noch keine Mottenkugeln gesehen hatte. Wie leicht es fiel, sich mit solchen Kleinigkeiten abzulenken. Sarah biß den Faden ab und schaute noch einmal nach Alexander.

Er mußte lange genug wach gewesen sein, um einen Eierflip zu trinken, denn das Glas war leer, und sie konnte sich nicht vorstellen, daß er gutes Essen ins Waschbecken schüttete. Seine Sparsamkeit hatte sie abwechselnd amüsiert und zur Verzweiflung getrieben. Nun begann sie sich zu fragen, ob dieser Zug nicht fast schon krankhaft war.

Sein Vater, Onkel Gilbert, war so reich gewesen wie nur einer der Kellings, und das hieß eine ganze Menge. Tante Carolines Arztrechnungen mußten sich mit Sicherheit auf gewaltige Summen belaufen haben, der Geldwert war stark gesunken, und es wurde von Jahr zu Jahr teurer, die beiden Anwesen zu unterhalten, obwohl sie jeden Pfennig zweimal umdrehten. Dennoch sollte neben den Immobilien und dem Schmuck noch ein guter Teil von Onkel Gilberts Vermögen vorhanden sein.

Seit ihrer Heirat hatten jedoch Sarah, ihr Mann und seine Mutter allein von den Zinsen aus Sarahs eigener Erbschaft gelebt, die, verglichen mit den Verhältnissen im Kelling-Clan, bloß ein Taschengeld waren. Sarah wußte das so genau, weil Alexander darauf bestand, ihr jährlich eine spezifizierte Abrechnung vorzulegen, die ihre Zinserträge, die gemeinsamen Ausgaben und das verbliebene Treuhandvermögen im einzelnen auswies.

Sie hatte nie ganz verstanden, warum sie von ihrem statt von seinem Geld lebten. Sie nahm an, daß das in Ordnung war, weil

Alexander laut dem Testament ihres Vaters ihr gesetzlicher Vormund war und Alexander es nicht tun würde, wenn es nicht in ihrem Interesse wäre. Abgesehen davon waren sie Mann und Frau, und so war es nur richtig zu teilen. Aber war es wirklich richtig? Hätte sie in diesem geizigen Charakterzug ein Symptom einer tiefen Störung erkennen müssen? Müßte sie in diesem Moment erkennen, daß ihr Mann eine Art Nervenzusammenbruch hatte? War das vielleicht früher schon einmal vorgekommen, und war damals das mit Ruby Redd passiert?

Nein, das war unmöglich. Sarah ging hinunter in die Küche, kochte sich zum Mittagessen ein Ei, zog ihren Mantel an und umschritt den Stadtpark zweimal in einem rasanten Tempo, kam zurück und fand Alexander auf und angezogen vor. Er sah aus wie eine Marmorstatue, hatte aber offensichtlich vor, zu Anoras Tee zu gehen.

»Mutter ist zurück«, sagte er. »Sie ruht sich oben aus.«

»Und warum du nicht?« fragte Sarah scharf.

»Meine Liebe, ich habe den ganzen Morgen geschlafen. Ich muß los und den Wagen holen.«

»Nein, mußt du nicht. Ich mache das, sobald ich mich umgezogen habe. Ich muß sowieso bei Clough and Shackley's vorbei. Übrigens«, fügte Sarah möglichst beiläufig hinzu, »kannst du mir ein paar Dollar geben? Ich muß ein paar Dinge besorgen.«

Das war die in der Familie gebräuchliche Umschreibung für weibliche Hygieneartikel und eine Bitte, der Alexander ohne Frage nachkam. Er gab ihr fünf Dollar, wie sie erwartet hatte. Nun konnte sie das Benzin nachfüllen, ehe er die Möglichkeit hatte, die niedrige Tankanzeige zu bemerken. Ein Glück für sie. Allerdings wäre ihr ein flammender Streit lieber gewesen als weiterhin diese graugesichtige Apathie.

»Ich mache dir einen Happen zu essen, ehe ich hinaufgehe«, sagte sie.

»Bitte, das ist nicht nötig.« Er lehnte sich im Sessel seines Vaters zurück und schloß die Augen.

Sarah beharrte nicht darauf. Bei Anora gab es sicherlich eine Menge zu essen, und auf dem Weg dorthin bekam er bestimmt genug Nörgeleien von seiner Mutter zu hören. Sie zog sich um und erledigte dann ihre Besorgung. Als sie mit dem Studebaker zurückkam, warteten Alexander und seine Mutter in der Bibliothek.

Caroline wirkte heute fast jünger als ihr Sohn. Ihr Haar war großartig frisiert, und sie trug ein schönes violettes Kleid, das ihre Schwester Marguerite zu ihrem Geburtstag ausgewählt hatte. Ihr Gesicht war vom Friseur ausgezeichnet geschminkt worden, die Lippen in dem Blaßrosa, das sie immer bevorzugte. Sie sah genau wie eine wunderschöne Dame aus, die mit der festen Absicht, sich zu amüsieren, auf eine Party geht. Wahrscheinlich weil sie wußte, daß Edgar Merton ebenfalls kommen würde.

Edgar Merton war so, wie Alexander werden würde, wenn er weitere zwanzig Jahre lebte: ein Gentleman der alten Schule, gutaussehend, auf stille Weise vornehm, überaus höflich, immer untadelig gekleidet in einem Stil, der sich in den letzten fünfzig Jahren nie gewandelt hatte. Allgemein wurde vermutet, daß er sein Leben lang eine tiefe Liebe für Caroline Kelling gehegt hatte, obwohl er das niemals zugegeben hatte und auch nie zugeben würde, solange seine Frau am Leben war.

Alice befand sich inzwischen in einem Pflegeheim – wie man zuletzt gehört hatte, vegetierte sie nur noch dahin –, und Edgar genoß endlich ein bißchen Freiheit. Es war kaum vorstellbar, daß er sich gern eine Last wie Caroline aufhalsen wollte, nachdem er all die Jahre Alice hatte versorgen müssen. Immerhin spielte er drei- oder viermal pro Woche Backgammon mit Caroline, und wenn er versuchte, sich mit ihr per Handzeichen zu unterhalten, zog sie nicht ihre Hand weg und forderte, daß Leila oder Alexander übersetzten.

Die Kellings zogen gerade ihre Mäntel an, als Leila anrief und wütend sagte, daß Harry ihren Wagen genommen und wer weiß wohin und wer weiß wie lang auf und davon gefahren war, wie üblich ohne ein Wort zu sagen, und ob sie sie zu Anora mitnehmen könnten.

»Natürlich«, antwortete Sarah ihr. »Wir sammeln dich in etwa drei Minuten ein.«

Ein Glücksfall. Leila konnte Caroline unterhalten, während Alexander seine Ruhe hatte. Sarah fragte nicht, ob er lieber fahren wolle, wo seine Mutter jetzt einen Gesprächspartner hatte, und er bot es nicht an. Auszusteigen und die Tür für Leila zu öffnen, schien alles zu sein, was er fertigbrachte. Leila setzte sich neben Caroline und fuhr fort, ihrem Ärger Luft zu machen.

»Ich sollte vermutlich inzwischen daran gewöhnt sein. Ich habe es mir dreiundzwanzig Jahre lang gefallen lassen, aber fragt mich nicht, warum. Macht sich einfach auf die Socken und verschwindet, und wenn er Lust hat, kommt er zurück. Wahrscheinlich hat er irgendwo eine Freundin. Was hältst du davon, Caro?«

Caroline fand die Idee wahnsinnig komisch. Sie war diesen Nachmittag in ausgelassener Stimmung. Sollte zwischen Edgar und ihr vielleicht mehr vor sich gehen, als sie irgend jemanden wissen ließ? Es wäre absolut himmlisch, wenn Edgar Alice' Vermögen erben und ihnen Tante Caroline abnehmen sollte! Selbst heute gaben sie noch ein schönes Paar ab, auch wenn er fast einen ganzen Kopf kleiner war als sie.

Sarah murmelte etwas in dieser Art ihrem Mann zu, aber er schien es nicht zu registrieren. Er war die ganze Fahrt über so außergewöhnlich schweigsam, daß es zuletzt sogar Leila auffiel.

»Was hast du denn, Alex? Ich habe dich noch nie in so trübseliger Stimmung erlebt.«

»Er hat sich einen Bazillus eingefangen«, sagte Sarah. »Ich habe versucht, ihn zu überreden, daß er im Bett bleibt, aber er kam mit, um alle anzustecken und so zu beweisen, daß er der edelste aller Römer ist. Das bist du doch, Liebling?«

»Nein, meine Liebe. Wo sagtest du, ist Harry, Leila?«

»Alex, du wirst langsam tauber als deine Mutter. Ich erzähle euch schon seit einer Viertelstunde, daß ich keinen blassen Schimmer habe. Harry geht, wohin es ihm gefällt. Zumindest vermute ich, daß es ihm gefällt, weil er ständig weg ist. Was mich an etwas erinnert, Caroline. Ich habe mich entschieden, die Delegation nächste Woche doch nach Washington zu begleiten. Jemand muß diesen Schwachköpfen Feuer unterm Hintern machen, oder wir erreichen nie etwas.«

»Befestige aber diesmal eine Notiz an Harrys Zahnbürste«, warf Sarah hinterhältig ein. »Wo du von Unkenntnis sprichst, wer wo ist, scheint mir, als hätten wir zu diesem Punkt auch schon von ihm einiges gehört. Erinnerst du dich an das eine Mal, wo du vergaßt, ihm zu erzählen, daß du für drei Wochen in Kalifornien bist, und er sich in den Kopf setzte, du seist entführt worden?«

»Ach, das.« Leila zuckte mit den Achseln und sprach weiter. Sarah konnte keine zweite Bemerkung einwerfen, und Alexander versuchte es erst gar nicht. Sobald sie bei Anora eintrafen, ging er schnurstracks auf die Kaminecke zu.

Sarah konnte kaum fassen, was sie sah. Niemand ging jemals aus freiem Willen in die Kaminecke. Einerseits war es glühend heiß am offenen Feuer. Andererseits saß dort der alte George Protheroe wie eine vollgefressene Spinne. Er rührte sich niemals vom Fleck, war aber immer auf dem Sprung, jedes Opfer, das sich zu nahe heranwagte, im Netz zu fangen und ihm die Geschichte von dem Bär zu erzählen.

Niemand hatte jemals das Ende von Georges Bärengeschichte gehört. So weit kam er nie. Er verlor den Faden, kam vom Hundertsten ins Tausendste, nahm das Thema wieder auf und wiederholte sich, verfiel in betrunkenes Gemurmel, wurde aber auf wunderbare Weise wieder munter und brüllte »Warte, ich bin noch nicht fertig«, wenn seine verzweifelte Beute sich auf Zehenspitzen davonzustehlen versuchte. Diejenigen, die es für ihre Pflicht hielten, dem Gastgeber ihre Aufwartung zu machen, gingen gewöhnlich in Gruppen zu ihm hin, damit George sich nicht einem bestimmten Ziel zuwenden konnte. Sogar Alexander als schwer geprüfter Sklave der Pflicht wandte sich in der Regel nicht der Kaminecke zu, ohne mit Sarah abgesprochen zu haben, daß sie ihn nach einem schicklichen Zeitraum unter einem dringenden Vorwand abrief.

Der Macht der Gewohnheit folgend schaute Sarah ein oder zweimal vorbei, ob ihr Mann gerettet werden wollte, aber er schien zufrieden, dort zu sitzen, vor den rotglühenden Scheiten gebraten zu werden und das Geschwätz des alten Mannes über sich ergehen zu lassen, ohne zuzuhören. Sie brachte ihm einen großen Whiskey und einen Teller mit Sandwiches und überließ ihn dem Bären.

Caroline verbrachte eine großartige Zeit mit Edgar am Backgammontisch. Leila ließ sich über die Perfidie irgendeines gewählten Beamten aus, in dieser Gruppe immer ein beliebtes Thema. Sarah verschwand von der Party und suchte die Köchin auf, die seit Kindertagen ihre spezielle Freundin war und die einst einen feisten buntgescheckten Kater namens Percival gehabt hatte. Es war viel besser, sich in Erinnerungen über Percival zu ergehen, als noch ein einziges Mal Ruby Redds Zähne beschreiben zu müssen.

Sie blieb bei der Köchin, solange sie sich traute. Als sie ins Wohnzimmer zurückkam, schliefen Alexander und George in der Kaminecke, während Leila immer noch dozierte und Tante Caroline Edgar Merton, der dabei zufrieden schien, nach allen Regeln der Kunst schlug. Er versuchte, Sarahs Aufmerksamkeit auf sich zu ziehen, und sie ging zum Spieltisch hinüber.

»Ich frage mich«, sagte er, »ob ich wohl Caroline bitten darf, mit mir im Harvard Club zu Abend zu essen, wenn wir unseren Besuch hier beendet haben. Alex und dich natürlich auch.«

»Edgar, wie lieb von dir«, erwiderte sie. »Ich bin sicher, daß Tante Caroline begeistert sein wird. Alexander und ich können wohl nicht, fürchte ich. Es geht ihm nicht gut, und ich überlege gerade, daß ich ihn am besten nach Hause ins Bett scheuche. Warum bittest du nicht Leila dazu, wenn du nicht sicher bist, ob du es allein schaffst? Sie hat heute abend nichts vor, weil Harry geschäftlich verreist ist, und du weißt, wie gut sie mit Tante Caroline zurechtkommt.«

»Ja, ich weiß.«

Edgar betrachtete die schwatzende Leila ohne sonderliches Wohlwollen, mußte aber zu dem Entschluß gekommen sein, daß er allein mit den Ansprüchen der blinden Frau überfordert wäre.

»Gut, so mache ich es. Pech für Alex. Ich hatte den Eindruck, daß er heute nicht ganz er selbst ist. Vielleicht darf ich euch beide ein anderes Mal einladen?«

»Das wäre wundervoll. Soll ich Leila Bescheid sagen, während ihr euer Spiel beendet?«

»Das wäre nett von dir.«

Sarah unterrichtete Leila und Caroline von Edgars Einladung zum Dinner, ging dann in die Kaminecke und rüttelte ihren Mann unauffällig wach. »Alexander, wir müssen gehen.«

Er sah zu ihr auf, noch ganz benommen. »Ist Mutter soweit?«

»Sie kommt nicht mit uns nach Hause. Edgar Merton hat sie und Leila in den Harvard Club zum Abendessen eingeladen.«

»Oh.«

Er wirkte weder überrascht noch erfreut, nur erschöpft. Sarah lotste ihn durch den Raum, damit er sich von seiner Mutter und der Gastgeberin verabschiedete, holte seinen Mantel und führte ihn hinaus zum Wagen. Auf der Heimfahrt sprach er kein einziges Wort. Sie fuhr vor dem Haus vor und mußte in der schmalen Straße in der zweiten Reihe halten, bis sie ihn in die Diele gebracht hatte, was empörtes Geschrei und Gehupe auslöste. Als sie von der Garage zurückkam, wo sie den Wagen abgestellt hatte, saß er immer noch zusammengesunken auf einem der geschnitzten Rosenholzstühle, die neben dem Eingang standen. Er hatte noch nicht einmal seinen Mantel aufgeknöpft.

Kapitel 11

»Ich werde den Arzt rufen«, sagte Sarah.
»Nein, laß das.«

Alexander rappelte sich auf. »Mir geht es viel besser. Wirklich.«

»Ich glaube dir nicht«, seufzte sie, »aber ich nehme sowieso nicht an, daß er kommen würde. Gib mir den Mantel, und geh in die Bibliothek. Du siehst völlig erschöpft aus.«

»Vielleicht war ich Georges Bärengeschichte nicht ganz gewachsen«, gab er mit dem armseligen Versuch eines Lächelns zu. »Wo ist Mutter?«

»Ich habe dir erzählt, daß sie mit Edgar und Leila zu Abend ißt. Weißt du das nicht mehr?«

Sie war nicht einmal sicher, ob er sie jetzt verstanden hatte. Er stolperte in das benachbarte Zimmer und sank im Sessel seines Vaters zusammen wie schon am Abend zuvor. Sarah ging ihm nach und fachte das Feuer an. Ihr fiel ein, daß er die Sandwiches bei Anora unberührt gelassen hatte, was bedeutete, daß er den ganzen Tag abgesehen von einem Eierflip und zwei steifen Whiskeys noch nichts im Magen hatte. Vielleicht war er einfach ein bißchen betrunken. Sie steckte ein paar weitere Späne ins Feuer und ging, um ihm einen kleinen Imbiß herzurichten.

In der Küche fand sie Edith vor, die nichts Bestimmtes tat.

»Ich fragte mich, was ich wohl wegen des Abendessens unternehmen soll«, sagte das alte Hausmädchen in einem Ton, als würde sie bis zum letzten ausgenutzt.

»Gar nichts«, erwiderte Sarah. »Mrs. Kelling ist mit Freunden ausgegangen. Mr. Alexander und ich werden eine Kleinigkeit in der Bibliothek zu uns nehmen. Machen Sie sich, was Sie wollen.«

»Was zum Beispiel?«

»Das ist mir egal. Wenn im Kühlschrank nichts ist, was Ihnen zusagt, dann gehen Sie in ein Restaurant.«

»Kostet ein Vermögen.«

Sarah gab sich nicht die Mühe zu antworten. Edith meckerte weiter.

»Ich habe den Eindruck, als wären in diesem Haus in letzter Zeit ausgesprochen wenige anständige Mahlzeiten gekocht worden.«

»Wenn das Kochen Ihnen überlassen bliebe, könnte ich mir denken, daß es sogar noch weniger gegeben hätte«, erwiderte Sarah. »Würden Sie bitte so freundlich sein und vom Herd wegbleiben, damit ich an ihn herankann?«

»Beleidigungen lasse ich mir nicht gefallen! Ich gehe sofort in die Bibliothek und rede mit Mr. Alex.«

»Sie werden sich hüten! Er ist krank, und ich lasse nicht zu, daß Sie ihn mit solch dummem Zeug belästigen. Das ist mein Ernst, Edith.«

Edith blickte Sarah ins Gesicht und mußte gemerkt haben, daß sie es wirklich ernst meinte. Sie stolzierte hinaus, die Treppe zum Souterrain hinunter. Sarah füllte die Teekanne, machte Suppe heiß, bereitete mit Käse überbackene Toasts zu und brachte das Tablett in die Bibliothek.

»Ich möchte, daß du alles aufißt.«

Ihr Mann bewegte sich nicht; also füllte sie den Suppenlöffel und hielt ihn an seine Lippen. Mechanisch schluckte er ein oder zwei Mundvoll, dann aß er selbst. Als er die Tasse geleert hatte, wirkte er eine Spur lebendiger.

»Fühlst du dich besser?« fragte Sarah.

»Ja, meine Liebe. Du hast sehr viel Geduld mit mir alten Mann.«

»Warum auch nicht? Du warst immer ein wahrer Engel zu mir.«

»Ich wollte, das wäre wahr. Gott weiß, daß ich es versucht habe.«

Die Qual, die plötzlich aus seiner Stimme sprach, traf Sarah wie ein Schlag ins Gesicht. Sie setzte sich auf die Lehne seines Sessels und nahm seinen Kopf in die Arme.

»War es so schwierig?«

Alexander setzte seine Teetasse mit linkischer Sorgfalt ab und schloß die Augen. »Sarah, ich fürchte, ich kann es nicht länger aushalten.«

»Was meinst du? Willst du die Scheidung?«

»Scheidung?« Ihre Frage riß ihn aus seiner Lethargie. »Großer Gott, nein! Wie kommst du denn darauf?«

»Durch das, was du gerade sagtest.«

»Ich weiß nicht mehr, was ich rede. Ich weiß nur, daß ich am Ende bin. Wahrscheinlich geht es jedem früher oder später so.«

»Aber warum jetzt? Es hat was zu tun mit – mit dem, was wir in der Gruft fanden, nicht wahr?«

Seine Hände schlossen sich in einem krampfartigen Griff um ihre Arme, aber er gab keine Antwort. Sie durfte nicht aufhören zu reden.

»Alexander, ich weiß von der Mauer. Ich habe eine Skizze von ihr angefertigt, während man Werkzeug besorgte, um sie niederzureißen. Ich dachte mir, daß dich ihre Bauweise interessieren würde.«

Er begann genau wie sie zu zittern, aber sie mußte nun fortfahren.

»Als sie die Ziegel abtransportierten, blieb ein Stein liegen. Dolph fing an, damit herumzufuchteln und sich aufzuregen, also sagte ich, daß ich den Ziegel wegwerfen würde. Ich steckte ihn in meine große Umhängetasche und hatte vor, ihn auf dem Heimweg loszuwerden, vergaß es aber. Ich hatte es eilig, weil ich so spät dran war. Erinnerst du dich?«

»Ja. Ich war verärgert. Es wirkt so töricht im nachhinein.«

»Du erinnerst dich vielleicht auch daran, daß ich, nachdem wir von den Lackridges zurück waren, in die Küche ging, um dir ein paar arme Ritter zu machen, weil du nichts gegessen hattest und so schlecht aussahst. Ich weiß inzwischen, daß ich dir einen fürchterlichen Schock versetzt habe, indem ich dir vor unserem Aufbruch nichts über die Gruft erzählte. Ich wollte wirklich nicht –«

»Ich weiß, Sarah. Wie hast du – es herausgefunden?«

»Nun, wie schon gesagt, ich ging in die Küche, und mein Blick fiel zufällig auf das Foto, das du vom Secret Garden aufgenommen hast. Deine Mutter hat oft erzählt, wie ihr beide das Muster selbst ausgearbeitet habt, und die Ziegel haben eine ungewöhnliche Form und Farbe. Das konnte eigentlich kein Zufall sein. Nachdem du gestern abend ins Bett gegangen warst, fuhr ich mit meiner Skizze und dem Ziegelstein nach Ireson's Landing und verglich sie. Ich weiß, daß es schrecklich war, so etwas zu tun, aber ich mußte es einfach wissen. Das kannst du doch verstehen, oder?«

»Ja, meine Liebe, natürlich. Ist noch etwas Tee da?«

Sie füllte seine Tasse nach, und er trank.

»In gewisser Weise bin ich erleichtert, daß du es selbst herausgefunden hast. Ich fragte mich, wie ich es dir jemals würde sagen können. Ich dachte, daß es das Ende von allem wäre, aber du bist noch hier. Warum, Sarah?«

»Weil ich dich liebe, du Dummkopf! Ich würde nicht sagen, daß ich glücklich darüber bin, daß du –«

»Sarah, du kannst nicht glauben, daß ich irgend etwas mit dem Mord an Ruby Redd zu tun habe? Ich war verrückt nach ihr!«

Alexander Kellings schöner Mund verzog sich zu einem sanften, etwas wehmütigen Lächeln. »Findest du es sehr schlimm, daß dein spießiges altes Ekel von Ehemann sich in seiner Jugend wegen einer Stripteasetänzerin zum Narren machte?«

»Nein, ich finde es eher – rührend. Du mußt schrecklich jung gewesen sein.«

»Jung und dumm. Wenn ich Verstand genug besessen hätte, mich von Dingen fernzuhalten, mit denen ich nicht fertigwerden konnte, würde Ruby vielleicht noch leben. Meinst du, ich könnte einen kleinen Whiskey bekommen?«

»Natürlich, Liebling.«

Sarah ließ sich Zeit mit dem Einschenken des Drinks, weil sie wußte, daß er ein paar Minuten allein sein mußte mit dem, was er im Feuer des Kamins sah, was es auch war. Sie ging in die Küche, um Eis zu holen, und vergewisserte sich, daß Edith nicht in Hörweite war. Das Hausmädchen hatte sich offensichtlich ein seltsames Abendessen aus Resten, gebackenen Bohnen und verlorenen Eiern zubereitet. Die leere Dose, die Schalen und verschiedenen schmutzige Töpfe hatte sie stehengelassen, um ihren Unmut zu zeigen. Sie brauchten sich keine Sorgen zu machen, daß Edith vor Tante Carolines voraussichtlicher Rückkehr wieder nach oben kam. Es war ein merkwürdig friedlicher Augenblick.

Alexander würde ihr alles erzählen, sobald er dazu in der Lage war. Sie hatte es nicht sonderlich eilig, die Geschichte zu hören; sie glaubte, daß sie sie fast selbst erzählen konnte. Ein anderer Liebhaber, neidisch auf Alexanders unbeschreiblich gutes Aussehen wie wohl alle Männer, bedrohte die Tänzerin: »Wenn du nicht die Finger von dem Studenten läßt, bring' ich dich um.« Die Sorte Frau, die sich Rubine in die Zähne setzen läßt, läßt sich nicht durch einen solchen Ton beeindrucken.

Tim O'Ghee hatte Ruby Redd als die bösartigste Frau bezeichnet, die er je kennengelernt hatte. Sicherlich bösartig genug, um den einen gegen den anderen Liebhaber auszuspielen, und unfähig zu glauben, daß der eifersüchtige sich trauen würde, seine Drohung auszuführen, bis es passiert war. Alexander hatte geholfen, die Leiche zu verstecken: nicht aus Furcht, sondern weil er sich als Verursacher des tödlichen Streits verantwortlich fühlte.

Armer Alexander! Kein Wunder, daß er so viele Jahre lang den Frauen aus dem Weg gegangen war, bis er seine achtzehnjährige Cousine geheiratet hatte. Kein Wunder, daß er immer noch nicht fähig war, sich wie ein normaler Ehemann zu verhalten. Es mußte wohl bald nach dem Tod seines Vaters und dem Unglück seiner Mutter passiert sein. So gesehen war es ein Wunder, daß er nach dem Mord an Ruby nicht völlig zusammengebrochen war. Dann hatte er die Tat all die Jahre geheimhalten müssen – sie goß noch einen Schuß Whiskey ins Glas und trug es in die Bibliothek.

»Ich habe mich vergewissert, daß Edith nicht mit einem Ohr am Schlüsselloch klebt«, erklärte sie. »Sie schaut unten irgendein idiotisches Programm an, so daß wir für eine Weile ungestört sind. Möchtest du es mir jetzt erzählen? Du wirst dich besser fühlen, wenn du es dir von der Seele geredet hast.«

»Bist du sicher, daß du es hören willst, meine Liebe?«

»Ja, ich bin absolut sicher. Du mußt bedenken, Alexander, daß es für mich viel einfacher ist als für dich, weil es Jahre vor meiner Geburt passierte. Ich bin nicht persönlich darin verwickelt, verstehst du?«

»Ich wünschte, daß das wahr wäre.«

»Wie meinst du das?«

»Es – es fällt mir so schwer, darüber zu sprechen, Sarah.«

»Ich weiß, Liebling, Warum fängst du nicht einfach an zu erzählen? Fang mit etwas Einfachem an. Wie hast du zum Beispiel Ruby Redd kennengelernt?«

»Ach, eine Clique von uns vom Lowell House gewöhnte sich an, Samstag abends die Show im Old Howard zu sehen und dann eine Runde durch die Bars am Scollay Square zu machen. Wir dachten, wir würden das richtige Leben kennenlernen. Oh, Gott!«

»Weiter«, ermunterte ihn Sarah.

»Nun, Rubys Zähne waren natürlich Gegenstand unserer infantilen Phantasie, und wir gründeten eine Art Fanclub. Rubine –

Purpur für Harvard – diese Art Unsinn. Von den Zähnen ging eine gewisse – raubtierhafte Faszination aus. Und Ruby war überhaupt ein eindrucksvolles Geschöpf: temperamentvoll, extravagant; so jemanden wie sie hatte ich noch nie kennengelernt. Ich bin in einer etwas nüchternen Atmosphäre aufgewachsen, wie du dir vorstellen kannst. Vater war ein ernster Typ Mann. Ich glaube, daß er wegen seiner Herzkrankheit gelernt hatte, seine Gefühle unter Kontrolle zu halten. Und Mutter war ebenfalls nie besonders herzlich.«

»Das ist nur zu wahr.«

In all den Jahren, die sie Tante Caroline kannte, konnte sich Sarah an keine einzige spontane Geste der Zuneigung von ihr gegenüber ihrem Sohn erinnern, der sein Leben ihren Bedürfnissen opferte. Man konnte sich leicht vorstellen, daß ein von Natur aus liebevoller Junge wie Alexander sich sogar zu einer Frau hingezogen fühlte, deren Zuneigung man kaufen konnte.

»Wir gerieten alle in helle Aufregung, als Ruby eines Abends nach der Show in Danny Rates Pub kam. Wir fanden heraus, daß sie sich dort regelmäßig aufhielt, und so waren wir dann auch dort ständig zu finden. Soweit ich mich erinnere, war Harry derjenige, der sich als erster traute, sie anzusprechen, aber bald hatte ich es ihr aus irgendeinem Grund angetan. Ich war natürlich ungeheuer stolz darauf. Ich belagerte Danny Rates Pub, bis Ruby mich in ihre Garderobe einlud. Dann führte eins zum anderen. Ich werde dich nicht mit den Einzelheiten langweilen. Es hat sowieso nicht lange gedauert.«

Er schüttelte seinen Kopf und stürzte etwa ein Drittel des Drinks herunter. »Eines Nachts kam ich nach Hause und fand sie tot in der Diele liegen.«

»Nach Hause? Du meinst doch nicht hier?«

»Doch, meine Liebe. Auf dem Boden vor der Marmorkonsole in ihrem roten Satinrock wie in einer riesigen Blutlache, und ihr Hinterkopf –«

Nach einer Weile bekam er seine Stimme unter Kontrolle und sprach zögernd weiter. »Ich weiß nicht, wie lange sie dort gelegen hatte. Sie war bereits kalt. Ich weiß nicht, warum ich sie berührte. Wahrscheinlich dachte ich, daß ich irgend etwas tun könnte.«

»Aber wie kam sie dahin?«

»Ich habe keine Ahnung. Ich hatte gedacht, sie wüßte nicht einmal, wo ich wohnte. Ich habe mein erstes und zweites Studienjahr nämlich im Studentenwohnheim verbracht. Mutter konnte damals noch sehen, und wir versuchten, jeder für sich ein normales Leben zu führen. Ich kam öfter nach Hause, als wenn mein Vater noch gelebt hätte, aber ich war nicht so dumm, daß ich Ruby für die Art von Mädchen gehalten hätte, die man Mutter vorstellt. Alles, was ich dir sagen kann, ist, daß sie dort lag und daß sie eindeutig ermordet worden war.«

»Bist du sicher? Konnte sie nicht ausgerutscht sein und sich den Kopf an der Marmorkonsole eingeschlagen haben?«

»Ich wüßte nicht, wie. Sie lag auf dem Bauch, und es war offensichtlich, daß sie von hinten erschlagen worden war.«

»Von wem?«

Er zuckte mit den Achseln. »Von Mutter natürlich.«

»Alexander, das kannst du nicht ernst meinen! Tante Caroline würde niemals jemanden umbringen.«

»Sie hat Vater umgebracht.«

»Aber das ist doch Unsinn! Onkel Gilbert starb an Herzversagen, weil er sein Medikament vergessen hatte. Deine Mutter hat bei dem Versuch, ihn zu retten, fast ihr eigenes Leben verloren.«

»Vater hat sein Medikament nicht vergessen. Mutter hat die Flasche über Bord geleert.«

»Wie kannst du das wissen?«

»Ich habe sie beobachtet. Sie dachte, sie wäre allein an Deck. Du weißt, daß wir in eine Flaute geraten waren. Der Teil der Geschichte ist tatsächlich wahr. Vater hatte sich in der Kajüte etwas hingelegt, und ich sollte eigentlich in der Kombüse sein, um das Mittagessen zu kochen. Irgend etwas konnte ich nicht finden und steckte meinen Kopf durch die Luke, um Mutter zu fragen, wo sie es verstaut hatte. Als ich sah, was sie gerade tat, habe ich mich sofort wieder zurückgezogen.«

»Du hast sie tatsächlich dabei beobachtet?«

»Oh ja. Sie war keinen Meter von mir entfernt. Ich konnte es zuerst gar nicht glauben und versuchte mir einzureden, der Nebel hätte mir einen Streich gespielt. Aber sie kam dann herunter, und wenig später fing sie an, Vater Vorwürfe zu machen, daß er so unvorsichtig gewesen wäre, eine fast leere anstatt einer vollen Flasche mitzunehmen. Er sagte, daß sie voll gewesen sei, worauf sie erwiderte, daß er sie dann nicht richtig verschlossen habe. Sie kriegten richtig Streit darüber, was natürlich nicht hätte passieren dürfen. Vater geriet in Atemnot und bekam Schmerzen in der

Brust. Wir mußten unbedingt die Küste anlaufen, was ohne Wind unmöglich war.

Ich sagte, daß ich an Land rudern würde, aber Mutter hatte bereits ihren Badeanzug angezogen und argumentierte, daß sie schneller schwimmen konnte, als ich rudern, und daß der Hafenmeister das Medikament in seinem Motorboot herausbringen würde. Am selben Morgen hatte sie zufällig den Bug unseres Dingis an einen Felsen angestoßen und eingedrückt, was eigentlich, wie ich dachte, nicht Mutters Art war. In der Regel war sie nicht unvorsichtig. Wir hatten das Dingi zur Reparatur zurückgelassen und behalfen uns mit einem Rettungsfloß aus Kriegsbeständen, mit dessen Hilfe man überleben konnte, das aber nur schwer zu manövrieren war.

Wir diskutierten einen Moment, aber es lag auf der Hand, daß es wesentlich schneller ging, wenn sie schwamm, als wenn ich dieses seltsame Floß an Land paddelte. Und es war ebenso klar, daß ich wesentlich besser als sie mit der *Caroline* umgehen konnte, wenn Wind aufkam. Ein Sturm war unter diesen Umständen unwahrscheinlich, und ich traute es Mutter unbedingt zu, die Strecke bei vollkommener Flaute ohne Probleme zu durchschwimmen. Sie war wirklich eine hervorragende Langstreckenschwimmerin – ich hatte mit dem Dingi Rennen gegen sie gerudert und mehr als einmal verloren. Es schien damals eine so vernünftige Entscheidung, und mit Mutter konnte man sowieso nicht diskutieren.

Aber sie war noch nicht lange unterwegs, als ein Sturm aufkam. Ich hatte alle Hände voll zu tun, daß die *Caroline* nicht kenterte. Vater versuchte zu helfen, brach aber fast sofort zusammen. Als ich das Segelboot unter Kontrolle hatte, konnte ich nicht mehr tun, als beizudrehen und zuzusehen, wie er starb. Ich weiß nicht, ob ihm klar war, was sie getan hatte. Er sprach kein einziges Wort, er – er litt nur einfach.

Sobald ich wußte, daß er tot war, beschloß ich, Mutter zu suchen. Ich kreuzte für eine Weile, aber durch den Sturm hatten wir den Kurs verloren, und ich konnte kein Land sichten. Ich hatte nicht die leiseste Idee, wo ich war, und noch weniger, wo sie war. Wie sich herausstellte, hatte sie einige Zeit vor mir das Ufer erreicht. Man hatte sie ins Krankenhaus gebracht. Der Sturm hatte ihr so übel mitgespielt, daß ich – überhaupt nichts sagen konnte.«

»Und du hast ihr niemals erzählt, daß du Bescheid weißt?«
»Nein, niemals. Was hätte es gebracht? Sie hat genug gebüßt.«
»Und du hast weit mehr als genug gebüßt.«
Es folgte ein weiteres langes Schweigen, das Sarah schließlich brach.
»Alexander, bist du völlig sicher, daß deine Mutter Ruby Redd umgebracht hat?«
»Wer könnte es sonst getan haben?«
»Vielleicht ist ihr ein eifersüchtiger Freund hierher gefolgt? Ruby scheint ein Typ gewesen zu sein, der Gewalt geradezu herausfordert. Tante Caroline ist aber keine gewalttätige Frau, sie ist eine Intrigantin. Ich kann mir vorstellen, wie sie deinen Vater tötete, indem sie Gezeiten und Wetterbericht überprüfte, das Dingi vorsätzlich beschädigte und deinen Vater bewußt in einen Streit hineintrieb, so daß er seine Medikamente sogar noch dringender brauchte als gewöhnlich. Das entspricht ihrem Charakter. In Ordnung, sie hat sich verschätzt, geriet in den Sturm, was schreckliche Folgen hatte, aber sie hat erreicht, was sie sich vorgenommen hatte. Sie war Onkel Gilbert los, und das Ganze machte sie zur Heldin. Wenn dein Vater durch einen Zufall überlebt hätte, wäre sie immer noch eine Heldin gewesen und hätte es so problemlos nochmals versuchen können, weil niemand glauben würde, daß sie den Mann töten wollte, um dessen Rettung sie so hart gekämpft hatte. Du hättest vielleicht am Ende selbst gedacht, daß du gar nicht wirklich beobachtet hast, wie sie die Flasche mit dem Medikament über Bord leerte, oder?«
»Vielleicht. Wer weiß?«
»Nun, das eine weiß ich: Jemandem in der eigenen Diele aus einem plötzlichen Impuls heraus den Schädel einzuschlagen, ist das letzte, wozu Tante Caroline neigt. Verstehst du nicht, worauf ich hinaus will?«
»Doch, meine Liebe. Du willst mich überzeugen, daß irgendein Außenstehender mit Ruby hierher kam, ihr in einem Streit den Schädel zertrümmert hat und sie tot zurückließ, als er flüchtete, vielleicht in der Hoffnung, daß ich verantwortlich gemacht würde, weil ich mich regelmäßig mit ihr traf.«
»Warum soll das nicht so gewesen sein?«
»Zum einen: Wenn er eifersüchtig war, weil ich mit Ruby herumzog, warum griff er nicht mich an? Er hätte mich mit Leichtigkeit in Dannys Pub oder im Theater finden können. Zum

anderen: Wenn er in diesem Haus war, wie kam er dann heraus? Die Tür war für die Nacht verriegelt, als ich nach Hause kam. Ich weiß noch genau, daß ich beide Schlüssel benutzen mußte. Du weißt, daß man das zusätzliche Schloß von innen wie von außen aufschließen muß. Als Vater es einbauen ließ, ließ er drei Schlüssel anfertigen, einen für sich selbst, einen für Mutter und einen für mich. Du benutzt jetzt seinen.«

»Was ist mit Edith?«

»Zu Vaters Lebzeiten wurde die Vordertür nicht vom Dienstpersonal benutzt. Das kam und ging durch die Tür zum Souterrain. Und dann ist da noch etwas, weißt du. Wir hatten damals eine Köchin. Sie und Edith waren in dieser Nacht nicht da. Sie machten irgendeinen zweitägigen Ausflug, für den Mutter ihnen als Überraschung die Fahrkarten spendiert hatte. So etwas hat sie niemals zuvor oder seitdem getan.«

»Oh.«

»Schließlich hatte Mutter sich den Plan zur Beseitigung der Leiche schon fix und fertig ausgedacht, ehe ich nach Hause kam. Ich sehe es direkt vor mir. Ich kniete auf dem Boden neben Rubys Leiche und versuchte, ihren Puls zu finden, obwohl ich wußte, daß sie tot sein mußte, als Mutter vom hinteren Flur aus hereinkam. Sie hatte ihren schwarzen Mantel an und trug den schwarzen Hut. Sie sagte zu mir: ›Alex, ich weiß, was passiert ist, und möchte darüber nicht reden. Du tust genau das, was ich sage. Und fang nicht an zu widersprechen, ich kann dich sowieso nicht hören.‹«

»Wollte sie damit andeuten, daß du Ruby umgebracht hast? Wie konnte sie das wagen?«

»Sie hat doch auch Vater beschuldigt, er habe sein Medikament vergessen. Ich war auf alle Fälle viel zu schockiert, um etwas anderes zu tun als zu gehorchen. Ich versuche nicht, mich zu rechtfertigen, Sarah. Ich habe wie ein Narr und Feigling gehandelt. Ich besaß gerade noch genug Verstand, um zu erkennen, in was für einer Klemme ich saß. Alle meine Freunde wußten von meiner Affäre mit Ruby. Und ebenso die Leute in Dannys Pub und die Mädchen, mit denen Ruby auftrat, und Gott weiß, wer noch alles. Frag mich nicht, wie Mutter es herausfand.«

»Vielleicht hat Onkel Jem es ihr erzählt«, meinte Sarah, »nicht aus Böswilligkeit, sondern weil er es amüsant fand, daß du anfingst, dich in einen Casanova zu verwandeln, der mit Revuetänzerinnen anbändelt.«

»Ohne Zweifel fanden eine ganze Reihe Leute die Geschichte amüsant, und es gibt immer jemanden, der Tratsch verbreitet. Mutter konnte damals einigermaßen Lippenlesen, und die Leute schrieben Mitteilungen für sie auf einen Block, den sie immer mit sich trug. Jedenfalls wußte sie Bescheid. Vielleicht kam Ruby zu einem kleinen Schwatz herein, mit dem Ziel, sich auszahlen zu lassen, und Mutter verlor die Beherrschung; aber wenn man Mutters allgemeinen Modus operandi in Betracht zieht, auf den du klugerweise aufmerksam gemacht hast, und die Tatsache, daß sie das Personal aus dem Haus geschafft hat, neige ich eher zu der Ansicht, daß sie alles im voraus geplant hat.

Sie wußte, daß ihr Sehvermögen immer mehr nachließ. Wenn sie erst blind und taub war, brauchte sie mich, um für sie zu sorgen. Ich glaube nicht, daß du oder ich auch nur ansatzweise den Zorn und die Enttäuschung nachvollziehen können, unter denen sie damals gelitten haben muß. Herauszufinden, daß ich durch einen Typ Frau von ihr weggelockt wurde, den sie sowieso kaum für würdig befunden hätte zu leben, hat ihr vielleicht den Rest gegeben.«

»Das kann ich verstehen«, sagte Sarah. »Man kann ihre Handlungen kaum nach normalen Maßstäben beurteilen.«

»Oh, sie besaß Verstand genug, auch wenn sie nicht ganz zurechnungsfähig gewesen sein mag. Sie hatte den Schlüssel zu dieser alten Familiengruft aufgetrieben und teilte mir mit, daß wir die Leiche dort verstecken würden. Ich versuchte, ihr zu sagen, daß uns mit Sicherheit jemand dabei beobachten würde, aber sie beachtete mich gar nicht, und ich merkte, daß es ihr völlig ernst gewesen war, daß ich ohne Widerrede zu folgen hätte. Ich stand vor der Wahl, entweder die Polizei zu alarmieren und uns damit vielleicht beide auf den elektrischen Stuhl zu bringen oder es darauf ankommen zu lassen, daß ihr Plan funktionierte.«

»Aber wie denn? Wie konntet ihr das jemals schaffen, ohne entdeckt zu werden?«

»Ich war überhaupt nur nach Hause gekommen, weil ich hier auf dem Hill auf einer Party gewesen war und es zu spät war, um noch ins Wohnheim zurückzukehren. Es war zwei Uhr, Sonntag nachts. Die Nacht war scheußlich, pechschwarz mit einem kalten Nieselregen. Niemand war in der Stadtmitte unterwegs. Wir waren beide schwarz gekleidet. Wir hatten die Kragen bis ins Gesicht hochgeschlagen und trugen Ruby eingewickelt in einer alten schwarzen Plane, die gewöhnlich im Keller bereitlag, um Kohlen zu transportieren. Als wir den Friedhof erreichten, hängten wir die Plane über einen niedrigen Ast, der sich damals genau über der Gruft befand, und erhielten so eine Art Zelt, in dem wir arbeiten konnten. Schon aus der Entfernung von ein paar Metern verschmolz die schwarze Zeltwand mit der Dunkelheit.«

»Unglaublich!«

»Ich weiß, aber es funktionierte. Wir hatten eine dieser winzigen schmalen Taschenlampen dabei. Mutter schirmte das Schloß mit ihrem Mantel ab, und ich öffnete die Gruft. Dann schoben wir Ruby, so gut es ging, hinein – die Leichenstarre hatte inzwischen eingesetzt – und mauerten die Gruft zu. Mutter hatte an alles gedacht. Die Familie hatte gerade die Sache mit dem Denkmalschutz hinter sich gebracht, und sie befürchtete, daß irgendein städtischer Beamter auf die Idee käme, die Gruft zu inspizieren. Sie behauptete, daß sie nicht das Recht hätten, eine Mauer ohne Erlaubnis niederzureißen – die wir verweigern würden. Ich weiß nicht, ob das geklappt hätte.«

»Aber es ist gutgegangen, dreißig Jahre lang.«

»Ja, Sarah. Manchmal gelang es mir sogar für ein paar Wochen, nicht daran zu denken. Dann erinnerte mich irgend etwas wieder an die Geschichte, und es war genauso schrecklich wie zuvor.«

»Mein armer Liebling. In dem Zelt mußt du schreckliche Angst gehabt haben.«

»Ja, hatte ich, aber Mutter war vollkommen kaltblütig. Sie blieb fast die ganze Zeit allein im Zelt und arbeitete ohne Licht an der Mauer, während ich durch die Nebenstraßen hin- und herlief, um unter meinem Mantel Ziegelsteine zu holen. Was beim Mauerbau in Ireson's Landing übriggeblieben war, hatten wir hierher gebracht, weil wir irgend etwas damit vorhatten, ich habe vergessen, was. Dieses ausgefallene Muster hat sie wahrscheinlich gemauert, weil wir so lange an der Mauer des Secret Garden gearbeitet haben und sie wohl instinktiv die Methode wählte, die sie am besten kannte. Wie du weißt, ist die Öffnung nicht sehr groß, und das Ganze dauerte nur ungefähr eine Stunde, aber ich glaube, ich bin um zehn Jahre gealtert, bis wir die Plane zurück in den Keller gebracht hatten.«

»Hast du überhaupt jemals darüber gesprochen?«

»Kein einziges Wort. Ein einziges Mal hätten wir fast darüber gesprochen, einige Jahre später, als Mutter davon sprach, daß wir eine weitere Mauer beim Sommerhaus bauen sollten, und ich antwortete, ich wolle lieber nicht. Natürlich mußte ich von meiner Clique eine ganze Menge Sticheleien ertragen, daß mich meine extravagante Geliebte abserviert hätte. Als Ruby so plötzlich verschwunden war, wurde allgemein angenommen, daß sie mit einem interessanteren Mann auf und davon war. Ich glaube, das Allerschlimmste war, daß ich mich am darauffolgenden Abend in Danny Rates Pub zeigen und Überraschung vortäuschen mußte, weil Ruby nicht da war.«

»Oh, Alexander!« Sarah schmiegte ihre Wange an seine Hand. »Es ist ein Wunder, daß du nicht völlig den Verstand verloren hast.«

»Vielleicht habe ich das. Ich weiß es nicht, Sarah. Ich lebe seitdem wie in einem Alptraum. Als wir heirateten, war mir klar, wie bitter Unrecht es war, dir einen Ehemann aufzuhalsen, der nur ein halber Mann ist, aber was konnte ich sonst tun?«

»Was meinst du damit?« schrie sie. »Alexander, warum hast du mich geheiratet?«

Er seufzte wie ein verlegener Vater, der seinem Kind die Geheimnisse des Lebens erklären muß. »Ich habe immer gewußt, daß du mich das eines Tages fragen wirst. Wenn du die ungeschminkte Wahrheit wissen willst: Ich habe dich geheiratet, weil Mutter mich dazu gezwungen hat.«

»Nein! Das ist nicht wahr!«

»Mein Liebling, bitte schau mich nicht so an! Laß dir wenigstens erzählen, wie es dazu kam.«

Sarah befeuchtete ihre trockenen Lippen. »Nur zu!«

»Es war das Geld«, begann er. »Nach Vaters Tod war Mutter Testamentsvollstreckerin für den gesamten Nachlaß, der sehr groß war. Sie hätte ein Leben lang mehr als genug haben müssen, aber sie besitzt gar nichts. Frag mich nicht, was sie damit getan hat. Ich habe nicht die leiseste Ahnung. Alles, was ich weiß, ist, daß wir schon weniger als zehn Jahre, nachdem sie die Verwaltung der Erbmasse übernommen hatte, knapp bei Kasse waren. Ich habe versucht, von ihr die Gründe zu erfahren, aber sie weigerte sich, es zu erklären. Ich flehte sie an, daß wir dieses Ungetüm von einem Haus hier und ein Teil des Grundstücks in Ireson's Landing abstoßen sollten. Sie lehnte ab. Ich bot an, einige Stücke des Familienschmucks zu verkaufen. Sie sagte, daß er ihr gehörte, solange sie lebte, und ließ mich noch nicht einmal einen Blick auf ihn werfen. Das Bankschließfach lief und läuft immer noch auf ihren Namen, und ich müßte eine gerichtliche Anweisung erwirken, um es zu öffnen, und das konnte ich nie übers Herz bringen. Statt dessen versuche ich seit zwanzig Jahren, sie zur Vernunft zu bringen, und du weißt, wie weit ich gekommen bin.«

Er wischte sich die Stirn ab. »Dann verfaßte Walter dieses schreckliche Testament, das mich zu deinem Vermögensverwalter ernennt, und ich Narr erzählte ihr davon. Du kennst die Bedingungen. Ich gewähre dir Unterhaltsgeld aus den Zinsen in einer Höhe, die ich für geeignet halte, bis zu deinem siebenundzwanzigsten Geburtstag, an dem das Kapital an dich fällt. Solltest du sterben, bevor du die Kontrolle über das Vermögen übernimmst, erbe ich alles. Das brachte mich in eine scheußliche Position. Ich habe Walter gebeten, jemand anderen zu wählen, aber er sagte, daß ich mich mehr um dich kümmern würde als irgendeiner der anderen, und Gott weiß, daß das wahr ist. Die Sorge für dich gab mir wenigstens einen Grund, ein bißchen länger am Leben zu bleiben. Ich war fast soweit, dem Ganzen ein Ende zu setzen.«

»Das darfst du nicht sagen!«

»Sarah, gestatte mir bitte den Luxus, einmal in meinem Leben vollkommen ehrlich zu sein.«

»Entschuldige, Alexander. Was weiter?«

»Nun, sobald sie hörte, was Walter getan hatte, beschloß Mutter, daß du und ich heiraten sollten, so daß wir drei von deinen Einkünften leben konnten. Ich wollte nichts davon hören, nicht, weil ich dich nicht wollte, sondern weil ich meinte, daß du ein besseres Schicksal verdient hattest als einen Mann, der doppelt so alt war wie du, eine grauenhafte Last an Schuld und Verantwortung am Hals hatte und noch nicht einmal deinen Unterhalt bestreiten konnte. Außerdem war Walter noch gesund und munter und gar nicht viel älter als ich. Ich sagte Mutter, daß ihr Plan überhaupt nicht in Frage käme und daß vor allem überhaupt keine Einkünfte zur Verfügung stünden, weil Walter mich ohne Zweifel überleben würde. Sie antwortete, daß ich dich trotzdem besser heiraten sollte und deinen Vater dazu überreden sollte, uns Unterhalt zu gewähren, oder Walter würde etwas zustoßen.«

Er zog sein Taschentuch hervor und wischte sich die Stirn ab. »Mutter war damals bereits völlig blind und viel zu hilflos, um einen weiteren Mord zu planen – so dachte ich zumindest. Genau einen Monat nach diesem Gespräch batest du mich, einer der Sargträger deines Vaters zu sein.«

»Aber sein Tod war ein Unfall! Er aß einen giftigen Pilz, den er selbst aus Versehen gesammelt hatte.«

»Sarah, Liebling, Walter Kelling war der ehemalige Präsident der Gesellschaft für Mykologie. Er hat seit seiner Jugendzeit Waldpilze gesammelt und gegessen. Sein Seh- und sein Urteilsvermögen waren so gut wie eh und je. Ich weiß nicht, wo der Knollenblätterpilz herkam, aber ich werde niemals glauben, daß er ihn selbst gesammelt hat.«

»Es passierte an dem Wochenende, an dem du Beth und mich nach Maine gefahren hast«, sagte Sarah langsam. »Tante Marguerite sollte bei Tante Caroline bleiben, aber sie erkrankte an Nesselsucht, und Vater sagte, daß er ihre Aufgabe übernehmen würde.«

»Das ist jedenfalls die Geschichte, die Mutter erzählt hat. Es würde mich nicht überraschen, wenn Tante Marguerite niemals eingeladen wurde. Sie hat dem Arzt auch erzählt, daß Walter die Pilze gesammelt und gekocht hat. Man glaubte ihr natürlich, weil jeder wußte, daß Walter so etwas tat, und es war so einleuchtend, daß eine Frau in Mutters Zustand überhaupt nichts mit den Pilzen zu tun haben konnte. Frag mich nicht, wie es ihr gelang, einen giftigen zu bekommen und ins Essen zu schmuggeln, ohne daß er es merkte. Ich habe schon begonnen, mich zu fragen, ob sie über irgendeine unheimliche Macht verfügt. Ich weiß, daß man sie einsperren müßte, aber es gab keinerlei Beweise gegen sie. Und ich konnte der Polizei nicht erzählen, daß sie bereits zwei andere Morde begangen hat, weil sie mich dann als Helfershelfer verhaftet hätten, und es hätte niemanden mehr gegeben, der sich um dich gekümmert hätte.«

»Dir ist nie in den Sinn gekommen, daß ich vielleicht fähig war, für mich selbst zu sorgen?«

»Nein, niemals. Ich mußte glauben können, daß du mich brauchst. Oh, mein Liebling, ich brauchte etwas, an das ich mich festklammern konnte.«

Kapitel 12

Alexander wischte sich die Augen und putzte sich die Nase. »Entschuldige, daß ich einen solchen Narren aus mir mache und so zusammenbreche.«

»Es ist traurig, daß du nicht früher darüber gesprochen hast«, murmelte Sarah in sein Haar. Sie hielt seinen Kopf in ihren Armen und drückte ihn an ihre Brust. »Du hast mich also nur geheiratet, um mich davor zu bewahren, umgebracht zu werden.«

»Ich habe dich geheiratet, weil ich dich über alles liebe, Sadiebelle, und immer geliebt habe und immer lieben werde. Ich hätte mich dir nur nicht aufgedrängt, wenn –«

»Dich mir aufgedrängt? Du Dummkopf! Ich nehme an, daß du mich, an Händen und Füßen gefesselt und schreiend, zum Altar geschleift hast?«

Das entlockte ihm ein Lächeln. »Nein, ich würde sagen, daß du bereitwillig genug ja sagtest, aber du warst so jung und hattest deinen Vater erst vor kurzem verloren. Ich dachte, du warst einverstanden, weil du meintest –«

»Einen neuen zu bekommen? Ich begrüßte die Aussicht, jemanden zu haben, auf den ich mich verlassen konnte, aber das war kein Grund, dich zu heiraten. Ist es dir nie in den Sinn gekommen, daß ich dich mindestens ebenso liebe wie du mich?«

»Wie könntest du das? Mein geliebtes Mädchen, du bist alles, was ich habe.«

»Dann wird es höchste Zeit, daß du mit mir lebst anstatt mit deinen Alpträumen«, sagte sie zu ihm. »Du hörst ab sofort auf, mich zu behandeln, als sei ich neun und etwas zurückgeblieben für mein Alter. Ich bin deine Frau. Gleichgültig, was passiert, wir stehen es gemeinsam durch. Ich glaube nicht, daß deine Mutter über geheime Kräfte verfügt. Und ich denke nicht, daß sie so viel schlauer ist als wir, und ich meine, daß es höchste Zeit ist, sie nicht länger Herr im Haus sein zu lassen. Wir sollten vor Gericht gehen und dich zu ihrem gesetzlichen Vormund berufen lassen, oder was immer Dolph gemacht hat, als Großonkel Frederick etwas seltsam wurde. Angesichts ihrer doppelten Behinderung und der Tatsache, daß sie ein Vermögen durchgebracht hat, ohne sagen zu können, wo es geblieben ist, wirst du nicht die geringsten Schwierigkeiten haben, einen Richter davon zu überzeugen, daß sie nicht fähig ist, eigenverantwortlich zu handeln.«

»Sarah, kannst du dir vorstellen, wie sie reagieren würde?«

»Wer sagt, daß wir es ihr erzählen müssen, und wie sollte sie es herausfinden, wenn wir es ihr nicht sagen? Und wenn sie es jemals herausfindet, was könnte sie dagegen tun?«

»Sie würde sich etwas einfallen lassen. Es ist ein schreckliches Risiko, Sarah.«

»Nach dem, was du mir erzählt hast, ist es riskant, überhaupt in ihrer Nähe zu sein. Sie hat bisher gegen keinen von uns beiden etwas unternommen, und sie hatte jede Gelegenheit dazu.«

»Nur weil wir zulassen, daß sie in allem ihren eigenen Willen durchsetzt. Warum, meinst du, lass' ich mich so von ihr tyrannisieren? Nur, damit sie dich in Ruhe läßt.«

»Sie wird mich in Ruhe lassen«, sagte Sarah mit grimmiger Miene. »Alexander, ich habe einfach keine Angst vor Tante Caroline.«

»Ich würde mich sicherer fühlen, wenn du welche hättest.«

»Nein, das würdest du nicht. Du würdest wieder in den alten Trott zurückfallen. Und das werde ich nicht zulassen, mein Schatz. Wir haben noch viele schöne Jahre vor uns, und es ist höchste Zeit, daß wir aufhören, einen Tag nach dem anderen sinnlos verstreichen zu lassen wie bisher. Versprich mir, daß du zumindest über die Vormundschaft nachdenkst!«

»Ja, Liebling. Ich werde nächste Woche mit den Rechtsanwälten darüber sprechen.«

»Gut. Meine nächste brillante Idee ist folgende: Was hältst du davon, wenn wir für ein paar Tage aus diesem Haus verschwinden, damit du die Möglichkeit hast, dich wieder etwas zu erholen?«

»Wohin sollten wir fahren?«

»Ich glaube, der vernünftigste Ort wäre Ireson's Landing. Wir könnten das Grundstück abschreiten und uns entscheiden, welchen Teil wir verkaufen wollen, damit du über etwas eigenes Kapital verfügen kannst und nicht jedesmal einen Anfall von schlechtem Gewissen bekommst, wenn du einen Pfennig von meinem Geld ausgibst.«

»Du vergeudest keine Sekunde, oder, Sadiebelle?«

»Nicht, wenn es nach mir geht. Bitte versteh mich richtig, Alexander, ich kritisiere nichts von dem, was du getan hast. Ich bin sicher, daß ich mit diesen Dingen nicht so gut fertiggeworden wäre wie du, und ich hätte mit Sicherheit niemals die Kraft gehabt, all die Jahre durchzuhalten. Mir ist gleichgültig, warum du mich geheiratet hast. Ich halte dich für den wunderbarsten Ehemann, den eine Frau haben kann. Komm jetzt mit ins Bett, und fang zur Abwechslung mal an, dich auch so zu verhalten.«

Kapitel 13

Es war ein seltsames Gefühl für Sarah, aufzuwachen und den Körper ihres Ehemannes neben sich zu spüren. Sie öffnete die Augen, und ihre Blicke trafen sich. Alexander und sie tauschten ein verliebtes Lächeln aus.

»Wie fühlst du dich heute morgen, Liebster?«

»Sehr viel besser, danke, Sadiebelle. Ich dachte gerade daran, daß ich aufstehen und Lomax anrufen sollte, damit er das Wasser anstellt und in den Kaminen Feuer macht. Dort draußen wird es kalt sein, weißt du.«

Sie schmiegte sich enger an ihn. »Wir werden es schon irgendwie schaffen, uns gegenseitig warm zu halten.«

Er lachte, ein leises vergnügtes Lachen, das sie seit Jahren nicht gehört hatte. »Das würde mich nicht überraschen, Sadiebelle.«

»Nenn mich nicht mit meinem Babynamen. Ich bin jetzt ein großes Mädchen.«

»Du bist ein schamloses Weibsbild, und wir werden niemals irgendwohin kommen, wenn du weiter versuchst, mich zu verführen.«

»Versuchst? Ich dachte, ich wäre erfolgreich gewesen.«

»Ach was!«

Alexander war gerade dabei, seinen ehelichen Pflichten sorgfältig nachzukommen, als Caroline Kelling die Treppe heraufgepoltert kam.

»Alexander, wo bist du? Hast du mich nicht rufen hören?«

»Die Stimme der Turteltaube ist zu hören in unserem Land«, murmelte Sarah. »Verstecken wir uns unter der Decke.«

Seufzend richtete sich ihr Mann auf und schwang seine langen Beine aus dem Bett. »Nein, ich gehe besser. Nichts hat sich geändert, nur weil wir darüber gesprochen haben. Denkst du bitte daran, meine Liebste?«

»Wir werden es ändern.«

»Ja, aber es hat keinen Sinn, Ärger herauszufordern.«

Als Alexander seinen soliden grauen Bademantel von Jaeger anzog und ging, um seine Mutter zu beruhigen, wirkte er wieder besorgt. Sarah hörte sie sagen: »Ich hoffe, daß du das, was dich gestern plagte, überwunden hast, egal was es war. Leila ist nicht in der Stadt, und so mußt du mich zu der Protestversammlung in der Faneuil Hall bringen.«

»Wenn du das tust, halte ich eine Protestversammlung ab«, rief Sarah.

»Ja, Liebling. Ich erkläre gerade die Änderung unserer Pläne. Mir war nicht klar, daß Leila nicht in der Stadt ist. Ich fürchte, das bedeutet, daß wir Mutter mitnehmen müssen.«

»Natürlich, davon bin ich ausgegangen. Es ist besser, sie dort zu haben, wo wir auf sie aufpassen können.«

Sarah zog ihren Morgenrock an und ging, um sich die Zähne zu putzen. Sie bekam mit, daß Tante Caroline sich gar nicht mit dem Gedanken anfreunden konnte, das Wochenende in Ireson's Landing zu verbringen. Auch gut. Vielleicht blieb sie mit Edith zu Hause, um zu schmollen, und sie hatten den Sommersitz für sich alleine.

Als sie sich jedoch um den Frühstückstisch versammelt hatten, hatte Mrs. Kelling ihre Meinung geändert und begann, den Ausflug nach ihren Wünschen zu organisieren. Sie gab Anweisungen zu diesem und jenem, als das Telefon klingelte. Edith mußte den Hörer am Nebenanschluß in der Küche abgenommen haben, denn sie kam mit verwirrtem Blick ins Eßzimmer.

»Es ist ein Mann, der Mrs. Kelling sprechen will. Ich sagte ihm, daß sie nicht ans Telefon geht, aber er sagt, daß sie mit ihm reden wird. Sein Name ist Dee.«

»Edith«, sagte Alexander ernst, »in diesem Haus gibt es zwei Mrs. Kellings. Ist das nicht der junge Mann aus Harrys Büro, Sarah?«

»Ja. Ich vermute, daß es um die Illustrationen zu diesem Schmuckbuch geht. Er sprach neulich abends davon. Sagen Sie ihm, daß ich gleich komme, Edith. Um welche Zeit wollen wir losfahren?«

»Mutter sagt, nach dem Mittagessen. Würde dir das passen?«

»Laß mich erst hören, was er will. Ich sagte ihm, daß ich bereit sei, mich mit ihm und Mr. Bittersohn zu treffen, und er könnte bereits etwas vereinbart haben.«

Es stellte sich heraus, daß Dee genau das getan hatte. »Ich habe ein Treffen für heute morgen um halb elf hier im Büro arrangiert, Sarah. Schaffen Sie das?«

»Ja, wenn wir vor zwölf fertig werden können. Mein Mann und ich haben später etwas vor.«

Sie ging zurück und erzählte Alexander von der Verabredung.

»Ist es dir recht, wenn ich gehe?«

»Natürlich. Das läßt mir Zeit, die Sache mit Lomax zu regeln und die zahlreichen Besorgungen zu erledigen, die Mutter sich ausdenkt.«

»Vergiß sie. Die sind völlig unwichtig. Für die Lebensmittel können wir irgendwo auf dem Weg anhalten, und da ich kochen werde, stelle ich die Menüs zusammen.«

»Nehmen wir Edith nicht mit?«

»Nein!« Ihr Nein kam sehr viel schärfer, als sie beabsichtigt hatte. »Du weißt, was für eine Treibhauspflanze sie ist, sie würde sich nur dauernd beklagen. Laß sie hierbleiben und das Haus hüten. Sie kann ja eine ihrer Freundinnen oder diesen Neffen aus Malden hierher einladen.«

Sarah hätte viel lieber nicht ununterbrochen an das gedacht, was Alexander ihr am letzten Abend erzählt hatte, aber wie konnte sie es vergessen? Was ihren Vater anging, konnte sie sich, wenn er wirklich vorsätzlich vergiftet worden war, nur eine Möglichkeit vorstellen, wie das bewerkstelligt worden war. Sie hatte sich oft gefragt, warum Tante Caroline, als sie die Bediensteten entlassen mußte, gerade die unfähigste behalten hatte. Nun konnte sie sich einen Grund denken.

Edith war ein schreckliches Dienstmädchen, aber sie mochte eine recht gute Komplizin abgeben. Wenn die Frau überhaupt Loyalität kannte, dann gegenüber Caroline Kelling. Sie hatte genug Verstand, eine Anweisung auszuführen, wenn es sein mußte; und sie war wahrscheinlich auch clever genug, um sich auszurechnen, daß ihre größte Chance, die Stellung zu behalten, darin bestand, ihre Arbeitgeberin mit irgend etwas in der Gewalt zu haben. Bis sie Caroline Kelling unter sicherer Kontrolle hatten, waren sie gut beraten, sie so weit wie möglich von dem alten Faktotum abzusondern.

Sarah erfüllte ihre üblichen morgendlichen Pflichten, packte die wenigen Sachen zusammen, die sie für das Wochenende mitnehmen wollte, und sagte zu Alexander: »Wenn ich in Harrys

Büro fertig bin, könnte ich genausogut den Wagen abholen, ich bin dann sowieso in Nähe der Garage. Laß uns losfahren, sobald ich zurückkomme, das Mittagessen kann ausfallen. Wir können unterwegs irgendwo einen Hamburger essen, wenn wir hungrig werden.«

»Ganz wie du willst, mein Schatz.«

Er küßte sie und wandte sich wieder seinen eigenen Angelegenheiten zu. Sarah ging zur Charles Street hinunter und dachte erleichtert daran, daß sie sich keine Sorgen mehr machen mußte, was Bittersohn oder Dee Harry Lackridge erzählen könnten. Sie würde Alexander die genauen Einzelheiten ihres Besuchs in Ireson's Landing zu gegebener Zeit mitteilen. Vielleicht würden sie einen Hinweis auf den Eindringling finden, obwohl es nach einem derartigen Wolkenbruch unwahrscheinlich war.

Im Verlag herrschte dieselbe Museumsatmosphäre wie in der Wohnung der Lackridges. Alles stand noch genau da, wo Leilas Großvater es hingestellt hatte. Selbst unter den Büchern in den Regalen fanden sich kaum neue. Es war erstaunlich, daß Bittersohn mit seinem üppigen Zuschuß nicht zu einem aufstrebenden Verlag gegangen war.

So kläglich seine Produktion auch war, Harry gelang es zu überleben, während größere Häuser bankrott machten. Er war sein eigener Vertriebsleiter, der ständig neue Märkte suchte, mit Buchhändlern sprach, Bibliothekarstagungen und Buchmessen besuchte, wo auch immer sie stattfanden. Weder ihm noch Leila schien jemals das Geld für ein Flugticket zu fehlen.

Natürlich konnte es sein, daß sie ihr Kapital angriffen, aber warum auch nicht? Sie hatten für keine Kinder zu sorgen, und es war dumm, auf Dinge zu verzichten, die man gern hatte, nur um für eine Zukunft zu sorgen, die man vielleicht niemals erlebte. Sarah dachte an ihren eigenen Vater und seine kompromißlose Sparsamkeit. Er war immer so besorgt gewesen, im Alter nicht genug Geld zu haben. Welche Ironie!

Es saß niemand am Empfang. Harry war mal wieder ohne Sekretärin, oder das Mädchen war vielleicht Kaffee trinken gegangen. Sarah fragte sich gerade, ob sie einfach ins Büro gehen sollte, als Bittersohn von der Straße hereinkam und Bob Dee fast gleichzeitig aus einem der hinteren Büros auftauchte.

»Ausgezeichnet! Beide mit dem Glockenschlag. Warum setzen wir uns nicht gleich hier an den Besprechungstisch und breiten uns dort richtig aus? Ich hole uns Kaffee. Wie nehmen Sie Ihren, Sarah?«

»Ich möchte keinen, danke. Wenn Sie nichts dagegenhaben, möchte ich gern das erledigen, was wir zu tun haben.«

»Oh ja, in Ordnung. Sie sagten, daß Sie und Ihr Mann zum Wochenende in Ihr Sommerhaus fahren. Nehmen Sie Mrs. Kelling mit?«

»Das tun wir immer. Mr. Bittersohn, ich nehme an, Sie haben mir einige Fotografien zu zeigen?«

Bob Dee ließ sich nicht so schnell entmutigen. »Sind Sie sicher, daß Sie nichts möchten? Vielleicht ein Teilchen? Das dauert keine Sekunde. Bittersohn, was ist mit Ihnen? Milch und Zucker?«

»Nein, ich habe gerade erst gefrühstückt.«

Der Autor öffnete einen großen braunen Umschlag, den er mitgebracht hatte, und breitete einige schwarzweiße Hochglanzabzüge auf dem Tisch aus. »Haben Sie das Exposé, Dee? Mrs. Kelling möchte vielleicht gerne wissen, wovon wir sprechen.«

Bob Dee eilte geschäftig davon und blieb eine ziemlich lange Zeit weg. Bittersohn wartete ungefähr dreißig Sekunden auf ihn, zuckte mit den Achseln und begann, Sarah sein Vorhaben zu erklären. Sie arbeiteten sich durch den Berg Fotos, wobei sie sich Notizen machte und gelegentlich eine Frage stellte, und hatten eigentlich alles soweit geklärt, als der junge Mitarbeiter zurückkam.

»Tut mir leid, daß es solange gedauert hat, Leute. Ein Ferngespräch hat mich aufgehalten, dann brauchte ich eine irrsinnige Zeit, um Ihr Zeug aufzustöbern. Harrys Schreibtisch ist eine Sache für sich.«

»Man sollte annehmen, daß seine Sekretärin die Dinge im Auge behält«, sagte Bittersohn.

»Sollte man, ja. Okay, Max, lassen Sie uns anfangen.«

»Wir haben bereits alles erledigt, danke. Ich denke, Mrs. Kelling ist sich ziemlich darüber im klaren, was wir wollen.«

»Oh. Nun, können wir nicht schnell nochmals alles durchgehen, nur um sicherzustellen, daß wir nichts Wichtiges vergessen haben?«

»Ich glaube kaum, daß das nötig ist«, widersprach Sarah.

Dee ging über den Einwand hinweg. Er begann, die Fotografien durchzublättern, brachte ihre Aufzeichnungen in Unordnung, sprach unwichtige unklare Punkte an und ließ dabei einen dummen Spruch nach dem anderen los, den niemand außer ihm komisch fand. Sarah ertrug die Vorstellung für ungefähr zehn Minuten, dann stand sie auf.

»Ich glaube wirklich nicht, daß wir das noch weiter diskutieren müssen. Mr. Bittersohn weiß offensichtlich genau, wie die Arbeit erledigt werden soll, und ich bin sicher, er kann mir weiterhelfen, wenn ich in Schwierigkeiten gerate. Und was die technische Seite angeht: Harry weiß, wie ich zeichne, und ich kann mir nicht vorstellen, daß er mich empfohlen hätte, wenn er nicht dächte, daß ich die Arbeit richtig ausführe. Warum probiere ich es nicht einfach mit ein oder zwei Zeichnungen und zeige sie Mr. Bittersohn? Wenn er meint, daß es nicht das richtige ist, werde ich nichts berechnen, und Sie engagieren einen anderen Künstler.«

»Schon richtig, aber wir wollen keine Zeit verschwenden«, sagte Dee.

»Das ist auch meine Meinung.«

Sarah begann, ihre Handschuhe anzuziehen. »Wählen Sie die Fotos aus, die ich mitnehmen soll, Mr. Bittersohn, und ich werde spätestens am Mittwoch etwas für Sie fertig haben. Wie kann ich mich mit Ihnen in Verbindung setzen?«

Sie wußte, daß sie unhöflich mit dem jungen Burschen umging, der sich soviel Mühe gab, sie beide zu beeindrucken, und alles verpfuschte. Es beschämte sie, daß er die Brüskierung so fröhlich aufnahm.

»Großartig, dann belassen wir es so. Warum rufen Sie mich nicht einfach an, wenn Sie fertig sind, und ich arrangiere ein Treffen? Ist es Ihnen recht, Max?«

»Wieviel wird mich das Ganze kosten?«

»He, sieh mal einer an! Über den Preis haben wir noch gar nicht gesprochen, oder? Was meinen Sie, Sarah, dreißig Dollar pro Zeichnung? Ich muß auf das Budget achten, wissen Sie.«

»Dreißig wären wundervoll«, erwiderte Sarah. »Harry gibt mir im allgemeinen zehn. Ich sehe aber eigentlich nicht ein, daß es Mr. Bittersohn treffen soll, nur weil er es diesmal bezahlen muß und nicht der Verlag. Vielleicht treffen wir uns auf halbem Wege und sagen zwanzig?«

»Das kann ich nicht zulassen, Mrs. Kelling. Dreißig Dollar sind für mich akzeptabel. Sie arbeiten immer noch billig, wenn man die Art der Zeichnungen bedenkt.«

Der Autor war über den Verlauf der Dinge sichtlich amüsiert.

Auf der anderen Seite schien Dee der Sinn für Humor nun abhanden gekommen zu sein. Das zu sagen, war wirklich nicht sehr liebenswürdig von ihr gewesen. Er hatte wahrscheinlich gemeint, ihr einen großen Gefallen zu tun, indem er ihr die Möglichkeit bot, von einem Neuling einen überhöhten Preis zu fordern, der nicht ahnte, daß ihm das Fell über die Ohren gezogen wurde. Wenn das die Dinge waren, die Bob Dee bei Harry Lackridge lernte, dann sollte er auch gleich lernen, daß man, wenn man zu klug sein will, nicht selten am Ende selbst der Dumme ist.

Bittersohn begann, seine Fotografien in den Umschlag zurückzustecken. Der Verlagsangestellte unternahm einen letzten Versuch.

»Glauben Sie nicht, daß ich ein paar Kopien machen sollte, für den Fall, daß diese verloren gehen oder so? Es dauert nicht lange.«

»Ich wüßte nicht, warum«, antwortete der Autor. »Kopien werden miserabel, und ich kann jederzeit Abzüge bekommen, wenn ich sie brauche.«

»Machen Sie sich keine Sorgen, Bob«, sagte Sarah im Versuch, ihre Schroffheit wiedergutzumachen, wo das Ende dieses unerwartet schwierigen Gesprächs in Sicht war. »Ich werde sie nicht verlieren. Wir sehen uns nächste Woche, und vielleicht haben wir dann Zeit für den Kaffee, den Sie versprochen haben.«

»Das wäre großartig. Wann immer Sie wollen. Ich hoffe, bald von Ihnen zu hören.«

Er brachte sie bis zur Tür und war immer noch geneigt, stehenzubleiben und zu schwatzen, aber Sarah sagte entschlossen »Auf Wiedersehen« und ging das Auto holen. Es wäre an sich vernünftig gewesen, Alexander vom Verlag aus anzurufen und ihm zu sagen, daß sie auf dem Weg war, aber Bob Dee hätte in seinem Diensteifer womöglich noch die Telefonanlage demoliert.

Wenn dieser junge Mann glaubte, er hätte im Verlagswesen eine Zukunft, sollte er das lieber noch einmal überdenken. Er eignete sich besser als Showmaster in einer dieser verrückten Spielshows, die Edith immer sah. In der Garage hing ein Münzfernsprecher, von dem aus sie telefonierte. Alexander versprach, daß sie auf dem Bürgersteig warten würden, wenn sie käme, und so war es auch.

»Soll ich fahren, Sadiebelle? Oh, ich vergaß, du bist jetzt ein großes Mädchen.«

»Das bin ich, und genau deshalb fahre ich selbst.«

Sarah lächelte zu ihrem hochgewachsenen Mann hinauf, wobei sie dachte, daß er immer noch etwas blaß um den Mund herum aussah. Sie wünschte sich, daß sie ihn soviel wie möglich schonen konnte. »Sitzt du lieber hinten neben deiner Mutter oder vorne neben deiner Frau?«

»Bedarf es da der Frage?«

Er half seiner Mutter auf die Rückbank und versorgte sie mit dem Braillebuch und dem Notizblock, die sie immer mitnahm, um sich die Langeweile zu vertreiben, solange sie niemanden hatte, der sich mit Handsignalen mit ihr unterhielt, da Alexander in der Regel den Wagen fuhr. Mrs. Kelling konnte mit Hilfe eines Drahtgitters, das die Linien markierte, schreiben, aber sie beherrschte Braille inzwischen so gut, daß sie es oft vorzog, die Punkte mit Schablone und Griffel zu stechen und sie später von Sarah auf der Schreibmaschine transkribieren zu lassen.

Sarah hatte gern Blindenschrift gelernt, und das Transkribieren machte ihr Spaß. Es erfüllte sie noch immer mit Staunen, wie klar sich die blinde und taube Frau ausdrücken konnte. Tante Carolines Stil war kühl und manchmal brüsk, brachte die Dinge aber immer auf den Punkt. Nie schweifte sie ab oder wiederholte sich, sie wußte immer genau, was sie als nächstes sagen würde, und schrieb es so auf, daß kein vernünftiger Zweifel darüber bestehen konnte, was sie meinte. Sie machte keine Schreibfehler und ließ auch keine Buchstaben aus, es sei denn, sie benutzte Abkürzungen, um Zeit zu sparen. Es war schwer vorstellbar, daß mit Tante Carolines Verstand etwas nicht in Ordnung war.

Dennoch hatte Sarah ihrem Mann gesagt, daß man Tante Caroline kaum nach normalen Maßstäben beurteilen konnte, und sie glaubte nach wie vor, daß an dieser Aussage etwas Wahres dran war. Man durfte nicht vergessen, was sie mit Onkel Gilbert gemacht hatte, aber man konnte recht gut erraten, was sie dazu getrieben hatte, an Mord zu denken.

Caroline Kelling war immer noch eine schöne Frau; in ihrer Glanzzeit mußte sie atemberaubend ausgesehen haben. Sie war eine New Yorker Debütantin gewesen, gewöhnt an rauschende Geselligkeiten, Opernbesuche den ganzen Winter hindurch, Theater, Parties, Reisen und Kontakte zu faszinierenden Menschen und Orten. Gilbert Kelling, mit seinem guten Aussehen, seinen Familienbeziehungen und seinem Vermögen, mußte ihr als der Fang des Jahrzehnts erschienen sein, aber Caroline hatte wohl bald entdeckt, daß es kein Vergnügen war, mit ihm verheiratet zu sein. Sie hatte ebenfalls herausgefunden, daß die Bostoner Damen ihrer Gesellschaftsschicht eher damit beschäftigt waren, Gutes zu tun, als es sich gut gehen zu lassen. Das Leben auf dem Hill war für sie wahrscheinlich nicht langweiliger als das einiger ihrer Nachbarinnen auch, aber für eine schöne Frau, die eine sagenhafte Schmuckkollektion vorzuführen hatte, ohne daß sich dazu eine Gelegenheit ergab, mußte die Ehe eine einzige lange Enttäuschung gewesen sein. Reisen ins Ausland kamen nicht in Frage. Onkel Gilbert war dazu gesundheitlich nicht in der Lage, und er wäre sowieso nicht gefahren. Das einzige, was ihn interessierte, waren Segeltouren mit der *Caroline,* und da er sich weigerte, das Boot zu motorisieren, mußte selbst das manchmal sehr langweilig gewesen sein.

Alexander beschrieb seinen Vater als strengen Asketen. Onkel Jem sprach von ihm immer als dem kalten Fisch. Sarahs Mutter hatte sich gefragt, wie Caroline es jemals ertragen hatte, mit einem menschlichen Eisberg zusammenzuleben. Daß Gilberts Frau versucht hatte, sein Leben zu retten, statt ihn über Bord zu stoßen, hatte allgemein verwundert und zeugte, so meinte man, von ihrer edlen Gesinnung. Wäre Gilbert Kelling beliebter gewesen, wäre Caroline nicht derart als Heldin gefeiert worden. Hatte sie diesen Umstand in Betracht gezogen, als sie so einen raffinierten und dramatischen Weg wählte, um ihn loszuwerden?

Da sie Gilbert Kelling wegen seines Reichtums geheiratet hatte, wollte Caroline ihn natürlich nicht aufgeben. Es war unmöglich, einen Scheidungsgrund bei ihm zu suchen, weil er nie etwas Falsches tat, und wenn sie ihn selbst lieferte, verlor sie jede Aussicht auf eine Abfindung. Zweifellos erwartete sie, daß ihn sein Herzleiden früh hinwegraffen würde, aber er paßte sehr sorgfältig auf sich auf, und sie wurde nicht jünger. Sein Medikament beiseitezuschaffen und der Natur ihren Lauf zu lassen, war ihr vielleicht gar nicht wie ein Mord erschienen.

Aber es war Mord, und wenn sie ihn wegen des Geldes umgebracht hatte, wo war es dann geblieben? Hatte sie angefangen zu spielen und so große Schulden gemacht, daß sie sie nicht anders bezahlen konnte? Das paßte nicht zu Tante Caroline.

Ach, was hatte es für einen Sinn, über Fragen nachzugrübeln, auf die sie keine Antwort wußte? Sollte sie sich nicht darauf konzentrieren, daß Alexander sein Wochenende genoß? Entschlossen begann Sarah, mit ihm über Trivialitäten zu plaudern: Ob sie für die Lebensmittel am Einkaufszentrum halten oder warten sollten, bis sie zu Eddies Laden kamen. Eddies Preise lagen etwas höher, aber die Kellings hatten immer bei Eddie eingekauft. Sie kauften bei Eddie ein.

Einmal da, war es leicht, den angenehmen, vertrauten Ton wiederzufinden, indem man sich nach Mrs. Eddie und all den kleinen Eddies erkundigte und diskutierte, ob man selbstgebakkene Walnußbrötchen und Bananenbrot nehmen sollte, weil das Preiselbeerbrot wie immer ausverkauft war. Die Tüten mußten mit großer Sorgfalt verstaut werden, damit sich die Milch nicht über die Brötchen ergoß, falls sie durch das große Schlagloch in der Auffahrt fuhren. Sie erwartete die reizvolle Aufgabe, den Wagen die Auffahrt entlangzusteuern, ohne das Schlagloch zu treffen, den richtigen Schlüssel zu finden, die quietschende Seitentür zu öffnen und dabei den Geruch nach Feuchtigkeit und Holzrauch zu spüren, die Tüten und Koffer hereinzuschleppen und Tante Caroline zu helfen, sich zurechtzufinden.

Schließlich ließen sich die drei mit zusätzlichen Pullovern, Sherrygläsern, großen Stücken von Eddies einfachem Hartkäse und Schiffszwieback vor dem großen Kamin aus Feldsteinen nieder, der bei weitem das Angenehmste in dem alten Haus mit seinen riesigen Räumen war. Niemand verspürte besondere Lust, sich zu unterhalten. Sie waren zufrieden, sich wie Katzen in der Wärme des brennenden salzdurchtränkten Treibholzes auszustrecken, das blaue und grüne und orangerote und strahlendgelbe Flammen versprühte, winzige Schlückchen Wein zu nippen und an den leckeren einfachen Häppchen zu knabbern. Selbst Caroline Kelling verlangte nicht nach Aufmerksamkeit. Einmal sagte sie: »Dieser Käse ist ausgezeichnet«, aber niemand reagierte, und sie schien zufrieden, es auf sich beruhen zu lassen.

»Sie wird alt«, dachte Sarah. »Alt und müde. Was auch immer sie in der Vergangenheit getan haben mag, sie stellt für uns keine Gefahr mehr dar.«

Es war sonderbar, sich Tante Caroline auf dem Altenteil vorzustellen, wo sie nicht länger das Sagen hatte; in bestimmter Weise sogar beunruhigend. Sarah raffte sich zu der Bemerkung auf:

»Liebling, frag deine Mutter, ob sie früh zu Abend essen möchte.«

Alexander streckte seine Hand aus, um sie zurückzuhalten.

»Geh noch nicht, Sadiebelle. Ich möchte dich anschauen.«

Sie nahm seine feingliedrige schöne Hand und legte sie an ihre Wange. Sie spürte einen Kloß im Hals und war nicht imstande zu sprechen. Warum war es nicht schon immer so gewesen? Sarah bewegte sich erst wieder, als ihr Fuß höchst unromantisch einschlief. Dann drückte sie seine Hand sanft und legte sie zurück auf den verblichenen Baumwollschonbezug.

»Ich werde nicht lange weg sein. Wir werden einfach hier vor dem Feuer picknicken. Du könntest das Glas deiner Mutter nachfüllen und etwas mit dem vorderen Holzscheit unternehmen, das gleich durchbrennt und dann seine Glut über den gesamten Kaminvorleger verstreut.«

»Ja, mein Liebling. Noch etwas Sherry für dich?«

»Nicht jetzt, danke.«

Sarah ging hinaus und schloß die Tür hinter sich, damit es im Wohnzimmer warm blieb. Inzwischen war es fast vollständig dunkel. Sie drehte einen Lichtschalter an, aber nichts passierte. Lomax hatte wohl damit gerechnet, daß Alexander bei ihrer Ankunft den Strom einschaltete, und Alexander nahm an, daß Lomax es getan hätte. Es machte nichts, in der Küche standen immer gefüllte Öllampen. Sie nahm eine vom Bord herunter und griff nach der bemalten Blechschachtel mit den Streichhölzern, die neben dem Fenster über dem Spülbecken hing.

Dabei bewegte sich etwas, das nicht ihr Spiegelbild war, vor der Fensterscheibe. Sie erstarrte innerlich zu Eis.

Jemand war dort draußen und spionierte ihnen nach. Sie wußte es, wie sie am Mittwoch abend von dem Mann auf dem Pfad gewußt hatte, obwohl nun nichts mehr zu sehen war außer Forsythienzweigen, die sich schwarz vor dem dunkelblauen Himmel abhoben, scharfe, spitze Knospen an schwankenden Zweigen. Die kahlen Büsche konnten keinen Schutz bieten. Er mußte sich neben dem Haus niedergeduckt haben, nur wenige Meter von ihr entfernt.

Sollte sie um Hilfe rufen? Was wäre damit erreicht? Wenn Alexander herausstürzen würde, um den Eindringling zu stellen, konnte er verletzt, ja sogar getötet werden. Blieb er drinnen, käme er sich wie ein Feigling vor, und der Erfolg des gestrigen Abends und von heute würde zunichte gemacht werden. Wenn es derselbe Mann war, der mit ihr auf dem Pfad gewesen war und nichts unternommen hatte, um sie zu verletzen, brauchte sie wahrscheinlich keine Angst zu haben.

Sarah brachte den Mut auf, sich zu bewegen und den feuchtfleckigen Kattunvorhang vor das Fenster zu ziehen, wie jede gute Hausfrau es zu Beginn des Abends tut. Sie entzündete das Streichholz, hielt es an einige Lampendochte und drehte sie herunter, so daß sie sanft vor sich hin glühten, ohne stark zu rußen. Dann begann sie die Suppe heiß zu machen und Sandwiches vorzubereiten. Vor Jahren als einsames kleines Mädchen, das Angst hatte, oben im Haus allein zu sein, wenn es dunkel war, hatte sie sich angewöhnt, im Bett zu singen. Es gab ihr immer den Mut, danach einzuschlafen. Sie probierte es jetzt auch:

»Wo bist du gewesen, Billy Boy, Billy Boy? Wo bist du gewesen, Billy, mein Schatz?«

»Eine Frau war mein Bestreben, Freude für mein ganzes Leben.«

Bis sie erkannte, daß die Stimme, die sich mit ihrer mischte, die ihres Mannes war, war sie um zehn Jahre gealtert. Er schlang von hinten seinen Arm um sie und verbarg sein Gesicht in ihrem Haar.

»Ich habe dich vermißt, Sadiebelle. Soll ich dir bei den Sandwiches helfen?«

»Nein, sie sind fertig.«

Armer Engel, wenn er ahnen würde, was für einen Schrecken er ihr eingejagt hatte! »Ich warte nur darauf, daß die Suppe heiß wird. Du könntest ein paar Teller und Gläser herunterholen, wenn du möchtest.«

»Die schönen blauen oder die schrecklichen alten grüngelben?«

»Die blauen natürlich. Alexander, mir kommt da eine hübsche Idee.«

Sie sprach eine Spur lauter, um den Lauscher wissen zu lassen, daß sie nicht alleine war. »Warum nehmen wir nicht die alten scheußlichen Dinger mit auf die hintere Terrasse und zerschmettern sie Stück für Stück?«

»Ich habe eine noch bessere Idee«, sagte er. »Laß uns warten, bis Leila versucht, uns für die Mitarbeit in einem weiteren Komitee ranzukriegen, und dann bewerfen wir sie.«

Sie lachten gemeinsam, beluden die Tabletts und trugen sie zurück zum Kamin. Sarah hatte sich wegen einer Dose Krabbenfleisch in Unkosten gestürzt, weil es etwas war, was Alexander über alles liebte, aber selten bekam. Er war gerührt und ließ es sie mit einer Wärme wissen, daß sie erneut einen Kloß in ihrem Hals spürte. Wie wenig es doch bedurfte, um ihn glücklich zu machen, und wie selten hatte sie es während dieser letzten schwierigen Jahre versucht. Von nun an würde es anders sein.

Aber wie genau würde ihr Leben aussehen? So gern sie es auch verdrängt hätte, Sarah mußte an diese dunkle Gestalt vor dem Küchenfenster denken. Es gab in letzter Zeit zu viele dunkle Gestalten in ihrem Leben. Seit jenem Tag auf dem Friedhof tauchten sie ständig auf, wo sie auch hinschaute.

Diesmal waren es nur ihre Nerven. Der riesige, vernachlässigte Besitz war immer ein Anziehungspunkt für Eindringlinge gewesen. Sie hatte sich früher nie vor ihnen gefürchtet, weil Alexander bei ihr war. Er war auch jetzt hier. Was auch immer passierte, sie würden zusammensein. Was hatte es für einen Sinn, sich Sorgen zu machen?

Kapitel 14

Sarah wachte mit einem Lächeln auf und streckte die Hand aus, um nach ihrem Ehemann zu tasten. Alexander lag aber nicht mehr neben ihr. Er mußte hinuntergegangen sein, um das Feuer anzuzünden, was bedeutete, daß er Gott sei Dank seine schreckliche Lethargie überwunden hatte. Sie blieb noch ein paar Minuten liegen, lauschte dem allmorgendlichen Streit der Möwen auf den Felsen und machte Pläne für den Tag. Nach dem Frühstück könnten sie zum Fischstand hinunterlaufen und einen Eimer Muscheln erstehen. Sie würde dann einen großen Topf Clam Chowder machen. Alexander würde eine Menge essen, »Dank' dir, Sadiebelle« sagen und ihr ein Lächeln schenken, das nur noch von Liebe und Freude sprach.

Sie sprang aus dem Bett, zog dicke Kordhosen und ihren alten grünen Shetlandpullover an und ging, um Kaffeewasser aufzusetzen. Unten waren die Scheite im Kamin neu geschichtet, brannten aber noch nicht. Alexander war wohl draußen beim Holzhaufen und schnitt saubere Späne zum Feuermachen.

Der Geruch vom Rauch der letzten Nacht hing schwer und beißend in der kalten, nebligen Luft. Die verblaßten Tapeten und abgestoßenen Möbel wirkten jetzt nicht mehr gemütlich, sondern nur deprimierend. Die Schreckgespenster wagten sich wieder hervor.

Hatte sie gestern abend jemanden herumschleichen sehen oder nicht? Warum war sie nicht mutig genug gewesen, den Kopf zum Fenster hinauszustrecken und sich zu vergewissern? Sarah öffnete die Hintertür und suchte das taubenetzte Gras nach Anzeichen von Fußspuren ab, fand aber keine. Dann tauchte eine hochgewachsene Gestalt undeutlich aus dem Grau des Nebels auf. Wieder hatte sie Angst, bis Alexander etwas sagte.

»Es tut mir leid, daß ich keinen sonnigen Morgen für dich bestellen konnte, Sadiebelle, aber das Radio meldet, daß der

Nebel sich bis Mittag aufgelöst haben wird. Soll ich Frühstück machen?«

»Nein, mein Schatz. Willst du das Feuer anzünden?«

»Ja, mein Liebling.«

Er hob ihr Kinn an, damit er sie auf die Lippen küssen konnte. »Ist das Kaffee, was ich rieche, oder der sagenhafte Nektar heidnischer Gottheiten?«

Sie küßte ihn zurück. »Du scheinst heute wirklich guter Laune zu sein.«

»Ich bin so fröhlich wie ein Schuljunge«, teilte er ihr würdevoll mit. »Wir essen doch Eddies Brötchen, oder?«

»Dein Wunsch ist mir Befehl, mein Schatz. Soll ich einen Ochsen am Spieß braten, oder gibst du dich mit Rührei und Würstchen zufrieden?«

»Was schneller geht. Mein Appetit scheint zurückzukehren.«

»Gut«, sagte Sarah. »Sollen wir ohne deine Mutter anfangen, oder meinst du, daß sie bald unten sein wird?«

Alexander sah überrascht aus. »Guter Gott! Ich habe völlig vergessen, daß wir sie mitgenommen haben.«

Sarah brach in Gelächter aus. »Daß ich diesen Tag erleben darf! Hier, nimm dir Kaffee und ein Brötchen für den ersten Hunger, während ich nachsehe, ob sie Hilfe braucht.«

Caroline Kelling kam jedoch in ihrem Zimmer, das wie ihre Suite in Boston eine bestimmte feststehende Ordnung hatte, allein zurecht. Sie hörten, wie sie sich nach unten tastete und dabei wie immer nach ihrem Sohn rief. Er ging ihr entgegen, und Sarah schlug Eier in eine Schüssel und nahm für Alexander eins mehr als sonst.

Nach dem Frühstück erledigten die beiden einen Teil der Hausarbeit, während Tante Caroline mit ihrem Buch am Feuer saß. Dann fuhren alle drei zum Fischstand, um Muscheln einzukaufen. Es war noch zu früh nach so einem reichlichen Frühstück, um schon an den Clam Chowder zu denken, und so entschied Mrs. Kelling, daß sie gemeinsam zum Kamin zurückkehren sollten, wo sie an einem Bericht arbeiten wollte, den sie Leila für ihre Rückkehr aus Washington versprochen hatte.

Alexander erwiderte gelassen, daß er Eichenscheite fürs Feuer genommen habe und sie für eine gute Stunde ganz gemütlich allein bleiben könne, während er und Sarah einen Strandspaziergang machten.

»Ich bin überrascht, daß Sarah dich spazierengehen läßt«, war die liebenswürdige Antwort. »Wenn ich irgend etwas von dir will, gerät sie jedesmal in helle Aufregung, weil es dir nicht gut gehe.«

Er antwortete nicht. Mrs. Kelling zuckte mit den Achseln und wandte sich ihrem Bericht zu. Sie ließen sie braillestechend zurück und gingen hinaus in den Nebel. Entlang der Straße hatte er sich etwas aufgelöst, aber unterhalb der Klippen konnten sie kaum zwischen Strand und Meer unterscheiden.

»Ich hoffe, daß du nicht zu sehr enttäuscht bist«, entschuldigte sich Alexander, als habe er für ihren Ausflug besseres Wetter bestellen sollen. »Ich möchte so sehr, daß du glücklich bist.«

»Ich bin glücklich.«

Das war wahr, auch wenn Sarah noch glücklicher gewesen wäre, wenn sie mehr als einen Meter weit hätten sehen können. Als sie sich fragte, ob tatsächlich jemand in der Nähe war oder ob ihre Phantasie ihr einen Streich spielte, kroch ihr erneut die Angst den Nacken herauf. Das Donnern der Brandung und das Klacken von losen Steinen, die durch die Unterströmung aufgewirbelt wurden, waren laut genug, um das Geräusch von Schritten zu übertönen. Solange sich dieser Nebel hielt, hätten sie sich inmitten einer Menschenmenge bewegen können, ohne es zu merken.

Aber mit Alexander fühlte sie sich sicher genug. Er kannte dieses Stück Küste seit seiner Kindheit wie seine Westentasche. Wenn irgendwelche Schwierigkeiten drohten, würde er wissen, wie sie schnellstens entkommen konnten. Sie mußte nur nahe bei ihm bleiben, sich an seine Hand klammern, wie sie es getan hatte, als ihr Kopf noch nicht die Höhe seiner Manteltasche erreicht hatte und ein Spaziergang mit Cousin Alexander ein Geschenk des Himmels gewesen war.

»Gehe ich zu schnell für dich, Sadiebelle?«

Wie oft während der letzten fünfundzwanzig Jahre hatte er ihr diese Frage gestellt? Sarah begann zu lachen.

»Meine Beine sind nicht mehr so kurz, wie sie einmal waren. Sieh mal, da taucht mein alter Zauberfelsen aus dem Nebel auf. Weißt du noch, wie wir da immer saßen und aufs Meer hinausschauten, während du mir Geschichten von Meerjungfern erzähltest?«

Er lachte leise. »Und du behauptetest steif und fest, du könntest sehen, wie sie auf den Wellen ritten. Kannst du sie immer noch sehen, Liebling?«

»Ich weiß nicht. Ich habe schon seit Ewigkeiten keine Meerjungfrau mehr gesehen.«

»Vielleicht sind sie heute dort draußen. Komm, setzen wir uns hin.«

Sie kuschelten sich zusammen auf den schmalen Felsen, der ihr Lieblingsplatz gewesen war, solange sie denken konnte. Alexander legte einen Arm um sie, damit sie nicht von der Kante abrutschte.

»Nun, Sadiebelle, bitte sage mir, was dich bedrückt. Du bist nervös, seit wir losgegangen sind. Hat das einen besonderen Grund oder – sind es die Dinge im allgemeinen?«

Sarah lachte unbehaglich. »Du bist sehr scharfsinnig, mein lieber Herr. Ich hatte nicht vor, davon zu sprechen.«

»Wenn wir in Zukunft gleichberechtigt miteinander umgehen wollen, muß das auf Gegenseitigkeit beruhen. Was ist los?«

»Ach, ich werde nur das komische Gefühl nicht los, daß wir verfolgt werden.«

»Aber warum?«

»Ich glaube, weil neulich Nacht, als ich kam, um mir die Mauer anzusehen, jemand hier war; und ich bin ziemlich sicher, daß ich ihn gestern abend flüchtig sah, als ich in die Küche hinausging, um das Abendessen vorzubereiten.«

»Ihn? Bist du sicher, daß es ein Mann war?«

»Nein, aber ich hatte den Eindruck. Er war ziemlich groß, aber nicht so groß wie du.« Sie beschrieb die Einzelheiten, so gut sie konnte. »Das hört sich nicht weltbewegend an, oder?«

»Immerhin frage ich mich, ob jemand irgendwo auf dem Gelände zeltet. Wie du weißt, hatten wir das Problem schon öfter.«

»Daran habe ich auch zuerst gedacht, aber man muß sich fragen, ob nicht mehr dahintersteckt als unbefugtes Eindringen. Zum Beispiel scheint es ein phantastischer Zufall zu sein, daß ich auf dem Heimweg in jener Nacht diesem Mr. Bittersohn in die Arme lief.«

»Wo denn?«

»In einem der Schnellrestaurants an der Schnellstraße. Ich war in einem derartigen Zustand, daß ich Angst hatte weiterzufahren, ohne vorher etwas Heißes zur Stärkung getrunken zu haben. Ich war noch keine zwei Minuten dort, als er hereinkam und sich an meinen Tisch setzte. Er hat ungefähr die richtige Größe, und mir schoß der Gedanke durch den Kopf, daß er mir von Boston gefolgt sein könnte, um zu sehen, was ich vorhatte.«

»Sarah, warum sollte der Mann so etwas tun?«

»Wegen des Schmucks – das war alles, was mir einfiel. Vielleicht bildete er sich ein, daß ich wegschlich, um einen – einen Liebhaber zu treffen, und daß er mich erpressen könne, ihn an die Kollektion heranzulassen.«

»Wie könntest du? Das Bankschließfach läuft auf Mutters Namen. Ohne ihre Genehmigung dürftest du es gar nicht öffnen.«

»Vielleicht hat er das nicht gewußt. Ich weiß, daß wir ihm erzählt haben, ich hätte die Juwelen nie gesehen, weil Tante Caroline es so wünscht. Vielleicht meint er, ich könnte, wenn ich wollte. Du mußt zugeben, daß es für jemanden in ihrem Zustand ungewöhnlich ist, all die Jahre die volle Kontrolle über einen so wertvollen Familienbesitz zu behalten. Aber seitdem ich ihn wiedergetroffen habe, glaube ich ehrlich gesagt nicht, daß er zu dieser Art von Männern gehört.«

Alexander schüttelte den Kopf. »Wir dürfen uns nichts allzu sicher sein. Sein Zusammentreffen mit dir scheint mehr als ein Zufall zu sein, und der Studebaker ist mit Sicherheit ein Auto, dem man sehr leicht folgen kann. Was sagte er, als er an deinen Tisch kam?«

»Was man in solchen Fällen so sagt. Tat überrascht, mich so weit weg von Boston zu sehen, und fragte, warum ich an einem so gräßlichen Abend allein unterwegs war. Ich erzählte ihm, daß du dich nicht wohl fühltest und ich mich hier draußen um etwas kümmern müßte, und erwähnte, daß wir ständig zwischen Boston und Ireson's Landing hin und her pendeln. Dann stellte ich ihm dieselbe Frage, aber er antwortete ausweichend und begann über die Zeichnungen zu sprechen, die ich für sein Buch anfertigen soll.«

»Woher wußte er, daß du zeichnen kannst?«

»Er sagte, daß Harry es ihm erzählt habe. Und ich befürchte, daß er, oder wer immer auf dem Weg war, auch eine Probe meiner Zeichenkunst gefunden haben könnte. Dummerweise zerriß ich die Skizze, die ich von der Mauer gemacht hatte, und warf die Fetzen einfach weg. Vielleicht hat er sie aufgehoben und wieder zusammengesetzt.«

Alexanders Gesicht hatte wieder eine graue Farbe angenommen.

»Ich habe dir eine schöne Bescherung eingebrockt, was?«

»Nein, ich glaube nicht, daß es deine Schuld ist, Alexander«, erwiderte Sarah, »und ich sage das nicht bloß, damit du dich besser fühlst. Langsam kommt mir der Verdacht, daß schon seit langer Zeit etwas vorgeht, von dem du keine Ahnung hast.«

»Was bringt dich denn auf die Idee?«

»Zuerst einmal diese Sache mit Ruby Redd. Ich kann nicht glauben, daß deine Mutter sie umgebracht hat.«

»Aber sie muß es getan haben!«

»Sie hat es nie zugegeben, oder?«

»Natürlich nicht. Tätest du das?«

»Wenn ich meinen eigenen Sohn bitten würde, mir zu helfen, die Leiche zu beseitigen, hätte ich wahrscheinlich das Gefühl, ihm eine Erklärung schuldig zu sein.«

»Sarah, sie wollte es so darstellen, als ob ich es getan hätte. Ich habe dir doch erzählt, was sie gesagt hat.«

»Ja, und es scheint mir, als seien ihre Worte ganz bewußt zweideutig gewesen. Man kann sie auch so auslegen, daß sie wußte, wer es getan hat, es aber nicht zu sagen wagte. Das würde erklären, warum sie nie gewillt war, darüber zu sprechen. Es gäbe nicht den geringsten Grund, warum du und sie die Angelegenheit totgeschwiegen habt, wenn sie nicht jemanden geschützt hat. Und ich muß nochmals auf die Mordmethode zurückkommen. Kannst du dir Tante Caroline wirklich vorstellen, wie sie sich hinter eine andere Frau schleicht und ihr den Schädel einschlägt?«

»Kann man überhaupt wissen, wie sich irgend jemand in einer Krise verhält?«

»Du weißt, was sie deinem Vater antat, und du hast eine ziemlich genaue Vorstellung, was sie mit meinem machte. Die Sache mit den vergifteten Pilzen kann ich nachvollziehen, weil sie im Grunde auf derselben Methode wie der erste Mord basiert – eine Situation zu arrangieren, deren Ergebnis ein Todesfall ist, ohne daß Verdacht erregt wird. Mir kam die Idee, daß sie Edith dazu gebracht haben könnte, die Pilze für sie zu sammeln, aber vielleicht war das nicht einmal nötig. Könnte sie nicht einfach ihre Augentropfen oder so etwas in die Pfanne getan haben?«

Ihr Mann dachte einen Moment nach, dann nickte er. »Das ist ganz gut möglich. Atropin ist ein pflanzliches Alkaloid, wenn ich mich nicht irre, und die Symptome dürften sehr ähnlich sein. Der Arzt würde nur zu bereitwillig an die Pilzgeschichte glauben, weil sich Leute, die Waldpilze sammeln, so oft irrtümlich vergiften, und Leute, die keine sammeln, haben manchmal eine beinahe abergläubische Furcht vor diesen Dingen – so, als ob alle Schlangen gefährlich wären.«

»Und Tante Caroline hatte wahrscheinlich eine überzeugende Geschichte bereit, daß Papa sich immer so absolut sicher war, welche Pilze eßbar waren und welche nicht, so daß er sich nie die Mühe machte, zur Sicherheit in einem Pilzführer nachzuschlagen. Sie würde behaupten, daß sie deshalb nie gewagt hatte, seine selbstgesammelten Pilze zu essen, und das würde erklären, warum sie nicht auch vergiftet wurde. Du siehst, die ganze Geschichte scheint uns beiden einleuchtend, weil sie so typisch für ihre Vorgehensweise ist. Der Mord an Ruby Redd war eine ganz andere Sache. Deine Theorie besagt, daß deine Mutter deine Geliebte umbrachte, weil sie dich nicht verlieren wollte, aber das glaube ich einfach nicht. Du warst noch nicht volljährig, und Tante Caroline kontrollierte das Vermögen. Sie brauchte dir nur deinen Unterhalt zu sperren und dich von ihr zu trennen, indem sie dich auf irgendeine Reise mitnahm. Sie konnte sich ziemlich sicher sein, daß Ruby nicht zu den Mädchen gehörte, die an den Fingernägeln kauen und warten, bist du wieder zurück bist, oder?«

»Das mag sein«, gab Alexander zu, »aber wenn sie Ruby nicht umgebracht hat, wer war es dann?«

»So ganz spontan würde ich sagen, daß es höchstwahrscheinlich die Person war, der sie das Geld gegeben hat.«

»Das Geld gegeben hat? Du meinst Vaters Geld? Guter Gott, Sarah, warum sollte Mutter so etwas tun?«

»Woher soll ich das wissen?« fragte seine Frau. »Aber wenn sie es nicht weggegeben hat, für was hat sie es dann ausgegeben? Man kann nicht mit großen Summen um sich werfen und nichts dafür vorzuzeigen haben, wenn man nicht auf einen Aktienschwindel hereinfällt oder bei Pferderennen wettet –«

»Nicht Mutter.«

»– oder von jemandem erpreßt wird, der weiß, daß sie deinen Vater umgebracht hat.«

Alexander leckte sich das Salz von seinen Lippen. »Wie konnte jemand davon wissen?«

»Und wenn sie es jemandem gesagt hat? Sie war wirklich in schlechter Verfassung, als man sie fand, oder? Möglicherweise dachte sie, daß sie sterben würde. Um ihr Gewissen zu erleichtern, hat sie es im Krankenhaus einem Geistlichen oder sonst jemandem erzählt. Und als es ihr besser ging und sich herausstellte, daß sie eine reiche Frau war, drohte derjenige, sie zu verraten.«

»Die Sache hat einen Haken, Sarah. Mutter hätte später behaupten können, daß sie phantasiert hat, im Delirium war, daß es einfach nicht der Wahrheit entsprach. Sie hätte mit meiner Unterstützung rechnen können, weil sie niemals erfahren hat, daß ich sie beim Beseitigen des Medikaments beobachtet habe. Natürlich besteht die Möglichkeit, daß im Nebel irgendein Fischer oder sonst jemand sich genau in dem Moment der *Caroline* näherte, in dem sie die Flasche über Bord leerte, aber wenn er nahe genug war, um sie zu beobachten, hätte sie ihn ebenfalls sehen müssen. Wie auch immer, warum sollte ein Erpresser es für notwendig halten, Ruby umzubringen? Sie konnten in keinerlei Beziehung zueinander stehen.«

»Können wir uns da so sicher sein? Ich will deine Eitelkeit nicht verletzen, aber du sagtest, daß du nur einer von vielen Verehrern warst und dir nicht erklären konntest, warum Ruby dich zum Favoriten machte. Du sahst mit Sicherheit am besten von allen aus, aber du warst wahrscheinlich nicht der reichste oder der witzigste.«

»Sarah, willst du damit andeuten, daß ihre Freundschaft mit mir Teil eines Plans war, um Mutter auszunehmen? Was war bei mir zu holen?«

»Der Schmuck, Dummerchen! Ganz gleich, wer das Geld bekam – Tante Caroline war gezwungen, ihm zu erklären, daß sie den Schmuck nicht hergeben konnte, weil er ihr nicht gehörte; deshalb beabsichtigten sie, Ruby zu benutzen, ihn dir abzuluchsen. Dann hörte Ruby von dem Rubincollier und beschloß den Erpresser gegen deine Mutter auszuspielen, weil das Collier so hübsch zu ihren Zähnen paßte.«

»Liebling, du siehst wieder Meerjungfern.«

»Na gut, in dem Punkt rate ich nur, aber einen handfesten Hinweis habe ich. Erinnerst du dich an Tim O'Ghee?«

»Den Barkeeper bei Danny Rate? Wie hätte ich ihn vergessen können? Daß er anwesend war, als ihr die Gruft geöffnet habt, war wie ein Gottesurteil. Ehrlich gesagt habe ich mich gewundert, warum er nicht versucht hat, mich zu erpressen.«

»Weil er tot ist«, sagte Sarah.
»Woher weißt du das?«
»Ich habe ihn gefunden.«
»Sarah!«
»Liebling, schau nicht so entgeistert drein. Laß mich erzählen, wie es dazu kam. Zunächst muß dir klar sein, daß ich am Dienstag morgen kurz davor war, die Nerven zu verlieren.«
»Du hattest allen Grund dazu.«
»Auf jeden Fall konnte ich es nicht ertragen, herumzusitzen und darauf zu warten, daß die nächste schreckliche Sache passiert. Mir kam die Idee, daß mir der Barkeeper, wenn es mir gelang, ihn aufzutreiben, einige meiner Fragen beantworten könnte.«
Sie erklärte, wie sie O'Ghees Spur bis zu seiner Pension gefolgt war und daß seine Wirtin sie allein hinaufgeschickt hatte, wo sie seine Leiche entdeckte.
»Oh mein Gott!« stieß Alexander hervor. »Wie ist er gestorben?«
»Ich vermute, an irgendeinem Gift, das ihm mit der Nadel, mit der er sein Insulin spritzte, injiziert wurde. Sein Tod sollte wie Selbstmord aussehen – mit Milky Ways.«
Er starrte sie an. »Sarah, wovon redest du überhaupt?«
»Milky Ways«, wiederholte sie. »Diese Schokoladenriegel, die ich so wahnsinnig gern mochte.«
»Ich dachte, du magst sie immer noch.«
»Ich fürchte fast, daß ich meine Vorliebe für sie verloren habe.«
Sie erzählte ihm, warum. »Weißt du, ich sollte glauben, er hätte sein Insulin nicht gespritzt und sich mit Süßigkeiten vollgestopft, bis er ins Koma fiel und starb.«
»Und könnte er nicht genau das getan haben? Für einen alten Mann ist das gar keine so schlechte Art abzutreten, meine Liebe.«
»Auf gar keinen Fall. Warum sollte er? Am Tag zuvor war er munterer als ein Fisch im Wasser. Seine Hauswirtin versuchte mir einzureden, daß der Fund von Ruby Redds Leiche in der Gruft O'Ghee erschüttert hatte, weil sie einmal ein Liebespaar gewesen waren, aber das ist völliger Blödsinn. Du hättest hören sollen, wie er uns wortreich erzählte, was für ein schrecklicher Mensch sie gewesen sei. Sie tat ihm kein bißchen leid; er war nur aufgeregt, dabeizusein, als sie wieder auftauchte, und mit sich selbst zufrie-

den, daß er uns sagen konnte, wer sie war. Und er konnte sowieso keine Milky Ways essen, weil seine Zähne nicht gut waren. Das hat er mir selbst erzählt.«

Alexanders schönes Gesicht versank noch mehr hinter dem hochgestellten Kragen seiner abgetragenen Seemannsjacke; er dachte nach. »Dann glaubst du tatsächlich, daß die Hauswirtin das Ganze inszeniert hat.«

»Ich schätze, sie gemeinsam mit dem angeblichen Arzt. Sie gaben sich die Stichworte wie ein Paar Berufsschauspieler. Oh, und zum großen Finale griffen sie in den Papierkorb und holten die Zeitung vom Montag abend heraus, die die Geschichte von Ruby Redd und diese furchtbare Aufnahme von Dolph und mir direkt auf der Titelseite gebracht hatte. Sie erkannten mich nach dem Foto, beschuldigten mich, daß ich hergekommen sei, um – meine Familie in Schwierigkeiten zu bringen, packten mich buchstäblich am Schlafittchen und warfen mich hinaus.«

»Sarah, das ist unglaublich!«

»Ich weiß – es war, als ob sie wußten, daß ich kommen würde, und alles schon vorbereitet hatten. Tatsächlich war es wohl so, daß sie sahen, wie ich draußen zögerte und mich fragte, ob ich das richtige Haus gefunden hätte, und daß sie mich nach den Nachrichten, die auch Harry und Leila sahen, wiedererkannten. Ich trug denselben alten braunen Mantel und sah zweifellos genauso einfältig aus. Der Mann muß hinaufgestürzt sein und die Sachen unter das Bett gesteckt haben; dann schlich er sich zurück und wartete, bis die Hauswirtin ihm das Zeichen zu seinem Auftritt als Arzt gab.«

»Hätten sie für all das Zeit gehabt?«

»Leicht. Die Frau hielt mich ein paar Minuten mit einem Gespräch an der Tür auf, bevor sie mich hineinließ, und nachdem ich O'Ghee tot aufgefunden hatte, blieb ich oben bei der Leiche, während sie telefonierte – oder so tat. Der Mann fuhr mit einem Auto vor, aber er kann genausogut einfach um die nächste Ecke herum geparkt haben.«

»Hatte er denn kein Stethoskop oder so etwas?«

»Ich weiß es nicht. Diese kleine Tasche, die er mitbrachte, hat er niemals geöffnet, und er behielt seinen Mantel an, so daß ich keine Ahnung habe, was er darunter trug. Wir waren in dem Zimmer nur für wenige Minuten zusammen, bevor sie dieses große Spektakel aufführten und mich mit schrecklichen Drohungen, was sie tun würden, wenn ich jemals zurückkäme, hinauswarfen.«

»Mich erstaunt, daß die Frau dich überhaupt die Leiche sehen ließ«, sagte Alexander. »Warum hat sie dir nicht einfach erzählt, daß O'Ghee nicht da sei?«

»Wahrscheinlich hatten sie Angst, daß ich immer wieder kommen und sie belästigen würde, wenn sie mich nicht ein für allemal vertreiben würden. Oder sie fragten sich, ob O'Ghee mir irgend etwas erzählt hätte, was ich nicht wissen sollte, und meinten, es sei besser für sie, die Möglichkeit zu nutzen und mich auszuhorchen.«

»Mein Gott, Sarah! Was wäre geschehen, wenn er dir tatsächlich etwas gesagt hätte und du sie es hättest wissen lassen?«

»Offensichtlich tat er das nicht, denn ich bin lebend aus dem Haus gekommen«, antwortete sie schaudernd. Daran hatte sie noch gar nicht gedacht. »Aber meinst du nicht auch, daß dadurch ein neues Licht auf die Sache geworfen wird?«

»Ich glaube fast, ja.«

In seiner Stimme schwang ein Zögern mit, das Sarah auffiel.

»Alexander, willst du nicht, daß es jemand anderes war?«

»Liebling, wie kannst du das fragen? Natürlich wäre es mir lieber, wenn kein Blut an den Händen meiner Mutter klebte, aber welch schreckliches Unrecht habe ich ihr all die Jahre getan, wenn sie keine Mörderin ist?«

»Du bist dir doch völlig sicher, daß sie am Tod deines Vaters schuldig ist.«

»Ja, aber das ist – nicht ganz das gleiche. Es konnte schlicht und einfach die absolute Hölle sein, mit Vater zu leben. Es gab Zeiten, wo ich selbst daran dachte, etwas Fürchterliches zu tun.«

»Aber keinen Mord zu begehen!«

»Nein, ich glaube nicht, daß meine gewalttätigen Phantasien über einen Schlag ins Gesicht hinausgingen. Ursprünglich hatte ich geplant, mich aus Boston abzusetzen und mir irgendwo eine Arbeit zu suchen, sobald ich meinen Abschluß hatte. Ich glaube, Mutter wußte, was ich vorhatte, obwohl wir nie darüber sprachen.«

»Den Familienschoß zu verlassen, ist für einen jungen Mann die normalste und vernünftigste Sache der Welt.«

»Ich war noch nie sonderlich gut in normalen und vernünftigen Dingen, oder?«

Alexander rutschte von dem Zauberfelsen herunter.

»Sollen wir noch ein bißchen laufen? Vom Sitzen werde ich steif, und es sieht so aus, als wenn der Nebel sich lichtet.«

»Meinst du nicht, daß wir uns auf den Rückweg machen sollten?« sagte Sarah. »Tante Carolines Feuer muß inzwischen fast aus sein, und ich sollte den Clam Chowder aufsetzen, wenn wir ihn als Abendessen haben wollen. Es ist immer besser, wenn er eine Weile zieht.«

»Du brauchst mich vermutlich, um die Muscheln zu öffnen, oder?«

»Nein, ich habe sie schon entschalt gekauft. Und unglücklicherweise tiefgefroren, weil sie keine anderen hatten.«

»Sie werden schmecken wie immer. Du machst einen phantastischen Clam Chowder, Sadiebelle.«

»Versuchst du, mir zu schmeicheln?«

Er lächelte ein wenig »Ich überlegte gerade, daß ich mal kurz runtergehen und nach dem Milburn sehen könnte, wenn du meine Hilfe nicht brauchst.«

»Ich dachte, du hättest das alte Mädchen schon fertig für den Winter gemacht?«

»Ja schon«, sagte er voll Vorfreude, »aber es kostet mich keine zehn Minuten, es wieder auszupacken, wenn du eine Spritztour machen möchtest.«

»Warum nimmst du nicht deine Mutter mit, während ich die Zwiebeln schneide?« schlug Sarah statt dessen vor. Mit fünfzehn Stundenkilometern in einem altertümlichen Elektroauto daherzuzuckeln, war nicht gerade ihr liebster Zeitvertreib, aber Tante Caroline schätzte den Milburn fast so sehr wie ihr Sohn.

»Mach doch einen schönen Ausflug mit ihr, dann wird sie sich nicht ganz so zurückgesetzt und vernachlässigt fühlen, wenn wir beide heute nachmittag wieder alleine losgehen. Ich glaube, du hast recht mit dem Wetter. Schau mal, da ist schon genug Blau, um einer Katze ein paar Hosen zu schneidern.«

»Und die Sonne versucht durchzubrechen«, sagte Alexander. »Vielleicht ist das ein gutes Omen, Sadiebelle.«

Kapitel 15

Sie stellten überrascht fest, wie lange sie draußen gewesen waren. Als sie zurück im Haus waren, fragte Tante Caroline in äußerst gekränktem Ton, ob sie wohl jemals zu Mittag essen würden.

Alexander besänftigte seine Mutter, indem er ihr eine Fahrt mit dem Milburn versprach, und ging dann, um den Elektrowagen von seinem Winterschutz zu befreien, während Sarah ein frisches Heilbuttsteak grillte, das sie wunderbarerweise auf dem Fischstand entdeckt hatte. Sie aßen es mit gegrillten Tomaten und warmem Maisbrot und genossen dieses Essen aus tiefstem Herzen, als Alexander plötzlich erklärte: »Sarah, ich kann dich hier nicht allein lassen. Was ist, wenn dieser Eindringling immer noch hier irgendwo steckt?«

»Der Spanner?« Sie zuckte mit den Achseln. »Am Strand haben wir niemanden gesehen, und deine Mutter war den ganzen Morgen hier, ohne belästigt zu werden. Ich werde die Türen und Fenster verschließen, aber es macht mir wirklich nichts aus, für eine halbe Stunde allein zu sein. Du willst doch nicht lange wegbleiben, oder?«

»Nein, Liebling, wir wollen nur die Straße hinunter und wieder zurückfahren. Und du willst tatsächlich nicht mitkommen?«

»Du weißt, daß Tante Caroline es haßt, wenn wir uns alle gemeinsam ins Auto quetschen. Alexander, wir dürfen uns von der Situation nicht aus der Ruhe bringen lassen. Ich kann mir diesen Mann gestern abend einfach nur eingebildet haben. Geh nur und spiel mit deinem kostbaren Spielzeug. Und mach dir keine Sorgen um mich.«

»Dann schließ die Tür hinter uns ab, und wenn du das Bedürfnis spürst, noch weitere Ermittlungen anzustellen, warte, bis ich zurück bin. Versprochen?«

»Versprochen. Viel Spaß.«

Sie gab ihm einen Abschiedskuß und beobachtete, wie er Tante Caroline die Zufahrt hinunterhalf. Den Milburn hatten sie in einem Schuppen, nicht weit von der Straße entfernt, untergestellt, um seinen betagten Achsen die Torturen der Auffahrt zu ersparen. Sarah wartete an der Tür, bis sie in einer Senke ihrem Blick entschwanden, drehte dann gehorsam den Schlüssel im Schloß herum und ging, um Zwiebeln zu schälen und Schinken kleinzuschneiden. Die Zubereitung eines echten neuenglischen Clam Chowders darf nicht auf die leichte Schulter genommen werden. Konzentriert auf das, was sie gerade tat, verlor Sarah wieder jedes Zeitgefühl. Erst als sie die Milch zu den Zwiebeln und Kartoffeln goß, fiel ihr auf, daß Alexander und seine Mutter schon vor einiger Zeit hätten zurückkommen sollen. Selbst wenn er der Versuchung nachgegeben hatte, ein bißchen weiter zu fahren als ursprünglich geplant, würde er nicht wagen, den Milburn sehr lange draußen zu lassen. Er hätte zuviel Angst, daß die Batterien leerlaufen wurden.

Möglicherweise waren sie leergelaufen. Es wäre vielleicht keine schlechte Idee, den Studebaker zu nehmen und nach dem Milburn Ausschau zu halten. Sarah kannte die Strecke, die sie meistens nahmen. Tante Caroline liebte besonders die Straße, die oberhalb der Klippen entlangführte, obwohl sie den Blick auf das Meer nicht mehr genießen konnte.

Die Straße war allerdings gar nicht weit entfernt, und auf dem Weg gab es zwei Häuser, die das ganze Jahr bewohnt waren. Falls sie stehengeblieben waren, konnte Alexander seine Frau nicht anrufen, weil das Telefon für den Winter abgestellt war, aber er könnte sicherlich jemanden finden, der Tante Caroline zurückbringen und die Verspätung erklären würde. Jeder kannte die Kellings und ihre seltsamen alten Autos.

Schon früh fing es an, dunkel zu werden. Inzwischen machte sich Sarah wirklich Sorgen. Sie zog gerade ihren Mantel an, als sie hörte, wie sich ein Auto die Auffahrt heraufkämpfte. Das war nicht der Milburn; der kleine Elektrowagen fuhr praktisch geräuschlos. Sie mußten wohl abgeschleppt werden. Alexander würde untröstlich sein. Sie ging, um ihr Beileid auszusprechen, und sah sich einem Polizisten in Uniform gegenüber.

»Mrs. – äh – Miss Kelling?«

»Mrs. Kelling, ja. Was gibt's, Officer? Etwas ist mit dem Milburn passiert, nicht wahr? Ist mein Mann in Ordnung?«

»Ihr Mann? Ich hatte angenommen – nein, Mrs. Kelling, ich fürchte, nicht. Er und seine – die Dame, die bei ihm war –«

»Seine Mutter. Wo sind sie?«

»Sie sind die Klippen hinabgestürzt«, sagte der Polizist unbeholfen. »Ein Junge war zufällig auf den Felsen und beobachtete, wie der Wagen über die Mauer ins Wasser stürzte. Er versuchte, zu ihnen zu gelangen, aber es gab nichts, was man hätte tun können. Sie wissen, wie es da aussieht, ein Sturz von zehn Metern und alle diese großen zerklüfteten Felsen, die aus dem Wasser ragen.«

»Wie Zähne. Als ich klein war, erzählte mir Alexander immer, daß es Zähne von Riesen wären.«

Automatisch trat Sarah von der Tür zurück, um ihn hereinzulassen. Sie schien nicht sonderlich sicher auf den Beinen zu stehen.

»He, Sie werden mir doch nicht ohnmächtig werden?« Der Polizist ergriff ihren Arm und führte sie zum Sofa hinüber. »Ist sonst noch jemand im Haus?«

»Ich – nein, nur ich.«

»Bitte, Mrs. Kelling, regen Sie sich nicht zu sehr auf. Gibt es hier irgendwo was zu trinken? Brandy? Whiskey?«

»Es steht etwas Sherry im Anrichteraum. Auf einem Tablett mit drei Gläsern. Ich war dabei, es in – ich dachte, sie würden gerne –«

Sarah preßte beide Fäuste in den Bund ihres ausgeleierten grünen Pullovers. »Sind Sie sicher, daß es Alexander war?«

»Mrs. Kelling, glauben Sie, daß ich hier sein würde, wenn ich es nicht wäre?«

Was für ein freundliches Gesicht der Polizist hatte, dachte sie, freundlich und müde, als ob er diese Sache schon zu viele Male hatte tun müssen.

»Der Junge alarmierte uns«, erklärte er. »Jed Lomax ist bei der Freiwilligen Feuerwehr. Er hörte die Sirenen und kam, um nachzusehen, was los war. Sobald er erfahren hatte, was geschehen war, wußte er, um wen es sich handelte. Er sagt, daß er lange für Sie gearbeitet hat.«

»Das stimmt. Schon seit – ich weiß nicht wann. Seit Alexander ein kleiner Junge war. Ich hole eben meinen Mantel.«

Der Polizist sagte etwas, aber Sarah hörte nicht, was es war. Sie zog den schäbigen alten Wettermantel an, merkte nicht, daß sich die Pulloverärmel im Mantel bis zum Ellbogen hochgeschoben hatten, und ließ sich von ihm hinaus zum Streifenwagen führen.

Sie wußte nicht, wohin er sie brachte. Sie bewegte sich in einem dicken grauen Nebel, wie dem, durch den Alexander und sie heute morgen spazierengegangen waren. Sie wurde in einen Raum geführt, wo zwei hohe Krankenhausbetten auf Rollen standen. Unter weißen Bettlaken zeichneten sich die länglichen unregelmäßigen Umrisse von Körpern ab. Die Laken hatten feuchte Flecken in einem wäßrigen Rotbraun. Ehe sie jemand zurückhalten konnte, ging sie zu dem Bett, auf dem der größere Körper lag, und zog die Decke weg. Die eine Hälfte von Alexanders Gesicht war so schön wie immer. Die andere Hälfte fehlte.

Eine Hand legte das Laken zurück. Eine Stimme sagte: »Er mußte nicht leiden, wenn das ein Trost ist.«

Sarah schüttelte den Kopf. Wie konnte es irgendwelchen Trost geben? »Ist – ist Tante Caroline –«

»Jesses, wenn ich Sie wäre, würde ich nicht nachschauen. Der Ordnung halber könnten Sie uns vielleicht sagen, was sie anhatte. Eine Formalität, die wir erledigen müssen.«

Sarah befeuchtete ihre Lippen. »Ich kann mich kaum daran erinnern. Ihr blaues Tweedkostüm, glaube ich, und ein passendes Cape. Und um den Kopf ein blau und grün gemusterter Schal, und sie trug ihre Perlen. Sie trug immer ihre Perlen.«

»Sonst keinen Schmuck?«

»Kleine goldene Ohrringe und einen schlichten goldenen Ehering. An der rechten Hand, nicht an der linken, sie war Witwe. Reicht – reicht das?«

»Natürlich. Danke, daß Sie gekommen sind. Sie gehen am besten nach Hause und versuchen, sich etwas auszuruhen. Walt, vielleicht bringst du sie? Vielleicht nehmen Sie diese Perlen auch besser mit. Sind sie wertvoll?«

»Ja.«

Sarah war nicht klar, daß sie den Umschlag nehmen sollte, der ihr hingehalten wurde. Der freundliche Polizist steckte ihn in ihre Manteltasche und nahm ihren Arm. Sie ließ sich zurück in den Nebel gleiten und nahm nichts mehr um sich herum wahr, bis sie Holzrauch und Schimmel roch und erkannte, daß sie wieder im Wohnzimmer des Sommerhauses war.

»Möchten Sie noch einen Schluck von dem Sherry?« fragte ihr Begleiter.

Sarah war beschämt, daß sie ihm so viele Umstände machte, und versuchte, an dem Sherry zu nippen, den er ihr an die Lippen hielt.

»Bitte nehmen Sie sich auch einen«, bat sie eindringlich. »Ich bin sicher, Sie können ihn brauchen.«

»Danke, aber ich bin im Dienst. Allerdings könnte ich eine Tasse Kaffee gebrauchen. Bleiben Sie sitzen. Wenn es Sie nicht stört, mache ich ihn selbst.«

»Nein, lassen Sie nur. Ich möchte lieber etwas tun. Oder vielleicht kann ich Ihnen einen Teller Chowder anbieten. Ich habe ihn für meinen Mann gemacht.«

In diesem Moment brach sie zusammen.

Der Polizist fand ein sauberes Geschirrtuch und stand unbeholfen neben ihr und tätschelte ihre Schulter, während sie sich das Gesicht abwischte und ihr Schluchzen irgendwie unter Kontrolle bekam.

»Bitte verzeihen Sie. Sie sind so freundlich zu mir, und ich verhalte mich so albern. Es ist nur – ich habe ihn mein ganzes Leben lang geliebt.«

»Das versteh' ich. Ich weiß, wie das ist. Sagen Sie, gibt es niemanden, den ich erreichen kann, damit er kommt und bei Ihnen bleibt? Ihre Mutter oder Ihre Schwester?«

»Meine Mutter ist tot, und eine Schwester habe ich nicht. Mir geht es gut. Ich brauche nur etwas Zeit, um mich daran zu gewöhnen, das ist alles.«

»Aber da muß es doch jemanden geben«, fragte er nochmals. »Freunde? Verwandte?«

»Oh ja, Scharen von Verwandten.«

Armer Mann, was für eine peinliche Lage, hier im Haus mit einer weinenden Witwe allein zu sein.

»Lassen Sie mich einen Teller Chowder für Sie holen«, schniefte sie. »Vielleicht fühlen wir uns beide besser, wenn wir etwas Warmes im Magen haben.«

»Das hört sich großartig an, Mrs. Kelling.«

Sie setzte den Kaffee auf und stellte den Chowder auf den Herd, holte Teller und Schiffszwieback und war erleichtert, für jemanden etwas tun zu können. Die beiden setzten sich an den Küchentisch, löffelten das heiße schmackhafte Gericht, und keiner versuchte, Konversation zu machen. Manchmal blieb Sarah das Essen im Halse stecken, aber sie zwang sich dazu, es hinunterzuschlucken, und das tat ihr gut. Der Teller des Polizisten war allerdings schon leer, bevor sie halbwegs fertig war.

»Ich darf Ihnen doch noch etwas geben, oder? Und wie heißen Sie eigentlich? Sie sind ein solcher Freund in der Not, daß ich Sie nicht einfach weiter Officer nennen kann.«

»Ich heiße Jofferty«, sagte er ihr. »Sergeant Walter Jofferty.«

»Angenehm«, sagte Sarah mechanisch. »Der Name meines Vaters war Walter. Ich habe hoffentlich erwähnt, daß ich Sarah Kelling bin. Mein Mann ist – war – Alexander, und seine Mutter hieß Caroline. Ich vermute, daß Mr. Lomax Ihnen das gesagt hat.«

»Ja. Ich schätze, dieses Auto war ein richtiger Oldtimer.«

»Ein 1920er Milburn. Alexanders Großmutter fuhr ihn schon.«

»Wie kommt es, daß –«

»Ich nicht mit den anderen ums Leben kam?« Sarah machte einen armseligen Versuch zu lächeln. »Ich blieb zu Hause, um den Chowder zu machen. Im Milburn saß man zu dritt gar nicht bequem, und Tante Caroline genoß die Fahrten damit mehr als ich. Sie war blind und taub, müssen Sie wissen, daher –«

»Ja, natürlich. Sie versuchten, ihr eine Freude zu machen, wo Sie nur konnten. Sie war ziemlich hilflos, oder?«

»Oh nein, ganz im Gegenteil. Sie war völlig in der Lage, sich frei zu bewegen und auf sich selbst aufzupassen, wenn sie wußte, wo alle Dinge standen und lagen. Sie konnte Braille lesen und schreiben und sich unterhalten, wenn man die Wörter in ihren Handteller buchstabierte. Mit ihrer Freundin Leila Lackridge, von der Sie vielleicht gehört haben, war sie sehr aktiv in öffentlichen Angelegenheiten. Sie teilen sich die Arbeit. Tante Caroline schreibt Berichte und so weiter, während Leila die persönlichen Kontakte pflegt. Leila beherrscht die Handzeichen sehr gut, so wie mein Mann. Ich selbst bin nicht schnell genug. Tante Caroline wird ungeduldig. Ich vergesse immer wieder, daß sie –«

»Das ist nur natürlich, Mrs. Kelling. Es dauert eine Weile, bis man sich an so etwas gewöhnt. Wie wäre es mit noch etwas Kaffee?«

Sarah schob ihren immer noch halbvollen Teller beiseite. »Was ich nicht verstehe, Sergeant Jofferty, ist, wie der Wagen außer Kontrolle geraten konnte. Was hat das Kind darüber gesagt?«

»Es war kein Kind. Es war ein junger Mann von vielleicht zweiundzwanzig oder dreiundzwanzig Jahren, der ein glaubwürdi ger Zeuge zu sein scheint. Er sagte uns, daß der Wagen schnell über den Kamm des Hügels kam, wie eine Rakete den Berg hinunterschoß, daß er die Kurve am unteren Ende nicht bekam, direkt über die Mauer hinausschoß, dabei die Oberkante der Mauer berührte und sich dann überschlug. Beide Insassen wurden aus dem Auto auf die Felsen geschleudert.«

»Aber Alexander würde diesen Berg niemals schnell nehmen! Er mußte beschleunigen, damit der Wagen hinaufkam, aber er hätte den ganzen Weg hinunter gebremst.«

»Wir können nur vermuten, daß die Bremsen versagten.«

»Sie können nicht versagt haben. Mein Mann war ein erstklassiger Mechaniker.«

»Es war ein sehr altes Auto«, sagte Jofferty.

»Ich weiß. Vielleicht der einzige Milburn auf der Welt, der noch von der Familie, die ihn neu kaufte, gefahren wird. Er liebte den Milburn.«

Sarah fürchtete, daß sie wieder weinen würde. Sie stand auf und begann, den Tisch abzuräumen. »Ich vermute, daß ich langsam darüber nachdenken muß, was – alles zu regeln ist.«

»Wenn Sie der Polizeistation Bescheid geben, welches Bestattungsinstitut Sie wählen, werden wir alles arrangieren. Sie werden sich um nichts sorgen müssen.«

Das hörte sich ziemlich dumm an. Jofferty fuhr hastig fort: »Was den Wagen betrifft, so weiß ich nicht, ob es etwas zu retten gibt, aber wir werden es gerne für Sie versuchen, wenn Sie wollen.«

»Nein, überlassen Sie ihn dem Meer. Ich könnte niemals –« Sarah fing wieder an zu zittern.

»Mrs. Kelling«, sagte der Polizist, »Jed erzählte mir, daß Sie in Boston leben und nur zum Wochenende hier sind. Wenn Sie meinen Rat wollen, bitten Sie irgendeinen Verwandten her, um Sie dorthin zurückzufahren und bei Ihnen zu übernachten.«

»Ich kann selbst fahren. Ich habe noch einen Wagen hier. Ein Studebaker Starlite Coupé von neunzehnhundertfünfzig.«

Sarah begann schrill zu lachen, fing den besorgten Blick von Jofferty auf und wurde ruhiger. »Bitte, machen Sie sich um mich keine Sorgen. Ich komme jetzt schon zurecht. Ich weiß, daß es furchtbar für Sie gewesen ist und daß ich mich schrecklich benommen habe, aber ich möchte Ihnen danken, daß Sie so überaus freundlich waren.«

»Das ist schon in Ordnung. Passen Sie auf sich auf. Und rufen Sie uns an, wenn wir irgend etwas für Sie tun können. Danke für den Chowder.«

Er schraubte seine lange Gestalt vom Küchenstuhl hoch und langte nach der Dienstmütze, die er auf ein Brett neben der Spüle geworfen hatte.

»Übrigens, Ihr Mann war nicht aus irgendeinem Grund verstört? Über die Verfassung Ihrer Schwiegermutter oder so?«

»Sie meinen, verstört genug, um Mord und Selbstmord zu begehen? Warum haben Sie mich das nicht gleich als erstes gefragt?«

»Nun, Mrs. Kelling, regen Sie sich nicht auf.«

»Ich rege mich nicht auf.«

Sarah war so außer Fassung, daß sie kaum sprechen konnte. »Wenn Sie glauben, daß mein Mann so etwas tun würde, dann suchen Sie besser nach einer anderen Erklärung. Der Zustand seiner Mutter war nicht schlechter als in den vergangenen zwanzig Jahren, und er – er liebte mich sehr.«

Sie mußte sich ihre Nase hastig putzen. »Er hätte mir so etwas niemals angetan, niemals! Und er hätte niemals zugelassen, daß der Milburn zu Schaden kam. Er wollte ihn dem Larz-Anderson-Museum hinterlassen. So steht es in seinem Testament.«

Sie putzte sich noch einmal die Nase. »Ich vermute, daß Sie glauben, jede Frau sagt in so einer Situation dasselbe, aber es ist die Wahrheit. Ich habe Alexander Kelling seit meiner Geburt gekannt, und Sie kannten ihn überhaupt nicht.«

»Wir müssen diese Dinge fragen«, seufzte Jofferty. »Es tut mir leid.«

»Das hoffe ich! Außerdem glaube ich nicht, daß die Bremsen versagten. Alexander konnte den Milburn im Schlaf auseinandernehmen und wieder zusammenbauen. Er hätte nach zwei Minuten gewußt, daß der Wagen nicht ordentlich lief. Und er wäre sofort nach Hause gekommen, um ihn zu reparieren, und hätte nicht etwa versucht, diese schreckliche Küstenstraße entlangzufahren.«

»In Ordnung, Mrs. Kelling, er machte es also nicht mit Absicht, und der Wagen war völlig in Ordnung. Was wäre sonst eine Erklärung? Hatte Ihr Mann irgendwelche Probleme mit dem Herzen, litt an zu hohem Blutdruck, Schwindelanfällen oder etwas Ähnlichem? Es war nicht gerade jung, oder?«

»Nein«, mußte Sarah zugeben. »In den letzten paar Tagen hat er sich nicht allzu gut gefühlt. Ich wollte, daß er den Arzt aufsucht, aber dann – dann dachten wir, alles würde in Ordnung kommen. Es ging ihm so viel besser, und wir dachten, ein – ein ruhiges Wochenende am Meer – es war meine Idee!«

»Ganz ruhig. Schauen Sie, für jeden ist es früher oder später soweit. Wenigstens wissen wir, daß er nicht leiden mußte.«

Sarah versuchte erst gar nicht zu antworten. Sie schaffte es, sich unter Kontrolle zu halten, bis Sergeant Jofferty aus dem Haus war. Dann warf sie sich auf einen der abgenutzten Sessel – den, in dem sie gestern abend gesessen hatte, als Alexander sie bat, nicht wegzugehen, weil er sie anschauen wollte. Er hätte sie sicherlich nicht so weinen sehen wollen, aber was sollte sie sonst tun?

Kapitel 16

Nach einer langen Zeit richtete sich Sarah auf und wischte sich die Augen mit dem Geschirrtuch ab, das Sergeant Jofferty ihr in die Hand gedrückt hatte. Hier zu sitzen und sich die Augen aus dem Kopf zu weinen, brachte Alexander nicht zurück. Sie mußte zu einem Telefon und Edith mitteilen, was geschehen war, bevor das alte Hausmädchen die Neuigkeiten aus dem Fernsehen erfuhr.

Außerdem mußte sie schnellstens nach Boston zurückfahren und eine Menge trübselige Aufgaben erledigen: sich mit dem Bestattungsunternehmen in Verbindung setzen, Tante Marguerite und Cousin Dolph und den Rest des Clans anrufen, Tante Carolines Verabredungen absagen, Lebensmittel einkaufen und all die unbedeutenden Dinge erledigen, die die Lebenden für die Toten verrichten müssen.

Leila und Harry würde es schwer treffen. Sie sollte sich mit ihnen in Verbindung setzen, aber wie konnte sie das, wenn sie nicht wußte, wo sie waren? Sarah versuchte sich gerade zu zwingen, die falsche Geborgenheit des Sessels zu verlassen, als Lomax an der Seitentüre klopfte und eintrat, ohne auf ihr Herein zu warten.

»Miz Alex, ich glaub', Sie ham schon gehört –«

»Ja, ich weiß Bescheid, Mr. Lomax. Sergeant Jofferty von der Polizei kam und teilte es mir mit. Er sagte, daß Sie derjenige waren, der –«

»Ach was, ich hab' getan, was ich konnte. War nich' viel.«

Lomax hatte ihr die Höflichkeit erwiesen, die schmutzige Kappe der Schwertfischer abzunehmen, die er im allgemeinen aufbehielt, um seinen Kunden zu zeigen, daß sie mit all ihrem Geld nichts Besseres waren als er. Seine Hände wanderten ständig an dem steifen Schirm der Kappe entlang; lange, geschickte Hände, wie Alexanders.

»Die Polizei glaubt, daß die Bremsen des Milburn versagten«, erzählte sie ihm. »Können Sie sich vorstellen, daß Mr. Alex die Küstenstraße genommen hätte, wenn er sich nicht absolut sicher gewesen wäre, daß sie in Ordnung waren?«

Der Mann wechselte von einem ausgetretenen Turnschuh auf den anderen und war wie immer unwillig, sich festzulegen. »Er war sicher sehr eigen mit dem alten Elektroauto«, sagte er.

»Können Sie mir dann bitte erklären, was schiefging?«

»Ich weiß nich', Miz Alex, aber etwas lief todsicher schief. Ich hab' mein Lebtag noch nich' so 'ne scheußliche Schweinerei gesehen.«

Sein Mund verzog sich, und er begann zu schwitzen. Sarah konnte verstehen, warum.

»Oh, Mr. Lomax, was für ein furchtbares Erlebnis für Sie. Setzen Sie sich, ich hole Ihnen etwas zu trinken.«

Der Mann wich zurück, als wenn sie einen unsittlichen Antrag gemacht hätte. »Nee, Miz Alex, machen Se sich um mich ma' keine Sorgen. Ich kam nur vorbei, um zu gucken, ob ich Ihnen helfen kann, das Haus dicht zu machen, oder so. Ich nehm' nich' an, daß Sie die Nacht hier bleiben wollen, obwohl ich denk', daß ich jemand finden könnt', der Ihnen Gesellschaft leistet, wenn Sie doch wollen. Miz Lomax fühlt sich nich' so doll im Moment, aber ich krieg' sicher ihre Schwester Beetrice aus Gloucester dazu, daß sie kommt. Sie kennen Beetrice, sie war 'n paarmal hier, um bei Parties un' so was zu helfen.«

»Ja, ich erinnere mich sehr gut an sie. Das ist furchtbar nett von Ihnen, aber ich muß fahren, sobald ich dazu in der Lage bin. Es gibt so viel zu tun, und es scheint, als wären Sie und ich die einzigen, die für die Arbeit übrigbleiben. Stellen Sie bitte das Wasser ab, und veranlassen Sie alles Notwendige. Oh, und es steht ein frischer Topf Chowder auf dem Herd, den nehmen Sie bitte mit nach Hause. Wenn Ihre Frau krank ist, kann sie sich das Kochen sparen. Ich – ich machte ihn für meinen –«

»Das ist riesig nett von Ihnen, Miz Alex«, unterbrach Lomax hastig. »Miz Kelling, muß ich jetz' wohl sagen. Jesses, so was dürft' einfach nich' passieren. Ich kenn' Alex schon, da war er 'n kleiner Bursche in kurzen Hosen un' half mir die Hummerkörbe raufholen.«

Er räusperte sich. »Ich werde den Topf morgen früh zurückbringen.«

»Bemühen Sie sich nicht«, sagte Sarah. »Ich rechne nicht damit, daß ich ihn jemals wieder benutzen werde.«

»Heißt das, daß Sie verkaufen wollen?«

Die Frage klang besorgt, und Sarah kannte auch den Grund. Besitztümer wie dieses wurden nicht mehr an Privatleute verkauft, sondern nur noch an Makler, die die riesigen alten Landsitze abrissen und Golfplätze oder Supermärkte oder Reihenhäuser in Schuhkartonform bauten, deren Besitzer wohl kaum einen älteren Hausmeister und dessen kranke Frau einstellen würden. Sarah schüttelte den Kopf.

»Ich weiß nicht, was ich tun werde, Mr. Lomax. Bis Sie fragten, war mir nicht in den Sinn gekommen, daß dieses Anwesen mir gehört und ich es verkaufen kann. Sie stellen sich vorerst besser darauf ein, wie gewöhnlich weiterzumachen. Vielleicht entscheide ich mich, statt dessen das Bostoner Haus loszuwerden, und lasse die ehemalige Kutscherwohnung im oberen Stock des Kutscherhauses in Ordnung bringen, so daß ich das ganze Jahr hier wohnen kann. Sollte ich das tun, werden Sie die Arbeiten beaufsichtigen müssen, was bedeuten würde, daß Sie mir für eine ganze Weile sehr viel mehr Zeit widmen müßten. Könnten Sie das?«

Sie machte den Vorschlag hauptsächlich, weil sie den niedergeschlagenen Gesichtsausdruck von Lomax nicht ertragen konnte, aber der Gedanke mochte am Ende nicht einmal so schlecht sein. Sie würde es vorziehen, hier draußen bei den Blauhähern und Murmeltieren zu wohnen, als noch länger in Tante Carolines Haus zu leben, umgeben von Verwandten und ältlichen Bekannten, die alle versuchen würden, über ihr Leben zu bestimmen. Die Freiheit zu gehen, wohin es ihr gefiel, und zu bleiben, wo es ihr gefiel, würde eine neue Erfahrung für sie sein. Sie durfte keine voreiligen Entschlüsse fassen, die sie bereuen würde. Alexander würde das nicht wollen. Lieber Gott, wenn er doch nur noch am Leben wäre!

Zumindest hatte sie erreicht, daß Lomax etwas weniger niedergeschlagen aussah. »Das geht klar, Miz Alex«, sagte er, »ich mach' gern den ganzen Kram für Sie, bis auf Wasser und Strom. Dafür brauch' man 'ne Lizenz. Aber ich kenn' 'n paar gute Leute, un' ich pass' auf, daß die Ihnen nich' das Fell über die Ohren ziehn. Denken Sie darüber nach, un' rufen Sie mich an, Tag oder Nacht.«

Er ging rückwärts zur Küche hinaus. Einen Augenblick später sah sie durch das Fenster, wie er den Chowdertopf am Henkel zu seinem verrosteten Kombiwagen trug. Das war auf jeden Fall schon einmal erledigt. Sarah ging in die Küche, wusch das bißchen Geschirr, das Sergeant Jofferty und sie benutzt hatten, und ließ es auf dem Abtropfbrett stehen. Dieses kleine Zeichen menschlicher Anwesenheit ließ das Haus etwas weniger verlassen aussehen.

Nachdem sie sich nun soweit wieder beruhigt hatte, war es ihr möglich, sich langsam für die Fahrt nach Boston fertigzumachen. Sie sollte sich wohl umziehen. Die Neuigkeiten mußten mittlerweile über Radio und Fernsehen gekommen sein, und die Familie dürfte sich wahrscheinlich schon versammelt haben, ehe sie Beacon Hill erreichte. Früher oder später mußte sie etwas mit dem Gepäck unternehmen, das Alexander und seine Mutter mitgebracht hatten. Nicht jetzt. Es gab Grenzen dessen, was ein Mensch ertragen kann.

Sarah erkannte ihr eigenes Gesicht im Spiegel kaum wieder. Es war verquollen und aufgedunsen vom vielen Weinen, sie hatte grünlich-violette Ringe unter den Augen und fiebrig-rote Wangen. Haarsträhnen klebten auf ihrer Stirn. Sie sah aus wie ein Stück Treibgut.

Sie begann wieder zu zittern. Was, wenn der junge Mann nicht zufällig beobachtet hätte, wie der Milburn über die Mauer gestürzt war? Sie könnten immer noch dort liegen oder von der ablandigen Strömung fortgetragen werden, ohne daß ein Zeugnis ihres Schicksals zurückgeblieben wäre. Das wäre das Schlimmste von allem gewesen, nicht genau zu wissen, was passiert war.

Allerdings wußte sie immer noch nicht, was tatsächlich geschehen war, nur das wenige, was man ihr erzählt hatte. Es schien unwahrscheinlich, daß Alexander einen Kollaps erlitten hatte. Er nahm medizinische Vorsorgeuntersuchungen immer peinlich genau wahr, hielt sich in Form, rauchte nicht und lebte praktisch abstinent, verglichen mit einigen ihrer männlichen Verwandten und Bekannten.

Vielleicht hätte sie ihn nicht den langen Spaziergang am Strand machen lassen oder ihm nicht von Tim O'Ghee und allem übrigen erzählen sollen. Möglicherweise hatte das erneut zu einem nervösen Zusammenbruch geführt. Nein, das war unwahrscheinlich. Beim Mittagessen ging es ihm gut, und wenn er Müdigkeit oder

Abgespanntheit gespürt hätte, hätte er den Milburn wohl sofort zurückgebracht, statt irgendein Risiko mit dem Wagen einzugehen.

Aber es war passiert. Hob ab wie eine Rakete, hatte der Zeuge gesagt. Wie war das möglich? Sarah setzte sich auf die Kante des Bettes, das sie letzte Nacht mit Alexander geteilt hatte, und versuchte sich an verschiedene Dinge zu erinnern, die er ihr über den Milburn erzählt hatte.

Wie andere Elektroautos lief er mit Batterien. Konnte jemand die normalen Batterien herausgenommen und stärkere eingesetzt haben? Bei dem simplen Auswechselsystem des Milburn erforderte das, laut einer vergilbten Anzeige, die Alexander im Schuppen an die Wand gehängt hatte, nur wenige Minuten. Aber würden die Schaltungen nicht durchbrennen und den Wagen zum Halten bringen, wenn plötzlich mehr Strom zugeführt würde, anstatt ihn zu beschleunigen?

Schon vor Jahren, als Alexander sie öfter zu Straßenbahnfahrten mitnahm, hatte er ihr einmal gezeigt, wie der Straßenbahnfahrer den Hebel niederhielt, um schneller zu werden, und dann den Wagen für eine Weile dahinrollen ließ. Er hatte ihr erklärt, daß die Straßenbahn nach demselben Prinzip arbeitete wie der Milburn.

»Was passiert, wenn er nicht aufhört, den Hebel zu drücken?« hatte sie gefragt.

»Eine Menge«, hatte ihr Cousin mit einem Lachen geantwortet. »Das funktioniert ganz anders als der benzinbetriebene Wagen deines Vaters. Der fährt mit derselben Geschwindigkeit so lange weiter, wie ihm dieselbe Menge Benzin zugeführt wird. Die Straßenbahn hat einen Gleichstromreihenmotor. Solange wie Strom fließt, beschleunigt der Motor immer mehr. Wenn der Fahrer den Hebel nicht losließe, würde entweder der Motor wegen Überbeanspruchung auseinanderfliegen, oder diese Straßenbahn springt aus den Schienen und schießt wie eine Rakete direkt in den Himmel.«

Sarah hatte gedacht, daß sich das nach einem Riesenspaß anhörte, und versucht, den Fahrer zu überreden, die Stromzufuhr nicht zu unterbrechen, aber das tat er nicht. Und Alexander würde es auch nicht tun. Sie wußte genau, wie ihr Mann diesen Hügel zu nehmen pflegte, sie hatte oft genug gesehen, wie er es machte. Er schaltete immer die Stromzufuhr ein, sobald die

Steigung begann, ließ sie an, bis sie halb hinauf waren, um dann den Strom wegzunehmen, damit der Schwung das Auto über den Kamm trug. Gerade genug Geschwindigkeit aufzunehmen und genau im richtigen Moment die Stromzufuhr zu drosseln, war eine Kunst, aber Alexander hatte das geübt, seit er ein Junge war. Er würde keinen Fehler machen.

Was, wenn er versucht hatte, die Zufuhr zu drosseln, und es nicht konnte? Als Sarah einmal den Studebaker fuhr, war das Gaspedal steckengeblieben. Das war beängstigend genug gewesen, aber wenigstens hatte der Motor nicht weiter beschleunigt, während sie sich bemühte, ihre Schuhspitze unter das Pedal zu bekommen und es wieder hochzuziehen.

Nein, das konnte mit dem Milburn nicht passieren. Sobald sie die steile Abfahrt hinunterrollten, schaltete sich automatisch das dynamische Bremsrelais ein und hielt den Wagen auf einer sicheren Geschwindigkeit.

Was war, wenn der dynamische Bremswiderstand durchgebrannt war, ohne daß Alexander es wußte? Aus dem Schuppen heraus und auf die Höhenstraße hinauf benutzte er die mechanische Bremse. Diese Bremse war für alle normalen Fahrten ausreichend, konnte aber niemals das Gewicht des Milburn an einem wirklich steilen Berg halten. Mit dem schweren Motor und den Batterien wog der winzige Elektrowagen viel mehr, als man bei seinem Anblick vermutete. Ohne den dynamischen Bremswiderstand würde der Wagen außer Kontrolle geraten und über die Mauer hinwegschießen, ehe sie überhaupt merkten, was geschah.

Und es hatte keine Möglichkeit für Alexander gegeben, das Relais vorher zu testen. Es arbeitete nur bei steilem Gefälle, und davon gab es nur das eine auf ihrer Strecke. Er wäre völlig überzeugt gewesen, daß der Mechanismus vollkommen in Ordnung war, weil er den Milburn gründlich überholt hatte, bevor er ihn für den Winter einmottete. Der Schuppen war gesichert, und er hatte jede mögliche Vorsichtsmaßnahme gegen Feuchtigkeit, kabelknabbernde Mäuse oder anderes Mißgeschick getroffen. Nichts war vorher jemals schiefgelaufen. Warum sollte nun etwas passieren?

Die Antwort darauf war einfach genug. Jemand hatte dafür gesorgt, daß etwas passierte.

Sarah stopfte einige Sachen, die sie zurücknehmen wollte, in eine Einkaufstasche und stürzte hinaus zum Studebaker. Gerade als sie den Motor anließ, hörte sie, wie sich ein anderes Auto im ersten Gang die Auffahrt hinaufquälte. Das mußte Lomax sein. Sarah mußte warten, weil auf der engen Zufahrt zwei Autos nicht aneinander vorbeifahren konnten.

»Ich hoff', Sie ham nich' meinetwegen hier gewartet«, rief er, als er sie sah. »Ich dacht', Sie wären inzwischen weg. Is' ziemlich spät schon.«

»Das weiß ich«, antwortete sie, »und ich hätte schon längst aufbrechen sollen. Allerdings bin ich froh, Sie zu treffen, weil ich Sie noch etwas fragen möchte. Als der Polizist mich wegen der Bergung des Milburn fragte, sagte ich, er solle sich nicht darum kümmern, aber nun habe ich meine Meinung geändert. Glauben Sie, daß es dazu zu spät ist?«

»Jesus, keine Ahnung. Der Höchststand der Flut war grad' erreicht, un' das Wasser is' seitdem ständig zurückgegangen. Ich würd' an Ihrer Stelle wohl nich' damit rechnen, daß sie noch viel finden. Um die Felsen gibt's 'ne schrecklich starke Unterströmung.«

»Würde man es denn noch versuchen, wenn ich frage?«

»Fragen kostet nix, nehm' ich an. Soll ich an der Polizeistation halten un' mit ihnen reden?«

»Nein, ich werde von einer Telefonzelle unterwegs anrufen. Sie können genausogut hierbleiben und tun, was nötig ist. Es scheint kälter zu werden.«

»Nunja. Könnt' vorm Morgen Frost geben. Ich leg' Ihre Leitungen richtig trocken. Nehmen Sie's nicht so schwer, Miz Alex. Und es macht Ihnen wirklich nix aus, allein zu fahren?«

»Doch, es macht mir schrecklich viel aus, aber ich muß mich sowieso daran gewöhnen.«

Es war nicht besonders nett von ihr, den armen Mann so in Verlegenheit zu bringen. Sarah kurvte um den verrotteten Kombiwagen herum und fuhr in Richtung Boston, wobei sie sich fragte, ob sich an dem Studebaker ebenfalls jemand zu schaffen gemacht hatte. Vielleicht würde sie bald Alexander und Tante Caroline Gesellschaft leisten. In diesem Moment war ihr das ziemlich gleichgültig.

Kapitel 17

Als Sarah diese Strecke zum letzten Mal allein gefahren war, hatte sie sich ebenfalls in einem desolaten Zustand befunden. Wenigstens regnete es heute abend nicht. Vorsichtig steuerte sie den Studebaker, versuchte, nicht an die Fahrt damals oder sonst etwas zu denken und sich ganz auf die Suche nach einer Telefonzelle zu konzentrieren. Lomax irrte sich wahrscheinlich nicht, was die Chancen für die Bergung des Milburn betraf, aber sie mußte es versuchen.

Oh Gott, hatte sie überhaupt Kleingeld für das Telefon? Natürlich, Alexander hatte ja für einen solchen Notfall immer zwei Zehner in der Erste-Hilfe-Ausrüstung parat. Lieber, gütiger, umsichtiger Alexander. Ihre Augen schwammen wieder in Tränen. Sie wischte sie mit dem Rücken ihres Handschuhs ab und fuhr weiter.

An der Ecke, wo die Nebenstraße auf die Schnellstraße stieß, lag eine Tankstelle. Sie bog dort ein, bat den Jungen an den Zapfsäulen, ihren Tank zu füllen, und ging, um die Polizeistation anzurufen.

»Hallo, kann ich bitte Sergeant Jofferty sprechen?«

»Nein, Ma'am, er hat bereits Dienstschluß. Kann Ihnen sonst jemand behilflich sein?«

»Ich glaube schon. Hier spricht Mrs. Alexander Kelling. Sie – mein Mann –«

»Ach, Mrs. Kelling. Wir sprachen gerade sogar über den Unfall. Sind Sie noch in Ireson's Landing?«

»Nein, ich bin auf dem Rückweg nach Boston. Ich habe an der Tankstelle gehalten. Sergeant Jofferty fragte mich, was Ihre Leute wegen der Bergung des Milburn unternehmen sollten, und ich sagte, daß Sie sich nicht darum kümmern sollten, aber nun hoffe ich, daß es noch nicht zu spät ist, um meine Meinung zu ändern.«

»Meine Güte, Mrs. Kelling, ich fürchte doch, wenn es uns nicht gelingt, Wrackteile am Strand aufzusammeln. Wir haben zwei Sporttaucher hinuntergeschickt, um die – als es passiert war –, aber sie wurden so böse zwischen den Felsen hin und her geworfen, daß sie nur das unbedingt Nötige erledigten und dann aufgaben. Wir werden jemanden mit einem Suchscheinwerfer bei Ebbe hinschicken, der sich dort umsieht, aber ich glaube wirklich nicht, daß viel Hoffnung besteht. Der Wagen ist bei dem Aufprall fast völlig auseinandergebrochen.«

»Das habe ich befürchtet«, sagte Sarah, »aber ich habe gehofft, daß wir den Motor retten können. Ich habe mir den Kopf zerbrochen, was wohl schiefgelaufen ist, und alles, was mir einfällt, ist, daß der dynamische Bremswiderstand durchgebrannt sein muß. Wissen Sie, es war ein Gleichstromreihenmotor, wie bei einer Straßenbahn, und –«

Sie mußte sich anhören, als würde sie ohne Sinn und Verstand vor sich hin reden. Der Polizist unterbrach sie.

»Ja, wir wissen Bescheid, Mrs. Kelling. Wir haben auch schon an das dynamische Bremsrelais gedacht. Das ist die logischste Erklärung.«

»Ja, aber ich möchte, daß Sie es finden und untersuchen, warum es nicht funktionierte.«

»Bei einem Wagen dieses Alters sind solche Pannen eben nicht zu vermeiden.«

»Der Milburn befand sich in absolut erstklassiger Verfassung. Es gibt keinen vernünftigen Grund, warum das dynamische Bremsrelais versagt haben sollte, wenn nicht jemand daran herummanipuliert hat.«

»Ich verstehe. Nun, wir tun unser Bestes und geben Ihnen Bescheid, wenn wir irgend etwas herausfinden. Nehmen Sie es nicht so schwer, Mrs. Kelling.«

Und damit hatte sich's. Er glaubte ihr nicht. Er nahm an, daß er es mit einer hysterischen Witwe zu tun hatte, was stimmte. Sarah fischte nach ihrem zweiten Zehner und benutzte ihn, um ein R-Gespräch mit Edith zu führen. Wie sie befüchtet hatte, hatten die Nachrichten über den Unfall das alte Faktotum bereits erreicht, und Edith war in heller Aufregung, weil sie nicht, wie sich das gehört hätte, im voraus informiert worden war.

»Sie hätten es mich zumindest wissen lassen können. Ich bekam fast einen Herzanfall, als ich es im Fernsehen sah.«

»Ich hatte erst jetzt die Möglichkeit zu telefonieren«, erwiderte Sarah so geduldig, wie sie konnte. »Der Apparat im Haus ist für den Winter abgestellt, das müssen Sie doch wissen. Versuchen Sie sich zu beruhigen, Edith. Ich komme, so schnell ich kann. Vermutlich haben schon Leute angerufen.«

»Das Telefon klingelt alle zwei Minuten, jeder will wissen, wo Sie sind. Ich habe jedem gesagt, daß ich keine Ahnung hätte, weil ich noch nichts von Ihnen gehört hätte.«

»Das war ziemlich überflüssig, oder? Sie wußten sehr gut, wo ich sein mußte. Ist jemand bei Ihnen?«

»Mr. Jem«, sagte das Hausmädchen grollend. »Er hat es auch in den Nachrichten gehört. Er ist hier seit halb sieben und trinkt Mr. Alex' Scotch. Im Moment spricht er nebenan mit ein paar Reportern.«

»Um Himmels willen! Nun, sagen Sie ihm, er soll die Stellung halten. Ich bin in ungefähr einer halben Stunde da.«

Sie hatte gar nicht an die Zeitungen gedacht, aber da die Kellings schon einmal in dieser Woche Schlagzeilen gemacht hatten, brauchte sie sich keine Hoffnungen zu machen, daß sie die neue Katastrophe nicht aufgreifen würden. Onkel Jem konnte ohne Zweifel sehr viel besser als sie selbst mit ihnen fertigwerden.

Sie suchte gerade ihre Brieftasche hervor, um das Benzin zu bezahlen, als ein anderer Wagen, viel neuer und luxuriöser als ihrer, an den Zapfsäulen vorfuhr. Der Tankwart ließ sie unvermittelt allein.

»Hallo, Max, wie geht's? Warst du zu Hause?«

»Wo sonst? Du sollst auf dem Heimweg Brot kaufen, wenn Eddie noch auf hat. Bediene aber erst mal deine Kundschaft zu Ende. Großer Gott, sind Sie das, Mrs. Kelling?«

»Mr. Bittersohn! Dann – dann stammen Sie hier aus der Gegend?«

»Nicht ganz. Eigentlich stamme ich aus Saugus. Das hier ist mein Neffe Mike Rivkin. Seinem Vater, der guten Geschmack bewies, indem er meine Schwester heiratete, gehört die Tankstelle.«

Er stieg aus dem Auto aus und kam zu ihr herüber. »Ich habe von dem Unfall gehört. Es tut mir sehr leid.«

»Es war kein –« Sarah unterbrach jäh. Sie hatte sagen wollen: »Es war kein Unfall.« Warum sollte sie diesem Mann Geheimnisse anvertrauen – nur weil sein Neffe ihren Wagen tankte –, und warum sollte er ihr Glauben schenken, wenn die Polizei es nicht tat?

Bittersohn sah sie prüfend an. »Sind Sie sicher, daß Sie fahren können?«

»Ich muß zurück.«

»Das meine ich nicht. Schauen Sie, Mrs. Kelling, ich bin auch auf dem Rückweg nach Boston. Warum fahren Sie nicht mit mir und lassen meinen Neffen morgen Ihren Wagen zurück in die Stadt bringen? Er studiert an der Boston University.«

»Danke, sehr gern.«

Sarah wollte gerade die Autoschlüssel übergeben, als ihr ein unangenehmer Gedanke kam. »Vielleicht lassen wir es doch. Es könnte gefährlich sein.«

»Mike ist ein sehr guter Autofahrer.«

»Das bezweifle ich nicht, aber ich fürchte, daß etwas mit dem Wagen nicht in Ordnung sein könnte.«

»Wie kommen Sie darauf?«

»Ich weiß nicht, was ich glauben soll. Das ist das Schreckliche. Ich bin mir nicht sicher.«

Bittersohn nahm sie beim Arm und schüttelte sie ein bißchen. »Geben Sie Mike die Schlüssel und die Wagenpapiere. Er fährt das Auto erst, wenn der Mechaniker seines Vaters es gründlich untersucht hat. Wenn es für ihn gefährlich ist, ist es todsicher auch für Sie gefährlich. Kommen Sie.«

Sarah war nun völlig am Ende. Sie ließ sich von Bittersohn zu seinem eleganten Wagen führen und hockte wie ein Häufchen Elend auf dem prächtigen Ledersitz. Er langte an ihr vorbei in das Handschuhfach, wühlte nach einer etwas mitgenommen aussehenden Packung Papiertaschentücher und ließ sie in ihren Schoß fallen. Dann startete er den Wagen und fädelte sich in den Verkehr ein. Sie fuhren eine ziemliche Strecke, ehe Sarah fähig war, etwas zu sagen.

Schließlich brachte sie ein paar Worte zustande: »Sie sind sehr aufmerksam, genau wie mein Mann es immer war. Alexander war der aufmerksamste Mann der Welt.«

Sobald sie einmal damit begonnen hatte, fand sie es ganz einfach, weiterzureden: über die Zeiten, wenn Alexander sie Sonntag nachmittags zu einem Spaziergang mitnahm, die Male, wo sie sich gegen jedes Verbot zu Bailey's geschlichen und dort einen Eisbecher gegessen hatten, mit Nüssen und Marshmallows und heißem Fondant, der über den Rand des Bechers hinaus und auf den kleinen Silberteller tropfte, die unzähligen Male, wo sie mit einem Bötchen gefahren waren und die gefräßigen Stockenten gefüttert hatten, die ebenso schnell paddelten, wie man ein Tretboot treten konnte.

Es tat gut, sich an jene glücklichen Zeiten zu erinnern, und es war eine Erleichterung, die Erinnerungen jemandem mitzuteilen, so daß sie nicht verloren waren, wenn ihr irgend etwas zustieß. Sie weinte fast den ganzen Weg, aber es war ein stilles Weinen, leise Tränen, die unbemerkt ihre Wangen hinunterliefen und sie ruhiger werden ließen. Als sie den Storrow Drive erreichten, war sie zwar erschöpft, aber ruhig – nicht länger am Boden zerstört vor Verzweiflung über ihren Verlust, sondern erfüllt von Dankbarkeit für all die Liebe, die sie erfahren hatte.

»Ich setze Sie vor der Haustür ab, wenn Sie mir sagen, wie ich dahin komme. Dieses Einbahnstraßensystem ist mir ein Rätsel.«

Das war fast das erste, was Bittersohn sagte. Sonst hatte er nur hier und da ein Wort eingeworfen, um zu zeigen, daß er zuhörte. Sarah antwortete dankbar:

»Kein Wunder, daß Sie verwirrt sind. Man wartet solange, bis jeder sich die Richtungen eingeprägt hat, und dann werden alle Pfeile umgedreht.«

Sie erklärte ihm, wie er sich am besten durch das Gewirr von Straßen hindurchfinden konnte. »Ich hoffe, daß Sie nicht zu weit von Ihrem eigentlichen Ziel abkommen, und bitte entschuldigen Sie, daß ich für Sie eine so trübselige Begleiterin war, aber es war – ich kann es Ihnen nicht erklären.« Sie lachte ein bißchen. »Das hört sich ziemlich dumm an, nachdem ich Ihnen meine ganze Lebensgeschichte erzählt habe.«

»Nicht die ganze, nehme ich an.« Bittersohn öffnete die Wagentür und half ihr heraus, als wäre sie eine alte Frau. »Langsam hier. Ich kann nicht verstehen, warum die Bewohner des Hills die Stadtverwaltung nicht dazu bringen, etwas wegen dieser gefährlichen gepflasterten Bürgersteige zu unternehmen.«

»Das klingt nach Blasphemie«, sagte sie ihm. »Ach du liebe Zeit, ich hoffe, ich habe meinen Haustürschlüssel nicht bei Ihrem Neffen liegengelassen.«

»Ist denn niemand im Haus?«

»Doch, mein Onkel, glaube ich, und Edith, unser Hausmädchen. Tante Caroline brauchte jemanden, der ihr Haar frisierte und ihr sonst in allem behilflich war. Sie müssen es satt haben, von unseren häuslichen Sorgen zu hören. Ah, hier ist mein Schlüssel. Gute Nacht und – und vielen Dank. Wegen dieser Zeichnungen, ich –«

Wenn Sarah in besserer Verfassung gewesen wäre, hätte sie beobachten können, wie ein seltsamer Ausdruck über Bittersohns Gesicht huschte.

»Ich fürchte, ich muß für dieses Projekt noch einiges erklären, Mrs. Kelling. Macht es Ihnen etwas aus, wenn ich Sie schon bald anrufe?«

»Bitte, tun Sie das. Es wäre mir eine Hilfe.«

»Wirklich?«

»Ich hoffe es!« Diese Antwort klang merkwürdig, aber Sarah hatte den Versuch aufgegeben, einen vernünftigen Eindruck zu machen. Sie drückte Bittersohn die Hand, schloß die Tür auf und ging hinein.

Jeremy Kelling hatte sich in der Diele häuslich niedergelassen, brüllte ins Telefon und kritzelte auf einen von Tante Carolines Notizblöcken. Als er seine Nichte hereinkommen sah, hängte er unvermittelt ein und stand auf, um sie zu begrüßen.

»Da bist du ja endlich. Wir haben uns schon gefragt, ob du heil ankommst.«

Sarah ließ Mantel und Tasche fallen. »Mr. Bittersohn brachte mich nach Hause.«

»Wer ist Mr. Bittersohn?«

»Ein Verwandter von den Leuten an der Tankstelle. Wie steht's?«

»Das verdammte Telefon klingelt pausenlos. Alle wollen die blutrünstigen Einzelheiten wissen.«

»Ich wünschte, ich wüßte sie. Wir sollten den Bestattungsunternehmer verständigen und ihm sagen, daß er sich mit der Polizei in Ireson's Landing in Verbindung setzt. Vermutlich hat es keinen Zweck, Wellingtons um diese Zeit anzurufen. Es waren Wellingtons, die wir für Papa und für Großonkel Frederick hatten, oder?«

»Und für deren Väter und Großväter und der Teufel weiß wie viele andere Kellings davor und danach und dazwischen. Sie sollten uns Mengenrabatt geben. Gar so spät ist es noch nicht, und ich denke, daß noch jemand da ist, der das Telefon bedient. Ich rufe sie an, ja? Sarah, du siehst grauenvoll aus!«

»Was erwartest du, wie ich aussehe? Das war nicht gerade ein lustiger Tag, Onkel Jem. Wo steckt Edith?«

»Im Schmollwinkel vermutlich. Als sie begann, sich wie Sarah Bernhardt aufzuführen, sagte ich ihr, sie solle sich vollaufen lassen.«

»Gute Idee. Ich werde mich betrinken und sehen, ob es dann besser geht.«

»Nimm dir einen Scotch. Und bring mir noch einen, wenn du schon dabei bist.«

Das Telefon klingelte schrill. Sarah überließ es ihrem Onkel und ging in das untere Badezimmer, um das Gesicht zu waschen und sich zu kämmen. Sie holte den Drink für ihren Onkel, fragte, ob er etwas zu essen wolle, bekam ein »Verdammt nochmal, ja« zu hören, machte ihm einen Teller mit Sandwiches fertig, ging hinunter, um nach Edith zu sehen, und fand sie voller Portwein und lamentierend vor, steckte sie ins Bett und hoffte gerade, sich selbst den gleichen Dienst erweisen zu können, als die Lackridges hereinplatzten.

»Wir liefen uns im Flughafen über den Weg. Als wir die Nachrichten hörten, sind wir beide zurückgekommen.«

Leila war ganz aufgedreht, bereit, die Sache in die Hand zu nehmen. Harry sah halb betrunken und völlig zerknittert aus. Sarah bereitete noch mehr Drinks und Sandwiches zu, setzte eine Kanne Kaffee auf, versuchte Harry zu trösten, während seine Frau Jeremy Kelling das Telefon entriß und knapp und effizient Anrufe beantwortete. Sarah beruhigte die verletzten Gefühle ihres Onkels, klärte mit ihm das Problem mit dem Bestattungsunternehmen, dankte ihm überschwenglich und gab ihm einen Gutenachtkuß. Harry brachte den alten Mann nach Hause, machte auf dem Rückweg einen Umweg über das Spirituosengeschäft, besorgte einen frischen Vorrat an Whiskey, wurde bald sentimental und schluchzte, daß er um der guten alten Zeiten willen im Zimmer des guten alten Alex schlafen wolle. Sarah lotste ihn in den zweiten Stock, wechselte die Bettwäsche, fand einen sauberen Schlafanzug und verließ ihn, damit er den Rest allein regelte. Sie machte das Zimmer von Tante Caroline für Leila fertig, brachte Leila dann schließlich dazu, das Reden einzustellen und Feierabend zu machen. Inzwischen war es fast zwei Uhr morgens. Sarah hatte erwartet, daß sie sich in den Schlaf weinen würde, aber inzwischen war sie zu Tränen gar nicht mehr fähig.

Kapitel 18

Es hätte ihr gut getan, lange zu schlafen, aber Sarah wachte wie gewohnt um sieben Uhr auf, war immer noch erschöpft, und ihr Kopf schwirrte vor scheußlichen Erinnerungen und Gedanken an all die Dinge, die getan werden mußten. Das Wichtigste war, vor Leila nach unten zu gelangen, damit nicht die letzten Reste von Ediths Arbeitsmoral ausgerechnet in dem Moment erschüttert wurden, in dem das Hausmädchen einmal wirklich von Nutzen sein konnte. Was sollte mit ihr geschehen? Eigentlich müßte Alexander Vorsorge für sie getroffen haben, aber wie konnte er, wenn er kein Geld hatte?

Sie schob diese Sorge für den Augenblick beiseite, zog einen alten karierten Rock und einen marineblauen Pullover an und lief hinunter, um Kaffee aufzusetzen. Der hatte noch nicht begonnen durchzulaufen, als schon der erste Anruf kam, ein alter Cousin zweiten Grades von Tante Caroline, der nach der Beerdigung fragte, nach Zugfahrplänen und ob er bei ihr übernachten könne. Sarah sagte ihm, daß die Todesanzeige in den Abendzeitungen stehen würde, daß er wegen der Züge am Bahnhof anrufen müsse und daß sie für ihn ein Bett beziehen würde, wenn es ihm nichts ausmache, drei Treppen hochzusteigen – wohl wissend, daß ihm das eine Menge ausmachte.

Ein Haus voller Verwandte war das letzte, was sie wollte, aber bald wurde klar, daß sie einen Massenansturm kaum würde verhindern können. Als Leila dann herunterkam, hatte sie ihre dürre Gestalt in einen von Caroline Kellings Seidenkimonos gewickelt; Sarah hatte inzwischen unzählige Zettel mit Notizen beschrieben, die von »Sherry, Sahne, Schinken, Butter, Brot, Kopfsalat« bis zu »Toil.pap. kontroll.« und »Rollstuhl bestell. Tante Em. Flug 426, vorauss. 15.17« reichten.

»Gott, was für eine Nacht!« Der erste der selbsteingeladenen Gäste sank auf einen Stuhl und zündete sich eine Zigarette an

»Wo steckt Edith?«

»Wahrscheinlich im Bett«, sagte Sarah. »Ich hoffe, sie packt mit an, sobald und falls sie überhaupt aufsteht. Es gibt wahnsinnig viel zu tun.«

»Übernimm dich nicht, Sarah. Ich mache das schon.«

»Das tust du nicht.«

Sarah war selbst von der Heftigkeit ihrer Ablehnung überrascht, aber sie mäßigte ihren Ton kaum. »Dies ist mein Haus, und ich regle meine Angelegenheiten, wie ich es für richtig halte.«

»Wie denn?« Mrs. Lackridge zog verächtlich an ihrer Zigarette. »Du hast niemals in deinem Leben irgend etwas selbst geregelt.«

»Leila, das kannst du nicht beurteilen. Du hast dich nie genug für mich interessiert, um zu merken, was ich tue. Wir können das gleich hier und jetzt zwischen uns ausmachen. Für Tante Caroline bist du eine wundervolle Freundin gewesen, und Harry und Alexander waren natürlich wie Brüder. Ihr beide habt mich toleriert, seit Alexander und ich heirateten, weil euch nichts anderes übrig blieb, und mir ist es mehr oder weniger genauso gegangen. Ich hoffe, wir kommen auch in Zukunft um der alten Zeiten willen gut miteinander aus, aber ich habe nicht vor, mich in eure Angelegenheiten einzumischen, und ich wäre euch dankbar, wenn ihr euch aus meinen heraushieltet. Möchtest du Kaffee und Toast?«

Für einen Augenblick saß Leila stocksteif da, ihre dunklen braunen Augen verschleierten sich wie die einer Schlange. Dann gab sie ein kleines schnaubendes Lachen von sich.

»Wenn du es so haben willst, Sarah. Keinen Toast, nur Kaffee. Morgens esse ich nie etwas. Soll ich hinaufgehen und mein Dornröschen wecken, oder gibst du uns die Erlaubnis, deine Räumlichkeiten noch ein wenig länger zu belegen?«

»Laß ihn schlafen«, sagte Sarah. »Ich fordere euch nicht auf zu gehen, ich wollte nur einige Dinge klarstellen. Ich weiß, daß das alles für dich ebenso schlimm ist wie für mich, und ich wäre für deine Hilfe wirklich dankbar, wenn wir es so machen, wie ich möchte. Vielleicht könnten wir die Aufzeichnungen zu den Telefonanrufen durchgehen, die du gestern abend entgegengenommen hast?«

Leila drückte ihre Zigarette in der Untertasse aus und stand auf, um ihre Notizen zu holen. Gemeinsam gingen sie die zahlreichen Zettel durch, erweiterten die Liste der Dinge, die zu tun waren, unterbrochen von weiteren Telefongesprächen, deren Annahme Leila gewissenhaft unterließ, bis Sarah sie dazu aufforderte.

Sie schien Sarahs energische Worte nicht übelzunehmen, und Sarah empfand keine Gewissensbisse, sie gesagt zu haben. Das gehörte eben zu den Dingen, die getan werden mußten. Als Edith mit verquollenem Gesicht und zerzausten Haaren in die Küche stapfte, hatte Sarah ein Blatt mit Anweisungen fertig, das sie ihr in die Hand drückte. Edith gab sich nicht einmal die Mühe, einen Blick darauf zu werfen.

»Ich kann nicht.«

»Doch, Sie können«, sagte ihre neue Herrin. »Rufen Sie Mariposa an, und fragen Sie sie, ob sie uns heute zusätzlich aushelfen kann. Lassen Sie, das mache ich selbst. Trinken Sie einen Kaffee, und reißen Sie sich zusammen.«

Edith wandte sich mitleidheischend an Leila. Mrs. Lackridge warf einen Blick auf Sarah, zuckte mit den Achseln und fuhr fort, ihre Listen zu überprüfen. Sarah rief Mariposa zu Hause an, die wortreich ihr Mitgefühl zum Ausdruck brachte und sofort bereit war zu helfen. Sarah atmete erleichtert auf und hängte ein.

»Sie wird in einer halben Stunde hier sein. Sie kann dann mit der Arbeit im Erdgeschoß beginnen. Edith, Sie räumen Mrs. Kellings Zimmer auf und beziehen das Bett neu, und verbringen Sie nicht den ganzen Morgen damit. Räumen Sie Tante Carolines persönlichen Sachen in die Schubladen der Frisierkommode, und schaffen Sie etwas Platz im Wandschrank.«

»Sie werden doch keinen Besuch in *ihrem* Zimmer unterbringen!«

»Was soll ich denn sonst tun, Tante Emma in einer Hängematte im Badezimmer schaukeln lassen? Mr. Lackridge liegt in Mr. Alexanders Bett. Wenn er aufwacht, bringen Sie ihm Kaffee oder was immer er will, dann bringen Sie das Zimmer in Ordnung und wechseln die Bettwäsche für Cousine Mabel. Cousin Frederick wird auf der Couch in der Bibliothek schlafen müssen, aber da können wir im Moment nichts tun. Bereiten Sie alles Nötige für den Tee vor, und achten Sie mit einem Ohr auf die Türklingel. Haben Sie eine saubere Schürze anzuziehen?«

»Ja, Ma'am.«

Das waren die lammfrommsten Silben, die man Edith jemals hatte äußern hören. Sogar Leila war beeindruckt.

»Mein Gott, du bist ja wie ein Tiger, wenn du einmal loslegst. Was hast du sonst noch für mich zu tun?«

»Bleib hier, wenn du möchtest, und kümmere dich um dieses schreckliche Telefon, während ich ein paar Lebensmittel einkaufe. Ich bin nicht lange weg. Wenn Harry aufwacht, frage ihn, wie ich etwas Geld bekommen kann.«

»Brauchst du jetzt im Moment Bargeld?«

»Nein, im Laden an der Ecke kann ich anschreiben lassen. Danke, Leila.«

Es war eine Erleichterung, für eine Weile aus dem Haus zu kommen, aber als Sarah sich mit zwei großen Taschen voller Verpflegung den Hill wieder heraufgekämpft hatte, warteten eine ganze Reihe neuer Mitteilungen auf sie. Der Bestattungsunternehmer wollte sie wegen der Särge sprechen und der Pfarrer wegen des Gottesdienstes, und könnte sie bitte pünktlich sein wegen seines umfangreichen sonntäglichen Programms? Sie rannte hinauf, zog ein schwarzes Wollkleid und einen schwarzen Mantel ihrer Mutter an und rannte wieder hinunter. Inzwischen war Mariposa eingetroffen. Sie trug eine adrette weiße Dienstkleidung anstatt ihrer gewöhnlich legeren Kleidung. Wie dem verlorenen Sohn fiel Sarah ihr um den Hals.

»Sie sind ein Engel, daß Sie Ihren Sonntag opfern. Machen Sie nicht groß sauber, räumen Sie nur auf, und richten Sie alles so her, daß man es vorzeigen kann. Es werden wohl Scharen von Leuten vorbeischauen, und drei bleiben über Nacht, deshalb müssen wir etwas zu essen vorbereiten. Meinen Sie, daß Sie den Telefondienst übernehmen können?«

»Ich kann es ja versuchen, Miz Alex.«

»Gut, dann bist du davon befreit, Leila. Ich vermute, daß du nach Hause willst und dich umziehen möchtest.«

»Ich verstehe schon«, erwiderte Mrs. Lackridge ohne sichtliche Bitterkeit. »Was ist mit Seiner Hoheit?«

»Laß ihn schlafen, solange er will. Bis wir das Zimmer brauchen, wird er wohl wach sein. Meinst du, du könntest eventuell Tante Emma am Flughafen abholen und mit der Meute auf einen Drink zum Abendessen zurückkommen?«

»Warum nicht? Sonst noch etwas?«

»Wahrscheinlich, aber es fällt mir gerade jetzt nichts ein. Du bist fabelhaft, Leila, und ich weiß zu schätzen, was du tust. Ich hoffe, du kannst mich verstehen.«

»Aber natürlich. Mir ginge es sicherlich genauso. Bis später dann.«

»Schön. Ich muß fliegen.«

Sarah flog. Zehn Minuten später befand sie sich in einem Raum mit gedämpfter Beleuchtung, wurde von gefühlvoller Musik berieselt und begutachtete poliertes Walnußholz und Satinpolsterungen in der Gesellschaft eines schwarzgekleideten, sehr würdigen Herrn, der vor Verständnis triefte und mit leiser Ehrfurcht Preise nannte. Was angesichts ihrer Höhe wohl angemessen war. Er teilte ihr mit, daß die geliebten Verstorbenen eingetroffen wären, war sich aber ziemlich sicher, daß sie sie im Moment wahrscheinlich lieber nicht sehen wollte. In Anbetracht der Umstände würde eine Aufbahrung sowieso Schwierigkeiten bereiten. Sarah schluckte schwer und entschied, daß es keine Aufbahrung geben würde.

Sie hatte auch nicht vor, aus dem wohlbestückten Fundus an Kleidung etwas auszuwählen. Die Kleider würde sowieso niemand sehen. Tante Caroline konnte das graue Spitzenkleid tragen, in dem sie immer so hoheitsvoll ausgesehen hatte, und für Alexander konnte sich genausogut der Smoking bis zum allerletzten bezahlt machen. Die Komik der Situation würde ihren geliebten Alexander erfreuen, wenn er davon erfahren könnte.

Sarah begann zu weinen, wurde mit professioneller Besorgtheit beruhigt und behutsam dazu gebracht, sich der Blumenfrage zuzuwenden. Sie wählte einen weißen Nelkenteppich für Tante Caroline und einen roten für ihren Mann. Rot für Ruby Redd. Sie änderte ihre Entscheidung und bestellte bronzefarbene Chrysanthemen. Sie mußte von diesem Ort wegkommen, ehe sie anfing, wie ein Schloßhund zu heulen.

»Ich danke Ihnen«, stammelte sie. »Ich werde die Kleider für Sie bereithalten. Rufen Sie an, wenn Sie sonst noch etwas brauchen. Wenn ich nicht zu Hause bin, wird man mir Ihre Nachricht ausrichten.«

»Ja, Mrs. Kelling. Sicher, Mrs. Kelling. Sie können sich auf uns verlassen, Mrs. Kelling.«

Sie wurde behutsam zur Tür geschoben und hetzte los, um den Pfarrer in seinem Arbeitszimmer zu treffen, versuchte, ihm nicht allzuviel seiner Zeit mit Weinen zu stehlen, weil er noch eine Hochzeit vollziehen und den Abendgottesdienst abhalten mußte. Sie schaffte es, gegen halb drei wieder zu Hause einzutreffen,

Edith öffnete in ihrer besten schwarzen Dienstkleidung und ihrem Spitzenhäubchen die Tür.

»Ich hoffe, Sie haben schon zu Mittag gegessen«, war ihre fröhliche Begrüßung.

»Nein, habe ich nicht«, sagte Sarah scharf. »Machen Sie mir, so schnell Sie können, ein Sandwich – mit was, ist mir egal – und eine Tasse Tee. Ich muß ein paar Sachen für das Bestattungsunternehmen zusammensuchen und hole dann Mrs. Cobble in Back Bay ab. Mrs. Lackridge ist zum Flughafen unterwegs. Was macht Mariposa?«

»Hilft mir beim Kartoffelschälen.«

Der makellose Zustand von Ediths Schürze zeigte ganz offensichtlich, wer die Arbeit machte und wer die verantwortungsvolle Oberaufsicht führte. Sarah war nicht bereit, das noch länger hinzunehmen.

»Sie schälen alleine weiter. Sagen Sie Mariposa, sie soll mir, sobald der Tee fertig ist, das Mittagessen hinstellen und dabei alle Mitteilungen, die sie aufgeschrieben hat, mitbringen. Ich gehe für eine Minute hinauf und bin dann in der Bibliothek.«

Sie nahm Alexanders Anzug, eine weiße Fliege, frische Unterwäsche und ein gestärktes Hemd. Harry Lackridge schnarchte immer noch im Bett ihres Mannes, was wahrscheinlich ganz gut war, da es sie davon abhielt, dort stehenzubleiben und zu weinen. Sie ging, holte Tante Carolines graues Spitzenkleid und brachte alles hinunter in die Diele. Das viele Herumlaufen hatte sie erhitzt, aber dennoch sehnte sie sich nach einem Feuer, um das innere Frösteln zu bekämpfen. Das Feuer brannte munter, als Mariposa mit einem Tablett in die Bibliothek kam.

»Hier ist's aber behaglich. Ich hab' Ihnen statt einem kalten Sandwich ein Käseomelett gemacht, Miz Alex. Ich wette, Sie haben den ganzen Tag noch nichts gegessen.«

»Ich habe etwas Chowder gegessen. Nein, das war gestern. Wer hat angerufen?«

»Anscheinend jeder.«

Mariposa zog ein Bündel Notizen aus ihrer Tasche. Die Rechtschreibung zeugte von einer gewissen Kreativität, aber die Fakten schienen zu stimmen. Sarah las die Zettel, während sie ihre Zehen röstete und das Omelett aß. Das war der erste friedliche Moment an diesem Tag und wahrscheinlich auch der letzte. Sie nippte noch an ihrem Tee, als die ersten Besucher eintrafen.

Von nun an gab es keine Pause mehr. Harry wachte von selbst auf und kam herunter, glücklicherweise rechtzeitig, um Cousine Mabels Zug in Back Bay abzupassen, da Sarah ihre Gäste nicht gut alleinlassen konnte. Edith stand neben der Eingangstür, hängte Mäntel auf und nahm Beileidsbekundungen so entgegen, als wäre sie die Hauptleidtragende. Mariposa war überall, trabte mit Tabletts voller Sandwiches und mit Teekannen herum, bediente das Telefon und brachte Sarah schließlich, ohne Widerspruch zu dulden, nach oben, damit sie sich vor dem Abendessen noch etwas ausruhen konnte.

»Miz Alex, inzwischen sind so viele Leute im Haus, daß jeder denken wird, Sie sprächen im nächsten Zimmer mit jemand anderem. Sie schleichen sich die Hintertreppe hinauf und machen ein Nickerchen. Sonst fallen Sie mit der Nase in die Suppe.«

Inzwischen war Leila zurück, die in einem dunkelgrauen Wollkleid mit hohem Rollkragen recht gut aussah. Sie kam bei Freunden und Verwandten, die Leila Lackridge viel besser kannten als die totenblasse, hohläugige Sarah Kelling, die nicht länger Walters kleines Mädchen war, sehr gut an. Sie konnte ruhig für eine Weile die Gastgeberin spielen. Sarah schlüpfte in ihr Zimmer hinauf, zog das Kleid ihrer Mutter aus und legte sich aufs Bett. Sie dachte, sie hätte kaum die Augen zugemacht, als Mariposa neben ihr stand und ihr sagte, daß die Leute langsam ein Abendessen erwarteten, und fragte, was sie tun sollten.

»Fangen Sie an, das kalte Büfett zu richten. Ich werde in zwei Minuten unten sein.«

Nach dem Nickerchen fühlte sich Sarah ein klein bißchen besser, fuhr sich mit dem Kamm durch die Haare, zog das schwarze Kleid an, das sie zu hassen begann, und ging zu ihrer Gesellschaft hinunter. Sie hatte vergessen, Make-up aufzulegen, und sah schrecklich aus, aber niemand würde etwas anderes von ihr erwarten.

Das Essen war ausgezeichnet, einmal, weil Sarah ein einfaches, aber üppiges Büfett zusammengestellt hatte, und zum zweiten, weil es nicht Edith, sondern Mariposa gewesen war, die irgendwie Zeit gefunden hatte, den Großteil des Essens zuzubereiten. Das alte Hausmädchen stand aber zum Servieren bereit und nahm das ganze Lob in Anspruch.

Sarah überstand den Abend so gut wie eben möglich; wie eine Sprechpuppe beantwortete sie immer und immer wieder dieselben Fragen. Nein, sie habe noch keine Zeit gehabt, zu entscheiden, was sie mit dem Besitz tun würde. Ja, es sei eine Schande, zusätzlich zu allem anderen auch noch den Milburn zu verlieren. Ja, sie werde sich erheblich umstellen müssen. Nein, sie habe sicherlich noch längst nicht die Tragweite des Geschehens vollständig begriffen, und wollte Cousine Mabel noch etwas Schinken haben?

Sarah war unbeschreiblich erleichtert, als die Besucher das Haus verlassen hatten, die Hausgäste schlafen gegangen waren und sie schließlich ins Bett gehen konnte; aber sobald sie am Montag aufwachte, fing alles wieder von vorne an. Da war das Frühstück zu machen, das Mittagessen zu planen, weitere Einkäufe, weitere Telefonanrufe, weitere belanglose Ärgernisse wie eine Laufmasche in ihrem letzten Paar Strumpfhosen, ohne daß sie einen einzigen Dollar hatte, um neue zu kaufen.

Leila konnte dem Zentrum des Geschehens nicht fernbleiben und traf schon fast nach Sonnenaufgang ein. Den halben Morgen lang nahm sie das Telefon in Beschlag, um Tante Carolines Verpflichtungen gegenüber verschiedenen Komitees und Projekten neu zu verteilen, aber das machte Sarah nichts aus. Es war eine Erleichterung, das Ding nicht alle paar Minuten klingeln zu hören.

Die Türschelle war schlimm genug. Es war ein Fehler gewesen, sich gegen die Aufbahrung und Abschiedsbesuche beim Bestattungsunternehmen zu entscheiden. Wie sich herausstellte, fühlte sich jeder, der jemals mit Tante Caroline auf einem Podium gesessen hatte, bemüßigt, dem Haus einen Beileidsbesuch abzustatten. Die meisten Besucher waren Sarah völlig fremd. Leila allerdings kannte jeden, so ließ Sarah sie wieder die Gastgeberin spielen und ging los, um die Verabredung wahrzunehmen, die Harry für sie mit dem Familienanwalt getroffen hatte.

Der neigte dazu, wie eine Katze um den heißen Brei herumzuschleichen. Sarah war nicht in der Stimmung, dem zuzuhören.

»Mr. Redfern, ich habe ein Haus voller Verwandter zu versorgen, eine Beerdigung zu bezahlen, ich besitze ein ziemlich großes Treuhandvermögen und habe keinen Cent im Portemonnaie. Ich brauche keine Worte, ich brauche Bargeld, und ich brauche es sofort.«

Hysterie hatte ihr Gutes, fand sie. Nach einigem weiteren Hin und Her entschied Mr. Redfern, daß es nicht allzu unschicklich war, wenn Sarah weiterhin das nicht sehr großzügig bemessene Haushaltsgeld bezog, daß Alexander gewöhnlich wöchentlich abgehoben hatte. Große Rechnungen, wie die des Bestattungsunternehmens, könnten ihm zur Bezahlung geschickt werden, bis ihr Vermögen einem anderen Treuhänder übertragen worden war.

Sarah sah nicht ein, warum es überhaupt einen Vermögensverwalter geben mußte, aber für den Augenblick hatte sie mit dem, was sie bekommen hatte, zufrieden zu sein. Sie ging zur Bank und löste den Scheck ein, den er ihr gegeben hatte, kaufte sich eine Strumpfhose und kehrte mit frischem Vorrat an Brot und Fischen zur Speisung des Volkes zurück.

Die Beerdigung war für drei Uhr an diesem Nachmittag angesetzt. Sie hatte keine Zeit, herumzusitzen und über den schmerzlichen Verlust zu brüten, was vielleicht sein Gutes hatte. Mariposa war heute anderweitig verpflichtet, deshalb war Sarah auf Ediths Hilfe angewiesen, was nicht viel war. Sie hatten kaum das Geschirr vom Mittagessen weggeräumt, als es auch schon Zeit für sie war, sich zurechtzumachen, ehe der Mietwagen kam, um sie, ihre Hausgäste und Edith, die sie anständigerweise nicht vom Leichenzug ausschließen konnte, abzuholen. Alexander hätte die zusätzlichen Kosten mißbilligt, aber wie sollte sie sonst mit Tante Emmas Rheuma, Cousin Fredericks Herz und Cousine Mables allgemeiner Starrsinnigkeit fertigwerden?

Später erzählte man ihr, daß die Kirche überfüllt war. Sie nahm niemanden wahr. Indem sie versuchte, an nichts zu denken, und ihr Gesicht zu einer Maske erstarren ließ, schaffte Sarah es, den Gottesdienst durchzustehen. Erst als alles fast schon vorüber war und sie sich klar darüber wurde, daß sie tatsächlich ihren geliebten Alexander für immer und ewig begruben, brach sie zusammen.

Leila, die es geschafft hatte, sich in die vorderste Reihe zu stellen, schüttelte sie brutal am Arm. »Um Gottes willen, reiß dich zusammen«, fauchte sie. »Du bietest ein öffentliches Schauspiel.«

»Oh, halt den Mund!« weinte Sarah. »Er war mein Mann, und ich habe ihn geliebt und weine um ihn, solange ich will. Jeder, dem das nicht paßt, mag zur Hölle gehen!«

Alle hörten es – natürlich. Einige schnappten nach Luft, ein oder zwei kicherten. Jeremy und Dolph eilten an Sarahs Seite, aber es war der alte verhutzelte Cousin Frederick, der seinen Arm in einer höchst uncharakteristischen Geste spontaner Zuneigung um sie legte.

»Zeig es ihnen, Sarah! Alexander war es wert, daß man um ihn weint. Wenn dieses dürre Miststück etwas anderes als Gin und Essig in den Adern hätte, würde sie ebenfalls weinen«

»Verdammt richtig, Fred«, brüllte Dolph. »Außerdem bleibt Sarah zu Hause, wie es sich gehört, und kümmert sich um ihre Familie, anstatt durch die Gegend zu sausen, den Mund aufzureißen und ihren Namen in die Zeitungen zu bringen. Mabel, wenn du nicht aufhörst, an meinen Rockschößen zu zerren –«

Der Pfarrer stimmte hastig das Benediktus an. Cousin Dolph und Cousin Frederick, ein schneidiges Paar alter Kampfhähne, nahmen Sarah zwischen sich und führten sie zur Limousine zurück, bevor sie, überreizt und nervös, wie sie war, beim Anblick der beiden vornehmen Mahagonisärge, die über den beiden zwei Meter tiefen Erdlöchern schwebten, einen hysterischen Anfall bekam.

Kapitel 19

Sarah hatte sich mit der Hoffnung aufrechtgehalten, daß nach Ende der Beerdigung alle gehen würden, aber so einfach war das nicht. Alte Freunde mußten zu einem letzten Glas Sherry eingeladen werden, Verwandte mit kaltem Roastbeef und Salat für die Heimreise gestärkt werden, Gepäck zusammengesucht, Mitfahrgelegenheiten vereinbart, Abschiedsreden angehört und Cousine Mabel davon abgebracht werden, noch einige Tage als Halt und Stütze zu bleiben.

Nachdem der Rest verschwunden war, mußte sie immer noch die Lackridges und Edgar Merton loswerden. Die drei hockten in der Bibliothek, wo sie so viel Zeit mit Caroline und Alexander verbracht hatten, und sahen so mitgenommen aus, wie sie sich fühlen mußten. Über Nacht war Edgar Merton ein alter Mann geworden, seine feinen Gesichtszüge verhärmt und blaß, seine schmale Gestalt klein und gebeugt. Harry hingegen wirkte erhitzt und aufgedunsener im Gesicht, seine Taille sah dicker aus und seine Hakennase war von der Aufregung und dem Alkohol gerötet. Mit der schwabbeligen Haut, die unter seinem zurückweichenden Kinn Falten schlug, und dem ausgeprägten Spitzbauch über seinen überlangen spindeldürren Beinen sah er wie ein gerupfter Truthahn aus. Sarah wußte, wie sie sich fühlten, aber sie wünschte, daß sie gingen. Endlich, als sie fast in ihrem Sessel eingeschlafen war, brachen sie auf. Selbst dann blieb immer noch Edith mit ihrer Litanei von Klagen. Was das alte Faktotum anging, war für Sarah die Grenze des Erträglichen erreicht.

»Sie haben völlig recht, Edith«, sagte sie. »Dieses Haus wird nie mehr dasselbe sein. Ich beabsichtige nicht, es auch nur einen Tag länger als nötig zu behalten, deshalb gibt es nicht den geringsten Grund, warum Sie sich verpflichtet fühlen sollten, noch zu bleiben. Sie wissen, daß Mr. Alexander Sozialversicherungsbeiträge für Sie bezahlt hat, und versuchen Sie nicht, mir weiszumachen, daß Sie nicht alt genug sind, um sie zu kassieren. Ich weiß nicht, ob er Sie in seinem Testament berücksichtigt hat, aber ich werde dafür sorgen, daß Sie eine angemessene Rente erhalten, obwohl ich offen gesagt nicht weiß, womit Sie sie jemals verdient haben sollten. Damit und mit dem, was Sie über die Jahre auf die hohe Kante gelegt haben, sollten Sie sehr bequem leben können, und Sie könnten genausogut schon jetzt einmal darüber nachdenken, wohin Sie gehen wollen.«

»Ich wußte, daß es so kommen würde«, weinte das Hausmädchen. »Kaum daß sie im Grab liegen, werfen Sie mich auf die Straße.«

»Edith, was wollen Sie eigentlich?« sagte Sarah müde. »Erst stöhnen Sie, daß Sie es nicht ertragen können zu bleiben, dann regen Sie sich auf, wenn ich Sie beim Wort nehme. Ich weiß, daß diese letzten Tage hart für Sie waren, aber sie waren auch für mich kein Honiglecken. Ich gehe nach oben, und Sie können tun, was Ihnen gefällt.«

Und Edith entschied sich dazu, in das Souterrain zu stolzieren, alles, was sie über die Jahre hinweg angehäuft hatte, in zwei gewaltige Koffer, eine enorme Anzahl von Pappkartons, Einkaufstüten und einen schönen alten Überseekoffer zu packen, der von Sarahs Großmutter stammte und auf den Edith absolut keinen Anspruch erheben konnte. Dann rief sie ihren Neffen in Malden an und bat ihn, mit seinem Kleintransporter zu kommen und sie abzuholen, setzte sich hin und verfaßte einen Brief an Sarah, in dem sie in arrogantem Ton detailliert angab, wohin die Rentenzahlungen zu schicken waren.

Sarah blieb oben, bis alles vorüber war. Sie hatte beabsichtigt, sofort ins Bett zu gehen, aber das hatte nun keinen Sinn. Edith ließ mit Sicherheit beim Weggehen die Lichter brennen und die Türen unverschlossen. Es würde zudem zu ihr passen, heraufzumarschieren und eine Abschiedsszene zu liefern und dabei ihren Neffen als Augenzeugen mitzuschleppen. Sollte das passieren, wollte Sarah nicht im Nachthemd erwischt werden.

Sie trödelte in den Schlafzimmern herum, zog die gebrauchten Bettücher ab und bezog die Betten frisch, obwohl sie sich nicht vorstellen konnte, wer jemals wieder darin schlafen würde. Was sie Edith gesagt hatte, war wahr, das wußte sie inzwischen. Sie würde definitiv ausziehen, sobald Mr. Redfern es zuließ, daß sie dieses Monstrum von Haus zum Verkauf anbot.

Sarah war äußerst erleichtert, als der vollgeladene Kleintransporter ohne eine peinliche Abschiedsszene wegfuhr. Dann wurde ihr bewußt, daß sie zum ersten Mal in ihrem Leben ganz allein im Haus war. Und was machte das? Viele Frauen lebten alleine. Sie ging hinunter und begann, Türen und Fenster zu kontrollieren, um sicherzustellen, daß alles fest verschlossen war.

Das Souterrain war völlig leergeräumt. Edith hatte bis auf den gewaltigen eisernen Herd alles mitgenommen. Vielleicht glaubte das alte Faktotum wirklich, daß die Möbel, in denen sie so lange gelebt hatte, ihr gehörten. Wahrscheinlich aber war sie eher dem Drang erlegen, zusammenzuraffen, was sie konnte, solange sie die Möglichkeit hatte. Es machte Sarah nichts aus, das Zeug konnte sowieso nicht viel wert gewesen sein.

Aber was war mit Edith selbst? War es nicht dumm, sie ohne irgendwelche Fragen ziehen zu lassen, ohne zumindest den Versuch zu unternehmen? Sarah war zu müde, um sich noch weiter um Dinge zu kümmern, die der Vergangenheit angehörten. Der einzige Tod, an den sie denken mußte, war Alexanders, und es gab einfach keine Möglichkeit, daß Edith an dem Milburn herumhantiert haben konnte. Sie war hier in Boston gewesen, hatte ihre Hühneraugen eingeweicht und Portwein getrunken.

Oder hatte sie doch die Möglichkeit dazu gehabt? Sarah hatte erst einige Stunden nach dem sogenannten Unfall zu Hause angerufen. Was wußte Sarah schon? Edith konnte in der Zwischenzeit überall gewesen sein, zum Beispiel zu Besuch bei diesem Neffen in Malden, der gerade mit seinem Transporter, dessen Seiten die Aufschrift »TV-Reparaturen« schmückte, hier losgefahren war. Ein Mann, der mit modernen elektrischen Geräten zu tun hatte, mußte viele kluge Methoden kennen, um einen Elektromotor einfachster Bauart kurzzuschließen.

Würde irgendein Neffe, wie ergeben auch immer, so etwas tun, um seinem lieben alten Tantchen gefällig zu sein? Vielleicht, wenn er davon ausgegangen war, daß Tantchen im Testament ihres mutmaßlich reichen Arbeitgebers großzügig bedacht werden mochte.

Sarahs Magen knurrte, und sie lachte erleichtert auf. Gott sei Dank! Es gab nichts Besseres als einen knurrenden Magen, um einen von besorgten Gedanken abzulenken. Obwohl sie in den letzten beiden Tagen große Mengen Essen gekauft, gekocht und serviert hatte, konnte sie sich nicht erinnern, daß sie selbst viel gegessen hatte. Ein Grund für die entsetzliche Leere, die sie fühlte, dürfte schlicht ganz gewöhnlicher Hunger sein.

Den Großteil der Reste hatte Edith als Teil ihrer Beute weggeschafft, aber Sarah gelang es, noch etwas kaltes Fleisch und ein wenig Salat aufzutreiben. Sie setzte eine Kanne Tee auf, aß am Küchentisch und machte sich nicht erst die Mühe, richtig zu decken.

Sie war gerade dabei, ihre Tasse unter laufendem Wasser auszuspülen, als das Telefon klingelte. Seufzend hob sie am Nebenanschluß den Hörer ab und war überrascht, die Stimme von Max Bittersohn zu hören.

»Ich dachte, Sie würden gern erfahren, daß mein Schwager Ihren Wagen überprüft hat und nichts finden konnte. Mike wird ihn morgen früh nach Boston bringen, wenn es Ihnen recht ist.«

Sarah sagte etwas überrascht: »Ich muß gestehen, Mr. Bittersohn, daß ich den Wagen ganz vergessen hatte. Ich hätte selbst Ihre Familie anrufen sollen, aber hier herrschte das völlige Chaos. Ja, wenn Sie sicher sind, daß nichts passieren kann, würde ich mich sehr freuen, wenn Ihr Neffe ihn herbringt. Wo kann ich ihn treffen? Wegen der Rechnung –«

»Lassen Sie nur. Sie haben ja nur einen Blick darauf geworfen. Und Mike bekommt vielleicht nie wieder die Chance, einen Studebaker zu fahren.«

»Dafür sollte ich eigentlich nach allem, was passiert ist, sorgen. Wirklich, Sie und Ihre Familie sind so überaus freundlich zu einer – ich wollte gerade sagen, einer Fremden, aber das sind wir wohl kaum noch, oder?«

»Wie wäre es mit ›Kollegin‹? Der Begriff hat so etwas; ich fand immer gut, wenn ich so bezeichnet wurde. Haben Sie übrigens Lackridge gesehen?«

»Du lieber Himmel, ja. Er und Leila klebten hier fest wie Fliegen am Honig. Es ist noch gar nicht lange her, daß ich sie losgeworden bin.«

Sarah wurde bewußt, was sie gerade gesagt hatte. »Bitte vergessen Sie das. Es liegt nur daran, daß ich von Besuchern geradezu überschwemmt worden bin, und es war ausgesprochen lästig, sich um sie kümmern zu müssen.«

»Und was ist mit Ihrem Hausmädchen?«

»Ja, was? Ich habe keines mehr.«

»Warum nicht?«

»Wir sind nie miteinander ausgekommen, und schließlich kam es zum Knall. Ich wußte, daß ich früher oder später etwas ihretwegen unternehmen mußte, obwohl ich zugeben muß, daß es etwas früher kam als geplant.«

»Wann ging sie?«

»Vor einer halben Stunde.«

»Und wer ist jetzt bei Ihnen?« fragte Bittersohn scharf.

»Niemand.«

»Sie können dort nicht allein bleiben.«

»Warum nicht? Glauben Sie nicht an die Emanzipation der Frau?« fragte Sarah mit gespielter Tapferkeit.

»Schauen Sie, Mrs. Kelling, das ist nicht der rechte Moment, die Heldin zu spielen. Sie haben grauenhafte Tage hinter sich und sind nicht gewöhnt, in einem großen Haus allein zu sein. Wenn Sie niemanden haben, der zu Ihnen zieht, dann verlassen Sie besser das Haus. Gehen Sie in ein Hotel oder so etwas.«

»Aber dort wäre ich immer noch alleine, und es würde ein Vermögen kosten. Es ist lieb von Ihnen, daß Sie so besorgt sind, Mr. Bittersohn, aber mir geht es gut, wirklich.«

»Dann tun Sie mir wenigstens den Gefallen und schreiben sich meine Telefonnummer auf. Haben Sie ein Telefon am Bett?«

»Nein, ich wünschte, ich hätte. Wir haben nur die beiden hier im Erdgeschoß.«

Sie meinte, ihn fluchen zu hören, aber er sagte nur: »Haben Sie einen Stift?«

»Ja, in der Hand.«

Er diktierte ihr die Nummer, langsam und deutlich, dann ließ er sie sich vorlesen, um sicher zu gehen, daß sie sie richtig aufgeschrieben hatte.

»In Ordnung. Also, gleichgültig, wann und warum, rufen Sie mich an – wenn Sie Angst haben, wenn Sie meinen, Mäuse im Keller zu hören, wenn Sie nicht schlafen können und reden wollen, wenn Sie Eier zum Frühstück brauchen. Ich wohne nicht weit von Ihnen entfernt und kann in wenigen Minuten bei Ihnen sein. Ich würde jetzt kommen, aber Ihnen ist es wahrscheinlich lieber, wenn ich es sein lasse.«

»Ich hatte vor, bald ins Bett zu gehen«, gab Sarah zu.

»Sie nehmen keine Schlaftabletten?«

»Nein, nichts dergleichen. Ich habe keine, und wenn ich welche hätte, würde ich sie nicht nehmen.«

»Gut. Nehmen Sie zwei Aspirin, wenn Sie etwas zur Beruhigung brauchen. Sie sind fast genauso wirksam und viel gesünder. Könnten Sie unten in der Nähe des Telefons ein Bett aufschlagen?«

»Ich denke schon. Ein Cousin meines Vaters schlief gerade letzte Nacht auf der Couch in der Bibliothek, obwohl ich befürchte, daß er es nicht sehr gemütlich fand.«

»Es gibt ungemütlichere Dinge als ein unebenes Sofa.«

»Mr. Bittersohn, versuchen Sie etwa, mir Angst einzujagen?«

»Ich versuche, Sie so gut ich kann, davor zu bewahren, Angst zu bekommen«, sagte er. »Wenn ich dafür den falschen Weg gewählt habe, tut es mir leid.«

»Das braucht es nicht. Ich weiß Ihre Besorgnis zu schätzen und werde sicherlich auf Ihr äußerst liebenswürdiges Angebot zurückkommen, wenn ich irgendeinen Anlaß sehe anzurufen. Nochmals danke dafür, daß Sie sich um den Wagen gekümmert haben.«

Sarah legte den Hörer auf die Gabel, saß da, starrte auf die Nummer, die sie aufgeschrieben hatte, und prägte sich die Ziffern ein, ohne daß sie es bewußt wollte. Entweder war Bittersohn einfach einer der nettesten Männer, die sie jemals kennengelernt hatte, oder er wußte etwas, von dem er nichts erzählt hatte. War es ungefährlich, ihn im Fall eines Falles anzurufen, oder handelte sie sich damit noch mehr Schwierigkeiten ein?

Auf jeden Fall war seine dringende Bitte, in der Nähe eines Telefons zu schlafen, durchaus sinnvoll. Sie hatte nicht vor, ihren erschöpften Körper auf der höckrigen alten Couch zu quälen, aber sie konnte zumindest in Tante Carolines Zimmer umziehen, anstatt sich im zweiten Stock zu verkriechen. Dann wurde sie nicht ständig daran erinnert, daß Alexander nicht länger gemeinsam mit ihr dort oben war. Langsam konnte sie an ihn denken, ohne daß sie gleich anfing zu weinen. Sie konnte eigentlich sofort damit beginnen, Tante Carolines Schränke und Schubladen auszuräumen und mit ihren eigenen Sachen nach unten umzuziehen.

Die Arbeit wirkte beruhigend, auch wenn sie ermüdete. Sarah schleppte Ladungen voller Kleider hinunter in die Waschküche, wo man sie aussortieren und an karitative Organisationen oder Verwandte loswerden konnte. Caroline Kelling hatte nie etwas weggeworfen. Sarah fand Abendkleider, die ein Teil von Carolines Aussteuer gewesen sein mußten und ohne Zweifel extra für den Kelling-Schmuck gekauft worden waren. Selbst heute konnten sie in einem Secondhandladen eine ordentliche Summe einbringen. Sarah wollte keines dieser Kleider haben, so schön sie auch waren. Wie konnte sie sie jemals tragen, wenn sie wußte, was mit dem Mann geschehen war, der sie bezahlt hatte?

Sarah fuhr mit ihrer Bestandsaufnahme fort. Sie wühlte sich durch vollgestopfte Schubladen mit bestickten Nachthemden aus Crêpe de Chine, mit spitzenbesetzten Blusen und Marlene-Dietrich-Hosen, mit Nahtstrümpfen aus echter Seide. Sie stöberte eine mauvenfarbene Satinschatulle mit Damenunterwäsche auf, die einige bemerkenswerte schwarze Slips enthielt und, zu ihrer unsäglichen Erleichterung, den ordentlich mit einem Anhänger versehenen Schlüssel zum Bankschließfach.

Gegen zehn Uhr hätte Sarah kein einziges Taschentuch mehr hochheben können. Sie fand in dem Badezimmer, das so viel luxuriöser eingerichtet war als das, was sie mit Alexander geteilt hatte, nach Geranien duftendes Badesalz und benutzte es verschwenderisch. Nach einem heißen Bad fühlte sie sich müde genug, um in Tante Carolines massives Bett zu kriechen und auf Schlaf zu hoffen.

Kurz vor drei Uhr wachte Sarah wieder auf. Sie hatte keine Ahnung, was sie geweckt hatte, sie wußte nur, daß sie plötzlich senkrecht im Bett saß und Augen und Ohren angestrengt auf die lautlose Dunkelheit konzentrierte. Einen Moment lang schien es unmöglich, daß sie sich jemals wieder bewegen konnte, dann überredete sie ihre Hand, das Licht anzuknipsen.

Es war kalt, erstaunlich kalt. Sie hatte kein Fenster geöffnet, ehe sie ins Bett gegangen war – in diesem zugigen alten Haus gab es niemals Mangel an Frischluft. Dennoch konnte sie von irgendwoher einen Luftzug fühlen.

Es konnten nur Einbrecher sein oder eine gerissene Kordel, an der Gewichte für die Schiebefenster hingen. Wahrscheinlich eher eine Kordel. Sie war an solche Mißgeschicke gewöhnt. Boston war immer feucht, mit dem Hafen auf der einen und dem Fluß auf der anderen Seite. Die Schnüre verrotteten und gaben eiserne Gegengewichte der Schiebefenster frei. Fensterglas in schweren Holzrahmen fiel dann mit lautem Krachen herunter, und meistens brach die Scheibe heraus. Sie ging besser los und deckte das Fenster ab, ehe sie sich zu Tode fror.

Sarahs Bademantel war noch oben, deshalb wickelte sie sich in Tante Carolines samtbezogene Daunensteppdecke, fand ein Paar pelzbesetzter Satinpantoffel, in die sie ihre Füße schob, und tapste hinaus in den Flur. Rußflocken wehten aus dem zweiten Stock herunter.

Der Wind kam aus Alexanders Zimmer, und das war sonderbar. Die letzte Gewichtsschnur, die sich gelöst hatte, war ebenfalls in seinem Zimmer gerissen, ebenfalls mitten in der Nacht, und er hatte beide Kordeln unverzüglich ersetzt, um sicherzugehen, daß er nicht nochmals so rüde geweckt wurde. Das war erst wenige Monate her. Wie konnte das so bald wieder passieren?

Sie schaltet das Licht an. Nicht ein, sondern beide Fenster waren oben weit offen, die weißen Vorhänge waren nach draußen geweht worden, wo sie wie tanzende Gespenster wirkten. Das Bett, das Sarah erst vor wenigen Stunden frisch bezogen hatte, war erstaunlicherweise in völliger Unordnung; Laken und Dekken lagen auf dem Boden, als wenn ein Schläfer mit dem Gefühl zu ersticken aufgewacht wäre, sein Bettzeug weggeschleudert hätte und zum Fenster gestürzt wäre, um die Nachtluft hereinzulassen.

Trotz der Daunendecke begann Sarah zu zittern. Es ist nur ein Einbrecher, redete sie sich gut zu, ein schlichter Einbrecher aus Fleisch und Blut. Sie mußte den Verstand verloren haben, hier darauf zu warten, daß sie niedergeschlagen wurde. Sie knallte Alexanders Tür zwischen sich und der unheimlichen Szene zu, raste in wildem Tempo in Tante Carolines Zimmer und schloß sich ein. Wenn er das Silber wollte, sollte er es nehmen und in Frieden gehen.

Aber wenn jemand gekommen war, um das Teeservice zu stehlen, was machte er dann im zweiten Stock, und warum riß er das Bettzeug auseinander? Wie war er dorthin gelangt? Sie hatte alles fest verschlossen, da war sie sich sicher. Nach Bittersohns Anruf war sie sogar auf den Speicher gegangen und hatte die Dachluke kontrolliert, für den Fall, daß jemand auf die Idee kam, über das Dach einzusteigen. Konnte ein Dieb ein Seil um den Schornstein geworfen, sich am Rand des Daches herabgelassen und Alexanders Fenster aufgestemmt haben, um hereinzukommen? Aber warum beide? Warum sollte er die Straßenseite wählen, anstatt von der Rückseite des Hauses zu kommen, wo er weniger leicht entdeckt wurde?

Tante Carolines Boudoir lag direkt unter dem Schlafzimmer ihres Sohnes. Sarah ging hinein und steckte ihren Kopf aus dem

Fenster, um zu sehen, ob sie ein baumelndes Seil entdecken konnte. Etwas bewegte sich dort oben. Hastig zog sie den Kopf zurück, dann ging ihr auf, daß es nur die leichten weißen Vorhänge waren, die sich im Wind blähten. Dennoch wollte sie nicht nochmals nach oben sehen. Sie packte die schweren Vorhänge, zog sie vor das Fenster und spürte dabei die unzähligen Knötchenstiche unter ihren Händen, die sich wie Braille anfühlten.

Gott im Himmel, es war Braille! All die Stunden, die sie sich mit Nadel und Faden hier alleine eingeschlossen hatte, hatte Tante Caroline nicht planlos Zeit totgeschlagen. Sie hatte ein Tagebuch geführt.

Kapitel 20

Sarah ließ den Vorhang fallen, als ob er das Gewand des Nessus wäre. In den privaten Aufzeichnungen eines anderen herumzuschnüffeln, gehörte zu den empörendsten Verstößen gegen höfliches Benehmen, die ein anständig erzogener Mensch überhaupt begehen konnte.

Und sei's drum! Caroline Kelling hatte ihren eigenen Mann umgebracht, hatte sich der Leiche einer ermordeten Frau so kaltblütig entledigt, als wenn sie den Abfalleimer nach draußen gesetzt hätte, hatte zur rechten Zeit irgendwie den Tod Walter Kellings arrangiert und war fast sicher zusammen mit ihrem Sohn wegen Dingen, die in der Vergangenheit geschehen waren, umgebracht worden. Wenn es überhaupt irgendwo eine Erklärung für diese grauenerregende Kette von Ereignissen gab, mußte sie hier zu finden sein. Sie hob den Stoff wieder hoch, spannte ihn flach über den Fensterrahmen und begann mit ihren Fingerspitzen, die Buchstaben zu sortieren.

»Mein kleiner Liebling«, das waren die ersten drei Worte, die sie las, und die sich immer wiederholten. Caroline Kelling hatte einen Liebhaber! Um seinetwillen hatte sie Gilbert Kelling umgebracht. Sie hatte geplant, mit diesem Mann wegzugehen und ihr Leben und ihr Vermögen mit ihm zu teilen, wie sie schon noch zu Lebzeiten ihres Mannes ihren Körper mit ihm geteilt hatte. Die Knötchenstiche erzählten von pikanten Einzelheiten. Sarah hätte niemals für möglich gehalten, daß Tante Caroline einer derartigen erotischen Leidenschaft fähig gewesen wäre.

Es war entsetzlich, an diese alternde Frau zu denken, die blind und einsam in diesem Zimmer saß, ihre Seele in dieser schaurigen Weise erleichterte, jeden Moment einer Liebesaffäre noch einmal durchlebte – einer Liebesaffäre, die sie immer noch beschäftigte, auch wenn die Jahre und ihre Behinderung, die immer stärker wurde, die Romanze beendet hatten. Wahrscheinlich hatte Caroline Kelling den Verlauf der Zeit kaum wirklich empfunden. Ihr kleiner Liebling war immer jung, immer so gutaussehend, wie eine verklärende Erinnerung ihn zeichnete, obwohl Gott allein wußte, wie der Mann inzwischen aussehen mochte.

Die Einträge, wenn man sie so nennen konnte, folgten keiner logischen Ordnung. Wenn sie ins Grübeln kam, hatte Tante Caroline wohl einfach eine Falte des Stoffes genommen, nach einer glatten Stelle gefühlt und sie aufs Geratewohl ausgefüllt. Wörter waren abgekürzt, standen ohne Konjunktionen und ohne Satzzeichen nebeneinander, schienen manchmal keinen sinnvollen Satz zu ergeben. Das Lesen war so spannend wie mühsam. Sarah wurde vom Entziffern dieser unglaublichen Enthüllungen, die sich aus tausenden und abertausenden sorgfältig gearbeiteter Knötchenstiche ergaben, vollständig gefangengenommen und vergaß darüber, daß, wer immer auch Caroline und Alexander ermordet hatte, eben jetzt mit ihr im Haus sein konnte.

Die stürmische Romanze von Caroline und ihrem kleinen Liebling, wer immer es auch sein mochte, dauerte schon einige Monate, ehe sie die Entscheidung trafen, daß sie Gilbert Kelling loswerden mußten. Sarah vermutete, daß es der Liebhaber war, der als erster von Mord sprach, aber Caroline selbst den Plan ausgearbeitet hatte – den Plan, der sein Ziel so elegant erreichte, aber die Hoffnungen, Gilberts Vermögen zusammen zu genießen, zunichte machte.

Caroline hatte leidenschaftlich alle Schuld auf sich genommen. Der Mann war durch seine rasende Bewunderung für sie in die Tragödie hineingerissen worden. Er mußte um jeden Preis geschützt werden. Selbst in ihren zusammenhanglosesten Schwärmereien hatte es Caroline sorgfältig vermieden, irgendeinen handfesten Hinweis auf die Identität ihres Liebhabers zu geben. Einzig greifbar war die Tatsache, daß er durch die Umstände gezwungen gewesen war, eine Art Ehe mit einer anderen einzugehen, obwohl sein Herz und seine Gedanken immer bei seiner Geliebten weilten. Arme Tante Caroline! Ruby Redd hatte ihr Leben zerstört, nicht der Mord an Gilbert oder Carolines Krankheit. Bevor die Stripteasetänzerin die Bühne betrat, war die Affäre heißer und heftiger als je zuvor gewesen. Die reiche Witwe und ihr kleiner Liebling hatten immer noch die feste Absicht, nach einer angemessenen Wartezeit zu heiraten, gleichgültig, was die Welt von dieser Partie halten mochte.

War das ein Hinweis? Warum sollte die Welt oder jener winzige Teil von ihr, um dessen Meinung Tante Caroline etwas gab, irgend etwas gegen ihre Wiederverheiratung haben, es sei denn, der Mann war aus irgendwelchen Gründen wirklich unmöglich? Einige Mitglieder des Clans mochten ein bißchen klatschen, daß Gilberts Geld an einen Außenseiter ging, aber die meisten wären der Meinung gewesen, daß ihr eigener Verwandter seine schöne Frau ziemlich schlecht behandelt hatte. Sarah konnte deshalb ohne weiteres niemanden nennen – außer möglicherweise Cousine Mabel –, der gehässig genug gewesen wäre, um der Familienheldin einen zweiten Mann zu mißgönnen, der ihr die liebevolle Fürsorge, die sie brauchte, geben konnte. Vielleicht machte sich Caroline wegen ihrer Behinderung zu viele Gedanken, wenn sie sich vorstellte, man würde ihr vorwerfen, sie habe den Mann in die Rolle einer Krankenschwester gedrängt und ihn der Zuwendung einer normalen Ehefrau entfremdet.

Was immer auch Carolines Bedenken waren, ihr kleiner Liebling hatte offensichtlich weiterhin gesagt, daß er sie trotz ihrer Behinderung liebe, bis Ruby Redd als Erpresserin auftrat. Wie eine Stripteasetänzerin aus dem Old Howard jemals erfahren hatte, daß die beiden Gilbert Kelling ermordet hatten, oder welchen vernichtenden Beweis sie gegen sie in der Hand hatte, sagte Caroline nicht. Möglicherweise hatte sie es nie erfahren. Wahrscheinlicher war, daß der Beweis die Identität des Mannes enthüllt hätte, den Caroline so entschlossen beschützte.

Ruby trat an den Liebhaber heran, aber Caroline bezahlte. Der Mann konnte selbst über kein nennenswertes Vermögen verfügt haben. Das, dachte Sarah zynisch, würde seine unerschütterliche Hingabe an eine reiche Witwe erklären. Tante Caroline mochte selbst eine dunkle Ahnung gehabt haben, daß seine Zuneigung nachlassen würde, wenn ihre Geldmittel zu Ende gingen. Sie gab zwar nichts dergleichen zu, aber es war offensichtlich, daß sie angesichts des Tempos, mit dem Ruby ihr Vermögen zur Ader ließ, in Panik geraten war. Schließlich hatte sie ein Machtwort gesprochen.

»Ich sagte, nichts mehr ... schüchtere sie ein ... streite ab ... Fälschung ... Verleumdung ...«

Das hatte nicht funktioniert. Ruby verlangte eine Gegenüberstellung, zwang den Liebhaber, sie in einer Nacht, in der Alexander auf einem Herrenabend war und man das Hauspersonal loswerden konnte, von Angesicht zu Angesicht mit Caroline zusammenzubringen.

Tante Caroline hatte das Treffen selbst arrangiert und erwartete eine unerfreuliche Szene, aber die Wirklichkeit ging weit über alles hinaus, was sie sich vorgestellt hatte. »Hier in diesem Haus ... Beschimpfungen ... Drohungen ... grinste ihn von der Seite mit diesem Vampirmund an, als ob sie irgendein obszönes Geheimnis teilten. Sprach von versprochenen Rubinen ... mußte sie haben, oder fürchterliche Dinge ... schrie ununterbrochen, man hätte versprochen ... wie konnte ich ... sagte lächerlich ... woher wußte sie von den Rubinen ...«

Dann kam es heraus. Nachdem sie die wirren unzusammenhängenden Bruchstücke zusammengefügt hatte, begriff Sarah, daß der Liebhaber schließlich in eine Position geraten war, in der er erklären mußte, daß Alexander sich von diesem erpresserischen Geschöpf hatte verführen lassen. Ruby hatte den verliebten Jungen hingehalten, damit sie ihn über den wahren Umfang des väterlichen Vermögens aushorchen konnte. Alex ließ sich nur zu willig betrügen. Da er ihre Manie für Rubine kannte, hatte er mit dem Familienschmuck geprahlt und versprochen, sie das Collier tragen zu lassen, wenn sie ihn erhöre.

Caroline hörte mit dieser entsetzlichen Szene gar nicht mehr auf. »Skandal ... lachte mich aus ... nannte mich eine Närrin ... dumm ... sagte, ich wüßte nichts ... setzte sich vor seinen Augen groß in Szene ... wand ihren Körper ... versuchte, mich glauben zu machen, daß er und sie ...«

Der Liebhaber hatte die unverfrorenen sexuellen Annäherungsversuche der Tänzerin abgewehrt und hatte sie im Zorn zurückgestoßen. Caroline schien nicht genau mitbekommen zu haben, was dann passierte. Ruby mußte wütend geworden sein und versucht haben, auf sie loszugehen. Um Carolines Leben zu retten, schlug der Liebhaber zu. Plötzlich lag Ruby tot auf dem Boden der Diele, und der Mann beteuerte: »Ich tat es für dich. Sie wollte dich umbringen!«

Es war kein Mord, sondern eine wahre heroische Tat; edel, gerecht, ohne Fehl und Tadel. Dennoch konnten sie nicht wagen, ihren Fall vor den Richter zu bringen. Wieder entwickelte Tante Caroline einen Plan. Sie mußten die Leiche in der alten Familiengruft verstecken, die bald unter Denkmalschutz stehen und niemals mehr geöffnet werden würde.

Es war gar nicht beabsichtigt, Alexander mit in die Sache hineinzuziehen, er kam einfach im falschen Moment nach Hause. Sie erkannten jedoch sofort, daß sie ihn gebrauchen konnten. In dem Moment, wo er neben Ruby Redds Leiche kniete und nach einem Puls fühlte, den es nicht mehr gab, befanden sich die anderen beiden draußen in der Küche und schmiedeten ein Komplott.

Der Liebhaber mußte durch die Hintertür gehen. Caroline würde zurückkehren und so tun, als glaubte sie, daß Alex in betrunkenem Zustand seine Geliebte bei einem Streit getötet hätte. Es geschah ihm recht, wo er doch seiner Mutter untreu geworden war. Offensichtlich hatte Tante Caroline nie auch nur die leisesten Gewissensbisse empfunden, daß sie ihrem Kind eine solch furchtbare Strafe aufgebürdet hatte, nur Freude, daß sie ihren kleinen Liebling so mutig geschützt hatte.

Die Tragödie für sie war, daß die Erpressungen nicht aufhörten. Ruby hatte sie und ihren Geliebten ebenfalls verraten. Sie hatte ihr Geheimnis mit einem Komplizen geteilt, der außerhalb des Hauses Wache stand und sah, was geschah. Nun waren sie noch wehrloser als vorher. Wieder erhielt der Liebhaber die Drohungen. Wieder war es Caroline, die bezahlte.

Auf diese Art und Weise war Gilbert Kellings Vermögen verschwunden, jeder Cent davon, um einen anderen Mann vor der Schande und der strafrechtlichen Verfolgung als Mörder zu bewahren. Caroline feierte das Opfer, das sie gebracht hatte, und es war ihr völlig gleichgültig, daß sie Alexander um sein Geburtsrecht gebracht hatte. Sie schien tatsächlich zu glauben, daß sie ihrer Mutterpflicht genügt hatte, als sie ihre Augentropfen in Walter Kellings Pilzgericht schüttete, damit Alex Sarah wegen ihrer Erbschaft heiraten konnte.

Es war ein fürchterliches Dokument. Dennoch las Sarah weiter, bis ihre Fingerspitzen vom Ertasten der harten Knoten rauh wurden, sie trotz der Daunensteppdecke durchgefroren war. Sie blieb am Fenster, bis die Morgendämmerung ihren schmutzigkorallenfarbenen Schein über die Dachfirste warf. Als ob sie sich nicht traute, die Sonne sehen zu lassen, was sie gerade machte, kroch Sarah in Caroline Kellings Bett und schlief ein.

Kapitel 21

Diesmal weckte sie das Telefon. Noch halbverschlafen wollte Sarah die Treppe hinunter, spürte den Windzug durch die beiden offenen Fenster im zweiten Stock und entschied sich, sie erst einmal zu schließen, ehe sie nach unten ging. Als sie dann endlich das Telefon erreicht hatte, war niemand mehr in der Leitung. Wütend stieg sie in ihr eigenes Zimmer hinauf und zog sich an. Hier oben schien nichts durcheinandergebracht worden zu sein. Sogar Tante Carolines Perlen, ihre eigene kleine Perlenkette und der Rest von dem Geld, das sie von Redfern erhalten hatte, lagen auf der Kommode. Sarah ging, um Alexanders Zimmer näher in Augenschein zu nehmen. Auch hier gab es eigentlich nicht viel Unordnung, abgesehen von dem Haufen Bettwäsche auf dem Boden. Seine Kragen- und Manschettenknöpfe lagen unberührt in der Kragenschatulle neben Großvater Kellings massiv-goldener Taschenuhr und der zugehörigen Kette, deren Anhänger mit einem Sternsaphir verziert war.

Das machte ihr mehr Angst, als wenn alles leergeräumt gewesen wäre. Sarah stürzte aus dem Raum und rannte hinunter, um das Tafelsilber zu kontrollieren, als sie ein lautes Hämmern an der Vordertür hörte. Wer das auch sein mochte, es war mit Sicherheit kein Geist. Vielleicht Onkel Jem, obwohl er zu dieser Morgenstunde normalerweise nicht so energiegeladen war. Sie warf einen kurzen Blick durch eines der schmalen Fenster rechts und links vom Eingang und entdeckte Max Bittersohn, der offensichtlich vollkommen außer sich war.

»Mr. Bittersohn, was ist los?«

»Warum gehen Sie nicht ans Telefon«, brüllte er zurück.

»Bin ich doch, aber Sie hatten zu schnell eingehängt.« Sie öffnete die Tür. »Kommen Sie herein, und helfen Sie mir bei der Jagd auf Einbrecher. Ich glaube, es ist eingebrochen worden, obwohl ich bis jetzt nichts vermisse.«

Ganz plötzlich fühlte Sarah sich erschöpft. »Macht es Ihnen sehr viel aus, wenn ich zuerst in die Küche gehe und Kaffee aufsetze? Ich habe noch nichts gefrühstückt und fühle mich etwas wacklig auf den Beinen.«

»Ich auch. Warum zum Teufel haben Sie mich nicht angerufen?«

Sarah zog die Schultern hoch. »Ehrlich gesagt, war ich zu feige hinunterzugehen. Ich war in das Zimmer meiner Schwiegermutter auf der ersten Etage umgezogen und dachte, daß das nahe genug beim Telefon sei, aber das war ein Irrtum.«

»Wollen Sie mir nicht erzählen, was passiert ist?«

»Ich wünschte, das könnte ich. Ich weiß eigentlich nur, daß irgendwann in der Nacht im zweiten Stock die beiden Fenster im Zimmer meines Mannes von oben geöffnet und die Decken vom Bett gezogen wurden.«

»Das ist seltsam. Und es wurde tatsächlich nichts weggenommen, sagten Sie?«

»Soweit ich sehen konnte, nein. Eine wertvolle alte Uhr und einige andere Sachen sind noch da, und mein eigenes Zimmer, das unmittelbar daneben liegt, wurde überhaupt nicht durchsucht, obwohl ich mein Geld und Tante Carolines Perlen offen hatte herumliegen lassen. Da ich gerade erst aufgestanden bin, habe ich unten noch nicht nachgesehen. Ich hatte mich in Tante Carolines Zimmer eingeschlossen, nachdem ich die offenen Fenster entdeckt hatte, und bin nicht vor Tagesanbruch eingeschlafen. Ich wußte gar nicht, daß ich so ein Feigling bin.«

Alles, was er sagte, war: »Wo steht bei Ihnen der Kaffee?«

»Oh, bitte bemühen Sie sich nicht. Mit dem Herd komme ich gerade noch zurecht, wenn es sonst nichts ist. Mögen Sie Eier? Es scheint das einzige zu sein, was ich im Hause habe.«

»Sie brauchen für mich nichts zu machen.«

»Aber ich würde es gerne. Ich hasse es, nur für mich allein zu kochen.«

Sarah steckte Brot in den Toaster. Ihr war wieder nach Weinen zumute; vielleicht, weil sie eine Schulter gefunden hatte, an der sie sich ausweinen konnte? Warum hatte dieser fremde Mann soviel Mitgefühl, wenn es ihrer eigenen Familie nichts ausmachte, daß sie sich allein durchschlagen mußte?

Mit dem Eierkarton in der Hand drehte sie sich zu ihm um und sah ihn an.

»Mr. Bittersohn, ich werde Ihnen eine äußerst unhöfliche Frage stellen, und Sie verstehen hoffentlich, warum ich es wissen muß. Hat Ihr wohlwollendes Interesse an mir irgend etwas mit dem Kelling-Schmuck zu tun?«

Zu ihrer Überraschung lachte er. »Ich war schon gespannt, wann wir dazu kommen würden. Ich kann es mir nicht leisten, die Kollektion zu kaufen, und ich habe nicht vor, sie zu stehlen, wenn Sie darauf hinauswollen.«

»Aber was ist mit Ihrem Buch?«

»Vergessen Sie es. Okay, ich schätze, es wird Zeit, daß ich auspacke. Erinnern Sie sich an meinen Onkel, den Pfandleiher?«

»Sie erwähnten einen Onkel.«

»Nun, als ich noch auf dem College war, wurde er bei einem Schwindel, der mit gestohlenen Diamanten zu tun hatte, erwischt und landete aufgrund manipulierter Beweise im Gefängnis. Es störte ihn nicht sehr; er sagte, es sei dort unterhaltsamer und man treffe nettere Menschen. Meine Mutter andererseits war sehr aufgebracht, weil es eine *schamde* vor den Nachbarn war. Wenn meine Mutter aufgebracht ist, ist jeder aufgebracht. Für mich war das ein wirkliches Problem. Ich wohnte noch zu Hause und mußte mein Studium selbst finanzieren, was mir schon unter normalen Umständen kaum Zeit ließ, meine Hausaufgaben zu machen. Prüfungen standen bevor, und ich wußte, daß Ma niemals den Mund halten und mich in Ruhe lernen lassen würde, wenn ich es nicht irgendwie schaffte, Onkel Hermann aus dem Knast loszueisen. So fing ich an herumzuschnüffeln, und dank einiger wundersamer Zufälle gelang es mir, die Gauner zu fangen, die ihm die Sache angehängt hatten.«

»Und Sie bekamen Ihren Onkel Hermann aus dem Gefängnis heraus?«

»So ist es. Er hat es mir nie verziehen, daß er durch mich wie ein Dummkopf dastand, und die Nachbarn reden noch immer. Und meine Mutter auch. Was soll man dazu sagen? Wie auch immer, das könnte man als den Wendepunkt in meiner Karriere bezeichnen. Ich wechselte im Hauptfach zu Kunstgeschichte über – was meine Mutter noch mehr aufbrachte, weil sie beschlossen hatte, daß ich ein reicher Facharzt für Orthopädie werden sollte – und eröffnete eine kleine Privatpraxis für die Wiederbeschaffung von gestohlenem Schmuck, Kunstgegenständen, Antiquitäten und wer weiß was sonst. Nach meinem Examen dehnte ich meine

Tätigkeit auf verschiedene andere ungewöhnliche Gebiete aus, wie zum Beispiel die Suche nach Leuten, die heutzutage die Rembrandts und Tintorettos malen. Im Kunstgeschäft gibt es jede Menge Diebstähle und Betrügereien, zu denen die Polizei niemals gerufen wird. Sie hat nicht die Zeit oder die Sachkenntnis, um mit bestimmten Situationen, in die man geraten kann, fertigzuwerden, und oft möchte der Klient keine Publicity. Damit verdiene ich meinen Lebensunterhalt. Ich trage keine Legitimationspapiere mit mir herum, weil das nicht unbedingt klug wäre, und außerdem gibt es niemanden, der mir welche ausstellen könnte. Aber wenn Sie wollen, können Sie gern einige Referenzen überprüfen.«

Er nannte vier beeindruckende Namen, die Sarah bekannt waren. Einer der Genannten war zufällig ein Mitglied des Kelling-Clans.

»Auf diese Weise bekam Onkel Thaddeus also seine Corots zurück. Sie müßten mal die Lügen hören, die er erzählt hat.«

»Ich habe ohne Zweifel schon schlimmere gehört. Wenn Sie diese Eier für mich braten, würde es Ihnen dann etwas ausmachen, sie umzudrehen und braun werden zu lassen, bis sie die Konsistenz von Dachpappe haben?«

»Wenn es sein muß.«

Sarah legte ihre eigenen zwei Eier auf einen vorgewärmten Teller und drehte die anderen mit dem Pfannenheber um. »Ich hoffe, daß Sie Eier mit kaputtem Eigelb möchten. Ich habe heute morgen zwei linke Hände.«

»Das überrascht mich nicht. Wenn wir noch einmal auf diesen Besuch, oder was immer es war, zurückkommen, haben Sie eine Ahnung, wie spät es war?«

»Ich würde sagen, es muß drei Uhr gewesen sein. Ich wachte plötzlich auf – wahrscheinlich, weil ich die Fenster herunterkrachen hörte. Jedenfalls spürte ich den fürchterlichen Durchzug und stand auf, um nachzusehen, woher er kam. Diese Eier sind doch bestimmt jetzt hart genug, oder?«

»Großartig. Danke schön.« Bittersohn nahm die lederne Masse mit Begeisterung in Angriff. »Wenn Sie ein solcher Feigling sind, was veranlaßte Sie dann, alleine nach oben zu stürmen?«

»Ich dachte, daß eine Gewichtsschnur gerissen sei. Sie verrotten hin und wieder. Ich glaube, in Wahrheit habe ich überhaupt nicht gedacht; ich reagierte einfach.«

»Hatten Sie schon lange geschlafen?«

»Seit ungefähr halb elf, glaube ich. Nach Ihrem Anruf verbrachte ich einige Zeit damit, Tante Carolines Zimmer auszuräumen, damit ich es benutzen konnte, dann nahm ich ein heißes Bad und las für eine kleine Weile William James.«

»Warum William James?«

»Er schläfert mich immer ein; fragen Sie mich nicht, warum. Ich versuche seit Jahren, dieses Buch zu lesen, und bin immer noch nicht über das vierte Kapitel hinausgekommen. Wie kamen wir auf William James?«

Bittersohn nahm sich einen weiteren Toast. »Unwichtig, reden Sie weiter.Was Ihnen gerade in den Sinn kommt. Wer weiß, vielleicht ist es wichtig.«

»Darf ich Fragen stellen?«

»Sicherlich, warum nicht?«

»Dieser – dieser Grund für Ihr Interesse am Familienschmuck. Hat es irgend etwas damit zu tun, daß Sie meine Schwiegermutter verhaften lassen wollten?«

Bittersohn blinzelte. »Diese Frage hatte ich nicht erwartet. Gäbe es irgendeinen Grund dazu?«

»Vielleicht.«

»Würden Sie das näher erklären?«

Sarah traf eine Entscheidung. »Ja, würde ich. Ich muß es jemandem erzählen, für den Fall, daß mir etwas zustößt. Es wäre nicht richtig, alles auf sich beruhen zu lassen. Würden Sie glauben, daß mein Mann und seine Mutter noch leben würden, wenn mein Großonkel Frederick seine Verwandten nicht so tyrannisiert hätte?«

»Und Sie? Weiter, Mrs. Kelling, beginnen Sie, wo immer Sie wollen, und sagen Sie, was immer Sie möchten.«

»Ich weiß kaum, wo ich anfangen soll.«

»Dann lassen Sie mich fragen, wann Sie zuerst erfuhren, daß Ihre Schwiegermutter in irgendeinen Schwindel mit dem Familienschmuck verwickelt war.«

»Es begann an dem Tag, als mein Cousin und ich Ruby Redds Skelett in unserer früheren Familiengruft fanden. Sie kennen die Geschichte und haben sie ja in den Nachrichten gesehen. Erinnern Sie sich, daß Sie bei den Lackridges die Sprache darauf brachten und Alexander nicht wollte, daß Tante Caroline davon erfuhr?«

»Wie könnte ich das vergessen? Er sah aus, als stände er unter Schock.«

»Das stand er mit Sicherheit. Und wie ich später herausfand, hatte er auch allen Grund dazu.«

»Wie haben Sie das herausgefunden?«

»Ich begann noch am selben Abend, Verdacht zu schöpfen.«

Sie erzählte ihm von der Fotografie, die mit ihrer Skizze von der Mauer in der Gruft übereinstimmte, von ihrer Entscheidung, Tim O'Ghee zu befragen, wie sie den alten Barkeeper tot auffand, von dem Auftritt, den Mrs. Wandelowski und der Mann, der sich als Arzt ausgab, inszeniert hatten, um ihr weiszumachen, daß O'Ghee nicht ermordet worden war. Sie erklärte, warum sie an dem Abend, als Bittersohn sie in der Raststätte auf dem Heimweg von Ireson's Landing getroffen hatte, in einem derartigen Zustand gewesen war. Sie erzählte von der Aussprache mit Alexander, davon, wie er seine Mutter beobachtet hatte, als sie das Medikament seines Vaters ausgeschüttet hatte, wie sie ihn dazu gezwungen hatte, ihr bei der Beseitigung von Ruby Redds Leiche zu helfen, wie sie Walter Kelling ermordet und Alexander überredet hatte, Sarah zu heiraten, damit sie ein Auskommen hatten. Sarah erzählte, wie sie darauf gekommen war, daß der Milburn verunglückt sei und warum. Zum Schluß erzählte sie Bittersohn von dem bizarren Tagebuch, das Caroline Kelling hinterlassen hatte, und was es enthüllte.

Als sie fertig war, sagte er »Mein Gott!« und reichte ihr seine Tasse für mehr Kaffee.

Diese alltägliche Geste machte endgültig deutlich, daß die Situation, so phantastisch sie anmutete, Wirklichkeit war. Sarah stand vom Tisch auf und griff nach der Kaffeekanne.

»Ich fürchte, der Kaffee ist kalt geworden. Ich habe nicht gemerkt, daß ich so lange geredet habe. Warten Sie solange, bis ich ihn wieder aufgewärmt habe, oder wäre es Ihnen lieber, wenn ich eine neue Kanne aufsetze?«

»Machen Sie sich keine Mühe. Meine Mutter sagt, ich trinke sowieso zuviel Kaffee. Wo wir gerade von Kaffee sprechen: Ich weiß nicht, ob es Ihnen bewußt war, aber an dem Abend, als ich Sie in der Raststätte traf, sahen Sie fürchterlich ramponiert aus. Nachdem Sie gegangen waren, rief ich meinen Schwager an und fragte ihn, einfach aus Neugierde, wie man zu Ihnen nach Ireson's Landing kommt. Ich war fast da, als ich ein Auto bemerkte, das aus Ihrer Zufahrt nach links abbog, deshalb bremste ich und drehte in der Hoffnung, einen Blick auf den Fahrer werfen zu können, das Fenster hinunter.

Wegen Regen und Dunkelheit konnte ich nicht viel sehen, aber ich hatte den Eindruck, daß es ein Mann war, und ich hatte das Gefühl, ich würde ihn erkennen, wenn ich ihn besser hätte sehen können. Das gab mir sozusagen Auftrieb, und so fuhr ich die Zufahrt hinauf, holte meine Taschenlampe heraus und begann mich umzusehen. Der Boden war so weich, daß ich keine Probleme hatte, die Spuren zu finden. Ich folgte dem Pfad zur Mauer und fand zwei Stellen, wo Sie offensichtlich ausgerutscht und hingefallen waren. Das war eine Erleichterung – wenigstens durfte ich annehmen, daß Sie nicht von dem Burschen zusammengeschlagen worden waren. Da ich keine Fetzen Papier herumliegen sah, ist es ganz gut möglich, daß er die Skizze, die Sie weggeworfen hatten, aufgehoben hat.«

»Aber Sie können nicht sagen, wer es war?«

»Ich hoffe, daß es mir noch einfallen wird. Ich frage mich inzwischen, ob es nicht der Mann gewesen sein könnte, der sich als Arzt ausgab, als Sie O'Ghee fanden. Er könnte Sie beschattet haben – um herauszufinden, ob Sie die Geschichte von O'Ghees Selbstmord geschluckt hatten und was Sie unternehmen würden, wenn nicht.«

»Ja, er könnte es gewesen sein. Er wußte, wer ich war und wo er mich finden konnte. Dann muß er es auch gewesen sein, den ich das zweite Mal dort draußen sah, an dem Abend vor Alexanders Ermordung.«

»Nein, ich fürchte, das dürfte mein Neffe Mike gewesen sein. Ein Detektiv ist er sicher nicht. Ich war beunruhigt, nachdem Dee auf seiner dummen Besprechung erwähnt hatte, daß Sie und Ihr Mann zurück nach Ireson's Landing fuhren. Ich konnte immer noch nicht ganz begreifen, was an dem einen Abend passiert war, aber ich wußte, daß Sie irgendein schlimmes Erlebnis hatten. Wie auch immer, ich hatte keinen besonderen Grund, diesen Vorfall mit dem Problem des Kelling-Schmucks in Verbindung zu bringen. Ehrlich gesagt, hatte ich damals eher den Eindruck, daß Ihr Mann Ruby Redd getötet und ihre Leiche in der Familiengruft eingemauert hatte und nun Probleme mit jemandem hatte, der von seiner Affäre mit ihr wußte. Ich dachte jedoch an Erpressung und nicht an Mord. An jenem Abend mußte ich auf alle Fälle einer Verpflichtung in New York nachkommen, und das Beste, was mir einfiel, war Mike anzurufen und ihn zu bitten, auf Sie aufzupassen, solange ich unterwegs war – eine reine Vorsichtsmaßnahme. Er tat sein Bestes. Es tut mir leid, daß es nicht genug war. Der arme Junge macht sich selbst die schwersten Vorwürfe, weil er nicht daran gedacht hat, den Milburn zu überprüfen.«

»Das braucht er nicht«, sagte Sarah. »Ohne in den Schuppen einzubrechen, wäre er noch nicht einmal an den Wagen herangekommen. Ich kann mir immer noch nicht vorstellen, wie es jemandem gelungen ist, an dem Milburn herumzumanipulieren. Alexander würde den Schaden entdeckt haben, wenn man etwas gesehen hätte.«

»Wenigstens können Sie verdammt sicher sein, daß Mike den Studebaker Schraube für Schraube unter die Lupe genommen hat«, erwiderte Bittersohn. »Das hat ihm geholfen. Ich kann Ihnen auch gleich noch erzählen, daß unser Treffen an der Tankstelle nicht gerade ein Zufall war. Ich hatte am vorangegangenen Abend noch spät von New York aus mit Mike gesprochen, und er sagte, daß alles in Ordnung wäre. Als ich dann wieder auf dem Logan Airport eintraf, rief ich ihn an, und er war völlig am Boden zerstört. Sie hören an der Tankstelle den lokalen Polizeifunk ab, und so hatte er von dem Unfall erfahren. Also fuhr ich schleunigst dort hinaus und hielt den ganzen Weg Ausschau nach dem alten Studebaker. Ich hielt an, um Mike zu fragen, ob Sie vielleicht noch in Ireson's Landing seien, und wie der Zufall es wollte, fuhren Sie zwei Minuten später vor. Ich mußte nur warten, bis Sie zum Telefon gegangen waren, um dann ein bißchen Theater zu spielen.«

»Ich bin sicher, daß Ihre Liebenswürdigkeit kein Theater war«, widersprach ihm Sarah. »Ich kann Ihnen gar nicht sagen –«

»Keine Ursache. Macht es Ihnen etwas aus, wenn wir ein paar Punkte noch einmal durchgehen?«

»Überhaupt nicht.«

»Diese Aussprache, die Sie mit Ihrem Mann hatten, nachdem Sie von der Einladung nach Hause gekommen waren – kann die jemand mitgehört haben?«

»Ich wüßte nicht, wie. Es war viel zu kalt, um ein Fenster offen zu lassen, und ich vergewisserte mich sehr sorgfältig, daß Edith, unser Hausmädchen, nicht in Hörweite war. Ich wußte, daß sie herumschnüffeln würde, sobald sie wußte, daß etwas im Gange war. Sie hatte ihr eigenes Wohnzimmer im Souterrain, wo sie den größten Teil ihrer Freizeit vor dem plärrenden Fernseher verbrachte. Sie ist oft in ihrem Sessel eingedöst. Sie ist nicht mehr jung und trinkt gerne Portwein. Damit war sie während unserer Aussprache beschäftigt. Ich hatte eine Auseinandersetzung mit ihr, als ich in die Küche kam, um Alexander eine Kleinigkeit zu kochen, und sie war tödlich beleidigt hinausstolziert. Außerdem saßen wir bei geschlossener Tür in der Bibliothek, und die Tür schließt sehr dicht. Alexander hat den Rahmen mit Dichtungsstreifen abgeklebt, um den Zug von der Diele fernzuhalten.«

»Ihre Schwiegermutter war nicht bei Ihnen? Es besteht nicht etwa die Möglichkeit, daß Mrs. Kelling doch besser hören konnte, als sie Sie glauben machen wollte?«

»Auf keinen Fall«, sagte Sarah bestimmt. »Es ist unmöglich, daß ich in all den Jahren nichts davon gemerkt hätte. Außerdem war sie nicht im Haus. Sie war zum Abendessen eingeladen worden von – oh, Gott im Himmel!«

»Von wem?« hakte Bittersohn sofort nach. »Ihrem kleinen Liebling?«

Sarah schüttelte den Kopf. »Ehrlich gesagt, ich weiß es nicht, aber es wäre eine Möglichkeit. Sein Name ist Edgar Merton, und alle wissen, daß er schon seit vielen Jahren in Tante Caroline verliebt ist. Er ist immer noch ein ziemlich ansehnlicher Mann, und er ist nicht viel größer als ich. Wie Sie wissen, war Tante Caroline sehr groß. Edgar reichte ihr kaum bis ans Kinn.«

»Hat er Vermögen?«

»So wie er lebt, würde man das vermuten, aber ich glaube nicht, daß er selbst auch nur einen Penny hat. Edgars Familie verlor ihr Geld in der Weltwirtschaftskrise, deshalb heiratete er eine reiche Erbin. Alice Merton war nie eine sehr kluge Frau. Sie begann vor sechs oder acht Jahren senil zu werden und ist inzwischen vollkommen unzurechnungsfähig. Seitdem sie in ein Pflegeheim eingewiesen werden mußte, hat sich Edgar sehr viel um Tante Caroline gekümmert. Ich muß gestehen, daß ich seine Besuche gefördert habe, weil sie Alexander eine Verschnaufpause ermöglichten.«

Sie räusperte sich. »Jedenfalls war Edgar ebenfalls zum Tee eingeladen und bat uns drei, mit ihm zum Abendessen in den Harvard Club zu gehen. Ich sagte ihm, daß Alexander sich nicht wohl fühlte, und schlug ihm vor, Leila Lackridge mitzunehmen.«

»Warum Mrs. Lackridge?«

»Harry war unterwegs, seine Bücher verkaufen, und Leila hatte für den Abend nichts vor. Es war einfacher, wenn sie mitging, um bei der Unterhaltung zu assistieren und Tante Caroline zur Damentoilette zu begleiten. Ich wollte, daß sie so lange wie möglich mit Edgar unterwegs war, so daß wir einen friedlichen Abend hatten. Wir waren im Bett, ehe sie zurückkam.«

Bittersohn mußte gemerkt haben, wie schmerzlich die Erinnerung für sie war. Schroff fragte er: »Was macht dieser Merton?«

»Nichts Besonderes. Besucht seine Freunde, spielt Bridge in seinem Club, macht ab und zu eine Reise. Er ist schon lange pensioniert, obwohl es, glaube ich, nicht viel gab, wovon er sich pensionieren lassen mußte. Er war angeblich bei einer der großen Maklergesellschaften beschäftigt, aber er kann in seinem Beruf nicht schrecklich viel gearbeitet haben. Er und Alice waren fast immer auf Reisen.«

»Tatsächlich?« Bittersohn ließ sich die Information eine Weile durch den Kopf gehen. »Wer sonst noch?«

»Wer sich sonst noch für Tante Caroline interessierte? Mein Vater zum Beispiel, nach dem Tod meiner Mutter, aber er zählt nicht, weil sie ihn umbrachte. Natürlich hat es viele Leute gegeben, die besonders freundlich zu ihr waren. Sie galt als Heldin und war immer noch eine sehr attraktive und intelligente Frau. Mein Onkel Jem – oh, dieses scheußliche Telefon! Dauernd klingelt es.«

Sie streckte ihre Hand nach dem Nebenanschluß an der Wand aus, aber Bittersohn hielt sie zurück. »Warten Sie eine Sekunde. Wo ist das andere Telefon?«

»In der hintersten Ecke der Diele auf einem kleinen Ständer.«

»Bleiben Sie hier, und lassen Sie es noch zweimal klingeln, ehe Sie abheben.«

Er eilte den Korridor entlang. Verblüfft gehorchte Sarah. Als sie abhob, war Harry Lackridge am Apparat.

»Sarah, warum brauchst du so lange? Stimmt etwas nicht?«

»Es ist alles in Ordnung«, schwindelte sie. Daß er und Leila wieder zu ihrer Rettung herbeieilten, war das letzte, was sie wollte. »Ich bin müde, aber das war zu erwarten.«

»Was hast du mit dem Tag heute vor?«

»Ihn, so gut es geht, hinter mich zu bringen.«

»Könnte ich dich für ein Mittagessen im Ritz interessieren?«

»Das hört sich wundervoll an, Harry, aber ich kann unmöglich. Es gibt so viel zu tun.«

»Was, zum Beispiel?«

»Ich muß noch zu Mr. Redfern.« Eigentlich mußte sie das keineswegs, aber es war die erste Entschuldigung, die ihr einfiel.

»Warum?« hakte er nach. »Habt ihr die Sache mit dem Geld am Montag nicht regeln können?«

»Nicht zu meiner Zufriedenheit. Mr. Redfern behauptet, daß dieses lächerliche Testament meines Vaters immer noch in Kraft ist; und alles, was er mir im Moment zuteilen kann, ist ein armseliges Haushaltsgeld – bis ein neuer Treuhänder ernannt ist. Ich denke ernsthaft darüber nach, mir einen anderen Anwalt zu nehmen.«

»Nun, Sarah, beruhige dich. Überstürze nichts, Alex würde das nicht wollen. Ein anderer Anwalt würde dich nur hinhalten und das Vermögen mit Honorarforderungen belasten. Wenn Redfern mit mir über die Treuhänderschaft sprechen will –«

»Ich kann mir nicht vorstellen, warum er das sollte«, gab sie scharf zurück, dann wurde ihr bewußt, wie unhöflich sie war.

»Harry, ich weiß, daß du mir wegen Alexander zu helfen versuchst, aber du mußt dir bewußt sein, daß niemand jemals seine Stelle einnehmen könnte, und niemand kann mein Leben für mich leben. Ich will mich nicht darauf verlassen, daß du oder irgend jemand sonst meine Angelegenheiten regelt, und jetzt will ich das erledigen, was ich zu tun habe. Das verstehst du doch, oder?«

»Ich werde mich auf jeden Fall nicht mit dir streiten. Deine Meinung über das Mittagessen willst du wirklich nicht ändern? Vielleicht ein anderes Mal?«

»Das wäre nett.« Dankbar hängte Sarah ein und ging, um nachzusehen, was ihr anderer selbsternannter Schutzengel machte. Als sie zu ihm kam, nahm er gerade das Telefon auseinander.

»Mr. Bittersohn, warum machen Sie das?«

»Ich will sehen, was drin ist.«

Er schüttelte einen winzig kleinen Metallgegenstand aus der Sprechmuschel und hielt ihn ihr auf dem Handteller hin. »Wissen Sie, was das ist?«

»Ich habe keinen blassen Schimmer. Doch nicht – nicht eine dieser Wanzen?«

»Aber ja doch. Außerdem ist es fast schon ein Altertümchen. Ihr Telefon muß schon vor Jahren angezapft worden sein. Würden Sie mir vielleicht zeigen, wo Sie und Ihr Mann während dieses Gesprächs saßen?«

»Hier drinnen.« Sarah führte ihn in die Bibliothek.

»Haben Sie hier immer einen großen Teil Ihrer Zeit verbracht?«

»Ja. Der Raum ist gemütlicher als das Wohnzimmer und hat einen besseren Kamin. Wir waren immer sehr großzügig mit Kaminfeuer, weil uns all das Holz, das draußen in Ireson's Landing herumliegt, nichts kostet.«

Bei Tageslicht sah die Bibliothek so schäbig aus wie der Rest des Hauses. Dennoch besaßen die überfüllten Bücherregale, die vom Parkettfußboden bis zur drei Meter hohen Decke reichten, einen gewissen Charme, genau wie die orientalischen Teppiche mit ihren weichen Blau- und Purpurtönen, der abgewetzte braune Ledersessel und das Ledersofa, das von irgendeinem orientalischen Künstler malerisch stilisierte Porträt des Handelsfürsten, der den Grundstock für das Vermögen gelegt hatte, das Caroline Kelling später an einen Erpresser verlor.

Max Bittersohn verschwendete keine Zeit, die Atmosphäre zu genießen. Er ließ sich auf die Knie nieder, begann die Bücher aus den untersten Regalfächern herauszuholen und brach den Viertelstab heraus, der den Abschluß der lackierten Fußleiste aus Kiefernholz bildete. Als Sarah fragen wollte, was er da machte, bedeutete er ihr zu schweigen. Ein oder zwei Sekunden später hielt er ein Stück abgeschnittenes Kabel hoch.

Kapitel 22

Auf die Art und Weise hat man Sie belauscht, Mrs. Kelling. Ich würde sagen, daß dieser Raum auch schon seit geraumer Zeit abgehört wird. Sehen Sie, wie verfärbt und staubig das Kabel ist?«

»Das glaube ich nicht«, stieß sie mit zitternden Lippen hervor. »Sie versuchen, mir einzureden, daß jedesmal, wenn einer von uns telefoniert oder diesen Raum betreten hat, jemand draußen vor dem Fenster versteckt war und jedes Wort mithörte, das wir gesprochen haben.«

»Nein, das behaupte ich nicht. Normalerweise läuft das so, daß die Kabel mit einem irgendwo versteckten Tonbandgerät verbunden sind, das entweder ständig in Betrieb ist oder, was wahrscheinlicher ist, nur zu bestimmten Zeiten eingeschaltet wird. Wer sind Ihre nächsten Nachbarn, wissen Sie das?«

»Ich habe nicht die leiseste Ahnung. Früher waren das alles Privathäuser, aber inzwischen sind die meisten in Apartments aufgeteilt. Die Leute kommen und gehen.«

»Wir werden wohl jemanden finden, der kam und geblieben ist. Ich werde einen Elektriker herkommen lassen, damit er dieses Kabel zurückverfolgt, wenn Sie nichts dagegen haben. Sie haben nicht zufällig noch in Erinnerung, daß irgendwelche Elektroarbeiten hier im Haus vorgenommen wurden? Ich frage mich gerade, wann und wie das Ganze installiert wurde.«

»Ediths Neffe«, keuchte Sarah.

»Wer?«

»Unser Hausmädchen«, stammelte sie. »Ich habe Ihnen von ihr erzählt. Sie hat einen Neffen, der Fernseher repariert. Würde das nicht passen?«

»Warum nicht? War er jemals im Haus?«

»Dutzende von Malen. Wir ließen Edith oft auf das Haus aufpassen, wenn wir nach Ireson's fuhren, und boten ihr an, daß sie sich Gesellschaft einladen konnte. Gewöhnlich kam ihr Neffe mit Frau und Kindern, und ich bin sicher, daß sie ihnen das Haus zur freien Verfügung überließ, obwohl sie das eigentlich nicht sollte.«

»Haben Sie selbst den Neffen jemals getroffen?«

»Ein- oder zweimal. Nur, wenn ich es nicht vermeiden konnte. Er ist einer dieser öligen kleinen Männer mit einem Schnurrbart, der wie angeklebt aussieht.«

»Ein gutaussehender Typ?«

»Ich denke schon, wenn Sie Eidechsen mögen. Aber Sie denken doch hoffentlich nicht an ihn und Tante Caroline. Außerdem ist er zu jung.«

»Er hatte einen Vater, oder?«

»Der kann es nicht gewesen sein. Er war irgendwo Fabrikarbeiter, und Tante Caroline würde kaum zu so drastischen Mitteln gegriffen haben, um seinen Ruf zu schützen. Aber es gibt einen Onkel oder Cousin oder so, der ein ziemlich bekannter Chirurg in einem der großen hiesigen Krankenhäuser ist. Edith prahlte bei jeder sich bietenden Gelegenheit mit ihm. Der Gedanke, daß Tante Caroline sich in einen gutaussehenden, aber mittellosen Assistenzarzt verliebt hatte, dessen brillante Zukunft gefährdet war, ist gar nicht so weit hergeholt. Das würde ihre Bemerkung erklären, daß sie ihren kleinen Liebling heiraten wolle, gleichgültig, was die Welt dazu sagen mochte. Die Familie hätte sicherlich einiges gesagt, wenn sich Gilbert Kellings Witwe mit einem Verwandten ihres Hausmädchens verbunden hätte. Das könnte auch der Grund sein, warum Tante Caroline Edith behielt, als sie alle anderen Bediensteten entließ. Ich habe nie verstehen können, warum sie die unfähigste von allen weiterbeschäftigte, aber wenn Edith all die Jahre als Vermittlerin gewirkt hat –«

»Oder als Erpresserin?«

»Das würde ich ihr schon zutrauen, aber was sollte sie mit dem ganzen Geld gemacht haben? Vergessen Sie nicht, daß es sich um ein sehr großes Vermögen handelte. Wenn es in ihre Hände gelangt ist, warum hätte sie dann weiter hierbleiben und jammern und nörgeln sollen, sie sei überarbeitet?«

»Eine gute Frage. He, sind Sie nicht mit Ihrem Anwalt verabredet?«

»Eigentlich nicht. Ich sagte das nur, um dem Mittagessen mit Harry zu entkommen. Es war die erste Entschuldigung, die mir einfiel. Er und Leila sind fest entschlossen, liebenswürdig zu dem armen kleinen Waisenkind zu sein, und das ist mehr, als ich gerade jetzt ertragen kann.«

»Nichtsdestotrotz müssen Sie unterbewußt an Ihren Anwalt gedacht haben, sonst wäre Ihnen etwas anderes eingefallen. Was meinen Sie, gehen wir trotzdem hin?«

»Wir können nicht einfach zur State Street gehen und bei Mr. Redfern hereinplatzen!«

»Warum nicht? Er arbeitet für Sie, oder?«

Sarah starrte ihn an und brachte dann ein Lächeln zustande. »Ich glaube schon. Ich muß zugeben, daß ich Mr. Redfern bisher nie als meinen Angestellten betrachtet habe.«

»Das läßt die Kerle glauben, daß sie Gott der Allmächtige sind. Sie gehen zu ihm hin, und wenn er versucht, es Ihnen schwer zu machen, dann sagen Sie nur: ›Hören Sie zu, mein Lieber, wenn es nicht Klienten wie mich gäbe, hätten Sie nichts zu essen.‹«

»Ich kann mir nicht vorstellen, ›Hören Sie zu, mein Lieber‹ zu Mr. Redfern zu sagen.«

»Dann werde ich es für Sie sagen. Holen Sie Ihren Mantel.«

»Meinen Sie es ernst?«

»Ich habe noch nie etwas ernster gemeint«, versicherte ihr Bittersohn. »Ich möchte, daß er uns das Bankschließfach öffnet, in das Mrs. Kelling nie jemanden einen Blick werfen ließ, damit wir genau wissen, wo wir dran sind. Es gibt doch keine Zweifel, daß Sie die rechtmäßige Erbin sind, oder?«

»Oh nein. Alles geht an mich. So sagte Alexander.«

»Ist Redfern Testamentsvollstrecker?«

»Bestimmt. Die Redferns waren immer für all unsere Familienangelegenheiten zuständig.«

»Dann müßte er eigentlich einen Schlüssel zum Schließfach besitzen?«

»Wenn er keinen hat, ich habe einen«, erwiderte Sarah. »Ich fand ihn versteckt in einer von Tante Carolines Kommodenschubladen.«

»In Ordnung, dann kann's losgehen. Kommen Sie.«

»Aber muß das Testament nicht erst eröffnet werden, oder wie immer man das nennt?«

»Nein, es funktioniert genau umgekehrt. Das Schließfach muß geöffnet und sein Inhalt wie alle anderen Besitztümer inventarisiert werden, bevor das Testament eröffnet werden kann. Wenn

Redfern im Besitz der Testamente Ihres Mannes und Ihrer Schwiegermutter ist, gibt es überhaupt keinen Grund, warum wir drei nicht direkt zur Bank gehen und uns sofort darum kümmern können. Wenn er nicht will, hetzen wir meinen Onkel Jake auf ihn.«

»Ihren Onkel, den Pfandleiher?«

»Nein, meinen Onkel, den Anwalt. Wenn der sich in seinen Spezialschuhen mit Plateausohlen von Adler auf seine volle Höhe von ein Meter fünfzig aufbaut, dann steckt er die gesamte amerikanische Bankenvereinigung mit einer Hand in die Tasche. Onkel Jake wird wissen, was zu tun ist, wenn dieser Redfern anfängt, Sie ins Leere laufen zu lassen.«

»Ich bin nicht sicher, ob er nicht schon damit begonnen hat. Sie haben gehört, was ich zu Harry sagte.«

Sarah klärte ihn über das übertrieben vorsichtige Testament ihres Vaters und über die Schwierigkeiten auf, die sie hatte, Geld aus seinem Vermögen zu erhalten.

»Hört sich das für Sie vernünftig an?«

»Es hört sich jedenfalls nicht so an, als ob Redfern bereit wäre, sich für Sie ein Bein auszureißen«, erwiderte Bittersohn. »Kommen Sie, gehen wir.«

»Würde es Ihnen etwas ausmachen, noch zwei Minuten zu warten? Ich ziehe besser etwas Passendes an. Wenn ich in Jeans und Sweatshirt auftauche, wird er glauben, ich sei vollkommen übergeschnappt.«

Sarah war nicht sehr optimistisch, was ihr Vorhaben betraf, aber warum sollte man es nicht einmal versuchen? Schlimmstenfalls warf Redfern sie hinaus. Und selbst das war besser, als allein zu Hause herumzusitzen und sich zu fragen, was als nächstes passieren würde. Die Abhöraktion war der Gipfel. Herauszufinden, daß die intime, erschütternde und so positive Aussprache mit ihrem Mann in widerlicher Weise mitgehört worden war, war fast so schlimm, wie ihn zum zweiten Mal zu verlieren.

Bittersohns Entdeckung eröffnete viele neue Möglichkeiten. Sarah hatte gedacht, daß nur Edith und Lomax gewußt hatten, daß die Kellings für das Wochenende nach Ireson's Landing fuhren. Wer sonst hatte gehört, wie Alexander den Hausmeister anrief, hatte mitgehört, während sie ihre Pläne schmiedeten, war in der Lage, jedem ihrer voraussichtlichen Schritte zuvorzukommen?

Wer immer diese Tonbänder auch abgehört hatte, mußte wissen, wie streng Tante Caroline daran festhielt, dieselben Dinge in derselben Weise immer und immer und immer wieder zu tun; ihm mußte klar gewesen sein, daß Alexander bei auch nur halbwegs gutem Wetter den Milburn auspacken und seine Mutter zu einer Fahrt die Küstenstraße entlang mitnehmen würde. Der Wetterbericht für diesen Tag hatte angekündigt, daß sich der Nebel um die Mittagszeit auflösen würde, und so war es gewesen. Anhand der gesammelten Informationen konnte der Mörder fast den Moment vorhersagen, in dem der Milburn den höchsten Punkt der Straße erreicht hatte und außer Kontrolle geriet, konnte einen glaubwürdigen Zeugen unten am Strand postiert haben, um sicherzustellen, daß der tödliche Unfall wie geplant ablief.

Jeder Lauscher mußte von dem dynamischen Bremsrelais des alten Elektroautos wissen.

Er oder sie mußte über die Jahre eine gewaltige Bibliothek von Tonbändern angelegt haben, auf denen Alexanders liebe, ruhige Stimme jedem, den er zum Zuhören überreden konnte, das Innenleben des Milburns erklärte. Oh, wenn sie sie nur auch hören könnte!

Sarah begann wieder zu weinen, lief ins Badezimmer und betupfte ihr Gesicht mit Wasser. Es war nicht sehr höflich, Bittersohn warten zu lassen, während sie ihrem Schmerz freien Lauf ließ. Als sie jedoch ein paar Minuten später in schwarzem Wollkleid und Mantel nach unten lief, stellte sie fest, daß er die Zeit gut genutzt hatte.

»Ich habe Ihre Schlösser überprüft. Soweit ich erkennen kann, hat sich niemand an ihnen zu schaffen gemacht. Außerdem dürfte es Sie freuen zu hören, daß in dem Telefon in der Küche keine Wanze ist.«

»Im Moment gibt es gar nichts, was mich freuen könnte«, sagte ihm Sarah offen. »Sollten wir den Rest der Fußleisten nicht auch überprüfen?«

»Das kann später der Elektriker machen, aber ich glaube kaum, daß er etwas finden wird. Das gesamte Haus zu verkabeln, würde ein großes Stück Arbeit und ein noch größeres Risiko sein. Die Bibliothek war ideal, weil diese Stelle hinter den Bücherregalen für viele Jahre unberührt bleiben würde und weil Sie den Raum immer so viel benutzt haben. Ich nehme an, daß die meisten Ihrer Bekannten Ihre Gewohnheiten kennen.«

»Oh ja. Wir haben dort oft den Tee oder so serviert, weil das Feuer immer brannte und Tante Caroline ihr Backgammonbrett auf dem kleinen Tisch neben dem Fenster aufbewahrte. Und jeder, der draußen vorbeiging, konnte sie dort sehen. Edgar und sie spielten stundenlang ununterbrochen. Und abends brannte das Licht. Sie und Leila hielten auch einige ihrer Komiteetreffen in der Bibliothek ab. Mr. Bittersohn, glauben Sie, daß die Abhöraktion irgend etwas mit Politik zu tun haben könnte?«

»Waren ihre politischen Aktivitäten hauptsächlich so wie die Dinge, von denen sie an dem Abend bei den Lackridges sprachen?« Er klang amüsiert. »Was denken Sie denn?«

»Ich hatte immer den Eindruck, daß sie viel Wind um nichts machen«, mußte sie zugeben. »Vielleicht versuche ich so einfach nur, die Dinge weniger – persönlich erscheinen zu lassen.«

»Das ist nur natürlich. Was halten Sie davon, wenn wir zu Fuß gehen?«

»Wie kommen wir denn sonst dorthin?«

»Per Skateboard, Springstock oder Taxi.«

»Taxi? Für so eine kurze Entfernung? Mr. Bittersohn, was denken Sie sich?«

Sarah verschloß die Tür und schritt rasch in Richtung Brimstone Corner. Wenn sie so tollkühn waren, ohne Termin in die Praxis eines prominenten Bostoner Rechtsanwalts hineinzuplatzen, konnten sie genausogut Redferns Standpauke so schnell wie möglich hinter sich bringen.

Kapitel 23

Es tut mir leid, aber ich befürchte, daß Mr. Redfern im Moment unmöglich jemanden empfangen kann.«

In Miss Tremblays Stimme mischten sich Überraschung und Bedauern. Es tat ihr leid, einer jungen, so plötzlich und tragisch verwitweten Frau keinen Gefallen tun zu können, aber sie war verblüfft, wie Sarah es für möglich halten konnte, Mr. Redfern ohne einen Termin zu besuchen.

Max Bittersohn griff nach Miss Tremblays Notizblock, schrieb etwas darauf und reichte ihr das Blatt. »Geben Sie ihm das. Ich denke, Sie werden feststellen, daß er uns empfangen kann.«

»Aber ich –«

»Versuchen Sie es.«

Die ältliche Sekretärin zog einen Schmollmund, klopfte an und betrat das Allerheiligste. Als sie wieder herauskam, sah sie ausgesprochen verblüfft aus.

»Wenn Sie bitte sofort hineingehen wollen?«

Bittersohn sah nicht einmal gebührend erfreut aus, er führte Sarah einfach durch die lackierte Eichentür, bot ihr den Besucherstuhl vor dem Schreibtisch an und holte einen weiteren Stuhl für sich selbst.

Der Anwalt räusperte sich, setzte seine Halbbrille auf, nahm sie wieder ab, setzte sie wieder auf und sagte schließlich:

»Ich hatte nicht erwartet, Sie so schnell wiederzusehen, Sarah.«

»Warum denn nicht?« erwiderte sie. »Wir haben bei meinem letzten Besuch nicht gerade viel erreicht.«

»Ich hatte den gegenteiligen Eindruck.«

Sie hatte nicht vor, sich herumzustreiten. Sie saß da und sah ihm direkt ins Gesicht, während sie sich in Erinnerung zu rufen versuchte, daß Mr. Redfern einfach jemand war, der für sie arbeitete, bis der Anwalt schließlich gezwungen war, erneut etwas zu sagen.

»Darf ich fragen, was Sie heute hierher führt? Im Augenblick bin ich sehr beschäftigt.«

»Es ist auch für mich eine schwere Zeit«, gab sie scharf zurück, »und ich wäre Ihnen dankbar, wenn Sie im Auge behalten würden, daß von Ihnen erwartet wird, meine Interessen zu vertreten. Wenn Sie keine Zeit erübrigen wollen, werde ich jemanden finden müssen, der Zeit hat.«

»Immer mit der Ruhe, Sarah. Wenn es um das Testament Ihres Vaters geht –«

»Das tut es nicht. Auf jeden Fall nicht heute. Ich komme wegen einer schriftlichen Erlaubnis oder was immer ich brauche, um Zugang zu dem Bankschließfach meiner Schwiegermutter in der High-Street-Bank zu erhalten.«

»Und Sie werden sie zu gegebener Zeit bekommen.«

»Ich will sie jetzt.«

»Das ist unmöglich.«

»Wieso? Ich will nichts hinausnehmen, ich möchte nur sehen, was in dem Schließfach ist.«

»Meine liebe Sarah, man platzt nicht einfach bei Leuten herein und stellt Forderungen wie ein ungezogenes Kind, das etwas will. Es gibt bestimmte Verfahren, die geordnet ablaufen.«

Sarah drehte sich zu Bittersohn um. »Würde Ihr Onkel dem zustimmen?«

»Ich denke, Mr. Redfern ist sich bewußt, daß Jacob Bittersohn im besten Interesse seiner Klientin handeln würde«, erwiderte er. »Ich bezweifle, daß mein Onkel Sie mit einem wütenden Kind, das unbedingt etwas haben will, vergleichen würde. Ich glaube, er wäre mit Ihnen einer Meinung, daß Sie das Recht haben, Ihr Eigentum anzusehen. Außerdem sehe ich nicht ein, warum zum Teufel Sie uns hier hinhalten, Redfern. Es handelt sich nicht um ein leichtfertiges Ersuchen. Mrs. Kelling, die zufällig genausogut meine wir Ihre Klientin ist, hat bei Durchsicht der beweglichen Besitztümer ihrer verstorbenen Schwiegermutter festgestellt, daß Mitglieder ihrer Familie über einen ausgedehnten Zeitraum hinweg systematisch betrogen worden sind. Um eine effektive Untersuchung durchführen zu können, müssen wir genau wissen, woran sie im Moment ist.«

»Können Sie diese Aussage erhärten?«

»Wir können. Wir haben Beweise. Wir haben nicht vor, sie Ihnen zu zeigen, bis wir überzeugt sind, daß Sie nicht selbst an dem Betrug und möglicherweise Schlimmerem beteiligt sind. Bisher läßt Ihr Verhalten Zweifel zu.«

»Das ist eine verleumderische Unterstellung.«

»Verklagen Sie mich. Können wir in der Zwischenzeit mit dem fortfahren, wozu wir gekommen sind? Mrs. Kelling wurde von ihrem Mann mitgeteilt, daß sie alles erbt, was zum Zeitpunkt seines Todes zum Vermögen gehört, und daß die Erbmasse eine Schmuckkollektion einschließt, die seit Jahren in Familienbesitz ist, deren Nutznießerin auf Lebenszeit Caroline Kelling war, die aber in Wirklichkeit ihrem Sohn gehörte. Ist das korrekt?«

Der Anwalt wand sich vor Unbehagen. »Im großen und ganzen, glaube ich, ist das – äh – wohl zutreffend. Sarah wird auch die beiden Immobilien erben.«

»Wer hatte die Dokumente?«

»Mrs. Kelling hatte auch die zu Lebzeiten in persönlicher Verwahrung. Da sie nicht die Eigentümerin war, wäre es angebracht gewesen, wenn sie sie uns überlassen hätte, aber sie zog es vor, das nicht zu tun.«

»Befinden sie sich bei dem Schmuck in dem Bankschließfach?«

»Ich habe keine Möglichkeit, das festzustellen.«

»Ist das nicht allein schon Grund genug, das Schließfach zu öffnen? Sie müssen es sowieso früher oder später tun. Haben Sie die nötigen Dokumente vorliegen?«

»Haben wir«, mußte Redfern zugeben.

»Worauf warten wir dann noch? Kommen Sie mit, oder geben Sie uns ein entsprechendes Schreiben?«

»Mein Zeitplan ist –« Redfern versuchte, eindrucksvoll auszusehen, fing einen Blick von Bittersohn auf und gab sich sofort geschlagen. »Ich komme besser mit Ihnen.«

Er nahm einen Filzhut und einen wunderschönen schwarzen Kaschmirmantel von einem Kleiderständer aus Bugholz und ging mit ihnen heraus. »Miss Tremblay, ich werde für ungefähr fünfundvierzig Minuten nicht in der Praxis sein.«

»Aber, Mr. Redfern! Ja, Mr. Redfern.«

Sie starrte ihnen völlig verblüfft hinterher, als sie hinausgingen.

Die Bank war nicht weit von der Anwaltspraxis entfernt, und Mr. Redfern trug sofort ihre Angelegenheit vor. Der Geschäftsstellenleiter kam umgehend zu ihnen heraus.

»Sehr gut, daß Sie kommen, Mrs. Kelling. Eine so prompte Reaktion hatte ich nicht erwartet.«

»Reaktion worauf?« fragte Sarah.

Er sah überrascht aus. »Haben Sie meinen Brief nicht erhalten? Ich schrieb Ihnen sofort, als ich von dem Tod von Mrs. Caroline Kelling erfuhr. Die Situation ist schon seit einiger Zeit prekär, und – vielleicht gehen wir besser in mein Büro und nehmen dort Platz.«

»Welche Situation?«

Sarah war dankbar für den Stuhl, den er ihr anbot. »Sie müssen mir verzeihen, aber ich habe nicht die leiseste Ahnung, wovon Sie sprechen. Zu Hause liegt ein ganzer Stapel Post, und ich bin bis jetzt noch nicht dazu gekommen, alles zu öffnen. Vermutlich befindet sich Ihr Brief noch bei der ungeöffneten Post. Wir kamen her, weil ich sehen muß, was sich in dem Bankschließfach meiner Schwiegermutter befindet. Wir suchen unter anderem die Übertragungsurkunden für die beiden Grundbesitztümer.«

»Ja, selbstverständlich, die werden wir sicherlich benötigen. Dann haben Sie sie nicht, Redfern? Ich nahm natürlich an, daß Mrs. Kelling sie Ihnen zurückgeben würde, nachdem sie die zweiten Hypotheken aufgenommen hatte.«

»Die zweiten Hypotheken?« bellte der Anwalt. »Aber die Grundstücke sind frei und unbelastet, sind es immer gewesen. Verplanck, wovon reden Sie?«

Der Bankier lehnte sich in seinem Drehstuhl zurück. »Im Jahre neunzehnhundertzweiundfünfzig, wenn mich meine Erinnerung nicht täuscht, nahm Mrs. Kelling als Testamentsvollstreckerin des Nachlasses ihres Mannes sowohl auf das Haus in Beacon Hill wie auf das Anwesen in Ireson's Landing Hypotheken auf. Ich bin überrascht, daß sie Sie nie von dieser Tatsache in Kenntnis gesetzt hat, Redfern. Auf jeden Fall wurden die Zinsen für beide korrekt überwiesen, die Schulden aber nicht getilgt. Das war an sich überraschend, aber da die Anwesen an Wert weiterhin zunahmen, bestand für uns eigentlich keinerlei Grund zur Besorgnis. Vor ungefähr fünf Jahren kam Mrs. Kelling wieder her und wollte, daß wir auf beide Grundstücke eine zweite Hypothek ausstellten. Ich darf sagen, daß ich mich gezwungen sah, Einwände zu erheben.«

»Wie?« fragte Sarah.

»Nun, ich sagte – ach, Sie meinen das Kommunikationsproblem. Sie kam in Begleitung ihres Sohnes. Er konnte sich mit irgendwelchen Handzeichen mit ihr verständigen.«

»Alexander brachte sie her? Dann wußte er Bescheid?«

»Selbstverständlich. Das mußte er doch, oder? Er war nicht mehr minderjährig, und die Grundstücke gehörten meines Wissens vom rechtlichen Standpunkt aus ihm, auch wenn seine Mutter noch immer als Testamentsvollstreckerin fungierte.«

»Aber das ist unmöglich! Erst vor ein paar Abenden sprachen wir darüber, einen Teil des Grundstücks in Ireson's Landing zu verkaufen, und er hat kein Sterbenswörtchen über Hypotheken gesagt.«

Mr. Verplanck und Mr. Redfern wechselten einen Blick. Keiner von ihnen sagte: »Männer pflegen ihren Ehefrauen nicht alles zu erzählen«, aber es war offensichtlich, daß sie das dachten. Der Bankier fuhr etwas hastig fort:

»Wie dem auch sein mag, wir haben tatsächlich die Hypotheken auf die Grundstücke erhöht, da ihr erheblicher Wertanstieg das zusätzliche Risiko zu rechtfertigen schien, obwohl ich offen zugeben muß, daß ich über die Transaktion gar nicht glücklich war und es heute noch wesentlich weniger bin.«

»Wurden irgendwelche Zahlungen zur Tilgung der zweiten Hypotheken geleistet?« fragte der Anwalt.

»Nicht ein Cent. Auch mit den Zinszahlungen befinden Sie sich inzwischen erheblich im Rückstand. Wir haben Mrs. Kelling wie auch Mr. Alexander Kelling angeschrieben, aber keine Antwort erhalten. Ich muß Ihnen leider mitteilen, daß mein Brief an die – äh – jetzige Mrs. Kelling sich mit der Notwendigkeit befaßt, die Hypotheken bald aufkündigen zu müssen, falls wir uns nicht einigen können.«

»Wieviel muß ich zahlen?« stammelte Sarah.

Mr. Verplanck nannte eine Summe, die ihr den Atem verschlug.

»Ist mir das möglich, Mr. Redfern?«

Der Anwalt schüttelte seinen Kopf. »Auf Anhieb wüßte ich nicht, wie.«

»Dann werde ich wohl etwas von dem Schmuck verkaufen müssen. Das wird wahrscheinlich auch Alexander vorgehabt haben. Er – ach, ich kann das einfach nicht glauben! Können wir denn bitte jetzt das Schließfach öffnen?«

»Das sollten wir wohl tun«, sagte Mr. Verplanck.

Er führte sie eine bemerkenswert schöne Marmortreppe hinunter, drückte einen Summer, der ihnen Zutritt zum Tresorraum verschaffte, und übergab Sarahs Schlüssel der jungen Frau, die dort an einem Schreibtisch saß.

»Miss Mummerset, würden Sie bitte diese Kassette für uns holen?«

»Natürlich, Mr. Verplanck.«

Sie überprüfte in ihrer Kartei die Nummer des Schließfaches, nahm von ihrem Schreibtisch einen weiteren Schlüsselbund, schloß die Stahlgittertür auf, die den Zugang zu den Reihen von Schließfächern versperrte, und fand mit dem Instinkt einer Brieftaube das richtige Fach.

»Ich hatte schon im Gefühl, daß jemand von der Familie nach der Beerdigung vorbeikommen würde«, bemerkte sie. »Ich wußte gar nicht, daß Mrs. Kelling eine Kundin von uns war, bis wir gestern während der Kaffeepause auf den Unfall zu sprechen kamen. Miss Purlow erzählte uns, wie sie gewöhnlich hereinkam – in einem Nerzmantel und mit einem der tollsten Hüte, den man sich vorstellen kann –, um ihren Schmuck für die Oper oder was auch immer zu holen. Miss Purlow sagte, daß jeder, egal, was er gerade tat, seine Arbeit unterbrach und große Augen machte, als wenn sie ein Filmstar gewesen wäre.«

Sie kicherte verlegen. »Ich schätze, das hätte ich nicht sagen sollen. Es tut mir ja auch alles so leid mit dem Unfall. Ich wünschte mir nur, daß ich Mrs. Kelling selbst einmal begegnet wäre. Sie war nie am Schließfach, seit ich hier arbeite. Meine Güte, ist das schwer. Vorsicht, Mr. Verplanck, lassen Sie die Diamanten und Rubine nicht fallen.«

»Danke, Miss Mummerset«, sagte der Geschäftsführer abweisend. »Nun, was sagt das Protokoll, Redfern? Öffnen Sie sie, oder macht das Ihre Klientin?«

»Mrs. Kelling gebührt wohl die Ehre.« Der Anwalt schaute zweifelnd in den winzig kleinen Raum, in den Miss Mummerset sie zu geleiten versuchte. »Ich sehe nicht, wie wir alle in das Kabäuschen passen sollen. Könnten es genausogut hier auf dem Schreibtisch machen, wenn die junge Dame keine Einwände hat.«

»Ich brenne darauf, sie zu sehen. Ist das nicht aufregend!«

»Miss Mummerset führt hier unten ein ziemlich einsames Leben«, sagte der Geschäftsführer entschuldigend. »Bitte sehr, Mrs. Kelling.«

Miss Mummerset hatte recht, es war aufregend. Sarah hielt den Atem an, als sie den polierten Metalldeckel anhob und hineinstarrte. Die Kassette war voll. Obenauf lag ein Bündel von vergilbtem Kanzleipapier mit Eselsohren, beschrieben in einer gestochen scharfen, wenn auch verblaßten Kanzleischrift. Ja, die Übertragungsurkunden waren da. Sie nahm sie heraus.

Der Rest der Kassette war ganz mit ziemlich kleinen orangeroten Ziegelsteinen vollgepackt. Ihre Form und Beschaffenheit hätte sie überall erkannt.

Kapitel 24

»Wie bin ich hierhergekommen?«

»Nun, Mrs. Kelling, bleiben Sie ruhig liegen, und regen Sie sich nicht auf.«

Eine freundlich aussehende Frau von vielleicht fünfzig Jahren beugte sich über Sarah und zupfte an der Decke herum, in die sie eingewickelt war. »Ich gehe und schaue nach, ob Mr. Verplanck etwas Whiskey in seinem Büro hat.«

»Starker Tee oder Kaffee mit viel Zucker tut es zur Not aber auch.«

Das war die Stimme von Max Bittersohn. Sarah streckte eine Hand nach ihm aus.

»Ich habe wieder einen Narren aus mir gemacht, nicht wahr?«

»Sie sind ohnmächtig geworden, wenn Sie das meinen.« Der Griff seiner Hand war beruhigend. »Wahrscheinlich das Vernünftigste, was Sie tun konnten.«

»Ich bin sicher, daß Mr. Redfern da anders denkt. Wo ist er?«

»Er und Mr. Verplanck tuscheln.«

»Da sitzen die Richtigen zusammen. Vermutlich denken sie, daß Alexander den Schmuck genommen hat.«

Er sagte nichts.

»Glauben Sie das auch?« fragte sie hartnäckig.

»Ich versuche, nicht zu denken, bis wir ein paar weitere Fakten haben«, war seine wenig befriedigende Antwort.

Die Dame kam mit zwei Styroporbechern auf einem Tablett herein. »Ich habe Ihnen auch einen mitgebracht, Mr. Kelling.«

»Danke.« Bittersohn nahm den Becher, ohne ihren Fehler zu berichtigen. »Arbeiten Sie schon lange hier?«

»Oh ja. Ich gehöre zu den Altgedienten.«

»Dann können Sie uns vielleicht sagen, wer gewöhnlich unten im Tresorraum arbeitete, sagen wir vor zehn oder zwanzig Jahren?«

»Oh, das muß Alethia Browne gewesen sein. Sie war eine Ewigkeit hier. Als ich direkt von der Bostoner Bürofachschule hierher kam, war sie eine Frau in mittleren Jahren.«

»Sie wissen nicht, wohin sie nach ihrer Pensionierung zog?«

»Sie wurde nie pensioniert. Dazu hatte sie keine Gelegenheit.«

»Warum nicht?«

Die Frau warf einen unsicheren Blick auf Sarah. »Ich möchte Mrs. Kelling nicht noch mehr aus der Fassung bringen.«

»Ich glaube nicht, daß Sie das können«, sagte Sarah. »Bitte erzählen Sie uns, was Alethia Brown zugestoßen ist.«

»Der Würger von Boston hat sie geholt.«

»Sind Sie sicher, daß es der Würger war?« fragte Bittersohn.

»Nun, man konnte nichts beweisen, aber er war es sicher. Dieselbe Methode wie bei den übrigen, kein Anzeichen eines Einbruchs oder sonst etwas. Er spazierte einfach hinein und nahm einen von ihren Nylonstrümpfen, die sie gewaschen und zum Trocknen auf den Ständer im Badezimmer gehängt hatte. Schlang ihn um ihren Hals, und das war alles. Mr. Verplanck mußte ins Leichenschauhaus gehen und sie offiziell identifizieren, weil niemand von ihrer Familie mehr in der Nähe wohnte. Junge, war der blaß um die Nase, als er zurückkam. Wenigstens hat der Würger ihr nichts angetan, wenn Sie wissen, was ich meine. Nicht wie bei einigen der anderen Frauen.«

»So, hat er nicht? Ich vermute, sie lebte gar nicht weit entfernt von hier?«

»Stimmt, drüben in der Myrtle Street. Alethia hatte ein kleines Apartment für sich allein, nur ein Zimmer und ein Bad und eine Kochnische, aber sie hatte es wirklich hübsch eingerichtet. Das mit Alethia war schrecklich für uns alle. Die Kunden liebten sie einfach. Sie kannte alle mit Namen und erkundigte sich immer nach den Familien und allem anderen.«

»Dann muß sie meine Schwiegermutter gekannt haben«, sagte Sarah unter Tränen, »und meinen Mann auch. Sie würde –«

»Nehmen Sie es nicht so schwer«, meinte Bittersohn. »Trinken Sie Ihren Kaffee aus, und lassen Sie uns gehen.«

»Aber sollte sie sich nicht noch eine Weile ausruhen?« fragte die freundliche Dame.

»Ich möchte sie zu einem Arzt bringen.«

»Oh ja, das ist das beste, was Sie tun können. Soll ich Ihnen ein Taxi rufen?«

»Wir schaffen das schon, danke. Es ist nicht weit. Würden Sie bitte Mr. Redfern und Mr. Verplanck mitteilen, daß sich Mrs. Kelling später mit ihnen in Verbindung setzen wird?«

Sarah dankte ebenfalls und stand von der Couch auf, froh über Bittersohns stützende Hand. Ihre Beine waren wacklig und ihr Kopf benebelt, aber sobald sie draußen waren, sagte sie zu ihm: »Ich gehe zu keinem Arzt.«

»Das sollen Sie auch gar nicht. Ich wollte nur nicht, daß Sie der Frau Ihre ganze Lebensgeschichte erzählen. Haben Sie Lust, eine Kleinigkeit zu Mittag zu essen?«

»Nein, wirklich nicht«, sagte sie. »Mein Magen spielt sowieso verrückt. Mr. Bittersohn, was soll ich tun?«

»Um den Schmuck zurückzubekommen?«

»Ganz generell. Es ist doch sicher lächerlich, an den Schmuck auch nur zu denken. Er muß schon vor Ewigkeiten verkauft worden sein, um den Erpresser zu bezahlen.«

»Ich denke, Sie werden feststellen, daß er ziemlich oft verkauft worden ist, und immer von derselben Person.«

»Aber wie ist das möglich? Stiehlt er die Stücke immer wieder von den Leuten, denen er sie verkauft hat?«

»Ein bißchen raffinierter ist es schon. Es läuft so, daß er an einen Kunden, öfter noch an eine Kundin, herantritt und ihr ein wirklich wertvolles Halsband, einen Ring oder was auch immer zeigt. Er fordert die Kundin auf, bei einem beliebigen seriösen Juwelier eine Expertise anfertigen zu lassen. Das geschieht, und Juwelier und Kundin sind sich zu Recht einig, daß die Steine gar nicht echter sein könnten. Der Verkäufer besteht darauf, als Geste des guten Willens die Gebühren für das Gutachten vom Verkaufspreis abzuziehen. Die Transaktion läuft ab, immer mit der vollen Kaufsumme bar auf den Tisch, und er entschwindet auf Nimmerwiedersehen.

Früher oder später findet der Geneppte heraus, daß das, was er kaufte, nicht das ist, von dem er so begeistert war. Ihm ist eine sehr gute Kopie des Originals im Wert von vielleicht zweihundert Dollar angedreht worden. Möglicherweise hat auch er eine verbrecherische Natur, so daß er, bewaffnet mit der Expertise, einen Raub vortäuscht und sein Geld zurückerhält, indem er seine Versicherungsgesellschaft um den Kaufpreis prellt. Auf die Art und Weise bin ich in die Sache hineingeraten: Zu viele Leute haben Ansprüche auf dieselben Schmuckstücke erhoben.

Ihr Rubincollier zum Beispiel wurde in Rom, Brüssel, Hongkong, Rio de Janeiro, Dallas und Milwaukee gestohlen, bis eine sehr gewitzte Dame in Amsterdam den Spieß umdrehte und das behielt, wofür sie bezahlt hatte. Ich fürchte, daß Ihre Chancen, die Rubine bei diesem Stand der Dinge zurückzubekommen, gleich Null sind, es sei denn, Sie können ein holländisches Gericht davon überzeugen, das Porträt von Sargent als Beweis für Ihre Eigentumsrechte zu akzeptieren, und sind bereit, den Kaufpreis zurückzuerstatten; der war ganz nett hoch. Ich kann nicht versprechen, überhaupt etwas zu retten, aber ich werde tun, was ich kann. Im Moment gehen Sie besser nach Hause und gönnen sich etwas Ruhe. Ich werde nachkommen, wenn es Ihnen nichts ausmacht.«

»Sie wollen den Mann holen, der die Kabel zurückverfolgen soll, oder?«

»Ja, er soll auch das Telefon so anbringen, daß Sie es mit an Ihr Bett nehmen können.«

»Warum diese Mühe? Es sieht so aus, als ob ich vielleicht von einem Tag zum anderen aus diesem Haus ausziehen muß.«

»Machen Sie sich keine Sorgen, ehe es soweit ist. Sagen Sie, sollten wir nicht besser ein paar Lebensmittel besorgen? Wo ich heute morgen Ihre Speisekammer leergeräumt habe, könnte ich Ihnen wenigstens ein neues Pfund Schinken kaufen.«

»Das ist nicht nötig, aber Sie könnten mir helfen, die Taschen zu tragen. Das hat Alexander gewöhnlich immer –«

Ihre Stimme klang erstickt, und sie konnte den Satz nicht beenden. Danach sagte keiner von ihnen mehr viel, bis sie den Supermarkt an der Cambridge Street verlassen hatten und zur Tulip Street zurücktrotteten. Sie waren schon fast da, als sie aussprach, was ihr durch den Kopf ging.

»Dann wußten Sie, daß von dem Schmuck nichts mehr vorhanden war?«

»Ja«, gab Bittersohn zu, »ich war ganz sicher, daß die Kollektion gründlich abgeräumt worden war, als ich die echten indischen Perlen sah, die Ihre Schwiegermutter an dem Abend trug, an dem ich sie traf.«

»Warum?«

»Es sind Imitationen.«

»Gott im Himmel. Glauben Sie, daß sie es wußte?«

Er zuckte mit den Schultern. »Hätte es sie gekümmert?«

»Ich glaube nicht, wenn der Erlös ihrem kleinen Liebling half. Ich finde es völlig unglaublich, daß Tante Caroline bereit war, Onkel Gilbert wegen seines Geldes umzubringen, und dann ohne Bedenken jeden Penny davon ausgegeben hat, um einen anderen Mann zu beschützen.«

»Der ein ganz besonderes Exemplar gewesen sein muß, wenn er gewillt war, ihr dabei in aller Ruhe zuzuschauen«, stimmte Bittersohn zu. »Ich würde sagen, daß Ihre Schwiegermutter zu den Frauen gehörte, die aus ihrem Leben unbedingt eine Seifenoper machen müssen, in der sie die Hauptrolle spielen. Sie erzählten, daß sie plante, sich bei der Durchschwimmung des Ärmelkanals mit Isolierfett und Ruhm zu bekleckern, aber daß ihre Eltern dieses Luftschloß zerstörten. So beschloß sie, die Königin der Gesellschaft zu werden und heiratete einen Mann, der das nötige Bargeld, aber keine Lust dazu hatte. Dann steckte sie mitten in einer heißen Romanze, vollbrachte Heldentaten, um sie zu finanzieren, und endete als taube, blinde Heroine. Da für sie nicht mehr viel zu tun übrigblieb, spielte sie die Rolle der edlen Märtyrerin für den Rest ihres Lebens voll und ganz aus. Ob sie diesem nichtsnutzigen Herumtreiber aufrichtig ergeben war oder in ihre Rolle als schöne Frau vernarrt war, die dem Mann ihrer Liebe alles opferte, werden wir wohl nie erfahren.«

»Ich weiß nicht, warum ich dauernd ›arme Tante Caroline‹ denke«, sagte Sarah. »Sie war wirklich ein Ungeheuer; aber ich kann mir nicht helfen, sie tut mir ein bißchen leid. Sie hat Alexander vernichtet, aber er ist zumindest einmal in seinem Leben wirklich geliebt worden, was mehr ist, als sie hatte.«

»Nicht nur sie, auch viele andere Leute.«

Da war etwas in Bittersohns Stimme, was Sarah von jeder weiteren Bemerkung abhielt. Sie legten das letzte Stück der Strecke schweigend zurück. Als sie beim Haus ankamen, half er ihr, die Lebensmittel hineinzuschaffen, sagte, »Ich bin gegen zwei mit dem Elektriker zurück«, und ging.

Sarah räumte die Einkäufe weg und machte sich ein Sandwich, das sie eigentlich gar nicht mochte. Ihre Frühstücksteller standen immer noch da, deshalb spülte sie sie weg. Wie würde es sein, wenn da nur noch eine Tasse, ein Teller, ein Messer, eine Gabel, ein Löffel lagen? Sie verließ eilends die Küche und ging hinauf, um ihren Umzug in Tante Carolines Suite zu beenden. Sie konnte die Räume genausogut genießen, solange es möglich war.

Diese grauenhaften Vorhänge im Boudoir mußten heruntergenommen werden. Was, wenn außer ihr noch jemand durch Zufall bemerkte, was die Stickerei bedeutete? Das Beste wäre es, sie mit hinaus nach Ireson's Landing zu nehmen und dort in dem großen Kamin zu verbrennen.

Es war ein Wunder, daß Leila nie Tante Carolines geheimes Tagebuch entdeckt hatte, sie war oft genug in dem Boudoir gewesen. Aber konnte Leila Braille lesen? Vielleicht hatte sie sich nie die Mühe gemacht, es zu lernen, so perfekt, wie sie die Handzeichen beherrschte. Trotzdem wäre es einfach genug für sie, ein Braillealphabet aufzutreiben und das Ganze zu transkribieren, wenn sie es erst einmal entdeckt hatte. Wenn das passierte, würde sie niemals den Mund halten können, eine Katastrophe für den gesamten Kelling-Clan.

Sarah war unten im Keller und kämpfte mit der schweren alten Holztrittleiter, als Bittersohn mit dem Elektriker zurückkam. Sie dachte daran, sie zu bitten, ihr die Leiter nach oben zu bringen, aber dann fiel ihr ein, daß sie sie zweifellos brauchen würden, um die Kabel zurückzuverfolgen, was auch tatsächlich der Fall war.

Die Sache war viel weniger aufregend, als sie angenommen hatte. Sie beantwortete Fragen, zeigte ihnen, wo was war, schaute zu, bis es zu langweilig wurde, dann ließ sie die Männer alleine klopfen und suchen und kehrte zu ihren eigenen Pflichten zurück. Es mußten Dutzende von Briefen geschrieben werden. Je eher sie anfing, desto weniger deprimierend war es. Sie setzte sich im Wohnzimmer an den Samuel-McIntyre-Schreibsekretär, wo sie den Männern nicht im Weg war, und hatte einen ziemlich großen Teil des Stapels abgearbeitet, als Bittersohn hereinkam und ihr mitteilte, daß sie fertig waren.

»Das hat ganz schön gedauert. Das Kabel war vom Speicher herab in der Wand verlegt und führte über die Dächer hinweg zu einer Dachluke drei Häuser weiter. Jetzt müssen wir herausfinden, wohin es von dort weitergeht, und dazu müssen wir uns auf ein bißchen betrügerische Weise Zutritt verschaffen.«

»Klappt das denn?«

»Na klar. Wir kleben uns unsere falschen Schnurrbärte an und versichern glaubhaft, daß wir von der Telefongesellschaft oder so kommen. Übrigens, Frank brachte an Ihrem Telefon eine lange Schnur an, so daß es bis nach oben reicht.«

»Das ist wunderbar. Ich kann Ihnen nicht genug danken.«

»Warum sollen Sie sich überhaupt bedanken? Das ist im Service inbegriffen. Schauen Sie, ich möchte Sie nicht unter Druck setzen, aber können Sie nicht jemanden finden, der herkommt und bei Ihnen bleibt, und wenn es nur für diese Nacht ist?«

»Ich werde meinen Onkel Jem fragen.« Sarah hatte genug davon, die Heldin zu spielen.

»Gut. Und halten Sie die Telefonnummer griffbereit, die ich Ihnen gab, nur für den Fall eines Falles, ja?«

»Gehört das auch zu Ihrer Arbeit?«

Sarah lächelte ihn an, und er lächelte zurück.

»Aber natürlich. Ich lasse von mir hören.«

Er war weg, und sie war wieder alleine, aber nicht lange. Gerade rechtzeitig zum Tee kam Edgar Merton vorbei. Als sie seine gepflegte Erscheinung auf den Eingangsstufen sah, bekam Sarah einen Anfall von Panik. Sie zwang sich dazu, es nicht zu zeigen, doch sie konnte keine freundliche Begrüßung zustandebringen. Ihm fiel das nicht auf, er konnte kaum erwarten, daß eine Frau, die gerade Witwe geworden ist, außer sich vor Begeisterung über einen Besuch ist. Wenn er tatsächlich Carolines »kleiner Liebling« war, mußte er wohl selbst schwer unter dem Verlust leiden.

Wenn dem so war, zeigte er es nicht. Er sprach von Caroline als einer wirklichen Dame, die er bewundert und respektiert hatte. Er bedauerte, daß sie tot war, aber er war von Verzweiflung offensichtlich weit entfernt. Er war viel mehr um Sarah selbst besorgt; wie sie es verkraftete, was ihre Pläne waren, ob er ihr in irgendeiner Weise nützlich sein könnte. Den letzten Punkt thematisierte er so eindringlich, daß Sarah wütend zu werden begann. Warum hatte er sich nicht bei Tante Caroline nützlich machen können, nachdem sie mit Onkel Gilberts gesamtem Geld die Erpresser ausbezahlt hatte?

Dann fiel ihr ein, daß sie bis jetzt noch nicht bewiesen hatten, ob Edgar der Mann war, und schämte sich, ihn schon verurteilt zu haben.

»Bleib sitzen, ich setze eben Teewasser auf. Du trinkst doch Tee, oder?«

»Das wäre reizend«, antwortete er ein wenig verblüfft, »aber kümmert sich Edith nicht normalerweise um die Küche?«

Wie sollte sie das beantworten? Natürlich würden die Leute früher oder später herausfinden, daß das alte Faktotum nicht mehr länger hier war, aber Sarah war nicht daran interessiert, gerade jetzt bekannt werden zu lassen, daß sie alleine im Haus war. So sagte sie, Edith fühle sich nicht wohl.

»Bist du sicher, daß sie nicht einfach die Aufmerksamkeit auf sich lenken will?« erwiderte er. »Ich weiß, es war für sie wie für uns alle ein Schock, aber das ist nicht der rechte Moment, da nachzugeben. Sie sollte es dir bequem und angenehm machen. Vielleicht könnte ich als ein alter Freund der Familie hinuntergehen und mal ernsthaft mit ihr reden? Sie etwas zur Ordnung rufen?«

»Sie ist nicht hier«, mußte Sarah endlich zugeben. »Sie ist zu ihrem Neffen gefahren.«

»Und läßt dich im Stich? Ich muß schon sagen, das ist ja eine feine Geschichte! Wenn es ihr gut genug ging, um zu reisen –«

»Er kam und holte sie mit seinem Lieferwagen ab. Wir waren alle der Meinung, daß es so am besten war. Ich habe ganz vergessen, nimmst du Sahne oder Zitrone?«

»Ach du liebe Zeit, habe ich dich so wenig nachhaltig beeindruckt? Zitrone bitte, und nur ein kleines bißchen Zucker.«

Hätte sie doch keinen Tee angeboten, nun blieb er mindestens noch eine weitere halbe Stunde. In Anbetracht der Umstände war Edgars Verhalten wirklich merkwürdig aufgeräumt. War auch er langsam nicht mehr ganz richtig im Kopf, wie Alice? Um ihn zu ernüchtern, gab sie ihm den Stapel Kondolenzbriefe zu sortieren und ließ sich Zeit, das Teegeschirr auf dem Tablett zu arrangieren. Als sie zurückkam, begrüßte er sie wie eine verloren geglaubte Tochter.

Wirklich wie eine Tochter? Wurde Töchtern so oft die Hand getätschelt? So unglaublich es auch schien, ihr drängte sich die Überlegung auf, ob Edgar ihr Avancen machte, wie Tante Emma es ausdrücken würde.

»Ja, ein schrecklicher Verlust. Ich erinnere mich noch an Caroline, als sie eine wunderschöne junge Frau war. Zu der Zeit war ich natürlich noch ein Kind, doch ich hoffe, daß ich nie so ungalant war, sie an unseren Altersunterschied zu erinnern.«

»Ich hoffe für dich, daß du das nicht getan hast«, dachte Sarah, »bei dem Versuch wärest du sehr schnell zum Schweigen gebracht worden.«

Für wie dumm hielt er sie eigentlich? Er war mit Onkel Mortimer in Harvard gewesen, und der hatte dem Examensjahrgang neunzehnhundertsechsundzwanzig angehört. Und nach Onkel Morts Erinnerungen zu urteilen, war Edgar beileibe kein Wunderkind gewesen. Es war auch nicht sonderlich klug von ihm, jetzt so dick aufzutragen: ihre Seelenstärke, ihren Mut, ihre Geistesgegenwart zu loben und zu betonen, wie schön sie in ihrem Leid aussah – eine glatte Lüge, weil sie scheußlich aussah und es wußte. Schließlich kam er zur Sache.

»Ich weiß, daß du die Gesellschaft eines Mannes gewöhnt warst, den ich wohl als Mann meiner Generation zu betrachten wagen darf, und da ich mir schmerzlich bewußt bin, daß mein eigener Trauerfall nun jeden Tag eintreten kann –«

Das war zuviel! Weiß vor Zorn stand Sarah auf und begann unter lautem Geklapper die Tassen auf das Tablett zu räumen. »Ich fürchte, du wirst mich jetzt entschuldigen müssen, Edgar, ich habe gar nicht gemerkt, wie spät es schon ist. Ich habe gleich einen Termin, und mir bleibt kaum Zeit, mich umzuziehen.«

Er war zu wohlerzogen, um etwas anderes zu tun, als aufzustehen und zu gehen, aber doch nicht ohne einen weiteren zarten Händedruck und das leidenschaftliche Versprechen, bald wieder anzurufen. Beabsichtigte der alte Lüstling tatsächlich, einen Heiratsantrag unter Vorbehalt zu machen, noch ehe die Blumen auf Alexanders Grab verwelkt waren? So geschmacklos konnte er nicht sein, das zu wagen, aber er plante ganz offensichtlich etwas.

Eines war sicher, ihm konnte an Caroline Kelling nicht mehr gelegen haben als an Alice Merton. Er hatte all die Jahre in so romantischer Weise um Caroline geworben, um ein weiteres Eisen für den Fall im Feuer zu haben, daß die Arztrechnungen Alice' Vermögen auffraßen, ehe sie starb. Da Caroline ausgefallen war, versuchte er, sofort für Ersatz zu sorgen. Hatte Tante Caroline seinetwegen so viele Jahre lang getrauert? Konnte eine Frau mit ihren geistigen Qualitäten jemals auf ein solches Leichtgewicht hereingefallen sein?

Wahrscheinlich, wenn sie es unbedingt wollte. Sarah stellte das Teegeschirr im Spülbecken ab und ging Onkel Jem anrufen. Egbert bedauerte sehr, Miss Sarah, aber der Boß lag mit einer Erkältung im Bett, die er sich auf der Beerdigung geholt hatte, und es hatte keinen Zweck, ihm das Telefon zu reichen, weil er seine Stimme verloren hatte – was für Egbert ein Vorteil war.

Sarah sagte, »Was für ein Pech. Grüßen Sie ihn von mir, und sagen Sie ihm, er soll auf sich aufpassen«, und hängte ein. Und nun? Wer mochte sonst noch bereit sein, so kurzfristig zu kommen? Leila käme, wenn sie da war, aber Sarah konnte Mrs. Lackridge schlecht bitten, zu kommen und ihre Hand zu halten, nachdem sie ihr derartig rüde gesagt hatte, sie solle sich um ihre eigenen Angelegenheiten kümmern. Und außerdem wollte sie sie nicht da haben. Und alle anderen waren zu alt oder zu weit weg.

Sie konnte hinaus nach Chestnut Hill fahren und bei Tante Appie oder bei den Protheroes übernachten, aber die würden wissen wollen, warum Edith nicht da war und warum Sarah nicht allein sein wollte, und warum ..., und eine Menge weiterer Fragen stellen, die Sarah im Moment noch nicht beantworten wollte. Sie hatte ihr Bett gemacht, also konnte sie genausogut hinaufgehen und sich hineinlegen.

Kapitel 25

Doch dazu war es noch viel zu früh. So erschöpft sie auch war, Sarah wußte, daß sie nur für einige Stunden einschlafen und dann aufwachen würde, mit einer langen, dunklen Nacht vor sich. Sie sollte eigentlich auch zu Abend essen, obwohl sie nun nach dem Tee für einige Stunden sicherlich keinen Hunger haben würde. Sie konnte genausogut zu ihren Dankschreiben zurückkehren, bis etwa acht Uhr arbeiten, sich dann eine Kleinigkeit zu essen machen und nochmals ein ausgiebiges Bad in Tante Carolines eleganter rosafarbener Wanne nehmen. Danach konnte sie immer noch auf William James zurückgreifen.

Sie schaltete das Radio ein, um etwas Gesellschaft zu haben, und zwang sich, sich auf das Schreiben zu konzentrieren. Die Musik im WCRB wirkte beruhigend, aber bald darauf wurden die Nachrichten übertragen, und Sarah stellte fest, daß Berichte über das tragische Schicksal anderer Leute sie zu stark an ihr eigenes erinnerten. Sie probierte andere Sender aus, wo es ähnlich war, und schaltete schließlich das Gerät aus. Sie sah auf ihren Stapel Briefe, entschied, daß sie kein einziges weiteres freundliches Wort ertragen konnte, knallte ihren Füller hin, ging herum, um die Jalousien zuzuziehen, und merkte, daß sie im leeren Haus hin und her ging wie die Tigerin im Franklin-Park-Zoo, die Alexander und ihr immer so leid getan hatte.

Das war fürchterlich! Fast wünschte sie Edgar Merton zurück, um ihre eigene deprimierende Gesellschaft nicht länger ertragen zu müssen. Sie war schon im Begriff, Anora Protheroe anzurufen, sie um ein Zimmer für die Nacht zu bitten und dem Verhör zu trotzen, als die Türklingel erneut schellte. Es war Bob Dee, mit einem flachen weißen Pappkarton und einer braunen Papiertüte in der Hand.

»Ich hoffe, Sie sind in der richtigen Stimmung für Pizza und Bier. Ein anderes Mitbringsel fiel mir nicht ein.«

»Sie brauchen mir überhaupt nichts mitzubringen, aber es ist eine nette Idee. Kommen Sie herein, Bob. Ich überlegte gerade, daß ich etwas wegen des Abendessens unternehmen müßte, und nun ist das gar nicht nötig. Vielleicht essen wir dort drinnen vor dem Feuer? Ich hole Teller und Gläser.«

»He, Sie brauchen sich keine Mühe zu machen. In unserer Bude essen wir immer mit den Fingern und trinken aus Dosen. Das spart den Abwasch.«

»Ich fürchte, mehrere Generationen der Kellings würden sich in ihren Gräbern herumdrehen, wenn ich das versuchen sollte. Legen Sie doch bitte noch ein Holzscheit nach, Bob. Ich bin in einer Minute zurück.«

Pizza im Wohnzimmer mit einem Mann zu essen, der noch ungebunden war, dürfte für eine Frau in ihrer Situation nicht den Gipfel des Anstands darstellen, aber wenigstens war es eine Abwechslung. Bob Dee mochte ein bißchen dumm sein, aber er war fröhlich und nicht nachtragend. Und jung. Sarah aß die matschige, zähe, scharfe Pizza, trank ihr Bier und ließ ihn reden.

Eine Zeitlang amüsierte sie sich recht gut. Allerdings schaffte sie nicht mehr als eine der großen Bierdosen, und Dee hatte offensichtlich nicht vor, den Rest der Sechserpackung umkommen zu lassen. Je mehr er trank, desto lauter und alberner wurde er. Als sie eine Andeutung fallenließ, daß die Party vorüber war, machte er zu ihrem Entsetzen Annäherungsversuche.

»He, der Abend ist jung, und du bist so schön. Na, wie wär's mit uns, Schöne?«

»Bob, würden Sie bitte daran denken, daß ich gerade meinen Mann verloren habe?«

»Daran denke ich, und wie. Was glaubst du, weshalb ich gekommen bin? Weg mit dem Alten, her mit dem Neuen, wie es bei Shakespeare heißt. Versuche nicht, mich an der Nase herumzuführen, Sarah. Der Kerl war alt genug, um dein Vater zu sein, und da gibt's ein ganz unanständiges Wort dafür, wenn du mit deinem eigenen Alten herummachst. Ich bin sicher, du würdest nichts Unanständiges tun. Nein«, er schlang einen Arm um sie und blies ihr seinen Bieratem ins Gesicht, »du wirst nett sein, nicht wahr, Sarah?«

Sie entwand sich seinem Griff und schnappte sich den Schürhaken. »Ich schlage Ihnen den Schürhaken um die Ohren, wenn Sie nicht sofort verschwinden und mich in Ruhe lassen. Ich war dumm genug zu glauben, daß Sie aus reiner Freundlichkeit kamen, aber der Fehler wird mir nicht noch einmal passieren. Wenn Sie mich noch länger belästigen, werde ich Harry Lackridge in allen Einzelheiten erzählen, was für ein Typ für ihn arbeitet.«

Aus irgendeinem Grund hielt Dee das für ziemlich komisch. »Okay, Sarah, wenn du das Spiel auf diese Weise willst. Sage nicht, daß ich dich nicht gewarnt habe. Danke, daß ich dein Klo benutzen durfte.«

Sarah knallte die Tür hinter ihm zu und legte die Kette vor. Sie war erleichtert, daß er nicht gewalttätig geworden war, aber auch zornig auf sich selbst, daß sie so dumm gewesen war und ihn hereingelassen hatte. Der Auftritt von Edgar Merton hätte sie warnen sollen. Jedermann glaubte, daß ihr in Kürze ein großes Vermögen zufallen würde. Jeder Schürzenjäger in Boston würde sie aufs Korn nehmen.

Dieses Bankschließfach voller Ziegelsteine könnte sich so gesehen schließlich doch als Segen herausstellen. Wenn es erstmal die Runde machte, daß Sarah Kelling völlig bankrott war und ihr demnächst die Hypothek gekündigt wurde, würde sie zumindest nicht mehr von jemandem wie Bob Dee belästigt werden. Sie stieß den leeren Pizzakarton ins Feuer und beobachtete mit Freude, wie er verbrannte. Sie sammelte den restlichen Abfall, trug ihn in die Küche, füllte das Spülbecken mit heißem Wasser und Spülmittel und feierte eine rituelle Reinigung. Die schmutzigen Teller aus dem Weg zu schaffen, führte dazu, daß sie selbst sich etwas weniger beschmutzt fühlte. Ein heißes Bad tat ein übriges.

Jene schrecklichen Vorhänge, die sie eigentlich hatte loswerden wollen, hingen immer noch im Boudoir. Sie würde sich morgen darum kümmern und welche finden müssen, die sie statt dessen aufhängen konnte. Fenster ohne Vorhänge an der Vorderfront des Hauses würden schrecklich aussehen. Einige von Tante Carolines alten Freundinnen würden das sicher bemerken und sich fragen, warum die junge Witwe solche Eile an den Tag legte, die Dinge zu ändern. Je weniger Aufmerksamkeit sie erregte, um so besser für sie.

Falls sie im Haus bleiben sollte, mochte es Spaß machen, das Boudoir neu als Wohnzimmer einzurichten. Dann könnte sie die Räume in den anderen Etagen vermieten und diese Suite für sich selbst behalten. Das wäre ein Weg, an Geld für die Hypothek heranzukommen, und sie würde Leute um sich haben.

Sarah überlegte hin und her. Mit einem halben Dutzend Untermietern und dem, was sie als freiberufliche Illustratorin verdienen konnte, müßte sie in der Lage sein, gerade so durchzukommen. Sie würde etwas Geld für Matratzen, Bettwäsche und ähnliche Dinge brauchen. Vielleicht konnte sie einige Möbel verkaufen, die sie nicht mehr brauchte. Es gab immer noch einige gute Möbelstücke im Haus. Wahrscheinlich hatte Tante Caroline aus Angst, daß die Leute dann zu viele Fragen nach dem Schmuck stellen würden, nicht gewagt, sie zu verkaufen. Dieser Schreibsekretär dürfte eine anständige Summe einbringen. Vielleicht wußte Mr. Bittersohn, wie sie die Möbel verkaufen konnte, ohne daß sie übervorteilt wurde.

Und woher wußte sie, ob Mr. Bittersohn selbst sie nicht übervorteilen würde? Sie durfte ihn nicht für Sir Galahad halten, nur weil er bis jetzt bei ihr keine Annäherungsversuche gemacht hatte. Warum sollte er? Er wußte, daß sie überhaupt kein Geld hatte. Sarah schüttelte heftig ihre Kopfkissen auf und griff nach William James.

Dieser Vorfall mit Bob Dee mußte sie doch mehr aus der Fassung gebracht haben, als ihr bewußt gewesen war. Sie las ganze zwölf Seiten, bevor sie es schaffte einzuschlafen. Pünktlich um Mitternacht wurde sie von dem Telefon auf dem Nachttisch neben ihrem Bett geweckt. Als sie abhob und »Hallo« sagte, antwortete niemand, aber sie konnte schweres Atmen hören. Zweifellos ein Betrunkener, der eine falsche Nummer gewählt hatte. Sie knallte den Hörer auf die Gabel und versuchte wieder einzuschlafen.

Auf die Sekunde genau fünfzehn Minuten später klingelte das Telefon erneut. Wieder meldete sich niemand, nur das gleiche Schnaufen war zu hören. Als es um halb eins zum dritten Mal passierte, wurde ihr klar, daß sie absichtlich schikaniert wurde. Sie nahm den Hörer ab, um dem Klingeln ein Ende zu bereiten, und legte ihn sofort wieder zurück.

Das mußte Bob Dee im Kopf gehabt haben, als er sagte: »Sag nicht, daß ich dich nicht gewarnt habe.« Es war genau der gehässige Unsinn, den er für lustig halten würde. Sie sollte den Hörer von der Gabel nehmen, das Telefon vor ihre Tür stellen, so daß sie nichts von den Geräuschen mitbekam, die die Telefongesellschaft in der Leitung machen würde, und Dee dem unterhaltsamen Besetztzeichen überlassen.

Aber was, wenn sich Bittersohn in den Kopf setzte, nachzufragen, wie es ihr ging, und wieder in Panik geriet, weil er nicht durchkam? So spät es auch war, sie sollte besser anrufen und ihm erklären, warum das Telefon außer Betrieb sein würde. Sarah schaltete das Licht an, las die Nummer ab, die er ihr diktiert hatte, und wählte. Zu ihrer Erleichterung war er sofort am Apparat.

»Hier ist Sarah Kelling«, sagte sie. »Ich hoffe, ich habe Sie nicht geweckt.«

»Nein, keinesfalls. Ich sitze hier und lese. Was ist los?«

»Eigentlich nichts. Irgendeine Nervensäge ruft alle fünfzehn Minuten an und atmet am Telefon. Ich werde den Hörer von der Gabel nehmen, aber ich dachte, ich sollte Sie es wissen lassen, falls Sie aus irgendeinem Grund anzurufen versuchen.«

»Wie lange geht das schon so?«

»Seit Mitternacht. Bisher war er dreimal am Apparat.«

»Woher wissen Sie, daß es ein Er ist?«

»Ich weiß es nicht. Ich habe heute abend nur eine – eine ziemlich dumme Erfahrung mit unserem gemeinsamen Freund Bob Dee gemacht, und ich dachte, ein solcher Streich würde zu ihm passen.«

»Mrs. Kelling, ich glaube nicht, daß Sie irgend etwas für gegeben halten sollten, und ich glaube nicht, daß es eine gute Idee ist, das Telefon stillzulegen. Wenn es Ihnen nichts ausmacht, würde ich gerne hinüberkommen und zur Stelle sein, wenn der nächste Anruf kommt. Warten Sie fünf Minuten, dann gehen Sie hinunter und schalten die Außenbeleuchtung ein. Öffnen Sie nicht die Tür, ehe Sie nicht verdammt sicher sind, wer es ist. Ich werde fünf Mal kurz klingeln. Haben Sie verstanden?«

Sarah wollte gerade sagen »Wenn Sie wirklich meinen –«, bemerkte, daß er bereits aufgelegt hatte, und begann, Bademantel und Pantoffeln anzuziehen.

Aber was, wenn es Bittersohn selbst war, der anrief, damit er einen Vorwand hatte herüberzukommen – was sie ihm gerade erlaubt hatte? Warum in aller Welt sollte er so etwas tun? Sie durfte nicht paranoid werden. Und sie durfte keinen Fehler machen. Sie würde nicht im Nachthemd hinuntergehen, und sie würde den Schürhaken griffbereit halten – nur für den Fall eines

Falles. Sie zog Hosen und Pullover an, schob ihre Füße in Wollpantoffeln, weil der Boden kalt war, und tapste leise nach unten. Es waren noch keine fünf Minuten um, aber sie war nicht mehr in der Lage, dort zu sitzen und kaltblütig die Uhrzeiger zu beobachten, die sich millimeterweise vorwärtsschoben.

Eine Tasse heißer Kaffee wäre keine schlechte Idee. Sie war jetzt so hellwach, daß ein bißchen Koffein keinen Unterschied mehr machte. Da sie den Weg genau kannte, ging Sarah in die Küche, ohne Licht zu machen. Sie wollte gerade die Kanne unter den Wasserhahn halten, als sie ein Geräusch hörte.

Natürlich hörte man in der Stadt immer irgendwelche Geräusche: Lastwagen und Feuerwehrwagen, die vorbeifuhren, Studenten, die auf dem Bürgersteig lärmten, Betrunkene, denen in der Seitenstraße schlecht wurde. Dieses Geräusch war anders. Es hörte sich an, als wenn jemand versuchte, die Kellertür aus den Angeln zu heben.

Sie wußte nicht, was sie auf diese Idee brachte, aber es war einfach genug nachzusehen. Der Hintereingang lag direkt unter dem Küchenfenster. Dankbar, daß sie kein Licht eingeschaltet oder selbst irgendwelchen Krach gemacht hatte, drückte sie ihre Nase an der Fensterscheibe platt und schaute hinunter.

Ja, dort war jemand, intensiv bei der Arbeit. Sie konnte den matten Schimmer von irgendeinem Werkzeugstiel sehen, wahrscheinlich ein langer Schraubenzieher, den er benutzte. Sie hielt ihn für einen Mann, denn er schien ohne große Anstrengung zu arbeiten, und es mußte wirklich Kraft kosten, diese eingerosteten Schrauben zu bewegen. Alles, was sie tatsächlich sehen konnte, war ein großer dunkler Schatten und zwei weißliche Rechtecke von vielleicht dreißig Zentimetern neben ihm auf dem Pflaster. Waren das seine Werkzeugkästen? Warum mehr als einer?

Wer auch immer es war, er sollte sich besser schnell von dort entfernen. Von Verzweiflung zum Äußersten getrieben, ließ Sarah kochendheißes Wasser in einen Eimer laufen, öffnete behutsam das Fenster und kippte den Eimer direkt über seinem Kopf aus.

Es mußte wehtun, und es hatte ihn mit Sicherheit erschreckt. Wer es auch war, ließ fallen, was er auch hatte, und schoß davon wie der sprichwörtliche begossene Pudel. Sie füllte gerade den Kessel ein zweites Mal, falls er wegen seines Werkzeugs zurückkommen sollte, als die Türschelle fünfmal kurz klingelte.

Bevor sie die Tür einen Spaltbreit öffnete, ohne die Kette abzunehmen, stellte sie sehr gewissenhaft fest, ob es Bittersohn war. Selbst dann war sie noch nicht bereit, ihn sofort hereinzulassen.

»Drehen Sie sich unter dem Licht langsam herum, damit ich einen gründlichen Blick auf Ihren Mantel werfen kann.«

»Wenn Sie wollen«, sagte er überrascht. »Hat das irgendeinen besonderen Grund?«

»Ich will sehen, ob Sie naß sind. Ich habe gerade einen Eimer heißes Wasser über jemandem ausgeleert, der von der Seitenstraße her einzubrechen versuchte.«

»Mein Gott, Weib, Sie sind gefährlich! Nein, glücklicherweise bin ich trocken. Ich hoffe, Sie werden mich nicht auch tätlich angreifen.«

»Dann legen Sie es nicht darauf an. Heute abend habe ich Bob Dee mit einem Schürhaken bedroht.«

»Schade, daß Sie es ihm nicht gegeben haben. Was hat er gemacht?«

»Das möchte ich lieber nicht sagen.«

»In Ordnung, Sie müssen nicht. Was geschah mit dem Einbrecher?«

»Er rannte fort. Doch er ließ etwas liegen, so daß er inzwischen vielleicht zurückgekommen ist, um es zu holen.«

»Kommen Sie. Wie gelangt man hier nach unten?«

»Ich zeig's Ihnen.«

Sarah schaltete die Lichter in der Diele an und führte Bittersohn durch Ediths verlassene Behausung. Die Hintertür hing halb aus den Angeln; der Eimer Wasser war gerade rechtzeitig ausgekippt worden. Bittersohn stieß die Tür auf. Jene weißlichen rechteckigen Kästen lagen immer noch draußen, in einer dampfenden Pfütze. Er hob einen auf und schnupperte am oberen Ende.

»Der Hurensohn! Er wollte das Haus abbrennen. Riechen Sie mal.«

Er hielt etwas, das sich als Plastikkanister herausstellte, unter Sarahs Nase.

»Es riecht wie Verdünnung«, sagte sie.

»Es ist Verdünnung. Fünf Liter davon und ein Streichholzheft sind alles, was ein talentierter Brandstifter braucht.«

»Dann waren diese Telefonanrufe –«

»Wahrscheinlich dazu bestimmt, sicherzustellen, daß Sie im Haus waren und Sie zu beschäftigen, damit Sie nicht im Haus herumwandern würden.«

»Aber ich hätte umkommen können!«

»Ich möchte Sie nicht noch mehr aus der Fassung bringen, als Sie ohnehin schon sind, Mrs. Kelling, aber ich würde sagen, daß man das wollte – das, und zusätzlich alles Beweismaterial beseitigen, das im Haus sein könnte.«

»Die Vorhänge von Tante Caroline! Aber warum ist er nicht einfach eingebrochen und hat sie heruntergenommen?«

»Weil derjenige, der alles Belastungsmaterial vernichten will, nicht weiß, wonach er suchen soll. Sie haben doch niemandem außer mir davon erzählt, oder?«

»Nein, keiner Seele. Ich verstehe, was Sie meinen. Jeder, der Tante Caroline über eine lange Zeit hinweg sehr gut kannte, muß diesen theatralischen Zug in ihr bemerkt haben und vermuten, daß sie nicht widerstehen konnte, eine Art Tagebuch über ihre große Romanze zu hinterlassen. Aber wer käme im Traum auf die Idee, daß sie es so machen würde?«

»Haben Sie sich den roten Hahn genau ansehen können?«

»Den was?«

»Den Kerl mit den Kanistern. Den Brandstifter.«

»Oh. Nein, leider nicht. Ich dachte, es sei ein Mann, aber ich bin nicht sicher. Tatsächlich war es nur ein Schatten im Dunkeln.«

»Groß oder klein?«

»Groß. Jedenfalls größer. Wie groß sind Sie?«

»So ungefähr einen Meter dreiundachtzig. Sagen wir einen Meter fünfundachtzig in Schuhen.«

»Dann war dieser Mann auch um die eins fünfundachtzig groß und kompakter als Sie, obwohl man sich bei dem kalten Wetter nicht sicher sein kann, weil die Leute sich immer in zusätzliche Kleidung einpacken. Ehrlich gesagt, glaubte ich nicht, daß Sie es waren. Ich war nur übermäßig vorsichtig, weil ich mich heute abend schon bei zwei anderen Männern geirrt habe.«

»Das ist in Ordnung, ich mache Ihnen ja gar keine Vorwürfe. Glauben Sie, daß Sie den Kerl verbrüht haben?«

»Ich hoffe. Das geschähe ihm ganz recht.«

»Es wird uns auch helfen, ihn zu identifizieren, falls wir ihn finden, bevor es heilt. Lassen wir die Kanister hier stehen, und ich werde sie für eine Weile beobachten, um zu sehen, ob er ihretwegen zurückkommt. Allerdings bezweifle ich, daß er so dumm ist. Man kann sie nicht identifizieren, weil Sie das Zeug in jedem Haushaltswaren- oder Malergeschäft kaufen können, und ich bin mir sicher, daß er Handschuhe trug. Sie gehen zurück ins Bett. Ich bleibe hier unten, nur für den Fall der Fälle.«

»Möchten Sie etwas Kaffee? Ich war gerade dabei, einen zu machen. Deshalb war ich zufällig in der Küche und hörte, wie er an den Scharnieren arbeitete.«

»Es überrascht mich, daß er weitermachte, nachdem Sie das Licht angeschaltet hatten.«

»Ich habe es nicht eingeschaltet. Ich habe die Angewohnheit, im Haus viel im Dunkeln herumzugehen. Wahrscheinlich weil alles auf eine blinde Person eingerichtet ist. Ich kann im Dunkeln eine Kanne Kaffee machen, auf welche Art Sie ihn auch haben wollen, und ihn zu Ihnen herunterbringen, ohne einen Tropfen zu verschütten. Soll ich?«

»Brechen Sie sich nur nicht den Hals.«

»Keine Sorge. Gerade jetzt bin ich sehr daran interessiert, meinen Kopf zu retten.«

Kapitel 26

Edith hatte das Souterrain so gründlich leergeräumt, daß für Bittersohn noch nicht mal eine Sitzgelegenheit übriggeblieben war. Sarah stöberte einen zusammenklappbaren ledernen Feldstuhl auf, in dem Alexanders Großonkel Nathan vor San Juan seine Gicht gepflegt hatte, während Teddy Roosevelt und die Rough Riders den Hügel stürmten, und brachte ihn zusammen mit einem Kissen und einem Wollmantel hinunter.

Sie sah keinen Grund, bei ihm zu bleiben, und er bat sie nicht darum. Sie konnte sich aber auch nicht mit dem Gedanken anfreunden, zurück ins Bett zu gehen. Sie schloß einen Kompromiß, kuschelte sich mit der Daunensteppdecke aus Tante Carolines Zimmer auf die Couch in der Bibliothek und schlief unruhig, bis der Verkehr draußen und ihr ungemütliches improvisiertes Bett sie aufweckten und sie aufstand.

Armer Mr. Bittersohn, was für eine Nacht mochte er hinter sich haben? Sarah duschte, um so munter wie möglich zu werden, zog frische Kleider an und ging hinunter, um nachzuschauen, ob er seine Nachtwache überlebt hatte. Ihr Gast lag ausgestreckt in dem Feldstuhl, sein Kopf hing hinten über die Rückenlehne und wippte, während seine Beine sich seltsam in dem Wollmantel verheddert hatten. Von Zeit zu Zeit gab er ein röchelndes Schnarchen von sich. Als sie ihn an der Schulter berührte, fuhr er hoch und sagte scharf: »Ich war nicht eingeschlafen.«

»Natürlich nicht, aber Sie müssen fürchterlich unbequem gesessen haben. Ist irgend etwas passiert?«

»Dieser verdammte Stuhl ist zweimal über mir zusammengeklappt, und eine Maus ist mein Hosenbein hinaufgelaufen. Abgesehen davon war es eine erholsame Nacht. Sind die Kanister noch da?«

Sarah entfernte den Holzstock, mit dem er die halb auseinandergenommene Tür abgestützt hatte, und spähte hinaus. »Ja, sie sind noch da. Oh, schauen Sie, er hat auch das Tor zur Seitenstraße aus den Angeln gehoben. Ich fragte mich schon, wie er über die Mauer gekommen war.«

Wie bei vielen anderen Häusern von Beacon Hill auch befand sich hinter dem Haus der Kellings ein winziger gepflasterter, von einer hohen Ziegelmauer umgebener Hof. Eine Holztür führte zur dahinterliegenden Seitenstraße. Diese Tür, die sicher verriegelt gewesen war, als sie sie zum letzten Mal gesehen hatte, war nun ebenfalls aus den Angeln gehoben und lag auf dem Pflaster. Sie ging hinüber und gab ihr einen Tritt.

»Ich frage mich, warum er sich die Mühe gemacht hat. Diese Tür ist so wackelig, daß er nur ein Brett hätte eindrücken müssen, um nach dem Riegel zu greifen. Alexander beabsichtigte, im kommenden Frühjahr eine neue anzubringen.«

Bittersohn trat neben sie und musterte das verwitterte Holz nachdenklich. »Das ist eine gute Frage. Ich habe in meinem Leben nur einen Gauner getroffen, dessen Hobby es ist, Türen aus den Angeln zu heben. Auf die Art und Weise könnte er an den Milburn herangekommen sein. Sagen Sie, Mrs. Kelling, Sie kennen nicht zufällig einen Mann mittleren Alters, der ungefähr meine Größe hat, aber kompakter gebaut ist, mit bleichem Teint und auffälligen Leberflecken auf der Stirn? Er hat eine Glatze, eine ungewöhnlich schmale Nase, schmale grünliche Augen, die eng zusammenstehen, und eine sonderbare Art, beim Sprechen den linken Mundwinkel hochzuziehen. Ich glaube nicht, daß Sie ihm auf einer Party oder einem anderen gesellschaftlichen Ereignis begegnet sind, aber er könnte als Handwerker oder so etwas ins Haus gekommen sein.«

»Wir haben kaum jemals Handwerker im Haus gehabt«, sagte Sarah. »Alexander hat fast alles, was an Arbeit anfiel, selbst gemacht. Die Beschreibung kommt mir dennoch bekannt vor. Oh, ich weiß! Aber er war nicht kahl, er hatte dichtes graues Haar.«

»Wer?«

»Der Mann, der sich als Arzt ausgegeben hat. Ich erinnere mich an die schmale Nase und an die Leberflecken auf der Stirn.«

»Sind Sie ganz sicher?«

»Ja, bin ich. Das Zimmer war so klein, daß sich unsere Nasen fast berührten. Ich bemerkte das Haar vor allem, weil es so gut aussah, und er nicht. Es sah zu gut aus, um echt zu sein.«

»Das war es mit Sicherheit nicht«, sagte Bittersohn. »Gut, wir sollten diese Türen wieder einhängen, obwohl ich befürchte, daß er sie beim Versuch, an die Angeln heranzukommen, ruiniert hat. Haben Sie einen Hammer und Nägel und ein paar Holzreste?«

Gemeinsam stützten sie die Türen ab, und Sarah hielt die Bretter quer, während Bittersohn die Nägel hineinschlug. Er leistete gründliche Arbeit und legte dann den Hammer beiseite.

»Na, das sieht nicht sehr kunstvoll aus, aber es sollte halten, bis Sie einen Zimmermann kommen lassen, der die Türen fachkundig repariert. Ich werde kurz zu meiner Wohnung hinübergehen, um mich schnell zu duschen und zu rasieren, dann komme ich mit dem Wagen zurück, und wir werfen einen Blick auf die Gegend, wo Sie, wie Sie sagen, den Kerl gesehen haben. Glauben Sie, daß Sie das Haus wiederfinden können?«

»Wie hätte ich das vergessen können? Wenn Sie möchten«, wagte Sarah schüchtern vorzuschlagen, »können Sie hinaufgehen und Alexanders Rasierapparat benutzen. Im Badezimmer im zweiten Stock liegen immer noch seine Sachen. Ich könnte uns etwas zum Frühstück kochen, während Sie sich frisch machen, das würde uns Zeit sparen. Oder möchten Sie lieber nach Hause?«

»Nein, das geht in Ordnung. Sind Sie sicher, daß es Ihnen nichts ausmacht?«

»Ich glaube nicht. Ich habe schon für das Begräbnis Besuch in seinem Zimmer unterbringen müssen. Es hat keinen Sinn, sentimental zu sein.« Sarah wischte sich über die Augen. »Es ist im zweiten Stock. Sie werden alles finden, was Sie brauchen, ich fürchte nur, daß ich Ihnen keine frische Wäsche anbieten kann.«

Das würde den gesunden Menschenverstand zu sehr strapazieren. Sie wußte nicht, was sie mit den Sachen anfangen würde, die sie so oft für ihren geliebten Alexander geflickt hatte, aber kein Fremder sollte diese sorgfältig gestopften Stellen zu sehen bekommen. Sie setzte eine neue Kanne Kaffee auf, begann Schinken zu braten und zerteilte die Grapefruit, die sie gestern gekauft hatte. Als Bittersohn schließlich herunterkam, der trotz seines getragenen Hemdes viel weniger ramponiert aussah als zuvor, war sie fertig. Sie aßen, ohne groß auf das Essen zu achten, und gingen dann zur Tiefgarage hinunter.

»Über die Arlington Street zum Broadway, dann direkt hinüber bis zur Dorchester Avenue und da rechts?« fragte er, als er den Motor anließ.

»Das wird wohl das beste sein.«

Sarah merkte, daß sie auf der äußersten Kante des Ledersitzes hockte und ihre Hände zu Fäusten ballte, als würde sie in die Schlacht ziehen. Sie zwang sich dazu, sich zurückzulehnen und tief durchzuatmen, um das Spannungsgefühl in der Magengrube zu lockern. Je näher sie ihrem Bestimmungsort kamen, desto heftiger ging ihr Atem. Die überstarke Sauerstoffzufuhr ließ sie fast schon schwindlig werden, als Bittersohn sagte: »Wir müßten bald zu der Stelle kommen, wo wir abbiegen müssen.«

»Ja, nur noch ein Stück die Straße weiter, bei diesem Drugstore.«

»Gibt es in der Nähe des Hauses irgendeine Stelle, zu der wir hinfahren und es beobachten können, ohne entdeckt zu werden?«

»Ich fürchte, nein. Die Straße ist eine Art Sackgasse. Vielleicht können wir den Wagen irgendwo stehen lassen und – oh, sehen Sie, hier kommt sie ja! Die Frau in dem grünen Mantel und den Schlangenlederstiefeln. Sie geht gerade in den Drugstore hinein.«

»Um vielleicht etwas Brandsalbe zu kaufen?« Unglaublicherweise lächelte Max Bittersohn. »Das ist also Mrs. Wandelowski.«

»Kennen Sie sie?« stieß Sarah hervor.

»Man könnte sagen, daß wir uns begegnet sind. Sie hat einmal versucht, mit einem Zeremonienschwert der Ritter des Pythias meinen Schädel zu spalten.«

»Um Gottes willen, warum?«

»Weil, wie Hillary vom Mount Everest sagte, er gerade da war. Sie mochte mich zu der Zeit wohl nicht besonders. Wahrscheinlich ist sie im Moment ziemlich verärgert, weil Sie Abelards Toupet naß gemacht haben.«

»Abelard ist also ihr Mann?«

»Oder auch nicht, je nachdem. Abelard und Madeleine, zwei Seelen mit nur einem Gedanken – und zwar einem ganz schön häßlichen. Sie tragen also beide inzwischen Perücken. Die beiden waren schon immer ein elegantes Paar.«

»Wer sind sie?«

»Mädchen für alles. Sie machen das, wozu die höheren Tiere keine Zeit haben oder mit dem sie sich nicht persönlich abgeben wollen. Ich habe mir immer gedacht, daß sie irgendwo einen festen Stützpunkt haben müßten. Madeleine führt also in ihrer Freizeit eine Pension. Das paßt ins Bild.«

»Was macht sie sonst?«

»Wechselt Laken in Hotels, arbeitet in einem Supermarkt, was immer nötig ist. Sie bleibt nirgendwo lang, und sie wird selten gefaßt. Madeleine hat den Vorteil, daß sie von allen Frauen, die Sie je gesehen haben, am schlechtesten zu beschreiben ist. Wenn sie die Perücke wechselt, das Make-up wegläßt, die Kleidung einer Kellnerin trägt anstelle der auffälligen Fummel, die sie im Moment anhat, würden Sie niemals glauben, daß es sich um dieselbe Person handelt. Normalerweise ist sie dafür zuständig, Informationen zu sammeln, jemandem falsche Beweise unterzujubeln, einen Brief abzufangen und ähnliche kleine Aufgaben. Abelard, den man sehr viel leichter wiedererkennen kann, lauert im Hintergrund, bis sein Spezialgebiet gefragt ist.«

»Zum Beispiel einen Arzt zu spielen oder ein Haus abzubrennen.«

»Oder so zu tun, als sei er der Mann von der Telefongesellschaft mit einer Wanze im Werkzeugkasten oder der Mechaniker, der an den Bremsen Ihres Milburn herumgepfuscht hat. Abelard hat geschickte Hände.«

»Dann hat er auch vermutlich Tim O'Ghee umgebracht?«

»Das weiß ich ehrlich gesagt nicht, Mrs. Kelling. Vor dieser Geschichte hätte ich Abelard niemals für einen Killer gehalten, obwohl ich nicht bezweifle, daß er derjenige ist, der die Leiche beseitigt hat. Ich schätze, wir haben alles erreicht, was wir wollten. Soll ich Sie zurück nach Hause bringen?«

»Es wäre mir lieb, wenn Sie das tun würden«, erwiderte Sarah. »Ich weiß nicht warum, aber mir liegt sehr viel daran, diesen Brief von Mr. Verplanck in die Hand zu bekommen. Ich weiß nicht, warum ich ihn nicht gefunden habe, denn ich habe gestern mehrere Stunden lang versucht, Ordnung in die Korrespondenz zu bringen. Er behauptet auch, daß er zigmal an Tante Caroline und Alexander geschrieben habe, und von diesen Briefen habe ich ebenfalls keinen gesehen.«

Bittersohn räusperte sich etwas.

»Ich meine nicht, daß ich Alexanders Post gelesen habe, ich wollte nur sagen, daß ich die Umschläge, die der Briefträger durch den Schlitz warf, aufsammelte. Diese kleine Aufgabe übernahm ich im allgemeinen, weil die Post meistens dann kam, wenn Alexander mit seiner Mutter irgendwo unterwegs war. Ich sortierte sie, deshalb wußte ich, wer wem schrieb. Außerdem habe ich für Tante Caroline mehr oder weniger die ganze Korrespondenz erledigt. Sie schrieb die Briefe in Braille und gab sie mir zum Abtippen. Wenn sie plötzlich von der Bank eine Flut von Briefen bekommen hätte, ohne sie jemals zu beantworten, wäre mir das wohl aufgefallen. Oder meinen Sie nicht?«

»Ein gutes Argument. In Ordnung, Mrs. Kelling, lassen Sie uns nach Ihrem Brief suchen.«

Zurück auf den Hill zu kommen, war kein Problem, aber einen Parkplatz zu finden, stellte sich als gar nicht so einfach heraus.

»Du meine Güte«, stöhnte Sarah, »ich hätte vorschlagen sollen, daß wir den Wagen in der Garage lassen und hinaufgehen. Hier oben zu parken ist immer unmöglich.«

»Ich finde schon einen Platz«, sagte Bittersohn. »Warum gehen Sie nicht schon hinein und fangen an, den Brief zu suchen? Es macht Ihnen doch sicherlich nichts aus, einige Minuten allein im Haus zu sein?«

»Natürlich nicht. Warum auch?«

Sie sprang schnell aus dem Wagen, weil der Fahrer hinter ihnen schon zu schimpfen anfing, und ging ins Haus. Ohne erst ihren Mantel auszuziehen, begann sie, den Stapel Post durchzusehen, den sie auf dem Schreibsekretär zurückgelassen hatte. Sie wußte sehr genau, daß sich darunter kein Umschlag von der High-Street-Bank befand, und so war es auch.

Hatte Edith die Post gestohlen, wie sie die Möbel gestohlen hatte? Es war verlockend, sie zu beschuldigen, aber nicht sehr vernünftig, vorschnelle Schlüsse zu ziehen. Da gab es andere Möglichkeiten. Edgar Merton, der soviel Zeit hier damit verbracht hatte, mit Tante Caroline Backgammon zu spielen, Edgar, den sie erst gestern den Briefstapel hatte sortieren lassen. Je mehr sie über Edgar nachdachte, desto weniger mochte sie, was ihr durch den Kopf ging.

Auf jeden Fall rief sie besser Mr. Verplanck an und sagte ihm, daß sie den Brief nicht finden konnte. Das verschaffte ihr vielleicht zumindest etwas mehr Zeit, um die Dinge zu klären. Nachdem sie durch ein oder zwei Vorzimmer gereicht worden war, hatte sie ihn am Apparat.

»Hier ist Sarah Kelling. Ich möchte mich für mein unmögliches Benehmen gestern entschuldigen und gleichzeitig der äußerst liebenswürdigen Dame danken, die sich um mich gekümmert hat. Vielleicht könnten Sie so freundlich sein und mir ihren Namen nennen, so daß ich ihr ein paar Zeilen schreiben kann?«

Der Geschäftsführer gab die entsprechenden Auskünfte.

»Ich wollte Ihnen auch sagen, daß ich diesen Brief nicht finden kann, den Sie mir geschrieben haben wollen. Ich bin meine gesamte Post durchgegangen, aber er ist einfach nicht im Haus.«

»Nun, natürlich ist er nicht im Haus, Mrs. Kelling«, erwiderte er in einem Ton, in dem man normalerweise zu einem nicht sonderlich aufgeweckten Kind spricht. »Er ist an Ihr Postfach geschickt worden, wie immer.«

»Welches Postfach? Wir haben keins. Warum auch?«

»Ach du liebe Güte.« Sein Seufzer war durch das Telefon hindurch hörbar. »Offensichtlich ein weiteres kleines Geheimnis Ihrer Schwiegermutter. Zu der Zeit, als sie die ersten Hypotheken aufnahm, wies sie mich an, die gesamte Korrespondenz, die diesen Vorgang oder irgendwelche anderen Bankangelegenheiten betraf, an das Postfach 2443 der Post in Back Bay zu schicken, und genau das haben wir immer getan. Da sie Sie davon nie in Kenntnis setzte, haben Sie offensichtlich nicht im Postfach nachgesehen. Vielleicht würde es helfen, die Sache zu klären, wenn Sie das tun würden.«

»Das werde ich natürlich machen«, sagte Sarah. »Ich erledige das sofort. Mr. Verplanck, bitte haben Sie Verständnis dafür, daß ich erst einmal Ordnung in dieses Durcheinander bringen muß. Ich werde die Angelegenheit mit Ihnen klären, sobald ich weiß, woran ich bin. Postfach 2443 sagten Sie?«

»Richtig, Mrs. Kelling. Dann höre ich von Ihnen oder Mr. Redfern zum Ende der Woche.«

Er hängte mit einem gepflegten kleinen Klicken ein. Mr. Verplanck machte sich wegen Sarah Kellings Problem keine Gedanken, er sorgte sich um das Geld der Bank. Es sah so aus, als wenn sie bald eine endgültige Antwort für all die Verwandten hätte, die sie ständig mit Fragen plagten, was sie mit den beiden Anwesen tun wollte. Nun konnte sie bereits die Frage beantworten, warum Alexander ihr nie von den Hypotheken erzählt hatte. Von dem Postfach hatte er ebensowenig gewußt wie sie.

Wer hatte sich dann in dem Gespräch mit Mr. Verplanck für ihn ausgegeben? Sie wählte nochmals die Nummer der Bank.

»Mr. Verplanck, bitte entschuldigen Sie, daß ich Sie nochmals störe, aber können Sie mir bitte sagen, wie Alexander Kelling aussah, als Sie ihn getroffen haben?«

»Wirklich, Mrs. Kelling, ich –«

»Bitte! Ich weiß, daß es verrückt klingt, aber es ist schrecklich wichtig.«

»Nun«, er entschloß sich offensichtlich, daß er dieser Irren genausogut ihren Willen lassen konnte, um sie loszuwerden, »er war – äh – groß.«

Sarah verlor fast den Mut. »Groß? Sind Sie sicher? Wie groß? So groß wie seine Mutter?«

»Wenn ich mich recht erinnere, war er mindestens einen halben Kopf größer.«

»Oh, nein!« Wie war das möglich? »An was erinnern Sie sich sonst noch?«

»Mrs. Kelling, das ist schon eine ganze Zeit her, und wir haben uns nur das eine Mal getroffen. Sie können kaum von mir erwarten, daß ich mich bei all den vielen Gesichtern, die ich jeden Tag sehe, an ein einzelnes erinnere.«

»Das müßten Sie aber. Praktisch jeder, der Alexander jemals gesehen hat, wird ihn aus einem ganz bestimmten Grund niemals vergessen, und diesen Grund sollten Sie mir nennen können.«

»Meinen Sie ein Muttermal oder etwas Ähnliches? Es tut mir leid, aber abgesehen von seiner Größe kann ich mich an nichts Auffallendes erinnern. Er schien ein recht angenehmer Mensch zu sein, aber er sagte nicht viel. Wo ich jetzt darüber nachdenke, glaube ich, er hatte Heuschnupfen oder so etwas. Er hielt fast die ganze Zeit ein Taschentuch vor sein Gesicht. Er trug auch eine dunkle Brille, weil er meinte, daß die Allergie seine Augen angriff. Um die Wahrheit zu sagen, ich glaube nicht, daß ich ihn mir überhaupt genau angesehen habe.«

»Dessen bin ich sicher, Mr. Verplanck«, sagte Sarah unbeschreiblich erleichtert. »Mein Mann litt nicht unter Heuschnupfen, und er wäre niemals so unhöflich gewesen, eine dunkle Brille aufzubehalten, während er mit Ihnen sprach. Sie hätten sich an ihn aus demselben Grund erinnert, aus dem sich jeder an ihn erinnert. Alexander war der bestaussehende Mann, den Sie in Ihrem Leben gesehen haben.«

»Guter Gott, Mrs. Kelling, versuchen Sie mir einzureden, daß ich über die Hypotheken mit Betrügern verhandelt habe?«

»Nein. Mit Caroline Kelling und einem Betrüger.«

»Wer war dann der Mann?«

Sarah fragte sich gerade, was sie antworten sollte, als sie irgendwo im Haus Schritte hörte. War der Brandstifter zurückgekommen, um es ein zweites Mal zu versuchen? Was sollte sie tun? Hinaus auf den Bürgersteig rennen, in der Hoffnung, ihn zu verscheuchen? Das wäre das Dümmste, was sie tun könnte. Das Beste war, sich nicht sehen zu lassen.

Hastig sagte sie, »Mr. Verplanck, ich werde Sie zurückrufen«, und versuchte, den Hörer geräuschlos aufzulegen. In ihrer Nervosität stieß sie das Telefon von dem Ständer. Es fiel mit lautem Krach herunter.

Sofort hörte sie, wütend und erleichtert zugleich, eine nur allzu vertraute Stimme: »Edith, sind Sie das?«

Kapitel 27

Harry, du hast mich zu Tode erschreckt! Nein, ich bin es, Sarah. Edith ist nicht hier. Wie bist du nur hereingekommen?«

»Durch die Tür natürlich!«

»Wie denn? Sie war abgeschlossen.«

»Nein, war sie nicht«, sagte Lackridge. »Als ich an der Vordertür klingelte und niemand antwortete, dachte ich, daß Edith wie üblich unten in ihrem Bau vor dem verdammten plärrenden Fernseher sitzt, deshalb ging ich in die Seitenstraße und fand beide Türen angelehnt. Du solltest sorgfältiger darauf achten, daß das Haus verschlossen ist, Sarah. Jeder könnte hereinkommen.«

»Aber Harry, das ist unmöglich. Mr. Bittersohn hat sie zugenagelt.«

»Warum zum Teufel? Was macht Max Bittersohn überhaupt hier?«

Sarah war fast so weit, es ihm zu erzählen, aber nur fast. Sie hatte kein Recht, den Verleger zu informieren, daß sein mutmaßlicher Autor in Wirklichkeit ein Detektiv war, der ihn benutzte, um sich zu tarnen. Glücklicherweise beantwortete Harry seine Frage selbst.

»Denkt wohl, wenn er auf die eine Weise nicht an den Familienschmuck herankommt, kann er eine andere versuchen, wie? Nimm dich vor diesem Kerl in acht, Sarah. Du weißt, wie solche Typen sind. Wenn sie die Fußspitze zwischen die Tür bekommen, versuchen sie als nächstes, mit dir ins Bett zu kriechen.«

»Ja, dein Laufbursche, Bob Dee, hat mir in diesem Punkt eine Lektion erteilt«, konnte sich Sarah nicht verkneifen zu sagen. »Übrigens, Harry, woher wußte er, daß Alexander, Tante Caroline und ich für das Wochenende nach Ireson's Landing fahren wollten? Bei unserem Treffen sprach er davon, und ich kann mich nicht erinnern, es irgend jemandem erzählt zu haben.«

Lackridge machte für einen Moment ein verdutztes Gesicht. Dann sagte er: »Wohin konntet ihr sonst schon fahren? Wo wir von Betten sprechen, was zum Teufel geht hier eigentlich vor? Ich kam her, um nach einem kleinen Notizbuch zu suchen, das ich verlegt habe. Es enthält meine gesamten Verabredungen für die nächsten zwei Monate, und ohne das Ding bin ich verloren. Mir fiel ein, daß ich es vielleicht in der Nacht, in der Leila und ich hier schliefen, in Alexanders Zimmer gelassen habe. Deshalb kam ich heute morgen vorbei. Da niemand hier war, beschloß ich, daß ich genausogut direkt hinaufgehen und danach suchen konnte. Da oben herrscht ein heilloses Durcheinander. Ich weiß, daß du nicht gerade in dem Zustand bist, selbst etwas zu tun, aber könntest du Edith nicht dazu bewegen, Ordnung zu schaffen?«

Sarah schüttelte ihren Kopf und versuchte, einen klaren Gedanken zu fassen. »Ich habe dir doch gesagt, Edith ist nicht hier. Die Zimmer waren in bester Ordnung, als ich das Haus vor einigen Stunden verlassen habe. Das Problem ist, daß jemand versucht hat, einzubrechen und das Haus in Brand zu stecken.«

»Du bist ja hysterisch!«

Lackridge fing sich wieder. »Entschuldige, Sarah, das war nicht so gemeint. Aber Leila und ich haben über dich gesprochen. Wir sind uns klar, daß du unerträglichen Belastungen ausgesetzt warst, und wir glauben, daß es vielleicht eine gute Idee wäre, wenn du eine Weile weggehen würdest.«

»Ich dachte, ich hätte Leila klargemacht, daß ich es vorziehe, meine eigenen Pläne zu machen«, gab Sarah scharf zurück. »Wenn du andeuten willst, daß ich eigentlich unter Beobachtung gehöre, schlage ich vor, daß du diese Entscheidung Onkel Jem oder Cousin Dolph überläßt. Es ist nett, daß du dir Sorgen machst, aber ich habe eine Familie.«

»Sarah, sei vernünftig. All das Gerede über Leute, die einbrechen und das Haus anzünden wollen –«

»Du hast doch die Spuren gesehen, oder? Du sagst, daß die Schlafzimmer völlig durcheinandergebracht sind. Du sagst, daß die Tür zum Souterrain offen war, obwohl Mr. Bittersohn dir bestätigen kann, daß er sie zugenagelt hat.«

Sie hatte Harry Lackridge nicht überzeugt, das konnte sie sehen. Er machte sich nicht die Mühe, sein spöttisches Grinsen zu verbergen. Alexander hätte nie spöttisch gegrinst. Es war merkwürdig, wie gegensätzlich die beiden Freunde waren, und doch so ähnlich in äußerlichen Dingen. Harrys Stimme war rauher als Alexanders, aber seine Diktion entsprach tadellos Phillips und Harvard. Die Größe, die schmale Gestalt, der abgetragene Tweedanzug von Brooks Brothers, alles war wie bei Alexander, nur dessen Eleganz fehlte. In der schlecht beleuchteten Diele erinnerte sogar das Adlerprofil auf den ersten Blick an das von Alexander. Vor Jahren, als Harrys Haut noch gut und seine Augen noch klar gewesen waren, als seine Zähne noch nicht gelb verfärbt waren und sein Lächeln sich noch nicht in ein schiefes spöttisches Grinsen verwandelt hatte, hatte man ihn manchmal für einen Kelling gehalten.

Wenn irgend jemand in der Welt sich für Alexander Kelling ausgeben konnte und damit durchgekommen war ... vielleicht wurde sie tatsächlich hysterisch. Sarah dachte nach, wie sie sich Gewißheit verschaffen könnte.

»Harry«, sagte sie und versuchte krampfhaft zu vermeiden, daß ihre Stimme zitterte, »als du durch das Souterrain kamst, ist dir da irgend etwas an Ediths Wohnzimmer aufgefallen?«

Er blinzelte. »Wie meinst du das, aufgefallen? Wie soll ich das wissen? Ich war seit Jahren nicht mehr da unten. Und es war sowieso ziemlich dunkel, weil ich den Lichtschalter nicht finden konnte.«

»Aber du mußtest doch direkt durch das Zimmer gehen, um zur Treppe zur Küche zu gelangen. Hattest du keine Angst, dir bei all den Möbeln das Genick zu brechen? Du weißt doch, was Edith immer alles gehamstert hat.«

Lackridge zog die Schultern hoch. »Das hatte ich ganz vergessen. Ich war verdammt nahe dran, mich umzubringen, wenn du es genau wissen willst. Ich rutschte auf einem Läufer aus und schürfte mir mein Schienbein an irgend etwas auf. Ich glaube, es war ein Schaukelstuhl.«

»Das war ziemlich ungeschickt von dir, Harry«, sagte Sarah ruhig, »wenn man bedenkt, daß Edith hier vorgestern abend ausgezogen ist und die Teppiche und alle Möbel mitgenommen hat. Die Räume im Souterrain sind völlig leer, und das hättest du auf jeden Fall bemerken müssen. Du gingst überhaupt nicht dort durch, du kamst durch die Vordertür mit den Schlüsseln, die Tante Caroline dir gab, als ihr eure heiße Affäre hattet. Und du hast nach keinem Terminkalender gesucht, du hast versucht, ihr Tagebuch zu finden.«

»Dann hat sie – sei nicht lächerlich, Sarah! Wie konnte Caro ein Tagebuch führen?«

»Du würdest staunen. Ich habe jedenfalls gestaunt.«

»Du hast es gefunden?« Er machte sich nicht die Mühe, weiter Theater zu spielen.

Sarah wurde erst in diesem Moment wirklich klar, daß Harry Lackridge die Absicht hatte, sie umzubringen. Erstaunlicherweise versetzte sie diese Erkenntnis nicht in Panik.

»Oh ja«, antwortete sie ganz ruhig. »Dir muß klar gewesen sein, daß Tante Caroline ihre große Romanze dramatisieren mußte. Ich muß sagen, es war ziemlich gemein von dir, die Frau umzubringen, in die du angeblich bis über beide Ohren verliebt warst, nachdem du ihr alles abgeluchst hattest, was sie besaß, und eine ganze Menge, die ihr nicht gehörte.«

»Ich habe Caroline sehr gemocht. Wenn du nicht deinen Einfluß geltend gemacht und Unruhe gestiftet hättest –«

»Hör doch auf, Harry. Du hast sie und Alexander umgebracht, weil du wußtest, daß Mr. Verplanck demnächst Schritte eingeleitet hätte, um die beiden Hypotheken aufzukündigen, für die du eigentlich die Zinsen hättest zahlen sollen. Noch nicht einmal eine blinde Fanatikerin hätte dich weiterhin decken können, sobald die Bank einmal soweit war, uns vor die Tür zu setzen. Versuche nicht, mir vorzumachen, Tante Caroline sei dir nicht vollkommen gleichgültig gewesen. Du hast kein Fünkchen menschliches Gefühl in dir für irgend jemanden außer dir selbst. Ich kann mir nicht vorstellen, was sie jemals in dir gesehen hat.«

»Sie sah in mir, was sie gesucht hatte, und sie bekam es.«

»Die wunderschöne Mrs. Kelling und ein böser kleiner Junge, der gerade die Schule hinter sich hatte? Das klingt unglaublich, besonders, wenn man dich jetzt ansieht. Ihr kleiner Liebling!«

»Das hat sie geschrieben?« Er packte Sarahs Schultern und schüttelte sie heftig. »Du lügst! Caro hat mir geschworen, daß sie das nie jemandem sagt.«

»Nein, Harry, sie hat dich bei keinem anderen Namen als eben diesem genannt. Sie hat dir die Treue gehalten, selbst wenn du sie auf jede mögliche Art und Weise betrogen hast. Aber es war nicht schwer herauszufinden, wer ihr kleiner Liebling sein mußte. Wer außer dir konnte die Szene mit Ruby Redd arrangieren, als Caroline es leid geworden war, Geld für den erfundenen Erpresser zu blechen, den du eingeführt hattest, um deine schmutzigen

Hände auf Onkel Gilberts Vermögen zu legen? Du wußtest, daß sich Alexander mit Ruby traf, du warst derjenige, der sie überhaupt erst zusammengebracht hat. Du wußtest, daß das Mädchen dir helfen würde, deinen kleinen Auftritt zu inszenieren, wenn du ihr dafür das Rubincollier versprachst. Das Versprechen würde dich gar nichts kosten. Ich bin mir sicher, daß du von Anfang an diesen vorgetäuschten Streit als Ausrede für ihre Ermordung eingeplant hast. Tante Caroline wäre niemals fähig gewesen, weitere deiner Erpressungsforderungen zurückzuweisen, nachdem du anscheinend ihr Leben gerettet hattest, indem du jemand anderen umgebracht hast. Daß dein sogenannter bester Freund gerade im richtigen Moment hinzukam, um ihm die Schuld zuzuschieben und sein ganzes Leben zu ruinieren, war ein Glücksfall, mit dem du nicht gerechnet hattest, oder?«

»Das ist eine sehr hübsche Geschichte, Sarah. Wo sagtest du, hast du sie gehört?«

»Harry, ich versichere dir, es steht alles im Tagebuch. Du hattest Ruby Redd erklärt, daß Tante Caroline taub war, aber du hattest vergessen zu erwähnen, daß sie damals noch Lippenlesen konnte. Ruby redete die ganze Zeit, schrie herum, daß du ihr das Collier versprochen hättest und so weiter. Du hast versucht, das aus der Welt zu schaffen, indem du behauptet hast, Alexander hätte ihr das versprochen, aber es blieben noch immer Teile des Gesprächs, die Tante Caroline nicht verstand, weil ihr in all den Jahren nicht der Gedanke kam, daß du derjenige warst, der die Vorstellung inszeniert hatte. Mir ist alles völlig klargeworden, wo ich nun weiß, wie du bist.«

Lackridge zeigte dasselbe Grinsen, das seine gelblichen Zähne sichtbar werden ließ und das er aufsetzte, wenn er im Wohnzimmer seiner Frau den Clown spielte. »Das muß wirklich ein tolles Dokument sein. Was hat sie sonst noch geschrieben?«

»Sie erzählt, wie du sie angestiftet hast, meinen Vater umzubringen, so daß sie Alexander zwingen konnte, mich zu heiraten und ihnen beiden ein Einkommen zu verschaffen, nachdem du sie um Onkel Gilberts Vermögen betrogen hattest. Und es gibt natürlich eine Passage darüber, wie ihr Onkel Gilbert losgeworden seid, die ich bereits kannte. Das brauche ich dir nicht zu erzählen, oder? Du mußt über deine Abhöranlage gehört haben, wie Alexander mir davon erzählte. Die funktioniert übrigens nicht mehr.«

»Das macht nichts. Ich brauche sie nicht mehr«, sagte Lackridge in einem Ton, der entsetzlich klang, weil er so nüchtern war. »Wie fandest du die Wanze? Das konnte in dem Tagebuch nicht erwähnt sein.«

»Nein, und auch nicht, daß das Bankschließfach voller Ziegelsteine war, oder die Tatsache, daß du die Bankangestellte erwürgt hast, die wußte, daß du Zugang zu dem Fach hattest, obwohl ich sicher bin, daß ihr nie klar war, was du da machtest. Tante Caroline hat von diesem Mord wohl nie etwas erfahren, oder von dem Schwindel, den du weltweit mit den Familienerbstücken der Kellings abzogst, wenn du angeblich unterwegs warst, um deine Bücher feilzubieten. Du hättest wenigstens einen Satz Imitationen in der Kassette lassen können, damit ich einen Eindruck gewinnen könnte, wie der Schmuck aussieht, den ich eigentlich geerbt hätte.«

»Das tut mir leid, Sarah, aber ich versuche, Gefühl und Geschäft auseinanderzuhalten, wenn es sich vermeiden läßt. Es führt zu Komplikationen, wie du so deutlich gemacht hast. Wo ist Caros Tagebuch?«

»Warum sollte ich dir das sagen?«

Ja, warum eigentlich? Sarah hatte geglaubt, daß sie sterben und bei ihrem Mann sein wolle. Nun wußte sie, daß sie am Leben bleiben wollte, und ihre einzige Überlebenshoffnung bestand darin, diese absurde Unterhaltung aufrechtzuhalten, bis es Bittersohn, so Gott wollte, gelungen war, einen Parkplatz zu finden.

»Ich glaube nicht, daß du es jemals finden wirst, Harry«, sagte sie. »Es ist eine Schande, daß es deinem Mädchen für alles letzte nacht nicht gelang, das Haus abzubrennen, nicht wahr?«

»Und wer ist mein Mädchen für alles?«

»Sein Name ist Abelard, und er lebt drüben in der Nähe des Andrew Square mit einer Frau namens Madeleine zusammen, die vielleicht seine Frau ist. Sie nennt sich selbst Mrs. Wandelowski und behauptet, Zimmer zu vermieten. Dort haben entweder du oder sie Tim O'Ghee ermordet, der in Danny Rates Pub hinter der Bar stand, wie du sicher weißt. Ich nehme an, daß der alte Mann dachte, er könnte dir ein wenig die Daumenschrauben anlegen, als Ruby Redds Leiche auftauchte. Das war ein böser Fehler. Er hätte sich besser daran erinnert, wie du es haßt, irgend jemanden für irgend etwas zu bezahlen. Wenn ich an all die Male denke, wo sich Alexander mit Fotografien für dich abgemüht hat, und du gönntest ihm nicht mehr als eine Rolle Film dafür, nachdem du ihm alles weggenommen hattest –«

Sie durfte nicht zulassen, daß sie sentimental wurde. Sarah schluckte die Tränen hinunter und versuchte, ihre Stimme unter Kontrolle zu halten.

»Abelard zu beauftragen, den Milburn so zu präparieren, daß er außer Kontrolle geraten und abstürzen mußte, muß dir das Herz gebrochen haben. Stell dir vor, was du von einem Sammler von Oldtimern für ihn bekommen hättest. Natürlich wäre es dir schwergefallen, ihn jeweils wieder zu stehlen und neu zu verkaufen, wie du es mit dem Rubincollier gemacht hast, bis die Frau in Amsterdam dich überlistet hat.«

»Wie hast du von der Frau in Amsterdam erfahren?«

Nun war sie zu weit gegangen. Lackridge würde sich nicht mehr reizen lassen.

»Sarah«, fragte er nach, »woher hast du diese Information?«

Sie hatte nun wirklich Angst, aber sie würde nicht klein beigeben. »Ich habe nicht die geringste Absicht, dir das zu erzählen, Harry.«

»Es wird dir gleich sehr leid tun, wenn du es nicht sagst.«

»Meinst du, du könnest mich noch mehr verletzen, als du es bereits getan hast?«

»Kurz gesagt, ja.«

Er war zu groß und zu schnell. Bevor sie zurückweichen konnte, packte er ihren linken Arm und verdrehte ihn, bis der lange Knochen knapp über dem Ellbogen brach. Er ließ los, und der Arm fiel unbrauchbar an ihrer Seite herunter.

»Nun verstehst du hoffentlich, daß ich eine Antwort will, Sarah, oder soll ich mich noch ein bißchen klarer ausdrücken?«

Vor Schmerz mußte sie sich fast erbrechen, und sie sprach mit zusammengebissenen Zähnen.

»Schlau, mir den linken Arm anstelle des rechten zu brechen, Harry. Das muß wohl heißen, daß du noch weiteres Bildmaterial hast, das ich für dich umsonst zeichnen soll.«

Er drehte ihren Arm nochmals um und drückte sie mit dem Rücken gegen die Konsole. »Ehrlich gesagt, Sarah, du warst mir immer völlig gleichgültig. Dies hier wird mir nichts ausmachen.«

Als er seine Hand hob, um ihr ins Gesicht zu schlagen, klingelte die Türschelle. Sarah saugte ihre Lungen so voll, wie es nur ging, und stieß einen mächtigen Schrei aus.

Eine Sekunde später krachte ein Körper durch das Fenster in der Bibliothek und in die Diele. Max Bittersohn lag auf Harry Lackridge und schlug ihn zusammen, während Sarah dastand und zuschaute, vielleicht von derselben Stelle aus, von der Caroline Kelling vor so vielen Jahren zugeschaut hatte, wie ihr kleiner Liebling Ruby Redd niederschlug.

Kapitel 28

Sie brauchen jemanden, der sich eine Weile um Sie kümmert.« Sarah hatte ihre Aussage vor der Polizei in einem Bett in der Ambulanz des Massachusetts General Hospital gemacht, hatte aber darauf bestanden, nach Hause entlassen zu werden, sobald ihr Arm geröntgt und gerichtet worden war. Onkel Jem und Egbert waren über Nacht bei ihr geblieben und hatten ein höchst komisches Paar Krankenschwestern abgegeben, flüchteten aber erleichtert zur Pinckney Street zurück, als Max Bittersohn am nächsten Morgen vorbeischaute und die Patientin zum Mittagessen einlud.

Da der Weg kurz und der Tag schön war, waren sie beide zum Hampshire House spaziert. Sarah hatte noch immer ziemlich starke Schmerzen, aber nach zwei Manhattans und einem gerechten Anteil an einer Flasche Poilly-Fuissé spürte sie kaum noch etwas.

»Ich weiß, daß ich hier eine Schweinerei veranstalte«, sagte sie, als sie mit der letzten Gabel Hühnerfrikassee auf ihrem Teller kämpfte. »Bitte entschuldigen Sie meine schrecklichen Manieren.«

»Sie machen das sehr gut, Mrs. Kelling. Sind Sie sicher, daß Ihnen nichts fehlt?«

»Ich lebe, das ist die Hauptsache. Harry hatte wirklich vor, mich umzubringen.«

»Das habe ich nicht eine Minute bezweifelt. Jedenfalls sitzt er jetzt auf Nummer Sicher. Ich wollte nur, ich hätte diesen verdammten Wagen rechtzeitig genug parken können, um Sie vor einer Verletzung zu bewahren.«

Sarah tauchte ein Ende ihrer Serviette in ihr Wasserglas und wischte Käsesauce von ihrem Kinn. »In gewisser Hinsicht ist es wahrscheinlich ganz gut, daß Sie zu spät kamen. Wenn mein Arm nicht gewesen wäre, hätten wir die Polizei vielleicht nie davon überzeugen können, eine solch irrwitzige Geschichte über einen so guten Bürger wie Harry Lackridge zu glauben. Ein offener Bruch des Oberarmknochens hat etwas schrecklich Überzeugendes. Wissen Sie, ob Bob Dee verhaftet wurde?«

»Sie haben ihn auf Verdacht hin eingelocht. Ich weiß nicht, was daraus werden wird, doch er ist als der Augenzeuge identifiziert worden, der gerade zufälligerweise – ein sehr sonderbarer Zufall – zur Stelle war, als der Milburn verunglückte. Er hatte einen falschen Namen angegeben, was ihn mit Sicherheit nicht gerade entlastet.«

»Hoffentlich. Und was ist mit Abelard und Madeleine?«

»Abelard singt wie eine verbrühte Nachtigall. Mit ihren Vorstrafen und Ihrer Aussage über die Art und Weise, wie sie den alten Tim O'Ghee umbrachten, würden sie es nicht wagen, die Zusammenarbeit zu verweigern. Ich muß meine Aussage morgen früh vor der Grand Jury machen.«

»Wird von mir auch erwartet, dort als Zeugin zu erscheinen?«

»Nein, das Protokoll Ihrer Aussage wird als Beweismittel für die Anklageerhebung zugelassen, obwohl Sie zweifellos Hauptzeugin der Anklage sein werden, wenn Lackridge vor Gericht gestellt wird. Das heißt, Sie und die Vorhänge Ihrer Schwiegermutter.«

»Oh nein! Ich hatte die Absicht, diese gräßlichen Dinger zu verbrennen, ehe jemand anderes sie liest.«

»Gut, daß Sie es nicht getan haben, andernfalls könnten Sie wegen Behinderung der Justiz zur Rechenschaft gezogen werden. Die Vorhänge sind schon beschlagnahmt worden. Sie werden zweifellos eine Quittung erhalten. Ein Brailleexperte wird hinzugezogen werden, um eine Niederschrift von Mrs. Kellings Handarbeit anzufertigen, aber Sie werden aufgefordert werden, die eigentliche Stickerei zu identifizieren und zu bezeugen, daß Sie sie daran arbeiten sahen.«

»Das ist kein Problem. Ich habe ihr immer wieder zugeschaut, wie sie diese zigmillionen Knötchenstiche gemacht hat. Das haben auch Edith und Leila und Harry selbst gesehen. Muß ihn das nicht fuchsteufelswild machen? Daß er dieses ganze Theater inszeniert hat, den Einbruch und die Unordnung, um mich aus dem Haus zu verscheuchen, so daß er freie Bahn hatte, um nach dem Tagebuch zu suchen – dabei hing es doch die gesamte Zeit ganz offen da. Ich wette, er hat mich deshalb nicht sofort umgebracht, weil er vorhatte, zu meinem Testamentsvollstrecker ernannt zu werden und nach allem anderen auch noch Vaters Geld einzukassieren.«

»Das ist sehr gut möglich. Leute wie Lackridge denken immer, daß sie alles kriegen können, was sie haben wollen. Wissen Sie, er glaubt immer noch nicht, daß wir ihn überführen werden. Seien Sie nicht überrascht, wenn er vor Gericht einen großen Auftritt inszeniert.«

»Die Verwandten werden von diesem Prozeß begeistert sein, wenn die leidenschaftlichen Ergüsse von Tante Caroline in die Zeitungen kommen.«

»Das ist nicht Ihre Schuld.«

»Davon werden Sie meine Cousine Mabel niemals überzeugen können. Sie wird jedem erzählen, daß ich einen Vormund und nicht einen Vermögensverwalter brauche.«

»Ich finde, als Treuhänder ist Redfern ein altes Weib«, knurrte Bittersohn. »Vielleicht werden wir Onkel Jake holen müssen, damit er mal bei Redfern vorbeischaut und sich ein bißchen mit ihm unterhält. Möchten Sie Nachtisch?«

»So, wie meine finanzielle Lage ist«, versuchte Sarah zu scherzen, »sollte ich besser alles nehmen, was ich spendiert bekomme, oder? Eine Mousse au Chocolat wäre herrlich. Mr. Bittersohn, denken Sie wirklich, daß ich irgend etwas von dem, was Harry gestohlen hat, jemals zurückerhalten werde?«

»Das hoffe ich. Ach, da fällt mir ein, wir haben das Abhörgerät aufgespürt. Die Kabel führten bis in ein Einzimmerapartment im Souterrain, das angeblich in den letzten paar Jahren von einer Dame aus Shrewsbury als Zweitwohnung gemietet worden war.«

»Madeleine mit noch einer anderen Perücke?«

»Genau. Ihre Fingerabdrücke waren über die ganze Wohnung verteilt, neben denen von Abelard und Lackridge. Es fanden sich sogar ein paar von Bob Dee. Ich nehme an, daß, wer auch immer von ihnen gerade Zeit hatte, einfach vorbeischaute und die Tonbänder abhörte. Das Tonbandgerät lief per Schaltuhr jeweils nachmittags von vier bis sechs und abends von acht bis zehn.«

»Zu diesen Zeiten saßen wir meistens in der Bibliothek«, sagte Sarah. »Harry hat unsere Gewohnheiten ausgesprochen gut gekannt. Ich nehme nicht an, daß Sie zufällig irgendwelche Bänder mit Alexanders Stimme gefunden haben?« fügte sie wehmütig hinzu.

Bittersohn schüttelte den Kopf. »Ich fürchte nein, Mrs. Kelling. Es gab für Lackridge keinen Grund, die Bänder aufzubewahren, nachdem sie einmal abgehört worden waren. Wir haben allerdings eine Schachtel unter einer losen Diele entdeckt, die einige Bilder enthält, die möglicherweise Stücke aus der Kelling-Kollektion zeigen. Madeleine und Abelard dienten wahrscheinlich als Vermittler bei der Anfertigung der Duplikate. Lackridge hätte ihnen wohl kaum die Originale anvertraut, so daß sie mit Notizen und Zeichnungen arbeiten mußten.«

»Ich frage mich, wer für Harry die Zeichnungen angefertigt hat«, sinnierte Sarah. »Pech, daß ich nicht ein bißchen früher geboren bin, sonst hätte ich den Job vielleicht bekommen. Sie haben also nichts von den eigentlichen Stücken gefunden?«

»Nur zwei viktorianische Schmuckstücke, die nicht wertvoll genug sind, um sie zu kopieren. Das eine ist ein Goldring in Form gefalteter Hände, die sich öffnen und ein Herz freigeben. Das andere ist eine Brosche, ein blauemaillierter Vogel, von dessen Schnabel eine Barockperle baumelt.«

»Der Eisvogel, der den Himmel auf seinem Rücken trägt«, rief Sarah. »Das muß Granny Kays Brosche sein. Sie war Alexanders Großmutter, nicht meine. Ich habe sie nie kennengelernt, aber sie muß ein Schatz gewesen sein. Er liebte sie über alles und war von dieser Brosche, die sie eigentlich immer trug, fasziniert, seit er ein ganz kleiner Junge war. Einmal, als er ungefähr vier Jahre alt war, zitierte sie die Zeile von Thoreau über den blauen Vogel, der den Himmel auf seinem Rücken trägt. Da er zu jung war, um das Bild zu verstehen, nahm er es wörtlich und vermutete, daß Thoreau von der Brosche sprach. Er erzählte mir, ihm sei es völlig einleuchtend erschienen, daß Granny Kays Vogel derjenige sein sollte, der den Himmel oben zu halten hatte. Er fragte sich oft, was nach ihrem Tod aus dem Eisvogel geworden war, aber niemand schien es zu wissen.«

Sie fuhr sich über die Augen. »Über den Ring weiß ich nichts. Er könnte noch eines ihrer geheiligten Erinnerungsstücke gewesen sein. Tante Appie hat einmal erzählt, daß Granny Kay in jungen Jahren in jemand anderen verliebt war, aber ihre Eltern zwangen sie, Alexanders Großvater zu heiraten, weil er eine bessere Partie war. Damals wurden die Mädchen dazu erzogen, gehorsam zu sein. Ich fürchte, es war keine glückliche Ehe. Er war ein ebenso kalter Fisch wie Onkel Gilbert. Ich hoffe auf jeden

Fall, daß ich den Eisvogel behalten kann. Alexander sähe es gern, wenn ich Granny Kays Brosche trüge.«

»Sie werden sie bekommen, und wenn ich sie eigenhändig für Sie stehlen muß«, versprach Bittersohn, »obwohl ich erwarte, daß die Schmuckstücke genau wie die Zeichnungen in der Verhandlung als Beweismittel vorgelegt werden müssen. Einige Ihrer älteren Tanten könnten die Stücke doch identifizieren, oder?«

»Oh ja, Tante Appie, Tante Emma und mehrere andere. Wenn Sie möchten, kann ich Ihnen eine Liste mit Namen und Adressen geben. Glauben Sie, daß uns die Zeichnungen helfen könnten, einige der wertvolleren Stücke zurückzubekommen?«

»Vielleicht, aber ich würde an Ihrer Stelle nicht zu sehr damit rechnen. Wir kennen einige der Opfer von Lackridge, aber wir wissen nicht, wer den echten Schmuck erhalten hat, außer bei diesem Collier, über das wir schon gesprochen haben. Es wäre schön, wenn er irgendwo immer noch ein Versteck hätte, aber alles spricht dafür, daß er die anderen Stücke wie das Collier eins nach dem anderen verloren hat. Es dürfte für ihn nicht immer einfach gewesen sein, nach dem Verkauf den Tausch vorzunehmen, und Lackridge gehörte nie zu denen, die ihr Glück zu sehr herausfordern. Deshalb schaffte er es so lange, der Polizei immer einen Schritt voraus zu sein. Mit dem Grundbesitz könnte es besser stehen. Ich vermute, daß die Hypotheken wegen Betrugs für ungültig erklärt werden können, obwohl die Bank sicherlich nicht ohne Kampf darauf verzichten wird. Verplanck muß sich schließlich vor seinen Aktionären verantworten. Er könnte die Meinung vertreten, daß Mrs. Kelling im Rahmen ihrer Rechte als Testamentsvollstreckerin gehandelt hat, ganz unabhängig davon, wie sie damit umgegangen ist. Möglicherweise werden Sie in einen Rechtsstreit verwickelt, ehe Sie sich versehen.«

»Ich werde kämpfen, wenn ich muß«, sagte Sarah. »Ehrlich gesagt, bin ich nicht unbedingt begeistert davon, zwei so monströse Häuser am Hals zu haben, aber ich lasse sie mir nicht von Harry Lackridge stehlen. Er hat alles genommen –« sie dachte an Alexander und den Eisvogel und nahm einen Schluck Kaffee, um sich zu beruhigen.

»Ich habe Harry nie gemocht, aber wer hätte im Traum daran gedacht, daß er sich als ein solcher – Vampir entpuppt? Und warum? Er kam aus einer anständigen Familie, hat die richtigen Schulen besucht, hat in einen gutgehenden Betrieb eingeheiratet, obwohl ich vermute, daß er ihn inzwischen ruiniert hat. Es gab nicht den geringsten Grund für ihn, ein Dieb und Mörder zu werden.«

»Er ist nicht zum Verbrecher geworden, Mrs. Kelling, er wurde so geboren. Selbst wenn Lackridge das reichste Kind der Welt gewesen wäre, wäre er immer noch ein Gauner geworden. Er tut, was er tut, weil er es genießt.«

»Dann ist er wahnsinnig«, sagte Sarah. »Wie kam es überhaupt, daß Sie anfingen, ihn zu verdächtigen? Harry wirkt immer so über jeden Zweifel erhaben.«

»Ich weiß. Deshalb kam ich ja auf ihn. Lassen Sie mich etwas aus meinem Leben erzählen. Als ich das erste Jahr auf dem College war, arbeitete ich als Aushilfe in einem Drugstore an der Commonwealth Avenue. Eines Abends parkte ein Kerl mit einem brandneuen Mercedes in zweiter Reihe vor dem Drugstore und rannte herein, um eine Packung Zigaretten zu kaufen. Er war in heller Aufregung, hielt mir Scheine unter die Nase und wollte Kleingeld fürs Telefon, behauptete, ich hätte ihm zuviel gegeben, dann zuwenig, schob das Geld hin und her, bis ich nicht mehr wußte, was ich tat. Es dämmerte mir erst, als er schon hinaus war, daß ich einem Trickdieb zum Opfer gefallen war. Als er abfuhr, konnte ich noch die Nummer von seinem Wagen feststellen und spürte ihn über die Zulassungsstelle auf.«

»Und es war Harry.«

»Kurz und gut, ja. Wissen Sie, Mrs. Kelling, das hat mich mehr erschüttert als alles andere, was mir jemals passiert ist. Ich konnte einfach nicht begreifen, warum ein Mann in seiner Position sich die Mühe machen sollte, einen Burschen wie mich um sechs Dollar und siebenundzwanzig Cent zu betrügen. Ich habe das nie vergessen. Nachdem ich selbst berufstätig geworden war, stolperte ich zufällig über ein paar merkwürdige kleine Vorfälle, bei denen Lackridge der Drahtzieher zu sein schien. Ich konnte ihm nie etwas anhängen, aber ich gab die Hoffnung nicht auf. Dann bekam ich diesen Versicherungsfall in die Hände, erfuhr, daß die Kellings, denen angeblich das Rubincollier gehörte, Busenfreunde von Lackridge und seiner Frau waren, und begriff, daß ich jetzt endlich einen Anhaltspunkt hatte.«

»Die Idee von Ihnen, das Buch zu schreiben, war klug.«

»Na ja. Der Trick war so plump, ich konnte gar nicht glauben, daß Lackridge darauf reinfallen würde, bis er es tat. Ihn lockte die

Höhe der Unterstützung, mit der meine Geldgeber angeblich die Veröffentlichung garantieren wollten. Er konnte der Möglichkeit nicht widerstehen, einen Teil davon für sich selbst zu kassieren, indem er bei den Produktionskosten betrog. Abgesehen davon würde ein so spektakuläres Buch, wie ich es vorhatte, eine gute Tarnung liefern. Er mußte gelegentlich irgend etwas veröffentlichen, um seinen Ruf zu schützen. Ich hoffte nur, daß ich ihn festnageln konnte, bevor ich mich tatsächlich hinsetzen und das verdammte Ding schreiben mußte. Dank Ihrer Hilfe schaffte ich es.«

»Bedanken Sie sich nicht bei mir.«

Sarah legte den Löffel weg, weil sie die Mousse nicht mehr aufessen konnte. »Ich muß mich einfach fragen, wieviel von dem, was geschah, meine Schuld war. Wenn ich nicht den alten O'Ghee an jenem Abend bei den Lackridges erwähnt hätte, wäre er vielleicht am nächsten Morgen nicht tot gewesen. Wenn ich Alexander nicht überredet hätte, das Wochenende in Ireson's Landing zu verbringen –«

»Mrs. Kelling, Sie wissen es doch besser. Wenn O'Ghee bei Madeleine lebte, dann können Sie sicher sein, daß es nicht wegen ihres guten Kaffees war. Ein alter Mann wie er muß sich oft als nützlich erwiesen haben. Er würde nie auffallen, wenn er herumsteht und darauf wartet, eine Nachricht weiterzugeben oder ein Päckchen entgegenzunehmen. Aber er mußte alles über Lackridges Verbindung mit Ruby Redd gewußt haben, deshalb war es viel zu gefährlich, ihn am Leben zu lassen, als die Leiche aufgetaucht war. Und was Ihren Mann und seine Mutter angeht, würde ich sagen, daß Lackridge sie an dem Tag abgeschrieben hat, an dem er die regelmäßigen Zahlungen für die Hypotheken einstellte, und Sie wissen, wie lange das her ist. Ich schätze, daß er den Plan mit dem Milburn schon vor einiger Zeit fertig ausgearbeitet hat, und wenn Sie ihm nicht die Möglichkeit gegeben hätten, ihn in die Tat umzusetzen, dann hätte er sie selbst herbeigeführt.«

»Wie?«

»Das wäre wohl leicht genug gewesen. Hätte er nicht – alte Freunde, die Sie waren – vorschlagen können, daß Sie alle mit ihm und seiner Frau zum Sommersitz fahren sollten? Hätte das nicht bei Ihrer Schwiegermutter großen Anklang gefunden?«

»Ja«, gab Sarah zu, »sie wäre begeistert gewesen.«

»Wenn Sie sich dann dort schön versammelt hätten, wäre Lackridge vielleicht im Büro aufgehalten worden oder so und hätte selbst ein Alibi gehabt, bis Abelard den Unfall mit dem Milburn arrangiert hätte. Wenn Ihr Mann tot war, mußte der Zustand der Familienfinanzen ans Licht kommen. Lackridge hätte ein Gerücht in die Welt gesetzt, daß Kelling aus Reue, das Vermögen seines Vaters verschleudert zu haben, in Wirklichkeit Selbstmord begangen und seine Mutter mit in den Tod genommen hätte, damit sie nicht leiden mußte.«

»Was genau die Art von Blödsinn ist, den einige Leute glauben würden«, sagte Sarah bitter.

»Lackridge ist ein kluger Mann, Mrs. Kelling. Es gab für Sie keine Möglichkeit, ihn von dem abzuhalten, was er tat, weil Sie keine Ahnung hatten, was für einem Menschen Sie gegenüberstanden. Und ich ebensowenig, wenn Sie die Wahrheit wissen wollen. Bis Sie mir Ihre Geschichte erzählten, hatte ich keinen Grund, Lackridge für etwas anderes als einen erstklassigen Trickbetrüger aus bester Gesellschaft zu halten, und bis dahin hatte ich immer die Erfahrung gemacht, daß Schwindler seines Kalibers jede Art von Gewalt vermeiden. Inzwischen sieht es so aus, als wenn wir ihn mit zumindest sechs weiteren Morden in Verbindung bringen können – zusätzlich zu denen, über die Sie informiert sind –, und Sie können drauf wetten, daß er einfach weiter gemordet hätte, wenn er nicht mir Ihrer Hilfe gefaßt worden wäre.«

»Aber das ist doch völliger Wahnsinn! Sie behaupten, daß er gerne mordet. Wie ist das möglich?«

»Wie kann ein Jäger es genießen, irgendein wunderschönes wildes Tier niederzuschießen, das niemals ihm oder sonst jemandem etwas getan hat? Das war seine Art zu demonstrieren, was er für ein großartiger, richtiger, echter Mann ist. Es gab ihm die Mittel, in ein Kasino zu spazieren, einen Stapel Tausenddollarscheine auf den Black-Jack-Tisch zu werfen, ließ ihn sich wichtig fühlen.«

»Das hat er also mit Alexanders Geld gemacht?«

»Das und anderes. Er besitzt ein riesiges Anwesen bei Fort Worth, eine Villa an der Côte d'Azur, eine zweimotorige Cessna und seine bescheidene kleine Vierzehnmeterjacht – alles natürlich unter Decknamen. Er kam nicht dazu, sie viel zu benutzen, weil er immer wieder als ehrenwerter Harry Lackridge nach Boston zurückkommen mußte, um einen wackeren Kampf um das Überleben des schönen alten Familienunternehmens vorzutäuschen, aber was soll's? Sie kosteten ihn nichts. Er unterhielt sie mit anderer Leute Geld.«

»Meinen Sie, daß Leila Bescheid wußte?«

»Spontan würde ich sagen, daß sie keine Ahnung hatte. Was Harry angeht, war Mrs. Lackridge wahrscheinlich nur ein Teil der Dekoration, obwohl sie sich gut als Wachhund für Mrs. Kelling eignete. Ich fürchte, das Ganze wird ihrer politischen Karriere einen Knick versetzen.«

»Arme Leila«, seufzte Sarah. »Ich sollte wohl bei ihr vorbeischauen, obwohl ich daran mit Schrecken denke.«

»Trinken Sie ruhig erst Ihren Kaffee. Im Moment ist sie wahrscheinlich im Polizeihauptquartier und wird einem scharfen Verhör unterzogen. Sie sollten lieber darüber nachdenken, was Sie für sich selbst tun wollen.«

»Onkel Jem hat schon alles geregelt. Er hat seine Schwester Emma angerufen, und sie hat mich eingeladen, bei ihr zu wohnen, bis mein Arm wieder in Ordnung ist. Sie lebt in der Nähe von Springfield, was weit genug von Boston entfernt ist, daß mich die Leute nicht ständig belästigen werden. Außerdem hat Tante Emma Hausmädchen, die mir beim Ankleiden und so helfen können, solange ich in diesem Gipsverband stecke.«

»Was ist mit Ihrem eigenen Haus?«

»Mariposa, mein Schutzengel, zieht ein und paßt auf alles auf, bis ich zurückkomme. Ich habe gefragt, ob sie keine Angst hat, allein dort zu bleiben, aber sie wird ihren Hund und ihren Freund mitbringen, und sie sagt, beide können ziemlich bösartig werden, wenn irgend jemand versucht, sich an sie heranzumachen. So gesehen ist bis auf mich alles in Ordnung. Ich muß jetzt wirklich nach Hause und ein paar Sachen zusammenpacken.«

»Hören Sie, wenn Sie eine Fahrgelegenheit nach Springfield brauchen –«

»Danke sehr, aber Tante Emma schickt ihren Chauffeur. Sie sind absolut wundervoll gewesen, Mr. Bittersohn. Ich wünschte nur, daß es irgend etwas gäbe, mit dem ich mich revanchieren könnte.«

Bittersohn ergriff die Hand, die sie ihm entgegenstreckte.

»Das wünsche ich auch, Mrs. Kelling. Aber ich schätze, es gibt nichts, oder? Kommen Sie, ich begleite Sie zurück auf den Hill.«

Nachwort

Die Stripteasetänzerin Ruby Redd ist laut der späteren Aussage eines ehemaligen Barkeepers 1950 oder 1951 plötzlich von der Bildfläche verschwunden. Fast dreißig Jahre später wird ihre Leiche in der Familiengruft der Kellings gefunden. Die 1979 erschienene »Familiengruft« spielt also vermutlich in den USA Ende der siebziger Jahre. Doch von den Ingredienzen, die man bei einem Kriminalroman erwarten würde, der in einer modernen amerikanischen Großstadt spielt – bewaffnete Raubüberfälle, Bandenverbrechen im großen Stil, brutales Vorgehen einer überforderten und korrupten Polizei, Drogenkriminalität als Massenphänomen –, findet sich in diesem Roman nichts. Statt dessen stolpern wir als erstes über die sprichwörtliche Leiche im Keller einer Familie, die auf eine mehrhundertjährige Geschichte zurückblicken kann und deren jüngstes Mitglied – die sechsundzwanzigjährige Sarah Kelling – keine Schule von innen gesehen hat, gesellschaftlichen Umgang nur mit Verwandten und ganz wenigen Freunden der Familie pflegt und mit einem fünfzigjährigen Cousin fünften Grades ihres Vaters verheiratet ist. Die subkutanen Einstiche, von denen im Roman die Rede ist, sind auf Insulininjektionen zurückzuführen, der einzige Polizist, der namentlich auftritt, scheint eine amerikanische Ausgabe der intelligenten Version des englischen Dorfbobbys zu sein.

Charlotte MacLeod verbindet in ihrer Boston-Serie – »The Family Vault« ist der Auftakt zu einer ganzen Reihe von Detektivromanen um Sarah Kelling und Max Bittersohn – Elemente des klassischen englischen Detektivromans mit einem Setting, in dem typisch amerikanische und urbritische Beigaben zu einer äußerst reizvollen Einheit verschmelzen.

Die Wahl Bostons als Schauplatz ist kein Zufall. Mit Ausnahme von vielleicht Philadelphia ist keine amerikanische Stadt so eng mit der Geschichte des Landes verbunden wie Boston: 1630 gegründet, verfügt es über den ältesten Common Nordamerikas – der riesige Dorfanger wurde als Viehweide wie als Hinrichtungsstätte genutzt; das in Cambridge gelegene Harvard, eine Eliteuniversität, ist die erste Hochschulgründung der Neuen Welt; die Boston Tea Party von 1773 stellt eine wichtige Station im amerikanischen Unabhängigkeitskrieg dar, und das Old South Meeting House, von dem sie ihren Ausgang nahm, ist nur eine von vielen Stationen auf der Route mit historischen Sehenswürdigkeiten, dem Freedom Trail, der die Bostoner Erinnerungsstätten der frühen amerikanischen Geschichte miteinander verbindet. Im 19. Jahrhundert war Boston das kulturelle Zentrum der USA, und noch heute spielt es eine große Rolle im Kunst-, Musik- und Buchmarkt.

Kaum eine amerikanische Stadt vereint auf engstem Raum derartige architektonische Gegensätze wie Boston Downtown. Beacon Hill selbst bewahrt mit seinen Backsteinhäusern und engen gepflasterten Gassen die Atmosphäre der ersten Hälfte des 19. Jahrhunderts, als in der großen Zeit der Clipper die führenden Familien Bostons im Indien- und Chinahandel ihren immensen Reichtum begründeten und sich nach Errichtung des benachbarten State House in Beacon Hill ansiedelten, dem nun feinsten Wohnviertel der Stadt. Gerade fünfhundert Meter vom State House entfernt lag in entgegengesetzter Richtung Scollay Square, das Herz des West End, vor Beacon Hill das vornehmste Viertel der Stadt, zu Beginn unseres Jahrhunderts aber immer mehr heruntergekommen, bis Hafenkneipen und zwielichtige Absteigen das Bild bestimmten. Ende der fünfziger Jahre fiel die ganze Gegend einem städtebaulichen Kahlschlag zum Opfer, inzwischen jedoch bildet die neue City Hall das Zentrum eines Viertels modernster Bürobauten.

In diesem Setting, real bis hin zur Mordserie des Würgers von Boston, der 1963 die ganze Stadt in Angst und Schrecken versetzte, vertritt der fiktive Kelling-Clan die ersten Familien Bostons, die Lowells, Cabots, Adams', Peabodys, Appletons und andere, die die Geschicke der Stadt und des Staates über Jahrhunderte geprägt haben. Obwohl Boston eines der Zentren des amerikanischen Unabhängigkeitskampfes war, eine ganze Reihe Bostoner ihre Unterschrift unter das »all men are created equal« setzten, gibt es wohl kaum eine andere Stadt der USA, in der es so wichtig ist, zur richtigen Familie zu gehören. Das »Social

Register« Bostons verzeichnet Mitglieder von über 3500 Familien mit Geburtsnamen, Clubzugehörigkeit und Ferienhausadresse (wobei das, was die Bostoner als »Cottage« bezeichnen, häufig mit europäischen Schlössern zu vergleichen ist). Unter ihnen sind gerade ein Dutzend katholisch, weshalb der Vater von John F. Kennedy, der aus dem irischen Ghetto Bostons ausbrach und es bis zum amerikanischen Botschafter in London brachte, keinen Zugang zu den exklusiven Clubs hatte. Die Kennedys gelten immer noch als neureiche Emporkömmlinge. Boston war nie ein »Melting Pot« und gehört bis heute zu den stark von rassischen und ethnischen Widersprüchen geprägten Städten der USA, wo Iren und Italiener, Schwarze und Weiße in eigenen Vierteln ein relativ isoliertes Dasein führen. Die ersten Familien der Stadt sind das Paradebeispiel einer von strengen Regeln und Ständeklauseln bestimmten Lebensform. Unter den »guten Familien« Bostons wird die Doppelbödigkeit der viktorianischen Moral, die einen idealen Nährboden für all die Geheimnisse des Detektivromans bietet, von der Doppelbödigkeit der puritanischen Moral ersetzt.

Die letzten Sherlock-Holmes-Geschichten, die in einem viktorianischen London spielen, »where it is always 1895«, erschienen 1927. Ein Roman von Agatha Christie oder Ngaio Marsh, geschrieben in den sechziger Jahren, unterscheidet sich nicht nennenswert von denjenigen ihrer Kriminalromane, die in den goldenen zwanziger und dreißiger Jahren des Genres publiziert wurden.

Charlotte MacLeod hingegen, die der Spätform des orthodoxen Detektivromans verbunden ist, schildert den unzeitgemäßen Lebensstil der Kellings mit einem ständigen Augenzwinkern. Das Hausmädchen Edith trägt das vielleicht letzte Spitzenhäubchen von Beacon Hill; die benachbarten Häuser in Tulip Street, einst ebenfalls Privathäuser, sind heute in Apartments aufgeteilt, wo die Leute kommen und gehen; der 1920er Milburn ist wohl der letzte dieser Elektrowagen, der noch von der Familie gefahren wird, die ihn ursprünglich gekauft hat. Und auch wenn der Haß auf die Schnellrestaurants entlang der alten Straße nach Newburyport zum Credo der Kellings gehört, weiß Sarah an einem kalten, nassen Abend dort einen heißen Kaffee zu schätzen.

Da anscheinend schon seit zwei Generationen kein Familienmitglied mehr einer lukrativen geregelten Arbeit nachgeht, durchschaut auch die engere Familie nicht mehr, wieviel vom im

Indienhandel erworbenen Reichtum der Kellings in den einzelnen Zweigen noch vorhanden ist. An Äußerlichkeiten ist das nicht zu erkennen: Ob steinreich oder bitterarm – alle pflegen denselben puritanischen Lebensstil, um das auf Yankee-Geiz und Yankee-Gerissenheit begründete Vermögen zu bewahren. Daß Sarah grundsätzlich die Kleider ihrer schon lange verstorbenen Mutter trägt, fällt niemandem aus dem Kelling-Clan negativ auf. Ihre Gabe, mit wenig Geld ein schmackhaftes Büfett zu richten, findet eher Hochachtung. Daß die Kellings von Tulip Street keinen Fernseher haben und einen 1950er Studebaker fahren, der nur dank Alexanders Mechanikerkünsten tadellos läuft, gilt als Ausdruck von intellektuellem Snobismus, nicht von nackter Armut.

In dieser Familie, die ein ganzes Kaleidoskop verschiedenster Originale zu bieten hat, ist Sarah Kelling dank ihres gesunden Menschenverstands eine Außenseiterin. Im Laufe dieses Serienauftakts gewinnt sie immer mehr Distanz zu ihrer Familie und nimmt aus dieser Distanz heraus, stellvertretend für Charlotte MacLeod, ebenso liebevoll wie schlagfertig die Schwächen der Kellings aufs Korn. Deutlich wird dies in der langsam entstehenden Zuneigung zum jüdischen Aufsteiger Max Bittersohn, dessen *mischpoke* das perfekte Gegenbild zur neuenglischen Aristokratie abgibt. Die ständig präsente ironische Brechung der Handlung gleicht vieles von dem Grauen und der Tragik aus, die mit dem bizarren Leichenfund aus der Familiengruft losbrechen.

Charlotte MacLeod wurde 1922 in Kanada geboren und wuchs in Massachusetts auf. Nach einem Studium am Art Institute in Boston arbeitete sie als Bibliothekarin und Werbetexterin. In den sechziger Jahren begann sie zunächst mit Kriminalromanen für Jugendliche; und im Wechsel mit der Boston-Serie erscheinen seit 1978 die Balaclava-Romane (die ersten beiden Bände sind als »Schlaf in himmlischer Ruh'« und ». . . freu dich des Lebens« in DuMont's Kriminal-Bibliothek veröffentlicht), in denen die geschlossene Gesellschaft der Kellings durch die verschworene Gemeinschaft am landwirtschaftlichen College in Balaclava ersetzt ist. Hier steht mehr noch als im ersten Roman der Boston-Serie das bukolisch-burlesk gewählte Setting im Vordergrund.

Daniela Hermes

Band 1001
Charlotte MacLeod
»Schlaf in himmlischer Ruh'«

Weihnachten ist auf dem Campus einer amerikanischen Kleinstadt immer eine große Sache, die Lichterwoche eine Touristenattraktion von herausragender finanzieller Bedeutung. Als Prof. Shandy eine Dame der Fakultät während der Feiertage tot in seinen Räumen findet, ist daher den örtlichen Behörden sehr schnell klar, daß es sich nur um einen Unfall handeln kann... Charlotte MacLeod ist eine der großen lebenden amerikanischen Autorinnen auf dem Gebiet des Kriminalromans.

Band 1002
John Dickson Carr
Tod im Hexenwinkel

Einer der schönsten Romane dieses in Deutschland beinahe unbeachtet gebliebenen Meisters: Mit diesem Band stellt John Dickson Carr seinem Publikum zum ersten Mal den schwergewichtigen Amateurdetektiv Gideon Fell vor, Privatgelehrter und Biertrinker aus Passion. Er eroberte mit diesem Fall 1933 auf Anhieb die Zuneigung der Leser durch seinen Scharfsinn, seinen sarkastischen Humor und seinen unerschütterlichen Gleichmut.

Band 1003

Phoebe Atwood Taylor

Kraft seines Wortes

»In Cape Cod ist die Welt im großen und ganzen in Ordnung. Der Mord an einem anrüchigen Schriftsteller, der in seinen Romanen das Schicksal lebender Bürger recht unverschlüsselt beschreibt, bringt zwar Unruhe und Verwirrung in diese heile Welt, doch Asey Mayo, kauziger Hobby-Detektiv, klärt den Fall auf und gibt der Mörderin Gelegenheit, sich selbst zu richten. Klassischer Kriminalfall, den man voll Spannung liest, da es die Autorin meisterlich versteht, den Leser bis zuletzt auf falscher Fährte tappen zu lassen, bis der Täter mit psychologischer Feinheit entlarvt wird. Gediegener Krimi.« *Einkaufszentrale für öffentliche Bibliotheken*

Band 1004

Mary Roberts Rinehart

Die Wendeltreppe

In diesem 1908 erschienenen Kriminalroman – dem bekanntesten Werk der im angelsächsischen Raum berühmten Autorin – führt die resolute Miss Innes das Regiment. In dem weitläufigen Sommerhaus von Sunnyside wird ein Toter gefunden, und es stehen nicht nur der gute Ruf der Familie, sondern auch die Verlobung und das Liebesglück von Nichte und Neffe auf dem Spiel . . .
Doch bis das Rätsel gelöst werden kann, wird so manche Nachtruhe von geheimnisvollen Klopfzeichen unterbrochen, schleichen Unbekannte durch das dunkle Haus und ereignen sich weitere ungeklärte Todesfälle . . .

Band 1005

Hampton Stone

Tod am Ententeich

»Zunächst fängt alles in diesem Kriminalroman ganz harmlos an: Gibby und Mac, zwei junge Staatsanwälte aus New York, wollen für ein paar Tage dem hektischen Großstadtlärm entfliehen und draußen vor der Küste von Long Island auf Fischfang gehen. Plötzlich beginnt einiges nicht mehr zusammenzupassen; man macht den beiden gegenüber seltsame Andeutungen, durchsucht ihr Hotelzimmer – und dann taucht auch noch eine Leiche auf. Eines steht ziemlich schnell fest: daß Gibby und Mac keine geruhsamen Tage am Meer verbringen werden. Zur Freude des Lesers, dem in diesem Meisterwerk des amerikanischen Krimis einiges an Spannung geboten wird.« *Nürtinger Zeitung*

Band 1006

S. S. van Dine

Der Mordfall Bischof

»Müßte man jemanden nennen, der Sherlock Holmes ebenbürtig ist, dann könnte das nur Philo Vance sein, der in den Büchern von S. S. van Dine auf der anderen Seite des Atlantik selbst den durchtriebensten Verbrechern auf die Spur kommt. In diesem Band stellen wir den berühmtesten Fall dieses Klassikers unter den amerikanischen Detektiven vor ... Ein Mord unter kühl kalkulierenden Mathematikern; unmöglich! Doch was zunächst wie ein Unglücksfall im Haus von Professor Dillard aussieht, stellt sich bald als raffiniert geplanter Mord heraus. Noch unheimlicher: die Handlungsvorlage ist ein bekannter Kinderreim ...«

Mittelbayerische Zeitung

Band 1007

Charlotte MacLeod

»...freu dich des Lebens«

Nachdem er Helen Marsh geheiratet hat, verläuft das Leben von Professor Peter Shandy in ruhigen Bahnen. Nach einer Einladung seiner Frau an die Hufschmiedin des College, Mrs. Flackley, und den Lehrbeauftragten für Haustierhaltung, Professor Stott, überstürzen sich jedoch plötzlich die Ereignisse. Ist die Entführung der besten Zuchtsau des College nur ein Studentenstreich? Was haben der Diebstahl eines Lieferwagens und der Überfall auf eine Silbermanufaktur mit dem verschwundenen Schwein zu tun? Als Mrs. Flackley ermordet gefunden wird, hält das niemand mehr für einen Studentenulk. So hat Peter Shandy alle Hände voll zu tun, den Mörder zu stellen, denn der Hauptverdächtige in diesem Fall ist sein Freund Stott.

Band 1008

Ellery Queen

Der mysteriöse Zylinder

Welcher Liebhaber von Kriminalromanen kennt nicht Ellery Queen, der, selbst Autor von Kriminalromanen, mit seiner kühlen Logik und seinem analytischen Verstand seinem Vater, dem kauzigen Inspektor Richard Queen, hilft, auch den raffiniertesten Verbrechern auf die Spur zu kommen? Ellery Queen ist unzufrieden. Statt sich dem Erwerb einer von ihm heiß begehrten Falconer-Erstausgabe widmen zu können, wird er wieder einmal in einen Mordfall hineingezogen – Monte Field, ein zwielichtiger Rechtsanwalt, ist während einer Theatervorstellung ermordet worden. Die Polizei steht vor einem Rätsel.

Band 1009

Henry Fitzgerald Heard

Die Honigfalle

Eigentlich ist Sidney Silchester aufs Land gezogen, um fernab des Großstadtlärms allein und in Ruhe gelassen zu werden. Deshalb ist er auch recht ungehalten, als der merkwürdige Forscher und Hobby-Imker Mycroft seine Idylle stört und ihn vor mysteriösen Killerbienen warnt. Die Vorstellung, daß ein kaltblütiger Verbrecher mit diesen kleinen Ungeheuern auch sein Leben bedroht, erscheint ihm doch sehr abwegig. Aber schon bald soll Sidney eines Besseren belehrt werden ... Als er die tödliche Gefahr, in der er sich befindet, erkennt, ist es fast schon zu spät. Nur gut, daß er in dem geheimnisvollen Mycroft, der mit Verbrechern offenbar bestens vertraut ist, einen mächtigen Verbündeten findet. Die folgenden Ereignisse halten die Beteiligten in Atem: Die Insekten greifen an ...

Band 1010

Phoebe Atwood Taylor

Ein Jegliches hat seine Zeit

Elspeth Adams ist äußerst verwundert, als ihr Neffe Mark ihr ein hilfesuchendes Telegramm von Cape Cod schickt, denn sie vermutet ihn bereits seit einer Woche in Brasilien. Sie macht sich sofort nach Cape Cod auf und trifft in Prence's Gasthaus, das Eve Prence gehört, auf eine illustre Gesellschaft von Schriftstellern. Ihr Neffe interessiert sich jedoch weniger für Literatur als für Anne Bradford, Eves Stiefschwester. Mrs. Adams erfährt, daß Eve nicht nur die Ehe zwischen Anne und Mark verhindern möchte, sondern Anne sogar beschuldigt, mehrere Mordanschläge auf sie verübt zu haben... Mrs. Adams ist froh, daß ihr in dieser verwickelten Angelegenheit jemand zur Seite steht, der Spürsinn, Tatkraft und Erfahrung mitbringt: Asey Mayo. Er sorgt mit Witz und Verstand dafür, daß in der festgefügten Welt von Cape Cod wieder Recht und Ordnung herrschen.

Band 1013

Josephine Tey

Der singende Sand

Alan Grant verlebt eine angsterfüllte Nacht. Der Inspector von Scotland Yard, der unter klaustrophobischen Anfällen leidet, muß mehrere Stunden in einem kleinen geschlossenen Eisenbahnabteil zubringen. Kann Grant den Zug am anderen Morgen jedoch erleichtert verlassen, um bei alten Freunden einen Erholungsaufenthalt im schottischen Hochland anzutreten, ist das einem anderen Passagier im benachbarten Abteil ›B Sieben‹, nicht mehr möglich – er ist ermordet worden . . .

Der Inspector nimmt den Tod des Fremden eher beiläufig und unberührt zur Kenntnis. Ein Gedicht aus einer Zeitung, die er versehentlich aus dem Abteil des Toten mitgenommen hat und die anfänglich nur Anlaß war, über seine eigene Situation nachzudenken, konfrontiert Grant immer mehr mit der Realität, die ihn umgibt, und läßt ihn schließlich die überraschende Lösung des Mordfalls finden.

Band 1014

John Dickson Carr

Der Tote im Tower

Eine Serie scheinbar verrückter Verbrechen versetzt ganz London in helle Aufregung. Ein offenbar Geistesgestörter stiehlt Hüte und dekoriert mit ihnen öffentliche Plätze. Doch was als recht harmloser Spaß beginnt, endet mit einem Mord. Der ›Verrückte Hutmacher‹, wie der Unbekannte bald nur noch genannt wird, schlägt wieder zu. Doch diesmal schmückt ein gestohlener Zylinder keine Statue, sondern das Haupt einer Leiche! Der Tote, der – mit einem Armbrustpfeil in der Brust – im Tower gefunden wird, heißt Philip Driscoll. Er war bei allen beliebt, was die Tat noch mysteriöser erscheinen läßt.